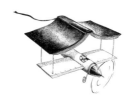

서
서
비
행

국립중앙도서관 출판시도서목록(CIP)

서서비행 : 생계독서가 금정연 매문기 /
금정연 지음. -- 서울 : 마티, 2012
p.396 ; 135×195mm.

ISBN 978-89-92053-61-7 03810 : ₩13,800

서평집[書評集]

029.1-KDC5
028.1-DDC21
CIP2012003480

# 書書飛行

서서비행

생계독서가 금정연 매문기

마티

# 차례

**프롤로그**

# 비행준비.
## 책 속의 지도

# 이륙.
**기막힌 독서법**

# 고도확인.
## 위로 따윈 접어주시라

# 야간비행.
## 이것이면 충분하다

# 악천후.
## 출근에 적합한 몸매가 아닙니다

# 임시착륙.
## 우리가 써내려 갈 그 모든 이야기들

# 비행非行, 비행卑行, 비행飛行

어쩌면 당신은 고개를 갸웃할 수도 있다. 나와 개인적인 친분이 있다면 더더욱. 서점 구석에 진열된 책을 앞으로도 보고 뒤로도 보고 옆으로도 본 후 급기야 인상을 구기며(부디 책장은 구기지 말아주시길) 직원을 부를지도 모르겠다.

"저기, 이거요, 표지에 있는 비행飛行이라는 단어. 이거 혹시 비행非行이나 비행卑行의 오타 아닌가요?"

애꿎은 그이를 대신해 설명하자면, 인쇄된 그대로의 비행이 맞다. '공중으로 날아가거나 날아다님'이라는 뜻을 가진 단어다. 물론 나머지 비행(들)에 대해서도 할 말은 있다.

이를테면 책을 훔치는 일에 대해서는.
만화책과 추리소설로 가득했던 아버지의 서재에서, 막내외삼촌이 운영하던 동네 서점에서, 교실 뒤편 학급문고에서, 담배꽁초와 소주병 굴러다니던 과방 탁자 아래에서, 신병훈련소 시절 초코파이를 위해 일요일마다 찾아갔던 불당의 책꽂이에서, 얄밉고 또 다정한 친구들의 아파트에서, 빌라에서, 대개는 허름한 자취방에서. 아직 공소시효가 지나지 않아 말할 수 없는 사례들을 제외하더라도 이 정도다.

하지만 이 책은 비행非行의 기록이 아니다. 피해자들과 유관기관에는 미안하지만, 내 꼬리를 잡으려면 조금 더 기다려주셔야 할 거라는 말이다. (굳이 덧붙이자면 최근 몇 년간은 내가 돌려받지 못한 책들의 수가 압도적으로 많다.)

다음으로 비행卑行에 대해.

국어사전의 예문으로 떡하니 "사람으로서는 하지 못할 비행을 저지르다"라는 문장이 올라와 있는 그 단어의 경우라면…, 아니, 그만두자. 한 가지 분명하게 말할 수 있는 것은, 그건 누군가를 '위로'하거나 '치유'할만한 이야기가 아니라는 사실이다(『책을 버리고 거리로 나가자』고 외쳤던 테라야마 슈지라면 흡족한 미소를 지을지도 모르겠지만). 그리고 나는 점잖지 못한 이야기를 꺼내 가뜩이나 불황에 시달리고 있는 출판계의 트렌드를 거스르는 우를 범하고 싶지는 않다. 그러니 혹시라도 내 비행(들)에 대해 알고 있다 하더라도, 당신과 나의 '힐링'을 위해 아무 말 말아주시길.

남은 것은 비행飛行이다.

나는 재난 영화의 한 장면을 떠올린다. 빙하기가 도래한 세상에서 도서관의 책을 태우며 추위를 이겨내는 그런 낭만적인 상황이 아니다. 책 자체가 재난이 되는, 고약한 경우다.

거대한 해일 대신 셀 수 없는 책들이 도시를 덮친다.

양장본과 페이퍼백이 뒤섞인 채 회오리치며 건물을 강타한다.

하늘에선 문고본이 쏟아지고, 화산은 각종 전집을 뿜어내며, 어떤 종류의 소설들(주로 제임스 조이스나 버지니아 울프 등의 '의식의 흐름' 소설들일 것이다)이 범람하여 거리의 모든 것을 사정없이 휩쓸어 간다.

당신은 이렇게 생각할지 모른다. 말도 안 된다고, 웃기지도 않다고.

그렇지만 재난은 종종 현실이 된다. 언젠가 내가 살았던 인터넷 서점 MD(merchandiser - 납품업체를 컨텍하고 판매전략을 만들어 판매를 촉진시키는 업무를 하는 사람. 현대사회에서는 각종 상품을 파는 MD들이 도처에서 암약 중이다)로서의 생활이 하나의 증거다. 이 자리에서 하루에도 수십, 수백 권씩 쏟아지는 신간 도서와 그와 관련된 부가적인 업무들(끊임없이 반복되는 전화와 메일, 미팅, 회의, 이벤트, 광고, 주문과 반품, 베스트셀러 순위와 매출의 압박)에 대한 이야기를 늘어놓아 당신을 지루하게 만들 생각은 없다. 모든 직업에는 저마다의 슬픔이, 고통이, 나아가 재난이 있음을 모르는 것도 아니다. 그러니 나의 '프로답지 못함' 을 너무 탓하진 마시길. 나는 다만 이렇게 말하고 싶을 뿐이다. 어떤 직업을 가진 사람들에게는 책이 재난일 수도 있다고. 그렇다고 그곳 에 기쁨이 존재하지 않는다는 이야기는 아니지만.

그래서 비행飛行이다.

어느새 생활을 가득 채운 책의 홍수에 가뭇없이 휩쓸려가지 않기 위해 나는 상상의 비행기를 탄다. 발아래 펼쳐진 책들의 풍경을 바 라본다. 바라본다. 바라본다. 전혀 상관없을 것만 같던 책과 책이 서 로 겹치며 다채로운 무늬를 만들어내는 장관을 그저 넋을 잃고 바 라보는 것이다. 「2012」 같은 재난 영화와는 비교도 할 수 없는, 지금 까지 늘어놓은 불평을 무색하게 하는, 그 자체로 압도적인 풍경이다. 나는 그저 난다. 종종 악천후가 찾아오기도, 난기류를 만나기도 하 지만 아직까지는 날고 있다. 가끔 지면 가까이 고도를 낮춰 책을 집 어 훑어보기도 하고, 톺아보기도 하면서. 몇 권의 책을 나란히 펼쳐 보다 창밖으로 던져버린 후, 먼 곳에 아물거리는 또 다른 책을 향해 선회하기도 하면서.

언젠가 롤랑 바르트는 이렇게 말했다.

> 통상 사람들은 극히 잘 다듬어진 완곡어법을 사용하고 있습
> 니다. 그들은 어떤 책을 보았다고 말하죠. 그들은 그것을 읽
> 지 않았습니다. 그들은 그것을 보았습니다. (…) 나로서는 그
> 것으로 충분하다고 단언할 수 있습니다."
>
> – 롤랑 바르트, 「문학은 어디로 가고 있는가?」 58쪽

그러니 누군가 내게 책을 좋아하느냐고 물을 때 나는 곤란해진다. 나는 책이 없으면 살지 못하는 애서가가 아니다. 책 안에 모든 것이 있다고 말하는 독서광도 아니다. 어떤 책을 사야 한다고 독자를 유혹하는 서점 직원도 아니다(더 이상은). 나는 다만 '서평가'라고 적힌 희미한 가상의 명함을 손에 쥔 채 펼쳐진 책의 사태 위를 날아갈 뿐이다. 책들이 스스로 만들어낸 풍광 속을, 바람에 날리는 페이지 사이를, 조그만 활자들의 틈을 그저 유랑할 뿐이다. 누군가에겐 그것이 비행非行이나 비행卑行으로 여겨진다 하더라도 별 수 없는 일이다. 하지만 분명히 말할 수 있는 게 하나 있다. 내가 지금 타고 있는

이 상상의 비행기 또한 책을 동력으로 날아가고 있다는 것. 그것뿐
이다.

이 책의 원고들이 쓰일 수 있도록 지면을 제공하는 것으로 모자라
매번 늦은 마감을 기다려야 했던 여러 매체의 담당자들에게, 그리고
분량도 어조도 제각각인 원고를 한 권의 책으로 잘 묶어준 도서출
판 마티 식구들에게 감사를 전한다. 물론 내가 읽은 모든 책의 저자
들에게도. 하지만 가장 큰 감사는 대한민국 복권위원회와 (주)나눔
로또 관계자들의 몫이다. 단 한 번도 내게 당첨이라는 '재난'을 선사
하지 않았던 그들의 배려가 아니었다면 나는 결코 이런 책을 세상
에 내놓지 않았을 것이다.

친구들의 우정과 나의 오랜 연인 박지은의 애정, 그리고 어머니의
마음에 대해서는 여전히 합당한 표현을 찾지 못했다.

2012년 7월

금정연

# 비행준비.

## 책 속의 지도

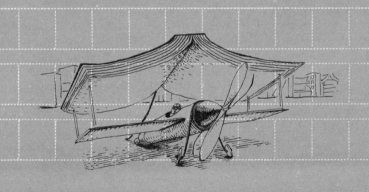

"꽤 좋은 이야기네. 하지만 네가 아무리 열심히 쓴다 해도
《전쟁과 평화》에는 절대 미치지 못한다는 사실에 대해 어떻게 생각하니?"


"엄마한테는 말하지 마."


찰스 M. 슐츠 『피너츠』

# 밑줄 긋기

부에노스아이레스 어페어
마누엘 푸익, 송병선 옮김, 현대문학, 2005

세상에는 두 종류의 독자가 있다. 밑줄을 그어가며 책을 읽는 부류와 그렇지 않은 쪽. 극단적인 성격의 '밑줄파'는 밑줄 없이는 독서도 없다고 주장하고, 근본주의적인 '비-밑줄파'는 그런 태도를 일종의 신성모독으로 받아들인다.

　나로 말할 것 같으면 비-밑줄파에서 밑줄파가 된 케이스다. 한때 달력을 뒤집어 표지를 싸고, 빌려준 책에 페이지가 접혀 돌아오면 버럭 화를 내던 걸 생각하면 꽤 드라마틱한 변화인 셈이다. 신실한 힌두교도가 피가 뚝뚝 흐르는 스테이크를 먹게 된 것과 비슷하다고 할까. 도서대여점을 운영하는 막내삼촌이 알면 땅을 칠 노릇이지만.

　만약 두 파가 서로 격렬한 논쟁이라도 벌인다면 유리한 쪽은 분명 비-밑줄파다. 대의적인 명분(책을 소중히 여기는 마음 운운)이나, 실용적인 측면(도서관에서 빌린 책을 읽을 때, 읽은 책을 헌책방에 팔 때)에서 모두 상대가 되지 않으니까. 그래서 등장한 것이 '도그지어파'dog's ear, 일종의 중도인 셈이다. 소설가 김연수는 이렇게 썼다.

"도그지어라는 건 개의 귀만을 뜻하지 않는다. 그건 문자를, 그리고 문자로 표현되는 세계를 사랑하는 모든 사람들이 행할 수 있는 가장 예의바른 행동이다. 도그지어는 책장의 한쪽 귀퉁이를 삼각형으로 접어놓는 것을 뜻한다. 매력적인 사람을 만날 때, 나는 그 순간을 그렇게 접어놓는다. 세상을 살아간다는 건 어떤 점에서 그렇게 접어놓은 삼각형들을 책임진다는 뜻이기도 하다."

하지만 이런 태도는 좀 비겁하지 않은가. 나는 책의 한 귀퉁이를 접는 일은 결국 밑줄을 긋는 일로 발전하게 마련이라고 생각한다. 그것은 결코 '예의'를 포기하는 게 아니다. 흔들바위에, 고궁에, 술집 벽에 자기 이름을 남기는 일과는 다른 것이다.

누구든 책에 밑줄을 긋는 자는 하나의 질문과 대면하게 된다. "왜 하필 그 문장에 밑줄을 그었는가?" 참으로 심플하고도 당연한 질문이지만 막상 답을 하기는 쉽지 않다. 그것은 '왜 살아가느냐/사랑하느냐'에 맞먹을 정도로 한없이 존재론적인 질문이니까. 마음에 들어서? 멋진 문장이라서? 그건 마치 밥을 먹으니까 살고, 예쁘니까 사랑한다는 대답과 비슷하다. 물론 딱 떨어지는 대답이 있을 리 없다. 그렇기에 우리는 끊임없이 책을 읽고 또 밑줄을 긋는다. 자신의 욕망을 마주하며 자신을 발견해나가는 것이다.

또한 그것은 타인의 세계를 끌어안으려는 마음이기도 하다. 읽어 넘기면 그만인 문장들에 줄을 그어 되새기고, 언젠가 다시 펼쳐 읽겠다는 약속을 하는 것이다. 헌책방이나 도서관에서 낯모르는 이의 밑줄을 만났을 때, 그의 마음을 헤아려보겠다는 다짐을 하는 것이다. 그건 차라리 사랑이 아닐까? 예쁘게 긋지 못하면 어쩌나, 내가 그은 선을 누군가 비웃으면 어쩌나 하는 두려움 따위는 벗어버린 사랑, 말이다.

내가 최근에 밑줄을 그은 것은 다음과 같은 문장들이다.

하지만 두려움 때문에 사랑 속에서 평화와 기쁨만을 찾는다면, 차라리 사랑의 문으로 나가 겨울도 없고 봄도 없고 여름도 없는 곳으로 가라. 그곳에서 당신은 웃겠지만 마음껏 웃을 수는 없을 것이고, 울겠지만 모든 눈물을 흘리지는 못할 것이다.

— 마누엘 푸익, 『부에노스아이레스 어페어』

# 책을 읽지 않는 이유

움베르토 에코 마니아 컬렉션
움베르트 에코, 이세욱 등 옮김, 열린책들, 2009

고작 10년 남짓한 인터넷 서점의 역사에도 나름의 전설은 있어, 입에서 입으로 전해지는 무용담들이 있으니. 읽는 순간 장바구니 버튼을 클릭하게 했다는 리뷰의 달인, 출판사조차 기대하지 않았던 책의 미덕을 짚어내 베스트셀러를 만들고야 말았다는 선책選冊의 달인, 할인쿠폰과 '원 플러스 원' 신공의 발명으로 무렵에 일대 변혁을 일으켰다는 이벤트의 달인… 제각기 자신만의 비기로 업계를 주름잡았던 이들이지만, 강호를 떠나며 남긴 말은 한결같았다. "이제 책을 읽고 싶다"는, 조금 쓸쓸한 그런 말.

　이 자리에서 업계의 현실을 개탄할 생각은 없다. 책이 탄생한 이래 어느 시대나 상황은 마찬가지였음을 알기 때문이다. 비독서의 전통이 고고하게 흐르는 나라 프랑스의 모리스 블랑쇼는 언젠가 "비평가란 비非독자다"라고 선언하지 않았던가. 이에 대한 화답으로 모리스 나도는 "잡지나 신문의 편집장은 제곱의 비독자다"라 규정했고, 까마득한 후배 피에르 바야르는 한 술 더 떠 『읽지 않은 책에 대해 말하는 법』이라는 제목의 책까지 썼다. (이에 비해 윤 모 선배가 쓴 『2주에 1권 책읽기』는 어쩌나 순진한 기획인지!) 세계적 고수들의 사정이 이러한데, 하물며 일개 인터넷 서점 MD야 말할 것도 없겠다.

물론 선량한 독자제위께서는 이러한 사실을 접하고 크게 놀랄지도 모른다. 책을 추천하는 MD가 실은 책을 읽지 않는다고? 속았다는 생각이 들 수도 있다. 하지만 실례가 되지 않는다면, 그런 태도는 너무 데카르트적인 것이 아닌지? 物물로서의 책과 그 책의 내용은 별개이며, '물성'에 비해 '내용'이 우월하다고 생각하시는지? 그렇다면 사르트르의 저 유명한 명제를 떠올려보자. "실존은 본질에 앞선다." 이를 업계 용어로 다시 쓰면 다음과 같다. "(내용과 상관없이) 우리 앞에 책이 있다." MD는 바로 그 책을 파는 사람이다. 따라서 그의 윤리란 책 자체와 관련된 것이지, 내용에 국한된 것은 아닐 것이다. 롤랑 바르트는 이런 상황을 절묘하게 표현한 바 있다. "그들은 책을 읽지 않았습니다. 그들은 그것을 보았습니다." 그는 재빨리 덧붙인다. "나로서는 그것으로 충분하다고 단언할 수 있습니다!"

여기 하나의 실례가 있다. 형형색색의 표지 속에 움베르토 에코의 지적 작업을 고스란히 담고 있는 『움베르토 에코 마니아 컬렉션』을 보라. 제작비 4억, 제작기간 5년, 원고지 3만 6,000여 매로 이루어진 명실상부한 '블록버스터' 기획을 앞에 두고 나는 묻는다. 도대체 이 시리즈를 몇 명이나 온전히 읽어낼 수 있을까? (심지어 소설은 단 한권도 포함되지 않았는데!) 그렇지만 또, 이토록 어여쁜 표지를 누가 거부할 수 있을까? 이 스물다섯 권의 책을 책꽂이에 일렬로 꽂아 넣는

뿌듯함을 뿌리칠 자신이 내게는 없다. 그러니 우리는 이렇게 말할 수 있을 것이다. 가장 좋은 책은 보기에 좋은 책이다!

아직 의심을 버리지 못한 당신은 묻는다. 영화 속 졸부들이 하드 커버 껍데기로 서재를 채우는 일과 무엇이 다르냐고. 그런 당신을 위로하는 에코의 일화가 있으니, 수많은 장서로 가득 찬 그의 서재를 방문한 사람이 의구심 가득한 눈빛으로 이렇게 묻는다. "와, 시뇨레 에코 박사님! 정말 대단한 서재군요. 그런데 이 중에서 몇 권이나 읽으셨나요?" 에코의 속이 부글부글 끓는다. "아니요. 저 가운데 읽은 책은 단 한 권도 없어요. 이미 읽은 책을 무엇 하러 여기에 놔두겠어요?" 정답!

그리하여 나는, 읽지 않은 책이 가득한 책장에 오늘도 몇 권의 책을 꽂는다. 그것은 아직 오지 않은 내일을 꿈꾸게 하는, 즐거운 독서의 가능성으로 충만한 일종의 스피노자적 행위. 사과나무엔 언젠가 열매가 열리기 마련이고, 종말은 아직 멀다.

# 도대체, 누가 내 치즈를 옮긴 거야?

## 자유의 의지 자기계발의 의지
서동진, 돌베개, 2009

왜 새해가 찾아오면 어김없이 신년계획을 세우는 걸까? 누가 시킨 것도 아닌데, 하얀 종이에 또박또박 번호까지 매겨가며. 하나, 새해에는 운동하겠습니다. 두울, 새해에는 영어 공부하겠습니다. 세엣, 새해에는 해외로 떠나겠습니다. 네엣, 기타 등등…. 레퍼토리 하나 변하지 않는다.

동굴 벽에 사냥감을 그리던 고대를 지나 클릭 한 번으로 한우를 주문하는 21세기에 이르렀건만, 인간에게는 여전히 의식이 필요한 모양이다. 새해와 묵은 해의 구분이 인위적인 숫자놀음에 불과할지라도, 새 술은 새 부대에 담아야 하는 법. 한 해가 시작되었음을 스스로에게 알리기 위해서라도 신년계획은 세워야 한다. 그런데 왜, 매년 똑같은 계획만 세우는 걸까?

운동, 좋지. 이왕 사는 인생 건강하게 살아야 하지 않겠는가. '몸짱'까지 된다면 두말할 것 없겠다. 영어 공부는 필수. '글로벌' 시대, 영어는 기본 중의 기본이니까. 해외여행도 물론. 언제까지나 우물 안에 갇힌 개구리처럼 살 수는 없잖아? 결국 우리의 신년계획은 한 마디로 압축된다. 바로 '자기계발'. 시중에 깔려 있는 그 많은 베스트셀러들이 외치고 있는 그것 말이다.

물론 자기계발은 중요하다. 일찍이 공자님도 수신제가修身齊家의 중요성을 역설한 바 있지 않던가. 문제는 모든 자기계발이 같은 곳을 가리키고 있다는 사실. 우리 모두는 충만하고 행복한 삶을 추구한다고 말하지만, 우리의 신년계획은 오직 '경쟁력'에 초점이 맞춰져 있다. 행복도 충만도 성공 위에서만 가능하다는 듯.

문화평론가 서동진의 『자유의 의지 자기계발의 의지』는 이런 우리의 무의식을 분석한다. 좀 더 많은 자유를 주는 자리에 오르기 위해 강박적으로 자기계발 서적을 소비하며 '스펙'과 '경력' 관리에 몰두하는 개인은, 결국 권력과 자본이 요구하는 방식으로 자신의 사고·신체·행실을 변화시키고 있을 뿐이다. 도래한 실패는 자기책임과 자기실현의 문제로 환원된다. 결국, 우리의 무반성적인 신년계획이 우리의 발목을 붙잡고 있는 것이다!

이런 자기계발 논리의 극단은 이경숙 위원장의 '어륀지' 발언에서 드러난다. '어륀지'를 제대로 발음하지 못하는 한국인은 경쟁력 있는 세계시민이 되려면 아직 멀었다는 걸까? 이런 걸 보고 요즘 쓰는 말로 '열폭'(열등감 폭주)이라고 한다. 광화문 광장의 세종대왕 동상 앞 꽃밭 이름을 '플라워 카펫'이라 붙인 것 또한 마찬가지. 6호선의 '디지털미디어시티' 역은 또 어떤가. 본래 수색에 있어 수색역이었던 곳이 '상암 DMC'가 들어서며 슬그머니 이름을 바꾼 것이다. 그렇다면 이순원의 소설『수색, 그 물빛 무늬』도『디지털미디어시티, 그 물빛 무늬』라고 개정판을 내야 하나? 사실 '상암 DMC'란 이름부터 이상하다. 고개를 갸웃하게 되는 것이다. '디트로이트 메탈시티' Detroit Metal City의 약자인가? '니가 내 치즈를 옮겼니?'Did you Move my Cheese?를 줄인 건가?

그러고 보니 궁금하다. 자기계발서 열풍을 주도했던 초대형 베스트셀러『누가 내 치즈를 옮겼을까?』이후 10년. 치즈를 훔친 범인은 아직도 밝혀지지 않은 건가? 사라진 치즈에 집착하기보단 진취적으로 새로운 치즈를 찾아 떠나는 게 건강한 삶의 자세라고는 해도, 일단 범인은 잡아야 하는 것이 아닌가! 그리하여 2010년, 새로운 나의 신년계획은 이렇다. 말도 없이 치즈를 집어간 범인을 잡아내기. 모르긴 몰라도 부단한 자기계발을 통해 새로운 치즈를 찾으라며 우리 등을 떠밀었던 이와 동일인물이 아닐까 싶은데….

# Don't try

## 팩토텀

찰스 부코스키, 석기용 옮김, 문학동네, 2007

아무래도 찰스 부코스키의 자전적인 이야기가 분명할 『팩토텀』. 무엇을 하냐는 질문에 주인공 헨리 치나스키는 이렇게 답한다. "아무 일도 안 하고 술이나 마십니다. 그 두 가지 일을 하죠." 헨리를 따라 말한다면 요즘 나는 아무 일도 안 하고 헌책방이나 어슬렁거리는 두 가지 일을 하고 있다. 아련한 햇살이 창문을 가린 책 틈으로 흘러내리면 작은 먼지들이 반짝이는 별처럼 부유하고, 갓 내린 커피 냄새가 따뜻하게 몸을 감싸며 어느 구석에선 고양이 한 마리가 나른한 기지개를 켜는, 그런 헌책방은 아니다. 내가 상주하는 곳은 '인터넷' 헌책방이니까.

문제는 술을 끊지 못하는 헨리처럼 나 역시 '클릭질'을 멈출 수 없다는 것. 헌책의 특성상 어떤 책이 언제 나타나고 사라질지 모르기 때문이다. 새 책과는 다르다. 깜박 잊고 며칠 만에 접속한 헌책방 사이트에서 당신을 기다리는 것은 그렇게나 찾아헤매던, 그러나 이미 '품절' 딱지를 달고 있는 바로 그 책일 수도 있다. 단순한 중고도서가 아니다. 일반적인 서점 유통으로는 구할 수 없는 책이다. 정작 출간 당시에는 독자들에게 외면당해 생명을 잃은 책이, 희소성으로 인해 뒤늦게 전설의 성배 취급을 받는 일이 이 동네에서는 왕왕 일어나곤 한다. 그 중 하나가 찰스 부코스키의 책이다. 이십 대 초반에 단편 소설을 발표하지만 출판계의 현실에 환멸을 느끼고 싸구려 일자리와 허름한 하숙집을 전전하던 남자. '죽을 때까지 매달 100달러의 월급'을 보장하겠다는 출판사의 제안에 마흔 아홉의 나이에야 전업 작가의 길로 들어선 남자. 우리나라에 번역된 그의 작품은 단 세 권뿐이다. 『시인의 여자들』, 『일상의 광기에 대한 이야기』 그리고 『팩토텀』. 그나마도 앞의 두 권은 이미 절판되어 게으른 독자들을 애태우고 있다.

비교적 최근에 출간되었던 『일상의 광기에 대한 이야기』의 경우는 그래도 낫다. 포기할 만하면 한 번씩 모습을 드러내곤 하니까. 물론 내가 발견하는 것은 언제나 '품절' 표시를 달고 난 후이지만. 반면 『시인의 여자들』은 본 적이 없다. 가끔은 세상에 없는, 단지 DB로만 존재하는 책이 아닌가 생각될 정도. 그런데 며칠 전, 그날도 어김없이 실시간으로 등록되는 헌책 목록에서 헤매이는 내 앞에 그의 『여자들』이 도둑처럼 나타난 것이 아닌가. 그것도 반값으로! 외쳐! 심! 봤! 다!

아니지. 한가하게 심봤다, 따위를 외칠 여유가 있을 리가. 호흡을 가다듬고 '광클'에 들어갔다. 장바구니에 넣고 결제를 진행하려 하는데 이런, 뭐 이렇게 더딘지. 키보드 보안 프로그램을 깔고, 안심클릭 액티브엑스을 깔고…. 점점 불길한 기운이 몰려오는 가운데 마침내 주문완료 버튼을 클릭했다. 하지만 나를 기다리고 있는 것은 '품절 상품입니다'라는 가혹한 통고. 불과 몇 분 늦었을 뿐인데….

다음 날이었다. 허탈한 마음에 다시금 부코스키를 찾아 헤매던 내 앞에 『시인의 여자들』이 다시 나타났다. 이번엔 5만 원의 가격표를 붙인 채. 이 책이 어제 내가 놓친 그 책일까? 확인할 길 없는 나는, 다만 분을 삭이며 찰스 부코스키의 묘비명을 되새길 뿐이었다.

"Don't try." (애쓰지 마라)

※ 2012년 2월 마침내 그의 『우체국』과 『여자들』이 번역되었다.
  전자는 초역, 후자는 『시인의 여자들』의 개정판이다. 출판사에서는 찰스 부코스키의 다른 책들의 출간도 '긍정적'으로 검토하고 있다고 한다. 물론 여기서 '긍정적'이란 뜻은 '지금 낸 책이 많이 팔리면'이란 뜻이다.

# 그 책 읽었지?

읽지 않은 책에 대해 말하는 법
피에르 바야르, 김병욱 옮김, 여름언덕, 2008

찬도 변변찮은 밥상이건만, 어쨌든 책밥을 먹는 입장이라 매일같이 인터넷 서점을 들락거리며 신간목록을 확인하게 된다. 하루에도 수백 권씩 쏟아지는 책, 책, 책들. 마우스 휠을 바쁘게 돌려가며 표지와 제목, 저자를 일별할 뿐이지만, 꼭 읽어야 할 것 같은 강박을 안겨주는 책은 어김없이 등장한다. 지긋지긋하지만 그렇다. 읽어야 할 책은 이미 산더미. 아무리 산수를 해봐도 이번 생에는 읽어낼 도리가 없는 양이다. 내겐 물리적인 시간이 없고, 구약의 인물들처럼 장수할 가망도 없건만, 알량한 직업윤리란 놈은 나를 괴롭히기만 한다.

그럴 땐 눈 딱 감고 책을 주문하는 수밖에 없다. 돈이 많아서가 아니다. 꼭 읽어야 할 것만 같은 강박을 안기는 책을 읽지 않는 가장 좋은 방법은 바로 그 책을 사는 것이기 때문이다. 우리는 일종의 '의무적인 독자'들이다. 다시 말해, 동종업계 종사자들과 까다로운 취향의 독서애호가들이 짐짓 무심한 척 던지는 "그 책 읽었지?" 같은 질문에 언제든지 답할 준비가 되어 있어야 한다는 뜻이다. 이때

"이미 사놓았지만 아직 읽진 못했다"는 대답은 언제나 통하는 마법의 주문이나 다름없다.

일단 그들에게 읽고 싶은 마음은 굴뚝 같지만, 다른 중요한 책들에 밀려 미처 읽을 시간을 내지 못했다는 인상을 줄 수 있다. 이건 단순히 우리의 교양과 직업적 성실성을 의심의 눈초리로부터 보호하는 것 이상의 의미가 있다. 개인적인 경험에 비추어볼 때 사람들은 우리가 읽지 않았고 앞으로도 읽지 않으리라 생각하는 책에 대해서는, 조금쯤 우리를 무시하는 말투로, 공허하고 피상적인 일반론을 늘어놓는 경향이 있기 때문이다. 반면 우리가 이미 읽은 책에 대해서는 오히려 방어적인 태도로 평을 아끼며 기껏해야 사소한 세목들에나 열을 올릴 따름이다.

그렇지만 우리가 조만간 읽을 책에 대해서라면 이야기가 다르다. 마치 여행에서 갓 돌아온 사람이 여행을 준비하는 다른 이에게 자신의 경험을 시시콜콜 늘어놓듯, 그들은 우리를 위해 그 어느 때보다도 소탈하고 진솔한 평을 아끼지 않는다. 인터넷 서점의 책 소개나 낯모르는 이들의 서평이 구태여 밝히지 않는 부분까지도. 우리는 그의 평을 갈무리해 다른 이들과의 대화에서 써먹을 수도 있겠지만, 대개 이런 평은 책보다 그것을 말하는 상대에 대해 더 많은 것을 말해주는 법. 어쩌면 우리는 서로에게 갖고 있는 해묵은 오해와 편견과 미움과 연민은 잠시 잊은 채 퍽 정겨운 대화를 나눌 수 있을지도 모른다. 참고로 책 좀 읽는다는 사람들 사이에서 언제나 벌어지는, 앞으로도 영원히 끊이지 않을 오해와 편견과 미움과 연민의 대표적인 예를 우리는 지젝의 『잃어버린 대의를 옹호하며』 권두의 헌사에서 발견할 수 있다. 그는 시인의 영혼을 빌려 이렇게 쓴다.

> 언젠가 내가 신나게 떠들고 있던 방 안에서 바디우의
> (설상가상, 내가 빌려준) 핸드폰 벨이 울린 적이 있었다.
> 그는 핸드폰을 끄는 대신 공손하게 내 이야기를 끊고는
> 통화음이 잘 안 들린다며
> 좀 조용히 이야기해 줄 수 없냐고 했다.
> 이것이 진실한 우정의 행위가 아니라면
> 나는 뭐가 우정인지 모르겠다.
> 그래서 나는 이 책을 바디우에게 헌사한다.

무엇보다 읽지 않기 위해 책을 사는 행위는 우리 자신의 구원을 위한 일이라는 사실을 기억할 필요가 있다. 종이냄새 풍기는 빳빳한 새 책을 손에 쥐었다는 만족은 둘째요, 일단 손에 넣었으니 언제라도 읽을 수 있고 따라서 당장 읽어야 할 것만 같은 부담에서 벗어나는 해방감이 첫째다. 뿌듯한 마음으로 표지와 목차를 훑어본 후, 읽지 않은 책이 가득한 책장 한편에 자리를 마련해주는 것으로 당신의 강박은 치유되는 것이다. 그래, 조삼모사다. 하지만 「혹성 탈출: 진화의 시작」이 멋지게 증명하듯, 인간이 원숭이보다 나아야 한다는 강박을 가질 필요는 없다.

　그럼에도 여전히 읽지 않은 책들로 책장을 채우는 일에 청교도적

인 죄의식을 느끼는 당신을 위해 나심 탈레브는 이렇게 말한다.

> 움베르토 에코는 박학다식하고 재기발랄하면서도 통찰력을 갖춘 몇 안 되는 학자의 반열에 든다. (3만 권의 장서를 자랑하는) 큰 서재를 갖고 있는 그는 방문자를 두 부류로 나눈다고 한다. 첫째 부류는 다음과 같이 반응한다. "와, 시뇨레 에코 박사님! 정말 대단한 서재군요. 그런데 이 중에서 몇 권이나 읽으셨나요?" 두 번째 부류는 매우 적은데, 개인 서재란 혼자 우쭐하는 장식물이 아니라 연구를 위한 도구임을 정확히 이해하는 사람들이다. 맞다. 이미 읽은 책은 아직 읽지 않은 책보다 한참 가치가 떨어지는 법이다. 재력이 있든 없든, 장기대출 이자율이 오르든 말든, 최근 부동산 시장이 어려워지든 말든, 서재에는 우리가 모르고 있는 것과 관련된 책을 채워야 한다. 나이를 먹으면 지식이 쌓이고 읽은 책도 높이 쌓이지만, 서가의 아직 읽지 않은 책들도 점점 늘어나 겁을 먹게 한다. 진정 알면 알수록 읽지 않은 책이 줄줄이 늘어나는 법이다.
>
> ─『블랙 스완』 42쪽

첫 번째 부류에게 "아니요. 저 가운데 읽은 책은 단 한 권도 없어요. 이미 읽은 책을 무엇 하러 여기에 놔두겠어요?"('서재에 장서가 많은 것을 정당화하는 방법'『세상의 바보들에게 웃으면서 화내는 방법』243쪽)라고 반문한 '시뇨레 에코 박사'는 또 다른 에세이를 통해 이렇게 덧붙이는 책 한 권을 읽는 데 얼마나 시간이 걸리는가? 하루에 단지 몇 시간만 독서에 할애하는 보통 독자의 관점에서, 평균 분량의 작품 하나에 4일은 걸린다고 가정해보자. 물론 프루스트나 토마스 아퀴나스의 작품을 읽으려면 몇 달이 걸리지만, 하루 만에 읽을 수 있는 걸작들도 있다. 그러므로 평균 4일이 걸린다고 하자. 그렇다면 『봄피아니 작품 사전』에 실린 모든 작품에다 4일을 곱하면 65,400일이 된다. 365일로 나누면 거의 180년이 된다. 이런 계산은 틀림없다. 그 누구도 중요한 작품을 모두 읽을 수는 없다.

– '우리는 얼마나 많은 책을 읽지 못했는가' 『책으로 천년을 사는 방법』 31쪽

에코의 말마따나 그 누구도 중요한 작품조차 전부 읽을 수는 없다. 우리 모두는 언젠가 죽는, 지극히 평범한 인간일 뿐이다. 그러니 이제 한결 가벼워진 마음으로 다시 서점으로 돌아가라. 우리에게 강박을 안기는, 그새 출간된, 또 한 권의 책을 선택하라. 그리고 주문하라. 강박에서 벗어나기 위해. 우리 영혼의 일시적인 평안을 위해. 필요하다면 책장도 골라라. 새삼스러울 것도 없다. 우리는 언제나 "인생을 선택하고, 직업을 선택하며, 존나 큰 TV와 세탁기, 차, CD 플레이어, 자동 병따개를 선택해"(「트레인스포팅」)오지 않았던가. 비록 그것이 언덕으로 바위를 굴려 올리는 시지프스의 고행처럼 지난하

고 덧없는 행위의 반복일 뿐이라도. 솔직히 말해 책을 읽거나 돌을 굴리는 일보다야 돈을 쓰는 쪽이 훨씬 즐겁지 않은가?

하지만 아직 문제는 남아 있다. 변하지 않는 단 하나의 사실: 우리는 여전히 책을 읽고 있고, 그것도 잘 읽어야 한다. 하지만 어떻게? 말하자면 지금 우리가 읽고 있는 책에 대한 강박. 일당 25달러를 받는 탐정보다 나을 것도 없는 현실이건만 우리의 청교도적인 직업윤리는 우리를 쉽사리 놓아주지 않는 것이다.

여기, 그런 우리를 위한 "박학다식하고 재기 발랄하면서도 통찰력을 갖춘(취향에 따라 '관능적인'이나 '매혹적인'과 같은 수식어를 추가해도 좋겠다)" 또 한 명의 학자 롤랑 바르트가 있다. 롤랑 바르트는 어떤 사람인가? 수전 손택은 이렇게 썼다.

> 그는 꼼꼼한 독서가였지만 왕성한 독서가는 아니었다. 자기가 읽은 것에 대해서는 거의 대부분 글로 썼으므로, 그가 글로 언급하지 않은 것은 아마 읽지 않았을 것이라고 짐작할 수 있다. 대부분의 프랑스 지식인처럼(그가 사랑한 지드는 예외다) 그도 비세계적이었다. 그는 외국어를 몰랐고 외국 문학은 번역된 것도 거의 읽지 않았다. (…) 그는 독서를 하느라 글을 쓰지 못할 만큼 호기심이 왕성한 사람이 아니었다.
>
> – '바르트를 추억하며' 『우울한 열정』 136쪽

언젠가 그는 모리스 나도와의 대담을 통해 책과 직업적인 관련을 맺

고 있는, 혹은 그 스스로 책과 깰 수 없는 영혼의 서약을 맺은 '의무
적인 독자들'이 처한 상황에 대한 자신의 의견을 밝힌 바 있다.

모리스 나도 : 모리스 블랑쇼가 비평가란 비非독자라고 말한
바 있습니다. 잡지나 신문의 편집장은 이런 면에서 제곱의 비
독자입니다. 말하자면 그는 '독서'하지 않으면서 '독서'합니다.
실제로 진정한 독서란 전자의 독서를 말하죠. 그런데 이 전자
의 독서, 현재 내가 종사하고 있는 직업 속에서는 나는 그걸
할 수 없습니다. 요컨대 나는 독서할 의무가 없는 순간에만
진정한 독자가 됩니다.

롤랑 바르트 : 통상 사람들은 극히 잘 다듬어진 완곡어법을
사용하고 있습니다. 그들은 어떤 책을 **보았다고** 말하죠. 그
들은 그것을 **읽지** 않았습니다. 그들은 그것을 보았습니다. 이
말은 사람들이 일종의 글쓰기의 채취採取, 즉 한 페이지, 혹은
십 페이지의 채취를 받아들일 수 있다는 걸 의미합니다. 나로
서는 텍스트와 나의 관계를 설정하는 데 있어 그것으로 충분
하다고 단언할 수 있습니다. 사람들이 정히 단어의 맛, 문장
의 맛, 예전에 흔히 문체라고 불리던 것의 맛에 바탕해서 분
기되고 분절되는 글쓰기의 관능을 갖고 있는 경우, 이 경우엔
그저 몇 페이지로 충분한 거죠.

 — 『문학은 어디로 가고 있는가?』 58~59쪽

비평가이자 편집자인 모리스 나도는 오직 자신의 입장에서 문제를 서술하고 있지만, 그것은 책에 대한 강박을 갖고 있는 모든 사람들의 조건이다. 우리는 책을 잘 읽어야 한다는 강박에, 그것에서 무언가 말할 거리를 찾아내야 한다는 강박에, 그리고 어서 다음 책으로 넘어가야 한다는 강박에 시달리며 텅 빈 눈으로 글자를 쫓을 뿐이다. 제대로 읽어내지 못하는 것이다. 그리고 그것은 읽지 않은 책을 쌓아두는 것과는 비교할 수 없는 죄의식을 우리에게 심어준다. 아아, 죄 많은 영혼들이여! 타락한 어린 양들이여! 하지만 그런 이들에게 무턱대고 개인의 수양이나 더 많은 도서목록의 필요성을 역설하는 독서계의 여타 '구루'들과는 달리, 바르트의 대답은 명쾌하기만 하다. 그것으로 충분하다는 거다. 하나의 광산이 무엇을 품고 있는지 확인하기 위해 굳이 온 땅을 헤집을 필요는 없는 것처럼, 하나의 라면이 어떤 맛인지 알아보기 위해 마지막 한 방울의 국물까지 마실 필요는 없는 것처럼. 구원은 바로 지금-여기에 존재한다.

그에게 중요한 것은 우리가 흔히 생각하듯 읽어내야 하고, 때로는 정복해야 하는 한 권의 책이 아니다. 말하자면 자신의 몸을 던져 그 속에 흠뻑 잠긴 채, 종횡으로 몸을 움직이며 새로운 의미를 직조해 나가는, 그것과 하나가 되어 순전한 즐거움을 향유할 수 있는 단 하나의 텍스트일 뿐이다. 그곳에는 어떤 고정된 의미도 없다. 그러니 굳이 그 많은 도서목록을, 추천도서를, 혹은 단 한 권의 책을 강박적으로 읽어내야 할

그리고 내가 만약 헤겔도,『클레브 공작부인』도, 레비 스트
로스의『고양이』도,『반 오이디푸스』도 읽어보지 않았더라면?
내가 읽지 않은 책, 그리고 내가 읽어볼 시간을 갖기 전에 종
종 '나에게 이야기되던' 책(아마 바로 그런 이유 때문에 그 책을 읽
지 않는다). 이러한 책은 읽었던 책과 같은 자격으로 존재하고
있다. 이러한 책은 그 나름의 명료함, 그 나름의 기억 가능성,
그 나름의 행동 방식을 구비하고 있다. 우리들은 하나의 텍스
트를 '일체 문자 밖에서' 받아들일 꽤 많은 자유를 가지고 있
지 않은가?

"그리고 내가 만약 읽어보지 못했더라면…"

−『롤랑 바르트가 쓴 롤랑 바르트』145쪽


이러한 프랑스적인 고고한 비독서의 전통을 대중적인 맥락에서 다
시금 부활시킨 것은 물론 피에르 바야르다. 제목부터 노골적인『읽
지 않은 책에 대해 말하는 법』의 마지막 부분을 그는 이렇게 썼다.

> 알지 못하는 것에 대해 통찰력 있게 말할 줄 안다는 것은 책
> 들의 세계를 훨씬 웃도는 가치가 있다. 많은 작가들의 예를
> 통해 알 수 있듯이, 교양 전체는 담론과 그 대상 간의 연관
> 을 끊고 자기 얘기를 하는 능력을 보이는 이들에게 열리는 것
> 이다. (…) 이 책에서 열거한 그 모든 이유들로 인해 앞으로도

나는 다른 사람들의 비판 때문에 나의 길을 저버리는 일 없이, 흔들리지 않고 차분한 마음으로, 읽지 않은 책들에 대해 계속 얘기를 해나갈 생각이다.

– 『읽지 않은 책에 대해 말하는 법』 236~237쪽

참으로 꼿꼿하고도 당당한 기상에 감탄하지 않을 도리가 없는 그의 메니페스토는 분명 바르트에게 빚진 바 크지만, 자신만의 개념들을 통해 독서라는 행위 혹은 교양이라는 개념 자체에 대한 재기 넘치는 도발을 던지고 있다는 사실은 인정할 만하다.

지금까지 인용한 이 모든 텍스트들이 우리에게 말하고 있는 것은, 우리는 읽지 않은 수많은 책을 쌓아두고도 읽지 않을 몇 권의 책을 기어이 추가할 수 있어야 하고, 책을 '잘' 읽어야 한다는 강박에서 벗어나 온갖 기표들의 떨림에 몸을 맡길 줄 알아야 하며, 설령 아무 것도 읽지는 않는다 하더라도 그것에 대한 자신의 직관을, 느낌을, 인상을 과감히 내뱉을 수 있어야 한다는 말이다. 결국 우리는 모든 책을 읽지 않더라도, '사실상' 모든 책을 읽은 것이나 다름없는 것이다.

나는 아직도 가장 중대하며 또한 시급한 질문을 던지지 않았다. 그것은 생활이다. 생활을 생각하면 나는 우선 김수영을 떠올린다. 그의 양계養鷄와 그의 '매문'과 숫자들로 빼곡한 그의 메모지(담뱃갑)와 얼굴에 깊게 패인 주름과 하얀 메리야쓰를 떠올리지 않을 수 없는 것이다. 김수영은 1955년 2월 2일의 일기를 이렇게 갈무리 했다.

1) 독서와 생활을 혼동해서는 아니 된다. 전자는 받아들이는 것
   이다. 그러나 후자는 뚫고 나가는 것이다.
2) 확대경을 쓰고 생활을 보는 눈을 길러야 할 것이다.

－「김수영 전집 2: 산문」 490쪽

김수영에 따르면 나는, 그리고 이 글은 생활과 독서를 혼동하고 있
다. 아니, 생활이 제거된 자리를 독서가 억지로 채우고 있는 셈이다.
물론 나는 책 속에 모든 게 있고, 책만으로 행복할 수 있다는 거짓
말을 반복할 생각이 없다. 나는 단지 우리 앞에 아가리를 벌리고 선
생활에서 눈을 돌리기 위해, 우리를 죄어오는 불안을 피하기 위해
그 많은 책과 책에 대한 강박과 이런 쓸모없는 글을 필요로 했을 뿐
이다. 얼마 전 작고한 아고타 크리스토프의 인물들이 그랬던 것처럼.

나는 실제로 일어난 일을 쓰려고 하지만, 어떤 때는 사실만
가지고는 이야기가 안 되기 때문에 그것을 바꿀 수밖에 없다
고 그녀에게 말해주었다. 그리고, 나 자신의 이야기를 쓰고 싶
지만 그럴 수도 없고, 그럴 용기도 없는 나 자신이 너무 괴롭
다고 말했다. 그래서 나는 모든 것을 미화시키고, 있었던 일
을 쓰는 것이 아니라, 있었더라면 좋았겠다고 생각하는 그런
얘기를 쓴다고 했다.
그녀가 말했다. "그래요. 제일 슬픈 책들보다도 더 슬픈 인생

이 있는 법이니까요."

내가 말했다. "그렇죠. 책이야, 아무리 슬프다고 해도, 인생만큼 슬플 수는 없지요."

— 『존재의 세 가지 거짓말(하): 50년간의 고독』 7쪽


그렇다면 대저 생활이란 무엇이고 또 인생이란 무엇인가? 우리는 그것에 대해 무슨 말을 할 수 있는가? 두서없이 떠오르는 몇 가지: 치솟는 물가와 빠듯한 살림, 쥐꼬리만한 고료와 그나마도 제때에 주지 않는 기고처, 외부 없는 자본주의와 쓰레기가 되어 가는 삶들과 기타 사회학 용어들, 박봉과 가계에 시달리는 사랑하는 이들, 멀어지는 친구들과 늙어가는 부모, 부족한 재능과 그럼에도 남아 있는 나날들…. 어느 하나 적당한 말을 고를 수 없는 나는 그저 다시금 책을 집어들 뿐이다.


생활은 고절(孤絶)이며
비애이었다
그처럼 나는 조용히 미쳐간다
조용히 조용히……

— 김수영, 「생활」 중에서

# 인생은 짧고, 독서는 더 짧다

높은 성의 사내
필립 K. 딕, 남명성 옮김, 폴라북스, 2011

중매를 잘못 서면 뺨이 석 대라지만 책을 추천하는 일도 만만치는 않다. 사랑하는 작가의 책을 추천할 경우에는 더욱 그렇다. 설마 책 한 권 잘못 권했다고 뺨이야 때리겠냐만, 나도 몰래 두근거리는 마음은 어쩔 수 없다. 마치 사랑을 고백한 소년소녀처럼 상대의 반응만 초조히 기다리게 된다.

밀란 쿤데라의 에세이집 『커튼』에도 비슷한 에피소드가 등장한다. 폴란드의 소설가 곰브로비치를 무척이나 좋아하던 쿤데라는 한 프랑스인 친구에게 그의 작품을 꼭 읽어야 한다고 강력하게 추천한다. 며칠 후, 다시 만난 친구가 떨떠름한 표정으로 말한다. "당신 말대로 했어요. 그런데 정말이지 무엇 때문에 당신이 그렇게 열을 냈는지 이해하지 못하겠군요." 당황한 쿤데라가 무슨 책을 읽었느냐고 묻자 『저주받은 것들』을 읽었다고 대답하는 친구. 쿤데라는 탄식한다. "이런 제기랄! 왜 하필이면 『저주받은 것들』이죠?"

쿤데라의 말에 따르면 그 작품은 곰브로비치의 대표작이 아닐뿐

더, 생전에 출판조차 거부했던 작품이다. 곰브로비치의 정수를 느끼려면 (우리나라에도 번역되어 있는) 『페르디두르케』나 『포르노그라피아』를 읽었어야 하는 것이다. 하지만 친구는 우울한 표정으로 쿤데라를 바라보며 이렇게 말할 뿐이었다. "친구여, 내 앞에 펼쳐진 인생은 짧아요. 내가 당신 작가를 위해 소비할 시간의 분량이 바닥나 버렸어요." 결국 소개팅이건 독서건 첫인상이 모든 것을 좌우한다는 이야기.

그런 의미에서 필립 K. 딕의 『높은 성의 사내』는 추천하기엔 조금 곤란한 책이다. 물론 '스펙'은 그럴듯하다. 일단 함께 출간된 『화성의 타임슬립』, 『닥터 블러드머니』보단 훨씬 상식적인 제목이고, 제2차 세계대전에서 승리한 독일과 일본이 지배하는 세계를 그린 대체역사소설이니, '진지한' 독자들이라면 흔히 경계하곤 하는 외계 생명체나 과학기술에 대한 장황한 설명도 없다. 게다가 휴고상까지 수상한 딕의 대표작이라고들 하지 않던가. "딕은 『높은 성의 사내』로 현대 미국 소설에 혁명을 일으켰다"는 로베르토 볼라뇨의 추천사는 덤이다.

하지만 그런 생각만으로 책장을 넘기다간 10분 이내에 졸음이 몰려올 것이다. 별 상관도 없는 여러 인물들의 이야기가 분명한 플롯 없이 중구난방으로 진행되고, 그들을 이어주는 유일한 연결고리인 '높은 성의 사내'는 사실상 아무 역할도 수행하지 않는 맥거핀에 불과하며, 과학기술에 대한 장황한 설명 대신 일본에 의해 전 세계에 수출된 『주역』에 관한 지루한 설명이 수시로 등장하고, 그것으로 부족해 중반 이후 갈피를 잃은 이야기는 급속히 무너지기 시작한다. 한 마디로 지루하고 심심한 소설이란 말이다.

그런데 여기에 묘한 매력이 있다. 분명 『안드로이드는 전기양을 꿈꾸는가』보다 장르적 재미가 떨어지고, 『유빅』에서 느낄 수 있는 상상력의 폭발·사고의 확장 같은 느낌도 없건만, 『높은 성의 사내』만의 맛이 있는 것이다. 마치 평양냉면 같다고 해야 할까. 처음 먹을 때는 밍밍하고 무슨 맛인지 모르겠지만, 뒤돌아서면 자꾸만 생각나는 그런 맛.

그러니 오늘의 (억지) 결론. 소개팅이건 독서건 한 번에 모든 걸 알 순 없으니, 인생 비록 짧을지언정 여유를 갖고 살아가자는 그런 이야기.

# 하루키와 프루스트

그림과 함께 읽는 잃어버린 시절을 찾아서

마르셀 프루스트, 에릭 카펠리스 해설, 이형식 옮김, 까치, 2008

마침내 출간된 『1Q84』 3권을 읽다가 재미있는 구절을 발견했다. 은신처에 피신해 있는 여주인공 아오마메와 그녀의 뒤를 봐주는 과묵한 남자 다마루의 대화. 식료품과 일용품의 전달 방법을 진지하게 설명하던 다마루가 뜬금없이 묻는다. "프루스트의 『잃어버린 시간을 찾아서』는 어때?" 갑자기 교양을 시험당한 아오마메는 되묻는다. "당신은 읽었어요?" 다마루의 쿨한 대답. "아니. 나는 교도소에도 간 적이 없고, 어딘가에 오래 은신할 일도 없었어. 그런 기회라도 갖지 않는 한 『잃어버린 시간을 찾아서』를 완독하는 건 어려운 일이라고들 하더군."

이어지는 대화는 점입가경이다. "주위에 누군가 다 읽은 사람이 있었어요?" "교도소에서 오랜 시간을 보낸 사람이 내 주위에 없는 건 아닌데, 다들 프루스트에 흥미를 가질 만한 타입이 아니었어." 이쯤 되면 도대체 무슨 뜻에서 하는 말인지 의아해 할 법도 하지만 아오마메는 순순히 말한다. "한번 해보죠. 책이 입수되면 다음 보급 때 함께 보내주세요." 기다리고 있었다는 듯 다마루가 대답한다. "사실은 벌써 준비해뒀어."

이건 분명 하루키의 농담이다. 700쪽이 훌쩍 넘는 3권을 읽는 독자들을 배려한 농담인지, 700쪽을 채우기 위해 억지로 넣은 농담인지는 잘 모르겠지만. 물론 그 후로도 프루스트가 언급되긴 한다. 아오마메가 날마다, 스무 쪽을 넘지 않도록 주의하며 한 자 한 자 꼼꼼하게 읽어나간다는 대목과 감상을 묻는 다마루의 질문에 '감각의 동시적인 공유'를 운운하는 아오마메의 대답, 다음엔 '마들렌'을 한 상자 넣어주겠다는 다마루의 말 등등. 설령 그것이 은근슬쩍 자신의 작품을 프루스트와 같은 층위에 놓으려는(혹은 그렇게 읽어 달라는) 하루키의 의도라 해도, 그거야말로 농담이 아닐 수 없는 것이다.

물론 모든 농담이 그러하듯 여기에도 진실은 있다. 감옥에라도 가지 않는 한 프루스트를 읽기는 힘들다는 것. 많은 사람들이 프루스트는 읽지 않아도 하루키는 읽는다는 것. 실제로 말년의 프루스트는 소음을 막기 위해 코르크로 봉인한 방에서, 죽음을 예감하며 『잃어버린 시간을 찾아서』을 써내려간다. 자고로 어렵게 쓴 글은 어렵게 읽히는 법. 하루키의 글이 더 쉽게 읽히는 것은 어찌 보면 당연한 일인지도 모른다.

그렇다고 프루스트를 읽기 위해 감옥에 가야 할 필요는 없다. 『한 권으로 읽는 잃어버린 시간을 찾아서』(라고는 하지만 830쪽)도 있고, 만화(전편이 번역되진 않았음)도 나와 있다. 그 중에서도 가장 폼 나는 것은 『그림과 함께 읽는 잃어버린 시절을 찾아서』다. 7부 15권으로 이루어진 방대한 작품을 200여 점의 명화와 함께 한 권으로 압축한 책은, 무려 영국 출판사와 공동제작한 전 세계 한정판이란다. (얼마나 한정한 것인지는 모르겠지만, 아직 재고가 넉넉하다는 것만은 분명하다.)

어쩌면 하루키는 농담을 통해 우리에게 말하고 싶었던 것은 아닐까. 자신의 작품을 사주는 것은 고맙지만, 프루스트 정도는 읽어주었으면 좋겠다고. 혹은, 아무리 생명의 위협을 받고 피신해 있는 상황이라도 프루스트를 권하는 친구가 있다면 아직 인생은 괜찮은 거라고. 어쨌거나 세상은 넓고 읽어야 할 책은 많다. 하루키만 읽는다고 능사는 아닌 것이다. (뜨끔)

# 나태해진 영혼에 죽비를

## 나는 왜 쓰는가
조지 오웰, 이한중 옮김, 한겨레출판, 2010

인터넷 서점에서 '조지 오웰'을 검색하면 100권 남짓한 도서목록을 확인할 수 있다. 결코 적지 않은 숫자. 조지 오웰이라는 이름 앞에서 어린 시절 동화로 각색된 『동물농장』의 돼지 일러스트나 하루키의 『1Q84』를 먼저 떠올린 당신은, 어쩌면 부끄러워하거나 조금쯤 당혹스러워할지도 모른다. 하지만 실상은 이렇다. 『동물농장』의 이러저러한 번역본이 60여 종에 『1984』 20여 종. 정말 부끄러워하거나 당혹스러워해야 할 쪽은 출판계인 것이다.

그렇다고 실망할 필요는 없다. 올해 들어 탄광지대에서 직접 경험한 노동계급의 삶을 그린 르포르타주 『위건 부두로 가는 길』이 출간되었고, 『제국은 없다』는 절판되었다가 『버마 시절』이라는 제목으로 새롭게 선보이기도 했다. 무엇보다 반가운 것은 29편의 에세이를 엮은 『나는 왜 쓰는가』의 출간이다. 오웰은 소설가이기 전에 수많은 칼럼과 서평, 수필을 남긴 탁월한 에세이스트였다. 2004년 출간된 『코끼리를 쏘다』에 실린 25편을 더한다면, 이제 우리 앞엔 (겹치는 8

편을 제외하고) 46편의 '오웰표' 에세이가 놓인 셈이다. 범람하는 '1984년의 동물농장'에 비한다면 미약하고 또 미흡한 숫자일 뿐이지만.

오웰은 결코 말을 돌려 하지 않는 사람인 동시에 언제나 유머를 잃지 않는 사람이었다. 물론 그 유머는 가볍고 공허한 언어유희가 아닌, 시선의 깊이가 드러내는 사태의 어리석음과 인간 본성의 허약함을 담고 있다. 그 시선은 피식민지 버마에서 제국주의 경찰로 일했던 경험과 파리와 런던의 밑바닥을 전전하던 부랑자로서의 경험, 극한의 전쟁 경험을 통해 체득된 것이다. 산다는 것의 비루함을 누구보다 잘 알고 있지만, 비루함에 굴복한 삶의 추함을 외면하지 않는 사람. 그는 책상머리에 앉아 생각만으로 살아가는 '뇌 비만 환자'가 아닌(이런 식상한 표현을 그는 절대로 용서하지 않았겠지만) '행동하는 지식인'이었다.

그의 시선은 정치와 사회, 문화와 일상을 두루 향하고 있지만, 고갱이는 역시 표제작 『나는 왜 쓰는가』를 비롯해 문학에 대한 입장을 밝힌 글들이다. "명료한 언어의 대적은 위선이다. 진짜 목적과 겉으로 내세우는 목적이 다를 경우, 사람은 거의 본능적으로 긴 단어와 진부한 숙어에 의존하게 된다. 마치 오징어가 먹물을 뿜어대듯 말이다."(「정치와 영어」) 이런 문장을 만나게 되면 나도 모르게 자세를 다잡을 수밖에 없다. 매섭게 내리치는 죽비처럼 나태한 영혼이 얼얼해질 지경이다.

개인적으로는 어느 가련한 서평자의 일상을 통해 출판업자들과 삼류 서평자들의 현실을 날카롭게 풍자한 '어느 서평자의 고백'을

잊을 수가 없다. 특히 다음과 같은 부분에서는 나도 모르게 얼굴을
붉히게 된다.

> 그런데도 그의 원고는 자못 신기하게도 제때 편집자의 책상
> 에 도착할 것이다. 어떻게든 항상 정시까지 도착하는 것이다.
> (…) 아침이면 퀭한 눈에 면도 안 한 얼굴로 고약한 표정을 짓
> 고서 빈 종이를 한두 시간 바라보고만 있다가, 시곗바늘의 위
> 협에 겁을 집어먹고 행동을 개시할 것이다.

그러니까 아침. 조지 오웰이 이 글을 읽을 수 없으리란 사실에 살짝
안도하는 나는, 먼저 면도를 하고 계속해서 오웰을 읽을 생각이다.
그리고 (아마도) 계속해서 원고를 쓸 것이다.

# 존재의 악순환

## 모스크바발 페투슈키행 열차
베네딕트 예로페예프, 박종소 옮김, 을유문화사, 2010

가을이 독서의 계절이라는 거짓말이 언제, 어떻게 시작되었는지에 대해서는 의견이 분분하지만 한 가지는 확실하다. 바로 출판 관계자들이 퍼트린 말이라는 것. 단순한 문장 뒤에 "그랬으면 좋겠다", 혹은 "그래야 우리도 먹고 살지 않겠습니까"라는 절박한 마음이 숨어 있는 것이다. 실제로 가을은 출판업계 최대의 비수기이고, '독서의 계절'이 '천고마비의 계절'과 더불어 가을을 수식하는 대표적인 문구가 된 오늘에도 사정은 크게 나아지지 않았다. 당연한 일이다. 말이 살을 찌우건 말건, 누가 책을 읽건 말건 도대체 나랑 무슨 상관이란 말인가?

물론 그들 입장에서야 무더위도 한풀 꺾이고 시원한 바람도 불어오니 독서에 맞춤한 계절이라 말하고 싶겠지만, 건강한 영혼이라면 이런 날 방구석에 앉아 책이나 읽어야겠다는 생각을 하지는 않는 법이다. 낮이면 문득 떠나고픈 마음을 주체할 길 없고, 밤이면 살갗을 스치는 선선한 바람에 술 생각 간절하다. 인정할 건 인정하자. 세상엔 책보다 아름답고 또 즐거운 것들이 존재한다. 출판 관계자들이 독서의 계절이란 문구를 떠올린 것도 어느 나들이나 술자리에서였을 거라는 데에 소주 두 병과 오뎅탕을 걸 수도 있다.

하지만 우리에겐 지켜야 할 직업과 가족이 있고, 매달 납부해야 하는 핸드폰 요금과 카드대금이 있다. 훌쩍 떠날 수도, 술로 세월을 보낼 수만도 없는 노릇이다. 그럴 때 당신을 위로하는 것은 다름 아닌 책이다. 우스운 얘기지만 그렇다. 세상엔 책보다 아름답고 또 즐거운 무언가들이 존재하겠지만, 가만히 앉아 몇 번의 클릭으로 받아볼 수 있는 것 중에 책보다 나은 것은 그리 많지 않으니 말이다.

그런 경우라면 진탕 술을 마시고 미련도 후회도 없이 세상을 떠도는 이야기가 좋겠다. 그 분야의 전문가는 물론 평생 술을 마시며 미국 전역을 떠돌던 찰스 부코스키지만, 사회주의 체제의 구소련에서 17년간 신분증도 없이 이런저런 직업을 전전했던 베네딕트 예로페예프의 이야기도 그에 못지않다. 이를테면 술을 너무 사랑해 술 없이는 삶을 한시도 견딜 수 없는 남자의 애틋한 여행기인 『모스크바발 페투슈키행 열차』에서, 출구 없는 현대인의 삶을 통렬하게 풍자하고 있는 이런 부분을 보라.

예를 들어 나는 술을 한 달 마시고, 또 한 달을 마십니다. 그리고 무슨 책이든 간에 집어 들고 읽으면 그 책은 아주 좋은 책인 것 같고, 내 자신은 바보같이 보여서 완전히 실망하고 책을 읽을 수가 없어서 책을 내던지고 술을 마시기 시작합니다. 한 달을 마시고, 또 한 달을 마시고, 그리고 그 후에는 (…) 이런 순환이, 이런 존재의 악순환이, 그것이 내 목을 조르고 있습니다. 그래서 난 훌륭한 책을 읽어야만 합니다. 나는 누가, 왜 술을 마시는지 충분히 해명할 수 없습니다. 하류 사회는 위를 쳐다보고, 상류 사회는 밑을 쳐다봅니다. 그러면 나는 이미 어쩔 수 없이 책을 내던집니다. 한 달을 마시고, 또 한 달을 마시고, 그리고 그 후에는….

만약 이런 순환이 덧없게만 느껴진다면 볕 좋은 창가에 의자를 놓고 앉아 멍하니 창밖을 바라보며 시간을 보내는 것도 좋겠다. 아무려나, 하늘이 높은 계절이다. 인간이 아무리 책을 읽고 애를 쓰고 소리 높여 자신의 철학을 늘어놓아 본댔자 하늘은 꿈쩍도 하지 않는다.

# 책 속의 지도

## 소설은 어떻게 작동하는가
제임스 우드, 설준규·설연지 옮김, 창비, 2011

언젠가 벤야민은 이렇게 썼다.

책 안에서 열리는 세상과 책 자체는 결코 분리된 것이 아니라 완전히 하나였다. 책이 있으면 그 내용과 그 안의 세상이 손에 잡힐 듯 단번에 내 앞에서 나타났다. 그래서 그 내용과 책 안의 세상은 책의 모든 부분을 변용시켰다. 즉 그것들은 책 안에서 불타올랐고 책으로부터 빛을 내보냈다. 책의 내용과 그 안의 세상이 표지나 그림들 안에 깃들어 있을 뿐 아니라 각 장의 제목들, 첫 번째 글자들, 문장과 단락도 그것들을 담은 상자가 되었다. 따라서 우리는 그것을 읽는 것이 아니라 그 안에 살았다. 즉 우리는 책의 행간에 거주했던 것이다. 잠깐 쉬다가 다시 책을 펼치게 되면 사람들은 자신이 멈춰 섰던 자리를 찾아내면서 스스로 놀란다.

– 「1900년경 베를린의 유년시절 / 베를린 연대기」 234쪽

책이 우리에게 선사하는 각각의 세상에 대한 한 독서광의 예찬. "어떤 도시에서 길을 잘 모른다는 것은 별일 아니다. 그러나 그곳에서 마치 숲에서 길을 잃듯 헤매는 것은 훈련을 필요로 한다"고 말하던 남자에게, 수전 손택의 표현대로 책이란 그가 그 안으로 들어가 기꺼이 헤매 다닐 수 있는 또 하나의 공간이다.

물론 책을 세상, 혹은 세계에 비유하는 일은 흔하다. 그다지 열성적인 독자는 아니었던 바르트 또한 그것이, 특히 (리얼리즘) 소설이 만들어내는 것이 하나의 세계라는 사실에 동의한다.

> 이 자급자족적 세계 자체는 그 나름의 차원들과 한계를 만들어 내고 그 나름의 고유한 시간·공간·인구, 그 나름의 수집된 대상들과 신화들을 소유한다.
>
> — '소설의 글쓰기', 『글쓰기의 영도』 31쪽

하지만 바르트의 생각은 다르다. 소설의 세계란 "던져지고 진열되고 제시된 하나의 세계가 아니라, 구축되었고, 공들여 구상되었으며, 부각되어 의미적인 행들로 귀결된 어떤 세계"이고, 따라서 그 "뒤에 항상 숨어 있는 것은 신이든 서창적 내레이터든 조물주 같은 존재"이다. 바르트는 그런 작가들이 하는 일이란 우리가 살고 있는 현실을 경험의 실존적 뿌리로부터 떼어내 정교하게 구축된 언어 안에 가두는 일, 부조리하고 때론 비참한 삶의 참모습으로부터 사람들의 시선을 돌리게 만드는 일이라고 말한다. 리얼리즘은 현실reality을 지시하지 않음에도, 또 그럴 수 없음에도, 단어가 그 지시대상과 투명하게 연결되어 있다는 리얼리즘의 신화가 도처에 만연해 있는 탓에, 우리는 기꺼이 그것에 속아 넘어간다고. 뿐만 아니라 자신도 모르는 사이에 부르주아 계급의 안녕에 기여하게 된다는 것이다. 그 말을 이해하느니 차라리 사회 지도층의 안녕에 기여하고 말겠다는 생각이 절로 든다.

제임스 우드의 『소설은 어떻게 작동하는가』는 바르트의 공격에 맞서 벤야민이 예찬한 세계를 지켜내려는 중견 평론가의 시도라고 할 수 있다. 물론 벤야민이 예찬한 것은 소설이 아니었고, 또한 그가 리얼리즘과 맺고 있는 관계에 대해서는 다양한 의견이 존재한다. 하지만 아래와 같은 문장에서 유추할 수 있는 그의 태도에 주목해보자.

> 그러므로 소설은 중요하다. 소설이 누군가의 운명을 아마도 교훈적으로 우리에게 제시하기 때문이 아니라 이 이방인의 운명이 그의 운명을 타오르게 하는 불꽃으로 인하여 우리 자신의 운명에서는 전혀 끌어 내지 못하는 따뜻함으로 우리를 굴복시키기 때문이다.
>
> – '스토리 텔러' 『문예비평과 이론』 112쪽

무엇보다 그가 사용한 '책'이라는 단어가 소설을 포함하고 있다는 점에서, 우드는 소설이라는 세계를 구성하는 각각의 요소들이 작동하는 방식과 그것의 발전사를 살핌으로써 허위의 양식이나 낡은 관습으로 비난받는 리얼리즘의 올바른 자리를 되찾아주려 하는 것이다.

그렇다고 뻔한 프로파간다로 빠지는 우를 범하지는 않는다. 그는 리얼리즘은 리얼한가, 성공적인 은유를 어떻게 정의할 것인가, 캐릭터란 무엇인가, 세부사항의 훌륭한 사용이란 어떤 것이며 시점이란 무엇인가와 같은 낯익은 질문들을 다시 던지고, 여러 소설가들의 소설에서 찾아낸 자신의 대답을 들려줄 뿐이다. 그가 소환하는 작가들의 면면 또한 무척이나 화려해서, 플로베르, 도스토예프스키, 제임스 조이스 등 각종 소설론의 단골손님들은 제쳐두고라도, W. G. 제발트, 코맥 매카시, 존 쿳시, 토마스 핀천, 존 르 카레, 미셸 우엘벡, 제이디 스미스, 메릴린 로빈슨 등의 이름을 한 권의 책에서 볼 수 있다는 사실만으로 어떤 독자들을 황홀하게 만들기에는 충분하다(몬티 파이슨, 케네스 브레너, 리키 저베이스의 이름은 보너스다). 그리고 이런 취향을 가진 남자를 미워하기란 쉽지 않은 법이다.

그는 소설의 요소들이 발전해 온 과정을 새롭게 구성하며 리얼리즘의 복권을 선언하는 결말을 향해 나아간다. 걸음으로 치면 가벼운 산보 정도 될까. 싱싱한 생명력을 자랑하는 나무들이 늘어선 공원을 거닐 듯, 그가 인용하는 작품들을 음미하며 그를 따라가다 보면 어느새 책의 막바지에 이르게 된다. 그리고 마침내 도착한 그곳에서, 그는 말한다. 리얼리즘이 원하는 것은 진실이며, 그것은 허구이지만 삶을 닮은 무엇이고, 그렇기에 리얼리즘은 하나의 장르가 아닌 소설, 그 자체의 기원이라고. 우리가 싸워야 할 것은 낡아버린 관습이요, 그것에 안주하는 매너리즘이지 리얼리즘은 아니라는 말이다. 그의 선언은 제법 감동적이지만, 냉정히 바라보면 조금 고개를 갸웃하게 하기도 한다. 그의 논리는 세부사항에 충실하지만, 과연 그것이 바르트의 비판에 대한 근본적인 대답인지는 잘 모르겠다는 생각이 드는 것이다. 물론 그것은 나의 인상으로, 읽는 이 각자가 판단해야 할 몫이다.

난해하지 않고 매끄러우며 때론 우아함까지 느껴지는 서술이 무척이나 매력적인 책이다. '평범한 독자'를 염두에 두었다는 그의 말처럼 현대소설이론에 대한 입문서로 모자람이 없다. 현학과 비약과 장광설에 빠지지 않는 이론서(특히 번역서)는 그리 흔하지 않은 법이다. 하지만 무엇보다 가장 큰 미덕은, 비록 저자의 주장에 동의할 수 없다 할지라도, 우리를 다시금 개별적인 작품들로 돌아가게 한다는 점이다. 그가 세심하게 선별하고 있는 소설의 목록은, 종종 책에 대한 집중을 방해할 정도로, 우리의 독서욕을 집요하게 자극한다. 현실에, 타성에, 권태에, 피곤에, 그 밖의 시급하고 또 구차한 많은 일에 지쳐 책을 놓는 우리들에게 소설의 세계가 얼마나 매혹적인지, '그것이 어떻게 빛나는지'를 새삼 일깨우는 것이다. 우드는 말한다.

문학과 삶의 차이는 삶이 두루뭉술하게 세부사항으로 가득 차 있으면서도 우리를 그 세부사항에 주목하도록 거의 이끌지 않는 반면, 문학은 우리에게 세부사항을 알아차리는 법을 가르쳐준다는 점이다. (…) 문학이 우리를 좀 더 삶을 잘 알아차리는 사람으로 만들면, 우리는 삶 자체에서 실습하게 되고, 그리하여 이것이 우리를 문학의 세부사항을 좀더 잘 읽는 독자로 만들면, 그것이 이번에는 우리의 삶을 좀 더 잘 읽는 사람으로 만든다. 이런 과정이 이어지는 것이다. 문학을 가르쳐보면 젊은 독자들 대부분이 삶을 알아차리는 능력이 형편없다는 것을 쉽게 깨달을 수 있다. 이십년 전 학생 때 마구잡이로 주를 달아둔 내 옛날 책을 보면서 알게 된 것인데, 그 당시 나는 지금에 와서는 진부하다고 느껴지는 세부사항들, 이미지, 은유 따위에 마음에 든다는 표시로 줄곧 밑줄을 치면서도, 지금 굉장해 보이는 것들은 아무 생각 없이 놓치고 있었던 것이다. 독자로서도 우리는 성장 과정을 겪거니와, 스무살배기들은 상대적으로 철딱서니다. 그들은 문학을 읽는 법을 문학에서 배우기에는 읽은 문학작품이 아직 충분하지 않다.

─ 『소설은 어떻게 작동하는가』 76~77쪽

아마 당신에게도 비슷한 경험이 있을 것이다. 나 역시 마찬가지다. 그리고 그 말은, 우리가 소설 속에서 얻을 것이 여전히 남아 있다는 말과 다름이 없다. 우리는 여전히 철딱서니지만, 좀 더 나은 철딱서니가 될 수 있는 가능성은 언제나 열려 있다, 소설이 우리 곁에 존재하는 한. 그러니 이 책에서 정답을 찾을 필요는 없다. 다만 책이라는 세상 속에서 길을 잃는 법을, 기꺼이 헤매는 법을 배우는 것으로 족하다. 벤야민은 이렇게 썼다.

책들이 그 주인 속에서 생명을 갖게 되는 것이 아니라, 바로 그 주인이 책들 속에서 사는 것입니다. 그래서 나는 벽돌 대신에 책으로 그가 거주할 집을 여러분 앞에 세운 것입니다. 그리고 이제 이 사람은 가장 어울리는 일인 양 그 안으로 사라지려는 것입니다.

– '나의 서재를 정리하며', 『문예비평과 이론』 82쪽

# 이륙.

## 기막힌 독서법

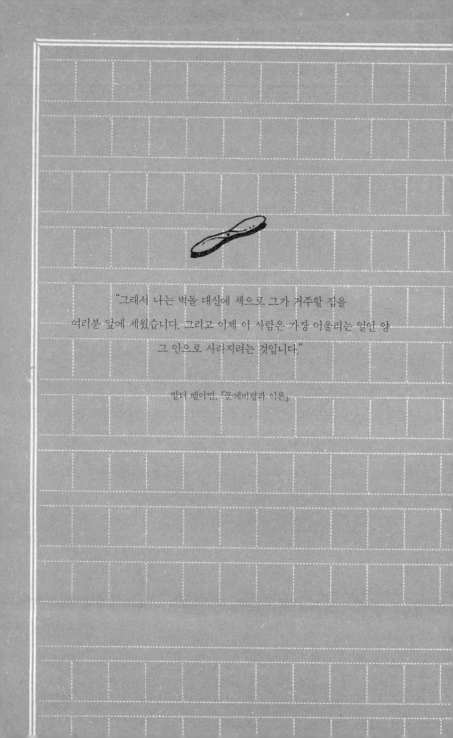

"그래서 나는 벽돌 대신에 책으로 그가 거주할 집을
여러분 앞에 세웠습니다. 그리고 이제 이 사람은 가장 어울리는 일인 양
그 안으로 사라지려는 것입니다."

발터 벤야민, 『문예비평과 이론』

# 가장 보통의 철학

공항에서 일주일을

알랭 드 보통, 정영목 옮김, 청미래, 2009

책을 파는 일로 먹이를 벌게 된 후 난독증이 생겼다. 문자를 읽고 이해하는 일에는 별 불편 없다. 다만 그 문자들이 엮이고 엮여 이루는 전체로서의 책을 즐길 수가 없을 뿐. 그렇다면 난서증難書症이라고 해야 할까. 밤을 새워가며 읽고, 밑줄 치고, 놀라고, 웃고, 덧붙여 쓰는 일이 이제는 없다. 감자탕을 뼈 사이사이의 골수까지 쪽쪽 빼먹던 사람이 어느 날부터 국물과 고기 몇 점만을 건성으로 먹게 된 것처럼.

하루에도 수백 건씩 올라오는 독자 서평을 훑을 때면 학교 앞에서 팔던 병아리가 생각난다. 수컷은 300원, 머리에 빨간 스탬프를 찍은 암컷은 500원. 조그만 손에 쥐어진 작은 생명 앞에서 아이의 마음은 얼마나 두근거렸던지. 그처럼 한 권의 책에 감동하고 때론 실망하는 서평들 사이에서 나는, 어쩌면 병아리 감별사가 되어버린 게 아닐까 생각한다. 컨베이어 벨트에 실려오는 노란 햇병아리들은, 그에겐 기계적으로 분류해야 하는 상품에 불과했으리라. 왼쪽은 암컷, 오른쪽은 수컷, 귀마개는 필수. 닭고기는 먹지 않습니다. 질려버렸으니까요….

일상은 반복된다. '매일 반복되는 생활'이란 단어의 뜻 그대로. 어느새 손톱은 자라고, 눈 깜짝할 새에 원고 마감이 돌아오는 것도 그 때문이다. (월급날이 빨리 돌아오지 않는 기현상에 대해 학계는 아직 명확한 이유를 제시하지 못하고 있다.) 나이를 먹을수록 시간은 빨리 간다. 매일 매일 새롭고 신나던 어린 시절은 이미 사라졌다. 영원히 닿지 않는 곳으로, 빛과 같은 속도로.

가끔 초등학교 4학년 친구가 쓴 서평을 생각한다. 원숭이의 일상을 그려낸 그림책을 두고 그 친구는 "이 원숭이들은 우리 인간들과 매우 비슷하지 않을까? 우리 인간들도 언제나 일을 위해 똑같은 생활을 반복하는 사람이 많다"라고 썼다. 4학년의 눈에 비친 어른들은 '생활을 위해' 똑같은 일을 반복하는 것이 아니라 '일을 위해' 똑같은 생활을 반복하고 있었던 것이다.

물론 반복은 피할 수 없다. 하지만 의미는 있어야 한다. 일상의 톱니바퀴가 잠시 멈춘 새벽 세 시쯤의 공허를 위해서라도. 낮잠에서 깨어난 주말, 어스름한 방 안에 차오르는 불안을 위해서라도. 그럴 때 필요한 '상비약'은 알랭 드 보통이다. 반복되는 사랑에 지칠 때 『왜 나는 너를 사랑하는가』를, 이대로 살아도 좋은지 궁금할 때는 『불안』을, 패키지로 소비하는 여행에 싫증난다면 『여행의 기술』을 처방한다. 약효는 그런대로 쓸만한 편이다.

『공항에서 일주일을』은 세계에서 가장 바쁜 런던 히드로 공항에 머물며 보낸 일주일의 기록이지만, 그가 그려내는 것은 일상이다. 누군가에게는 통과해야만 하는 공간, 다른 이에게는 지겨운 일터, 공항 로비처럼 혼란스럽고 피곤하기만 한 삶. 하지만 정말 그럴까? 그는 살아감에 바빠 무심코 지나치는 풍경, 스치며 지나치지만 외면했던 타인의 삶, 그저 존재하겠거니 생각했던 공항이 움직이는 법칙을 엮어 하나의 이야기를 들려준다.

우리의 일상이 그저 반복되는 것이 아니라 매일 새롭게 변주된다는 것을, 다만 우리에게 필요한 것은 눈과 귀, 마음을 열어놓는 일뿐임을, 보통은 담담하게 그려낼 뿐이다. 그리고 그것이 바로 우리에게 필요한 '가장 보통의 철학'이리라.

# 수상한 휴가

우리는 몰바니아로 간다

산토 실로로 외, 전지나 옮김, 오래된 미래, 2005

'휴가'라는 단어에는 어딘가 씁쓸한 울림이 있다. 그것은 언제나 우리를 배신한다. 꽉 막힌 도로, 해변을 가득 채운 인파, 살인적인 태양과 그보다 더 치명적인 바가지요금, 홈페이지 사진과는 딴판인 펜션까지. 어디 그뿐인가. 산은 높고 바다는 짜고 아이는 운다. 행여 당신이 부르스타 대신 공구함을 챙겨왔다는 사실을 일행에게 들키는 날에는 휴가 대신 '휴거'를 기다려야 할 것이다.

문제는 이런 휴가조차 충분치 않다는 사실. 맛도 없는 데다 양까지 적은 어느 식당의 메뉴처럼, 휴가는 언제나 짧다. 지친 심신과 함께 이내 돌아서야 하는 것이다. 집으로, 직장으로, 지긋지긋한 일상으로. 남은 것은 페이스북에 올린 몇 장의 사진과 부러움 섞인 댓글뿐. 진정한 휴가는 언제나 SNS 속에서만 가능한 법이다.

해마다 반복되는 이 모든 소동을 끝내고 싶다면(동시에 휴가를 생중계하는 친구들의 트윗에 지지 않을 자신이 있다면), 여기 당신을 위한 솔루션이 있다. 그것은 바로… 책이다. 미안하지만 그렇다. 책 속으로 떠나는 휴가. 그다지 '힙'하게 들리지 않는다는 사실은 인정해야겠다. 하지만 적어도 책은 우리를 배신하지 않는다. 그저 거기에 있을 뿐이다.

그렇다고 우후죽순처럼 쏟아지는 진부한 여행서적을 추천할 생각은 없다. 어차피 그런 책들은 "나는 이런 곳도 가봤고, 이제 당신이 이 책을 샀으니 더 좋은 곳도 갈 수 있음"이 내용의 전부니까. 우리에게 필요한 것은 좀 더 특별한 여행, 이를테면 빌 브라이슨이 게으른 우리를 대신해 투덜거리며 2100마일에 달하는 미국의 애팔래치아 산맥을 종주하는 『나를 부르는 숲』 같은 책이다.

손수 제작한 범선을 타고 대서양 종주에 나선 스티븐 캘러핸의 이야기는 어떤가? 여름에 어울리는 낭만적인 이야기다. 비록 얼마 못 가 고래와 충돌, 구명보트로 갈아타야만 했지만. 76일간 허기와 갈증, 고독과 불안에 시달리며 망망대해를 떠돌아야 했지만(그래서 제목이 『표류』다). 어쨌든 살아남았으니 잘 된 일이다. 스릴을 원한다면 호랑이와 한 배에 표류하게 된 소년의 이야기인 얀 마텔의 『파이 이야기』를 곁들여도 좋겠다.

존 크라카우어의 『희박한 공기 속으로』는 바다보다 산을 선호하는 사람들을 위한 책이다. 에베레스트에 도전한 산악인들의, 생각만 해도 입김이 나올 것 같은 이야기다. 열두 명의 산악인들이 목숨을 잃었다는 사실을 생각하면 더더욱. 저자의 또 다른 책인 『인투 더 와일드』는 숀 펜이 감독을 맡아 영화로 만들어지기도 했다.

하지만 책으로 떠나는 휴가라면 역시 『우리는 몰바니아로 간다』

를 빼놓을 수 없다. 컬러 도판과 도표, 상세한 해설로 몰바니아를 소개하는 책이다. "시내버스는 자주 다니는 편이며, 손을 흔들거나 성수기엔 권총을 흔들어 세우면 된다." 같은 유용한 정보를 얻을 수 있다. 세상에 그런 나라도 있냐고? 그럴리가 있나. 몰바니아는 존재하지 않는 나라다. 가상의 나라에 대한 능청스러운 가이드북인 셈이다. 오직 책으로만 갈 수 있는 나라에 대한 책. 오늘의 주제에 이보다 어울리는 책이 또 있을까?

이도저도 마음에 안 든다면 『내 방 여행』을 추천한다. 프랑스의 귀족 자비에르 드 메스트르가 42일간 가택에 연금된 상황에서 자신의 방을 여행하며 쓴 책이다.

# 조지 클루니의 미소

업 인 디 에어

월터 컨, 김환 옮김, 예문, 2010

라이언 빙햄은 해고 전문가다. 클라이언트의 의뢰에 따라 미국 전역을 누비며 해고를 통보하는 남자. 정리해고가 일상화된 사회에서 그는 저승사자와도 같은 존재다. 1년 중 322일을 비행기에서 생활하며 43일을 집에서 보냈다는 사실을 끔찍스러워 하고, 가방에 넣을 수 없는 가족과 친구와 집 같은 것들은 과감하게 버리라고 말하는 '내추럴 본' 해고 전문가.

라이언이 만난 해고자들은 5단계 법칙을 따른다. 부정, 분노, 협상, 우울, 수용. 때론 라이언을 향해 욕설을 퍼붓기도 하고, 눈물을 흘리기도 하지만 그는 상관하지 않는다. 결국엔 받아들일 것을 알고 있는 그는 단지 신의 뜻처럼, 번복할 수 없는 결정을 전할 뿐이다. 그 소식이 어떤 사람을 절망에 빠뜨린다고 해도, 그것은 그의 비즈니스가 아닌 것이다.

영화 「인 디 에어」는 바로 그런 해고 전문가의 이야기다. 쿨한 듯 시크하지만, 정신과 상담을 받는다면 '소시오패스' 판정을 받게 될 남자의 이야기. 「인 디 에어」가 매력적일 수 있었던 것은 순전히 조지 클루니 덕분이다. "사람들을 해고하는 게 직업인 외로운 남자에 대한 영화를 만드려면 그 자체로 멋진 배우가 있어야 한다"는 라이트먼 감독의 말처럼, 그가 없었다면 이 영화는 만들어지지 못했을 것이다.

물론 라이언은 변한다. 자신만의 고치에 갇혀 있던 그는 영화가 끝날 무렵엔 사랑하는 여인을 만나러 연단을 뛰쳐나가고, 상처 입은 부하직원을 위해 추천장을 쓰며, 신혼여행을 가지 못한 동생을 위해 목숨처럼 아끼던 비행 마일리지를 양보하는 훈남으로 거듭나는 것이다. 라이언에게도, 영화를 보는 관객에게도 좋은 일이 아닐 수 없다. 하지만 과연 그걸로 충분한 걸까?

문제는 그가 자신의 직업을, 하는 일의 의미를 돌아보지 않는다는 점이다. 그리고 일을 하는 것, 혹은 그만두는 것. 영화는 이에 얽힌 개인의 의지 너머에 존재하는 후기자본주의사회의 구조적 모순을 교묘하게 개인의 문제로 축소한다. 이야기의 끝에서 라이언은 좀더 멋진 인간이 되지만, 그는 여전히 자본의 논리에 따라 사람을 정리하는 해고 전문가일 뿐이다. 인간적이고 멋진 해고 전문가. 마음을 열고 다가간 알렉스에게 배신당하는, 상처 입은 인간적인 멋진 해고 전문가.

월터 컨의 원작 소설 『업 인 디 에어』와 비교하면 영화의 전략은 더욱 분명해진다. 영화 「인 디 에어」가 라이언 빙햄 개인의 소소한 성장기라면, 소설 『업 인 디 에어』는 오늘 우리가 살고 있는 세상을 표류하는 한 인간의 견문록이다. 영화의 중심축인 알렉스와의 연애, 나탈리와의 관계가 소설에는 아예 등장하지도 않는다. 별다른 로맨스도 갈등도 없이 그가 보고 듣고 느끼고 고민하고 욕망하는 것들을 모은 소설은, 우리 사회의 모순을 드러낼 뿐이다. 썩 아름답지만은 않은 우리 삶의 진실을.

그것이 월터 컨과 제이슨 라이트먼이라는 개인의 차이인지, 소설과 영화라는 매체의 차이인지, 출판업과 영화산업이라는 비즈니스의 차이인지는 모르겠다. 다만 분명한 것은 『업 인 디 에어』가 근래 보기 힘든 멋진 소설이고, 조지 클루니의 미소는 변함없이 빛난다는 사실. 과연 우리에게 삶에 대한 성찰과 조지 클루니의 미소 중 어느 것이 더 가치 있는 것인지는 글쎄…, 나도 조금 생각을 해봐야 할 것 같다.

# 느리고 고통스러운 시간

어느 작가의 일기

버지니아 울프, 박희진 옮김, 이후, 2009

입원이라도 해서 실컷 자고, 책이나 맘껏 읽으면 좋겠다고 생각하던 때가 있었다. 학교에 군대에 회사에… 줄곧 어딘가에 적을 두고 있던 시절이었다. 팔팔하기보단 칠칠찮은 육신과 더불어 살아온 인생이지만, 늘 골골대면서도 별다른 병치레는 하지 않았기에 입원이라는 걸 일종의 특별휴가로 생각했다. 달콤한 과일 통조림들과 깨끗한 침대 시트, 백의의 간호사와 수많은 책들. 그리고 온전히 내 것일 시간, 시간, 시간들. 말하자면 일종의 로망. 이제와 돌아보면 그저 부끄러울 따름이다. 무엇보다 입원을 바라면서 의료실비보험 따위에 가입할 생각도 하지 않았던 현실감각이 그렇다. 그러던 중(?) 2011년 12월 24일 크리스마스 이브에 천안논산간 고속도로를 달리고 있던 덕에 '90중 추돌사고'의 멤버가 되었고 마침내 2주 남짓한 시간을 병원에 누워 보낼 수 있었다. 하지만 생각과는 달리 6권의 소설과 1권의 시집을 겨우겨우 읽었을 뿐이다. 독서는 역시 품이 많이 드는 일이고, 나는 병원 침대의 차가운 프레임을 흔들며 여전히 의료실비

보험을 갖지 못한 내 자신을 저주했다.

어딘가에 적을 두지도 않고 남아도는 시간을 제대로 쓰지도 못하는 지금은 더 이상 그런 생각을 하지 않는다. 하지만 인생은 언제나 생각과는 다르게 흘러가는 법. 청정한 오스트레일리아의 어느 언덕에 사는 한 마리 양처럼(!) 순진하던 청년은 어느덧 흰 머리와 흰 수염에 이어 흰 코털이 돋는 아저씨가 되었다. 어디 그뿐인가. 어느 밤 술에 취해 찍힌 사진 속에서 내가 아닌 (서른 살 연상의) 마광수 교수를 닮은 낯선 이의 얼굴을 발견하고 흠칫 놀라기도 한다. 겉이 이러니 속이라고 말짱할 리 없다. 체력이 떨어지는 것은 물론이고, 이러저러한 잔병치레로 자리보전 하는 일도 잦아졌다.

아프면서 새삼 깨닫게 되는 것은 독서가 생각보다 품이 많이 드는 일이라는 사실이다. 아름다운 문장도, 힘차거나 화려한 서사도, 유쾌한 말장난과 온갖 지식의 나열도 도무지 눈에 들어오지 않는다. 작은 개미 같은 활자들은 나의 시선을 벗어나 저마다의 세상으로, 아마도 건강할 그들만의 세상으로 유유히 걸어간다. 나는 그들의 생기를 이해할 수 없고, 그들은 나의 병약함에 신경 쓰지 않는다. 오직 시간만이, 평소에는 내 곁을 스쳐 지나갈 뿐인 그 시간들만이 침대 옆에 가만히 고여 나를 바라본다. 한없이 느리고 고통스러운 시간, 시간, 시간들.

그럴 때면 나는 누군가의 일기를 읽는다. 아무 간도 없는 흰 죽을 먹듯, 아무런 꾸밈도 없는 소박한 단어들의 (짧은) 나열을. 별다른 내용이 아니라도 좋다. '이렇게 살아라'라는 훈수도, '이런 삶은 어때?'

라는 유혹도, '나는 이런 삶을 살아!'라는 과시도 아닌 다만 담담한 삶의 기록이면 족하다. 제 집을 이고 다니는 달팽이처럼, 저마다의 삶을 살아가는 모습만이 내가 유일하게 기댈 수 있는 풍경이다.

지난 주말 나는 내가 언제나 사랑하는 도시인 부산에 갔고, 즐거운 시간을 보냈고, 집에 돌아왔고, 아팠다. 아무래도 아무 생각 없이 나이만 먹다 체해버린 것만 같아 마음이 더 아팠다. 그 와중에 내가 집은 것은 『어느 작가의 일기』. 그녀는 어느 날 이렇게 썼다.

그렇다, 모든 일 가운데 휴가를 마치고 집에 돌아오는 일이 의심할 바 없이 가장 저주받은 일이다. 이처럼 목적 상실증과 우울증에 시달린 적은 없었다. 읽을 수도 없다. 쓰거나 생각할 수도 없다. 여기에는 클라이맥스도 없다. 안락은 있다. 그러나 커피는 생각했던 것만큼 맛있지 않았다. 그리고 내 뇌는 소멸하고 말았다. 문자 그대로 펜을 집어 들 기운도 없다.

3월 28일은 버지니아 울프가 세상을 떠난 지 꼭 70년이 되는 날이고, 나는 아직 의료실비보험을 갖지 못했다.

# 원숭이와의 섹시 대결

모비 딕

허먼 멜빌, 김석희 옮김, 작가정신, 2011

사랑스러운 여자친구에게 원숭이가 섹시하다는 말을 듣는 날이 오리라고는 상상도 못했다. 더글라스 애덤스에 따르면 "우리는 영장류에서 가장 성공하고 부자가 된 일족으로, 우리보다 덜 성공한 친척들을 어찌 되었든 보살펴야 한다"(『마지막 기회』 109쪽)지만, 그건 어디까지나 이상적인 세상의 이야기일 뿐이다. 친척들이 종종 우리에게 관심을 갖는 것은 그저 한번쯤 혀를 찰 때가 되었기 때문이다. 가끔은 속이 쓰리거나 배가 아픈 경우도 있겠지. 하지만 섹시함을 느끼지는 않으리라, 에 내 돈 모두하고 손모가지를 걸 수도 있다. 몇몇 작가들과 일본의 AV 제작사들은 동의하지 않을지도 모르겠다. 그들 직업의 고유한 세계관을 무시하는 건 아니지만, 적어도 연인의 입을 통해 듣기에 그다지 좋은 주제는 아님이 분명하다.

그러고 보니 주드 아패토우 류의 코미디 영화에서 비슷한 대화를 본 기억이 난다. 친구 집에 놀러간 주인공이 뒷마당에서 수영을 즐기고 있는 금발의 여인을 발견한다. 주근깨 가득한 곱슬머리 주인공의 넋 나간 얼굴과, 반짝이는 물방울을 흩뿌리며 풀사이드로 올라오는 글래머러스한 여체를 줌인하는, 마치 영원처럼 느껴지는 슬로모션이 이어진 후 친구가 심드렁하게 말한다. "사촌이야. 방학이라고 쟤네 엄마가 보냈는데 귀찮아 죽겠어." 그러면 아직까지 그녀에게 눈을 떼지 못하고 있던 주인공이 한숨을 내뱉듯 중얼거리는 것이다. "죽인다⋯."

여기서 주목해야 할 것은 '금발'이나 '글래머'가 아니다(원한다면 여기서 잠시 그 단어들의 여운을 즐기셔도 좋다. 나도 그렇게 했다). 그녀가 친구의 사촌이라는 사실이며, 정작 친구는 그녀가 아무리 '죽이더라도' 심드렁해야만 한다는 사실이다. 그것이 할리우드의 도덕률이다. 그에 따르면 우리가 원숭이에게 섹시함을 느끼는 일은 도덕적으로는 물론 정치적으로도 공정하지 못한 일이고, 알다시피 우리가 살고 있는 이 놀랍도록 문명화된 세상에서 우리에게 도덕적 기준을 제시하는 것은 할리우드 영화뿐이다. (그들은 가장 화끈한 노인들과 여성적인 마초들과 리버럴한 근본주의자들로 구성된 방대한 자문위원단을 거느리고 있다.) 그러니 우리는 그들의 교훈을 새겨들어야 할 것이다. 그렇지 않으면 우리의 아름다운 지구촌 마을에 쓰나미처럼 아노미가 밀려올지도 모른다.

발단은 영화 「혹성탈출 : 진화의 시작」이었다. 그 무렵 개봉한 대부분의 영화에 심드렁하던 여자친구님께서는 원숭이 친척들에게 참으로 이례적이라 할 만한 관심을 표명하셨고, 나는 여성을 존중하는 현대 남성다운 태도로 "얼마나 멋있는지 나도 모르게 원숭이를 응원하고 있더라"던 친구의 말을 인용하며 그녀의 의견에 무조건적인 동의를 표했던 것이다. 여기까지는 좋았다. 조선시대를 살았던 할아버지의 할아버지들께서는 혀를 차셨겠지만, 아까도 말했듯이 친척들은 우리에게 항상 혀를 차게 마련이니까.

문제는 그녀가 소셜 네트워크 시대를 살고 있는 문화인답게 "심지어 원숭이가 무척 섹시하게 느껴질 정도"라는 한 트위터리안의 평을 인용하면서부터다. 당황한 내가 남자친구로서의 본분도 잊은 채 이러저러한 간투사("아아, 으음, 호오" 등등)를 내뱉으며 진화의 장구한 역사와 인류문명 전반, 그리고 종족보존본능의 본질에 관한 생각들을 정리하는 사이 그녀가 결정타를 날렸다. "사실 킹콩도 그렇지. 여자들이 원하는 섹시하고도 원초적인 남성성을 갖고 있다고." 세상에, 원숭이 친척들로도 부족해 킹콩이라니! 이 자리에서 굳이 내 키를 밝힐 필요가 있을까? 어느새 하얗게 되어버린 내 머릿속에서는 킹콩이 홀로 그 거대한 가슴팍을 두드리는 소리가 울릴 뿐이었다. 쿵쿵, 쿵쿵, 쿵쿵, 쿵쿵….

나는 궁금했다. 여자들이 원하는 섹시하고도 원초적인 (빌어먹을) 남성성이 도대체 뭔데? 독서와 거리가 멀다는 건 분명했다. 그놈들은 책을 읽지 않으니까. 장담하건대 자기 이름도 못 쓸 거다. 그리고 만약 독서가 현대 여성들에게 섹시함의 상징으로 받아들여졌다면 맹세코 나는 이런 인생을 살지는 않았을 테다. 그렇다면 결국 여자들이 원하는 건 커다랗고 무식한 털북숭이인가? ('털복숭이'는 표준어가 아니란다, 이 원숭이들아!) 나는 배신감을 느꼈고, 평생에 걸쳐 공고하게 쌓아왔던 가치관들이 산산이 부서져 내리는 기분이었다. 말이나 표범, 사자도 아닌 원숭이라니.

섣부른 오해는 사양한다. 나는 지금 인간이라는 종의 우월성을 주장하려는 게 아니다. 솔직히 그런 게 있는지도 모르겠다. (나는 인류라는 가족의 당당한 일원으로서 언제나 나를 포함한 인류 전체에 혀를 차왔고, 이제는 혀가 닳아 없어질 지경이다. 내가 영어를 못하는 건 바로 그런 이유다.) 단지 이래서야 보람이 없다고 느낄 뿐. 왜 아니겠는가? 진화의 어느 골목길에서 우리와 다른 길을 선택한 게으른 친척들 중 하나가 단지 영화에 출연했다는 이유로 우리보다 더 섹시한 존재가 된다면, 평범한 호모 사피엔스의 일원으로 살아간다는 게 무슨 의미가 있단 말인가? "평생에 수고하여야 그 소산을 먹"(창세기 3장 17절)어야 할 이유는? 9년의 의무교육 과정, 이어지는 고등학교와 대학교 7년, 군대 2년과 평생을 일해주겠다는데도 싫다는 직장, 교양인처럼 보이기 위해 어쩔 수 없이 읽어야 하는 그 온갖 지루한 책들…. 이 모든 게 결국 우리를 덜 섹시하게 만들 뿐이라면 말이다.

나도 지금 내가 감정적이라는 사실을 알고 있다. 나는 어쩌면 아주 지엽적인 한 단어 '섹시'에, 그 단어의 상투적인 용례에 과도하게 집착하고 있는지도 모른다. 두루마리 휴지를 풀어헤치듯 너저분한 망상의 꼬리를 끊임없이 당겨대고 있는 것일 수도 있다. 하지만 책 좀 읽는 현대 남성치고 그렇지 않은 사람은 또 어디 있는가?

이것은 개인의 문제가 아니다. 말하자면 인류라는 종 전체의 정체성에 관한 문제인 것이다. 정정하겠다. 인류의 절반인 남성들의 미래와 정체성에 관한 문제다. 정확하게는 그 중에서도 책을 읽는 남자들의 문제다. 나는 가끔씩 문제를 부풀리곤 한다. 하지만 나는 지금 할리우드의 자문위원단 만큼이나 진지하다. 비록 그들이 「혹성탈출: 진화의 시작」에 대해서는 잘못 판단한 것 같긴 하지만. 생각해보면 진화라는 프로젝트 자체가 잘못된 거 아닌가? 그러고 보니 혹성탈출 옆에 붙은 '진화의 시작'이라는 부제도 어쩐지 미심쩍다. 그토록 고생하며 뭍으로 올라와 책을 잡을 수 있도록 엄지까지 만든 대가가 고작 이런 것이라니, 물고기 조상님들도 혀를 차겠지. 최소한 빠끔거리긴 하실 거다.

그리하여, 언젠가 더글라스 애덤스가 순진한 친척들 앞에서 그랬던 것처럼("나는 오두막으로 들어가 원숭이가 이룩한 가장 멋진 업적 가운데 하나를 찾기 위해 개미떼 사이를 뒤적였다. 그것은 작대기를 잔뜩 짓이겨 걸쭉하게 만든 뒤 넓고 얇게 편 다음 한때 암소 몸에 붙어 있던 무엇인가로 한데 묶어놓은 것이었다."『마지막 기회라니?』23쪽) 나 역시 책을 집었다. 내가 달리 뭘 하겠는가? 책 따위는 버리고 온몸에 발모제를 바른 후 어떻게든 섹시해지기를 기대하거나, 섹시는 포기하고 독서나 하면서 멸종되기를 기다리거나. 하지만 나는 무엇도 포기하기 싫었다. 책을 통해 원숭이보다는 인간 수컷이 더 섹시하다는 사실을 증명하고 싶었고, 나아가 독서라는 행위 자체도 섹시할 수 있음을 보여주고 싶었다. 나는 이런 날을 대비해 밑줄을 잔뜩 그어 놓은 책들을 뒤졌다. 이내 든든한 지원군이 나타났다. 모든 덜 자란 남자들의 친구, 현대 남성의 대변인, 닉 혼비 말이다. 그는 이렇게 말했다.

사촌 간의 섹스. 여러분은 찬성인가, 반대인가? 이렇게 묻는 이유는 오로지, 이달에 먼저 읽은 두 권의 책, 메일 밀로이의 『거짓말쟁이들과 성자들』과 멕 로소프의 『내가 사는 이유』에서 그 질문에 아주 크게 찬성했기 때문이다. 토마스 하디나 오스틴의 책에서 주인공들은 사촌지간에 약혼을 하든가 같이 자긴 하지만, 그건 정수기도 없고, 데이트 주선회사도, 대학 댄스파티도 없던 시대였기 때문이라고 늘 생각해왔다. 『거짓말쟁이들과 성자들』과 『내가 사는 이유』가 너무나 우울한 점은, 책의 시대배경이 현재라는 점, 후자의 경우는 심지어 가까운 미래라는 사실이다. 내 사촌이나, 모든 일은 집안 내에서 해결하려는 '빌리버' 독자들의 기분을 상하게 하려는 뜻은 아니지만, 정말 우리에게 바랄 것이 그것밖에 없어야 할까?

— 『런던스타일 책읽기』 151~152쪽

나는 일기장 대용으로 쓰는 비밀 블로그를 열어 혼비의 글과 함께 72 포인트의 궁서체로(물론 빨간색으로) "옳소! 옳소! 옳소! 옳소!"라고 써보았지만 평소와는 달리 분은 쉽게 풀리지 않았다. 잠깐, 이건 단지 사촌과의 섹스를 추천하지 않는다는 뜻이잖아? 이런 주장을 밀고 나간다면 원숭이들이 우리보다 섹시하다는 사실만 인정하는 일이 될 것이었다. 더욱 애틋하게 만들어주는 꼴이다. 그런데 내가 읽은 책 중에 원숭이가 섹시하지 않다고 말해줄 책이 있던가? 발상의 전환이 필요했다. 그래서 나는 『모비 딕』을 들었다. 몇 번이나 '다시'

읽으려 마음먹었지만 한 번도 펴보지는 않았던 허먼 멜빌의 위대한 '고전' 말이다. 바다 그리고 거대한 흰 고래와 싸우는 남자들이라니. 그래, 이보다 더 야성적이고 섹시한 이야기가 있을 수 있을까?

어쩌면 프로이트의 방식을 따라 『혹성탈출』의 침팬지에게 느낀 분노가 킹콩으로 옮겨갔고, 무의식의 지름길을 따라 커다란 원숭이의 상징적 등가물인 거대한 흰 고래에게로 전이된 거라고 말할 수도 있겠다. 그것들은 또한 커다란 남근을 상징하며… 아니, 아니다. 그만두자. 이건 섹시하지 않다. 거대한 남근을 좇는 건장한 남성들의 이야기라니, 할리우드도 싫어할 것이 분명하다.

라캉과 지젝을 따라 거대한 실재의 침입과 공포 운운할 수도 있겠지. 그 부분에 대해서는 누군가 잘 아시는 분이 내게 메일을 보내주면 좋겠다. 나는 잘 모르니까. 나는 단지 거대한 포유류를 혼내주는 이야기를 꺼내 놈들을 벌벌 떨게 만들고 싶었을 뿐이다. (나는 종종 이런 일을 한다. 세상에 존재하는 모든 종류의 소설 공모전에서 떨어진 나의 2005년 작 '아내와 마구로'는 아내가 자신을 떠난 것에 분노한 남편이 아내가 즐겨 먹던 대형어종-참치회-에 분풀이를 하는 내용이다.)

내가 멜빌에게 기대한 것은 야성미 넘치는 모험담, 거대한 생명과 사투를 벌이는 원초적 남성성의 드라마였다. 나는 아동용 축약본으로도 『모비 딕』을 읽은 적이 없지만, 에이해브가 종내 패한다는 사실은 알고 있었다. 바로 그 점이 이 책에 그리스 비극의 풍미를 부여했다는 사실 또한. 하지만 나는 패배에는 관심이 없었다. 집요한 추적 과정에서 폭발하는 아드레날린과 남성성의 유산을 찾으면 그만이었다. 호모 사피엔스야말로 원초적 남성성의 정당한 상속자임을 증명하고 싶었던 것이다. 승산 있는 게임이었다. 생각해보라. 820쪽 짜리 책에서 무언들 못 찾겠는가?

하지만 나는 패했다. 이 두꺼운 책의 한 장, 한 장이 손에 땀을 쥐게 하는 스릴과 액션, 테스토스테론의 향기로 가득할 거라 생각했던 건 아니었다. 그렇다고 이런 걸 기대했던 것도 아니다.

"나를 이슈메일이라고 해두자"라며 짐짓 호방하게 이야기를 시작한 화자는 이내 새파란 풋내기로 판명된다. 젊은 선원의 모험담 같은 분위기를 풍기던 책은 이런저런 장난으로 소심한 화자를 골탕 먹인후 100쪽에 이르러서야 그를 배에 태웠고, 이윽고 멜빌 자신이 '고래학'이라고 불렀던 고래에 관한 일종의 생물학 리포트를 늘어놓더니이내 당신이 고기잡이배에 팔려가기라도 한다면 아주 유용하게 쓰일 것이 분명한 포경선의 시스템에 관한 잡다한 지식으로 페이지를 채워나가기 시작했다. 100쪽, 200쪽, 300쪽, 400쪽… 그건 그리 섹시한 이야기는 아니었다. (당신이 만약 철학이나 신학을 전공했다면 종교와 신, 그리고 운명에 대한 사색 부분에서 조금 숨이 가빠질지도 모르겠다.) 나는 절규했다. 도대체 멜빌에게 무슨 일이 있었던 거지? 호쾌한 남성미와 다듬어지지 않은 야성, 원초적 섹시함은 어디로 사라진 거야?

나는 우울하고 절망적인 기분으로 책의 나머지를 읽어 내려갔다. 페이지가 넘어갈수록 희망은 조금씩, 그러나 돌이킬 수 없이 스러져가고 있었다. 나의 야심찬 계획 또한 박살났다. 애당초 침팬지는 반란을 일으키고 킹콩은 금발의 여인을 위해 목숨을 바치고 있는데 사람은 고작 책이나 읽다니, 이래서야 도무지 이길 도리가 없다. 나는 단지 이 모든 고래학과 포경선의 구조와 밧줄을 묶는 법에 대한 책을 계속해서 읽어야 할지 궁금할 뿐이었고, 그럼에도 계속해서 책을 읽어나갈 수밖에 없었다. 원초적 남성성. 그런 것이 내 안에 아직 남아 있다면 고작 그런 부분이다. 한 번 든 책은 무슨 일이 있어도 끝까지 읽기. 그렇다 해도 그건 그리 섹시한 면모는 아니었고, 나는─그리고 나의 독서 유전자를 물려받은 후손은─얼마 못 가서 자연선택과 성선택 모두에서 소외된 채 진화의 역사 속으로 사라질 것이 분명해 보였다.

나는 패배를 인정했다. 일종의 자포자기, 바다에 표류한 선원이 어느 순간 목마름을 견디지 못해 바닷물을 벌컥벌컥 들이마시게 되는 것과 같은 패배였다. 나는 바닷물 대신 『모비 딕』의 남은 페이지들을 허겁지겁 읽어 내려가기 시작했다. 그건 그다지 어렵지 않았다. 나의 매력 없는 독서유전자 덕분이라고 말한다면 공정하지 못할 것이다. 왜냐하면 그건 멜빌의 문체 때문이었으니까. 단단한 동시에 경쾌하며, 종종 유머러스하고 때론 아름답기도 한 그의 문체는 별 볼일 없는 나의 영혼을 사로잡았다. 그런 문체라면 웹사이트의 '서비스 이용약관'과 '개인정보 수집·이용'에 관한 장문의 쓰레기도 단숨에 읽어버릴 수 있을 것 같았다.

어쨌거나 이야기는 느리게나마 꾸준히 앞을 향해 나아간다. 고래와 포경선에 대한 논문에 사이사이로 '피쿼드' 호는 계속해서 바다를 항해하고, 주요 인물들을 비롯한 선원들을 갑판을 부지런히 돌아다닌다. 상식과 객관적인 시각을 간직한 이슈메일은 이상적으로 구현된 보통사람 그 자체로, 별다른 활약은 없지만 무척 귀여운 화자다. 온 몸에 문신을 새기고 우상을 숭배하는 고귀한 야만인 퀴퀘그는 이야기가 진행될수록 초반에 비해 그 비중이 보잘 것 없이 줄어들긴 하지만, 남자가 봐도 무척이나 섹시한 인물이다. (사실 이 친구는 어쩐지 원숭이 친척들과 더 가까워 보이기는 한다. 멜빌 당신마저!) 항해사인 스타벅과 스터브 그리고 플래스크의 평면성은 조금 실망스럽기도 하지만, 무엇보다 『모비 딕』에는 소설의 역사에 길이 남을 문제적 인물, 에이해브가 있다.

그는 미치광이다. 성격파탄자다. 그렇다고 섹시한 락스타는 아니다. 그는 그저 자신의 운명에 정면으로 도전하는 사람, 철저히 패배하는 영웅, 광기와 숭고가 뒤섞인 인물이다. 치유할 길 없는 내면의 불길에 시달리며 스스로를 파국으로 몰고 가지만, 부서지기 전까지는 결코 물러서지도 패배하지도 않는 인물이다. 현실에서는 찾아보기 힘든 캐릭터지만, 우리는 800여 쪽을 그와 함께 보내야만 하고, 어느덧 우리는 셰익스피어의 비극에서 튀어나온 듯 광기어린 장광설을 내뱉는 괴팍한 늙은이의 눈물을 이해하게 되는 것이다. 그의 앞에 놓인 운명을, 그 파국의 의미를 이해하듯이.

"에이해브는 승강구를 나와 천천히 갑판을 가로지르더니 뱃전 너머로 몸을 내밀고, 깊은 물속을 꿰뚫어보려고 애쓸수록 물에 비친 그의 그림자도 그의 시선에 따라 점점 깊이 가라앉는 것을 관찰하고 있었다. 그 황홀한 공기에 감도는 상쾌한 향기가 드디어 그의 영혼을 좀먹는 고뇌를 잠시나마 쫓아버린 것 같았다. 그 찬란하고 행복에 찬 공기, 그 상쾌한 하늘이 마침내 그를 어루만지고 쓰다듬었다. 오랫동안 그렇게 잔인했고 가까이 가기도 어려웠던 계모 같은 세상이 이제 자애로운 두 팔로 그의 고집 센 목을 끌어안고, 아무리 잘못을 저지르고 제멋대로 구는 자식일지라도 구원하고 축복할 수 있다는 듯이 그를 껴안고 기쁨의 눈물을 흘리는 것 같았다. 에이해브는 깊이 눌러 쓴 모자 밑에서 바다로 눈물 한 방울을 떨어뜨렸다. 드넓은 태평양도 그 작은 눈물 한 방울 같은 보물은 갖고 있지 않았다."(736쪽)

이제 마지막 무대가 얼마 남지 않았다. 그는 마침내 자신의 운명을 마주하고, "아담 이후 지금까지 모든 인류가 느낀 분노와 증오의 총량을 그 고래의 하얀 혹 위에 쌓아 올려, 마치 자기의 가슴이 대포라도 되는 것처럼 마음속에서 뜨거워진 포탄을 그곳에다 겨누고 폭발시"킨다. 그는 결국 패배했지만 그게 중요한 사실은 아니다. 인간은 이기기 위해 태어난 게 아니니까. 그는 해야 할 일을 했고, 그 일을 하며 죽었다. 그는 단 한 번도 자신의 운명을 거절하지 않았다. 나는 그보다 숭고한 죽음을 상상할 수 없다.

멜빌에 대해서도 같은 말을 할 수 있을 것 같다. 그는 해야 할 일을 했다, 고. 비록 내가 앞에서 불평을 늘어놓긴 했지만, 그에게는 플롯과는 상관없는 이런저런 소논문들까지도 모두 필요했던 것이다. 그가 하려 했던 것은 고래를 닮은 책을 쓰는 것이었으니까. 당신도 이 책을 읽는다면 아마 이해할 수 있을 것이다. 그는 고래를 다룬 책을 고래 그 자체로 만들어 버렸다. 죽지도 미치지도 않은 채 너무나 훌륭한 방식으로. 아, 이건 좀 섹시하다. 사실 옛날 작가들은, 특히 걸작을 남긴 작가들은 모두 섹시하다. 애초에 문학이란 여자들을 꼬시기 위해 탄생한 것이기 때문이다. (적어도 근대문학은 그렇다. 근대문학의 종말이란 소설이 음악 및 기타 예술에 밀려 더 이상 여자를 꼬시지 못하게 된 현실을 고상하게 표현한 것이다.)

결국 나 또한 해야 할 일을 했어야 했다는 생각이 들었다. 원숭이들을 향한 무차별적인 질투와 열등감, 현대 여성에 대한 배신감에 치를 떠는 대신, 독자들은 물론 여자친구의 심기까지 건드릴 이런 글을 쓰는 대신, 그녀의 손을 잡고 극장에 가 「혹성탈출 : 진화의 시작」을 봐야 했다. 그것이 바로 올바른 현대 남성의 자세가 아니던가? 어쩌면 나도 그들을 좋아하게 될지도 모른다. 여주인공을 맡은 원숭이 배우와 사랑에 빠질지도 모르지.

우리는 집으로 돌아와 우리가 새로 알게 된 세상에 대해 이야기를 나눌 것이다. 새롭게 발견한 원숭이에 대한 우리의 취향에 대한 이야기를, 밤이 새도록. 어쩌면 나는 사랑하는 여인을 위해, 그토록 싫어하던 원숭이 흉내를 내는 주인공이 등장하는 나의 2004년 작 '나를 사랑하면 원숭이 흉내를 내봐'를 낭독할 수도 있으리라. 분명 어느 할리우드 엔딩 못지않게 아름다운 밤이 될 것이다.

아니면 차라리 여자친구에게 『모비 딕』을 내밀며, 고래 같은 책을 쓰고야 만 작가의 섹시함에 대해 이야기하는 게 나을지도 모르겠다. 호모 사피엔스만이 할 수 있는 방식으로 우리를 흥분시키는 책을 통해, 인간 수컷에게도 그럴듯한 쓸모가 있다는 사실을 보여주는 일이. 하지만 나는 이내 포기하고 말았다. 다른 남성에게 섹시함을 느끼는 것보다는 차라리 원숭이에게 느끼는 게 낫다는 생각이 그제야 떠올랐기 때문이다. 그건 분명 나에게도 도움이 되는 생각이었다. 허먼 멜빌 같은 작가에게 질투심을 느끼기 시작한다면 도무지 극복할 방법이 없을 테니.

※ 이 글은 본인이 허먼 멜빌의 손자라고 주장하는 뮤지션
　　모비Moby의 새 앨범 「몽롱한」Destroyed을 들으며 썼습니다.

※ 이 글을 쓰는 동안 한 마리의 원숭이도 다치지 않았음을 밝힙니다.

# 그러니까 이건 진심으로 하는 말

## 닉 혼비의 런던 스타일 책읽기

닉 혼비, 이나경 옮김, 청어람미디어, 2009

미래를 배경으로 한 존 스칼지의 순도 100% 오락소설 『노인의 전쟁』을 읽다 그만 눈물을 흘릴 뻔했다. 75세 이상의 노인들이 우주전쟁에 참전한다는 중심 플롯과는 별 상관없는 어떤 장면 때문이다. 입대를 결심한 노인들을 대상으로 다양한 테스트가 이루어지는 가운데 한 노인이 분통을 터트린다. 테스트를 진행하던 검사관이 "월드시리즈 우승도 한번 못하고 200년이 지났으니 컵스는 마이너리그로 강등시켜야 한다(2012년 현재 그 기록은 104년이다)"고 말했다는 것이다. 이에 다른 노인이 그거 말 되는 이야기라고 맞장구를 치자 노인은 정색하며 말한다. "절대 그런 말 꺼내지 마, 젠장. 나 진심이야. 컵스에 대해 허튼 소리 말라고."

그래, 나도 진심이었다. LG 트윈스가 9년 만의 포스트시즌 진출을 향해 순항하고 있던 2011시즌 중반까지는. 누군가 "내려갈 팀은 내려간다"(DTD: Down Team is Down)는 김재박 전 감독의 명언을 들먹이기라도 할라치면 이번 시즌은 다르다고 정색하곤 했던 것이다. 그리고 정말로 달라 보였다. 비록 잠시나마 5016일 만에 정규시즌 1위를 탈환했던 시즌 아닌가. 하지만 어느덧 시즌도 막바지를 향해 달려갔고, LG도 내리달려 결국 6위를 기록하며 시즌을 마감했다. 수많은 팬들의 진심어린 정색과는 상관없이 LG는 내려갈 팀이었던 것이다.

높이 올라갈수록 더 깊이 추락한다고 노래했던 게 아마 메탈리카였던가(5016일 전에는 나도 메탈리카를 들었다!)? 어느 순간부터 삐걱대기 시작한 팀은 말릴 새도 없이 미끄러지기 시작했고, 많은 프로야구 팬들의 공분을 산 트레이드까지 단행했지만 한 달 넘게 루징 시리즈를 이어간 끝에 결국 지금의 위치에 서게 되었다. 익숙한 자리다. 그렇다고 패배까지 익숙해지는 것은 아니지만.

참다못한 팬들은 청문회를 열었다지만, 나는 그저 야구 대신 책을 집었을 뿐이다. 나 자신의 평정심을 위해서. LG가 포스트시즌에 진출하지 못한 지난 8년간 인생이 내게 가르쳐준 게 하나 있다면, 야동과 야식과 야구는 인생에 하등 도움이 안 된다는 사실이다. 2011시즌에 넥센이나 두산, 특히 SK를 응원하던 팬이라면 내 말이 무슨 말인지 알 거다.

그 어느 때보다 많은 책을 읽으면서도 야구, 아니 스포츠 관련 서적은 절대로 손에 잡지 않았다. 버나드 맬러무드의 『수선공』을 읽은 후 그의 『내추럴』까지 내처 읽으려다가 그만두었고, 정우영 캐스터가 번역한 『괴짜 야구 경제학』에는 손도 대지 못했다. 그런데 닉 혼비를 읽은 게 잘못이었다. 마침 새로 시작한 연재와 관련해서 『닉 혼비의 런던스타일 책읽기』를 다시 읽다 다음과 같은 문장을 맞닥뜨

렸고, 결국 참아왔던 분통을 터트리게 됐다.

사실 오랫동안 지켜보는 사람들에게, 스포츠의 핵심이란 패배의 쓰라림이다. 모든 스포츠 선수는 이를 알고 있다.

이봐, 닉 혼비. 당신이 무슨 말 하는지 알겠어. 승리가 전부가 아니라는 것, 당신이 영국 프로축구팀 아스날의 암흑기와 함께 패배의 쓴 맛을 느껴왔다는 것도 잘 알겠고. 그렇다고 쓰라림으로만 가득한 스포츠가 가능하다고 생각해? 정작 당신의 아스날은 티에리 앙리와 함께 03/04시즌 무패우승을 이룩하기도 했잖아? 그러니까 내 앞에서 절대 그런 말 꺼내지 마. 젠장, LG 트윈스 팬한테 허튼 소리 말라고!

그리고 어느덧 '대망'의 2012시즌이 다가왔다. 지금은 시범경기를 막 시작한 3월이다. FA로 팀의 주축 포수와 '솔리드'한 구원투수, 중심타자를 모두 놓친 것으로도 모자라 프로야구 사상 초유의 경기조작 사건으로 10승 토종 선발 에이스와 나름 선발의 한 축을 담당해줄 거라 믿었던 선발투수를 잃은 LG는 과연 올 시즌 몇 위를 기록할 것인가? 글쎄, 나는 분명히 말했다. 내 앞에서 절대 그런 말 꺼내지 말라고.

# 기막힌 독서법

예상표절

피에르 바야르, 백선희 옮김, 여름언덕, 2010

가끔 스스로도 깜짝 놀랄만한 구상을 떠올릴 때가 있다. 완벽한 스토리에 생생한 캐릭터, 인간의 실존에 던지는 철학적인 질문까지. 내 입으로 말하긴 민망하지만, 걸작도 이런 걸작이 없다. 일단 완성만 하면 노벨상도 시간문제. 흥분을 가라앉히고 컴퓨터 앞에 앉는다. 손가락 운동을 하며 스스로에게 묻는다. 세상을 뒤흔들 준비는 되었나? 뚜둑, 뚜둑. 손가락 관절이 대답한다. 좋아. 태풍을 일으키는 나비의 날갯짓처럼, 천천히 키보드를 두드린다. "어제 엄마가 죽었다. 아니, 어쩌면 오늘." 그야말로 완벽한 첫 문장이 아닐 수 없다. 단 하나, 카뮈가 70년 전에 썼다는 사실만 빼면….

누구나 그런 경험이 있을 것이다. 자신이 떠올린 기막힌 아이디어가 다른 누군가에 의해 이미 세상에 나왔음을 뒤늦게 알게 되는 경험. 마치 자동추첨으로 로또를 구입했는데 지난 주 당첨번호가 나오는 격이다. 이보다 억울한 일이 또 있을까? 단지 조금 늦게 태어났다는 이유만으로 우리는 『이방인』의 작가도, 「유주얼 서스펙트」의 감독도 될 수 없는 것이다.

세상풍파에 좌절하고 낙향한 시나리오 작가를 상상해보라. 외부 세계와 모든 접촉을 끊은 지 벌써 몇 년. 그러던 어느 여름, 16호 태풍이 바닷가를 강타하는 광경을 바라보며 일생일대의 작품을 구상한다. 그래, 쓰나미가 한반도를 덮치는 거야! 제목은 「경포대」로 해야지. 하지만 그때 이미 「해운대」가 천만 관객을 돌파했으니…. 이쯤에서 우리는 묻지 않을 수 없다. 그의 불행은 도대체 누구의 책임이란 말인가?

전작 『읽지 않은 책에 대해 말하는 법』을 통해 전국의 인터넷 서점 MD와 서평 담당 기자들에게 광명을 선사한 바 있는 피에르 바야르는 신작 『예상표절』로 그에게 구원의 손길을 내민다. 먼저 쓰인 작품이 나중의 작품을 표절했을 수도 있다고 말하는 것이다. 소포클레스의 『오이디푸스』는 프로이트의 이론과 코넌 도일의 추리적 기법을 표절했다. 카프카의 작품에 흐르는 부조리의 감성은 사무엘 베케트에게 빚진 것이다. 그렇다. 「해운대」 역시 「경포대」를 표절한 것이다! (참고로 저자는 프랑스의 석학이며 미치광이가 아니다.)

모든 위대한 작가는 자신의 세계를 뛰어넘으려 한다. 그때 그가 필요로 하는 것은 동시대의 독자가 아니다. 언젠가 자신을 알아줄 미래의 독자이다. 그때의 독자는 물론 작가이기도 하다. 그렇게 그는, 아직 나타나지 않은 미래의 작가에게서 자신의 원천을 찾는다. "우리보다 앞선 사람들에 대해 우리는 우리가 그들로부터 생겨났다고 말할 수 있다. (…) 하지만 동시에 그들은 우리가 그들에게 안긴 추가적인 삶을 통해 아직 존재할 수 있기에 그들이 우리에게 빚을 지고 있다고 할 수도 있"는 것이다.

이런 도발적인 주장을 통해 바야르가 시도하고 있는 것은 전통적인 문학사의 전복이다. 고리타분한 역사적 연대기를 넘어 과거의 작품들과 새롭게 소통하는 장場을 열어 보이려는 것이다. 물론 그런 거창한 기획까지 신경 쓸 필요는 없다. 그저 고전을 읽으며 어떤 거장이 '아직 쓰여지지 않은' 나의 걸작을 표절하고 있는지 살피면 그만인 것이다. 혹시 아는가. 언젠가 좋은 날이 오면 저작권료라도 받을지. 이효리의 작곡가 바누스와 그의 변호사는 지금쯤 이 책을 읽지 않은 것을 후회하고 있을지도 모르겠다.

# 말하자면 우연 같은 일들

우리가 보낸 순간
김연수, 마음산책, 2010

새해는 언제나 다짐과 함께 시작되기 마련이다. 최근 몇 년간 반복해온 부질없는 다짐의 목록, 그러니까 금연, 금주, 운동 같은 지루한 단어들의 나열에 지친 나는 새해에는 새로운 다짐을 하기로 다짐하고 있던 터였다. 이를테면 인류가 화성에 정착하기 전까지는 책을 사지 않겠다는 식으로. 그건 제법 그럴듯한 생각 같았는데, 자세한 일정은 나사 측과 조율을 해야겠지만 적어도 당분간은 책을 사지 않을 수 있고, 그렇게 번 시간 동안 책꽂이에 잠들어 있는 책들을 해치울 수 있을 거라는 깜냥이었다.

발단은 토마스 베른하르트의 『모자』였다. 나는 어느 블로그에선가 그의 책을 극찬하는 글을 보았고, 어쩐지 당장 읽어야 할 것 같은 충동에 휩싸였으며, 할인 쿠폰을 사용하기 위해 몇 권의 책들과 함께 주문했는데, 막상 택배가 도착했을 때에는 무덤덤해진 마음으로 책들을 책꽂이로 옮기던 중 『모자』가 들어갈 자리에 이미 『모자』가 꽂혀 있다는 사실을 발견한 것이다. 그건 마치 모자 위에 모자를 겹쳐 쓴 채로 외출한 자신을 뒤늦게 알아차리는 일과 비슷해서, 나는 부끄러움으로 얼굴이 붉어졌다.

서울역에 간 것은 그로부터 며칠 후의 일이었다. 별다른 용무 없이 발길 닿는 대로 시내를 배회하던 나와 달리, 수많은 사람들이 저마다의 목적지를 향해 바쁜 발걸음을 옮기고 있었다. 나는 가방에 들어 있는 『모자』 두 권의 무게를 느끼며 이대로 기차를 타고 어디론가 떠나 아무도 모르게 한 권을 처리하는 일을 잠시 생각하기도 했다. 하지만 내가 한 일은 화장실에 가는 것이었는데, 갈기갈기 찢어 변기에 넣고 물을 내리기 위해서는 물론 아니었고, 단지 배가 아파서였다.

빈 변소를 찾아 3층까지 올라간 나는 차가운 변기에 앉아 이런저런 생각을 했다. 떠나온 직장과 앞으로 갖게 될 직업에 대해. 바닥을 드러내는 통장 잔고와 내 것이 아닌 돈에 대해. 읽고 또 쓰는 일에 대해. 그리고 인생에 대해. 책을 사지 않겠다던 다짐을 떠올린 것도 그때였는데, 그러자 문득 쓸쓸함이 밀려왔다. "돈은 언제나 돈 이외의 것이고, 돈 이상의 것"이라던 폴 오스터의 말처럼, 그 다짐은 단순한 다짐을 넘어서는 것으로 느껴졌다. 그것은 지금까지와는 다른 인생에 대한 예고였고, 나는 그것이 어떤 인생일지 상상할 수 없었던 것이다.

그러나 손도 씻지 않고 화장실을 나서는 나를 맞이한 것은 새로운 인생이 아닌 한 남자였다. 하마터면 남자와 부딪힐 뻔한 나는 고개를 들어 남자를 보았다. 묘하게 익숙한 얼굴. 몇 권의 책날개를 장식하고 있는 사진과 한 편의 영화와 내가 직접 진행했던 두 번의 인터뷰를 통해 내가 익히 알고 있는, 바로 소설가 김연수의 얼굴이었다. 그리하여 어느 월요일, 서울역 3층의 화장실 앞에서 볼 일을 보러 들어가던 그와 볼 일을 보고 나오던 나는 몇 마디의 인사를 나누게 된 것이다.

그날, 얼떨떨한 기분이 채 가시지 않은 상태로 집에 돌아온 내가 첫 번째로 한 일은 다짐이고 뭐고 인터넷 서점에 접속해 새로 출간된 김연수의 에세이집을 주문하는 일이었다. 책의 제목은 『우리가 보낸 순간』. 부제는 '날마다 읽고 쓴다는 것'이었다. 그리고 나는 부질없는 생각들로 인생의 순간을 허비하고 있는 자신을 위해 다시 한 번 얼굴을 붉혀야만 했다.

# 베스트셀러 단상

여보, 나 좀 도와줘
노무현, 새터, 2002

MD의 하루는 베스트셀러 순위를 체크하는 것으로 시작된다. 종합 순위가 먼저, 인문·사회·역사·과학이 그 다음이다. 스포츠 기자가 프로팀들의 순위를 확인하는 것과 비슷하다. 하지만 인문 분야를 관리하는 마음은 '엘롯기'(엘지 트윈스, 롯데 자이언츠, 기아 타이거즈의 줄임말) 팬을 더 닮았다. 가장 유심한 것은 역시 종합 순위이고, 나는 엘지가 플레이오프에 진출하기를 바라듯 내 분야 책을 응원하지만 둘 다 꽤나 요원한 것이다.

하지만 그날 이후, 많은 것이 변했다.

종합 순위에 속속 사회과학서들이 표지를 들이밀기 시작했다. 재고는 준비되지 않았고 출판사도 마찬가지였지만, 주문을 하고 책을 찍는 와중에도 순위는 계속해서 올랐다. 20위 안에 몇 권씩 나타나나 싶더니 어느덧 종합 1위를 차지하는 책까지 등장한 것이다. 이 글을 쓰고 있는 2009년 6월 5일, 인터넷 서점 종합 베스트셀러 20에는 7종의 인문·사회과학서가 있다. 통계학의 관점에서 보자면 사회과학의 유토피아가 도래한 것이나 다름없는 수치. 하지만 1위를 차지한 책은 고 노무현 전 대통령의 『여보, 나 좀 도와줘』이고, 나는 생각한다. 한 사람의 직업인으로서 언제나 내 분야 책이 1위를 차지하기를 바라마지 않았지만, 결코 이런 식으로는 아니었다고.

5월의 네 번째 토요일이 특별한 날이 될 것이라고 생각해본 적은 없었다. 오후 다섯 시에 잠에서 깨 흐릿한 눈으로 핸드폰을 켠 후 물을 마셨다. 전원이 꺼진 사이에 몇 통의 전화가 온 모양이었지만 다시 전화하지는 않았다. 담배를 피워 물고 식탁에 앉아 TV를 틀었다. 숙취가 있었고 입 안은 텁텁했으며 TV는 지루했다. 정말이지 완벽하게 평범한 토요일이었다. 수십 개의 채널을 돌아 MBC에 멈추어 설 때까지는.

상황을 파악하기까지는 시간이 필요했다. 먼저 눈을 비빈 후, 다시 손으로 입을 막아야 했던 것이다. 얼마나 있었을까? 나는 핸드폰을 들어 나를 찾던 이들에게 전화를 걸어온 이유를 물었다. 그들은 모두 같은 이유를 가지고 있었다. 전화를 끊고 나는 다시 담배를 피웠다. "당신이 흘려보내는 오늘이 어제 죽은 누군가가 그토록 갈망하던 오늘이었다." 같은 말에 감흥을 받아본 적은 없지만, 내가 피우는 이 담배가 누군가 그토록 갈망하던 그것이라는 생각엔 목이 메었다.

나는 가득 채워진 한 컵의 물과 표면장력을 머릿속으로 그렸던 것 같다. 언제라도 넘칠 것 같은 불안함. 하지만 시간이 고요히 흘러준다면 언젠가는 증발되어 위태로움은 사라질 것이었다. 반면에, 그것을 기어이 넘치게 하는 데에는 오직 한 방울의 물이면 충분하다. 미세한 진동이어도 좋다. 결국 폭탄을 터트리는 것은 아주 작은 불씨일 수도 있는 것이다. 부질없는 생각이 바로 뒤를 이었다. 만약 그에게 담배가 있었다면. 어쩌면 그는, 마지막으로 한 '까치' 정도는 남아 있기를 바랐던 게 아닐까? 담배를 피우는 사람은 안다. 그것이 어떤 의미인지. 그러니까 그는, 어딘가에 그를 위해 남겨진 마지막 한 개비가 있을 거라고, 그렇게 믿고 싶었던 것이 아닐까? 하지만 그런 것은 없었다. 그런 망상의 끝에서 나는 문득 묻고 싶어졌다. 누가 그의 '돛대'를 앗아갔을까. 물론 나는 답을 알지 못하고, 다시금 자리에 앉아 베스트셀러 순위를 바라볼 뿐이다. 내가 담당을 맡은 이후 처음이자 마지막일 종합베스트 1위를 기록한 그 책을, 그저 바라볼 뿐이다. 문득 생각이 물처럼 흘러 나를 부목처럼 이끈다. 그곳에서 나는 언제까지 1위를 기록할지, 몇 부나 더 주문해야 할지, 더 잘나갈 수 있는 관련도서는 없는지 생각하는 또 하나의 나를 본다. 다음번에 다시 1위를 기록하려면 무슨 일이 있어야 할까 무심히 상상하는 나를.

밥그릇의 무게가 가끔은 너무 아찔하다.

# 평행 우주, 평행 인생

### 불가능은 없다

미치오 카쿠, 박병철 옮김, 김영사, 2010

BBC에서 제작한 「평행 우주, 평행 인생」Parallel Worlds Parallel Lives은 독특한 과학 다큐멘터리다. 원 맨 밴드 일스의 Mr. E가 세상을 떠난 아버지의 흔적을 뒤쫓는 과정을 그의 음악과 함께 사뭇 감동적으로 그린다. 언뜻 보기엔 「인간극장」 같은 구성이지만, 이것이 과학 다큐멘터리인 이유는 간단하다. 그의 아버지가 바로 평행우주이론을 창시한 과학자였던 것이다.

평행우주이론은 모든 선택의 순간마다 우주가 갈라져 A라는 선택을 한 우주와 B라는 선택을 한 우주가 동시에 존재하게 된다는 이론이다. 쉽게 말해 결정의 매순간, 원자들이 주먹을 불끈 쥐고 "그래, 결심했어!"라고 외친다는 말이다. 물론 50년대의 과학자들이 이런 이야기를 이해했을 리 없다. 이휘재의 「인생극장」은 1993년에야 전파를 타게 될 것이니. 결국 휴 에버렛 3세는 지독한 환멸을 안고 학계를 떠나야만 했다.

E는 아버지의 과거를 알지 못했다. 그가 기억하는 아버지는 말이

없고 정서적으로 불안한 사람일 뿐이었다. 학계를 떠난 그는 세상과
담을 쌓고 연구도 그만둔 채 고독한 인생을 살았다. 놀라운 이야기
는 아니다. 너무 앞서 나갔던, 그래서 좌절해야만 했던 이들의 이야
기는 언제나 존재하니까. 그리고 50년이 지난 지금, 휴 에버렛 3세의
평행우주이론은 물리학자들 사이에서 널리 인정받고 있다.

함의는 간단하다. 어느 우주에선가는 엘비스 프레슬리가 여전히
빌보드 차트를 휩쓸고, 다른 곳에선 조선왕조가 지속되고 있다. 인
류가 달로 이주했는가 하면, 아예 존재하지 않는 우주도 있다. 말 그
대로, 모든 가능성이 존재하는 무한한 평행우주가 있는 것이다. 심
지어 어느 우주에서는 LG 트윈스가 90년 창단 이래 단 한 번도 우
승을 놓치지 않고 있다! 이게 가능한 일인가?

뉴욕시립대학교 물리학과 석좌교수 미치오 가쿠는 『불가능은 없
다』를 통해 "그렇다"고 말한다. 평행우주만이 아니다. 다른 사람의
마음을 읽고 막힌 벽을 통과하는 한편, 다른 행성으로 순간 이동을
하거나 투명인간이 될 수도 있다. 너그러운 우리의 물리법칙은 이 모
든 것을 허용하는 것이다. (『염소를 노려보는 사람들』에 등장하는, 염력으로
염소의 심장을 터트리려는 미군 특수부대의 노력이 허황된 것만은 아니었다.)

물론 이 모든 일들이 지금 당장 가능한 것은 아니다. 쥘 베른이
1863년에 이미 인터넷과 팩스, 가스자동차와 유리로 된 초고층 건
물을 상상했듯, 현재 우리가 불가능하다고 생각하는 일들도 과학의
발전을 통해 언젠가 이루어질 수 있다는 뜻일 뿐. 우리가 살아 있는
동안에 또 다른 '나'를 만나기 위해 다른 우주로 갈 수 있는 가능성

은 제로라고 보아도 좋은 것이다.

그럼에도 불구하고, 이건 꽤나 신나는 일이다. 무한한 우주가 있고, 모든 가능한 삶을 살아가고 있는 '나'가 있다. 이것은 결국, 우리 앞에 놓인 삶 역시 무한한 가능성으로 차 있다는 말과도 같다. 상상하라, 현실이 될지니.

자, 그렇다면 당신이 바라는 평행우주는 어떤 모습인가요? 엽서를 보내주세요. 추첨을 통해 AS가 보장되는 정품 투명망토를 드립니다. 사기 아니냐고요? 아뇨, 이미 드렸는걸요.

13287번째 평행우주에서!

# 그런데 한 가지 더

은하수를 여행하는 히치하이커를 위한 안내서 6

이오인 콜퍼, 김선형 옮김, 책세상, 2010

1.

모 출판사의 블로그를 위해 이번 달에 내가 선택한 책은 이오인 콜퍼의 『은하수를 여행하는 히치하이커를 위한 안내서 6』. 잠깐, 이오인 콜퍼라고? 더글러스 애덤스가 아니라? 게다가 6이라니, 1에서 5까지는 어디로 갔는데?

약간의 설명이 필요할 것 같다. 더글러스 애덤스에 의해 1978년 3월 8일 BBC 라디오 드라마로 시작된 『안내서』 시리즈는 이어 책으로, 음반으로, 다시 라디오와 음반과 책으로, 이윽고 텔레비전 드라마로, 또 책으로, 끝내 촬영되지 않은 (최후의 심판일 직전에야 촬영이 시작될 거라는 소문이 돌던) 영화 대본으로, 마지막 책으로, 심지어 연극과 만화와 게임과 수건(!)으로, 이번엔 진짜 마지막 책으로, 그리고 작가 사후인 2005년 마침내 영화로 만들어지며 최후의 심판이 임박했음을 공식적으로 알린 우주적으로 유명한 SF 프랜차이즈다. 얼마나 유명하냐고? 당신과 내가 알 정도로. 몰랐다고? 뭐, 별 수 없지.

『안내서』주석 : 알다시피 지구는 우주적인 관점에서 볼 때 입이 딱 벌어질 만큼 구석에 처박힌 촌구석에 불과하다. 머나먼 옛날, 아직 베텔게우스가 전제 행성이던 시절, 처음으로 지구를 발견한 킹 조조조르지우스 6세는 깜짝 놀라며 "뭐 이런 초, 초, 초초, 초, 촌구석이 다 있어!"라고 외친 바 있다. 물론 그것은 조조조르지우스 6세의 말더듬증에서 비롯한 것이지만, 그 이후로 한동안 베텔게우스인들은 지구를 가리켜 '초초초초초-촌구석'이라고 부르기 시작했다. 'Super'가 다섯 번 들어갈 만큼 촌구석이란 뜻이다. 문화의 전파에는 시차가 존재한다. 그리고 그런 촌구석에서 태어난 것은, 당연히, 당신 잘못이 아니다.

꼼꼼한 독자라면 벌써 눈치 챘겠지만(그리고 나는 당신이 그런 독자가 아니길 바란다), 애덤스가 생전에 발표한 『안내서』는 모두 다섯 권이다. 그런데 혹시 이 사실을 아는지 모르겠다. 인간의 손가락 역시 한 손에 다섯 개라는 사실을. 이미 말했듯 애덤스가 쓴 『안내서』역시 다섯 권이다. 어떤가, 정말 놀라운 우연이 아닌가? 다시 말해 당신이 한 권을 읽을 때마다 손가락을 하나씩 꼽는다면, 더 이상 꼽을 손가락이 남지 않았을 때 비로소 책도 끝난다는 말이다. (만약 당신이 한 권으로 만들어진 합본을 읽는다면? 그냥 주먹을 쥐면 된다. 믿기 힘들겠지만, 결과는 같다.)

## 2.

조조조르지우스 6세도 '초'를 다섯 번 말하긴 했지만, 그것은 오늘 이야기와 아무런 상관도 없다.

## 3.

애덤스는 생전에 두 권의 '마지막' 『안내서』를 출간했다. 80년대 중반, 모든 소설가들의 로망처럼 편집자에 의해 호텔에 감금된 채 4권 『안녕히, 그리고 물고기는 고마웠어요』를 쓴 애덤스는 '이것이 시리즈의 마지막'이라고 공언한다. 실제로 애덤스는 영적인 탐정 더크 젠틀리가 등장하는 코믹 소설인 『더크 젠틀리의 성스러운 탐정 사무소』와 『영혼의 길고 암울한 티타임』, 그리고 멸종위기 동물에 대한 지구 최고의 에세이인 『마지막 기회라니?』 등을 쓰며 『안내서』 시리즈에는 작별을 고한 것처럼 보였다. 하지만 짝수는 정이 없다는 훈훈한 술자리 농담처럼(아마 지구인의 손가락을 다섯 개로 만드신 그 분도 같은 농담을 들으셨던 거 같다) 애덤스는 1992년 『대체로 무해함』을 추가함으로써 총 다섯 권의 『안내서』를 세상에 내놓았다. 몇 권을 읽고 있고 앞으로 몇 권이 남았는지 독자들이 헷갈리지 않도록. 그리고 2001년 심장마비로 세상을 떠날 때까지 더 이상의 추가 작업은 하지 않았다. 이야기는 여기서 끝난다. 안녕히, 그리고 『안내서』는 고마웠어요. 잠깐, 그런데 6이라며?

바로 여기가 이오인 콜퍼가 끼어드는 지점이다. 믿기 어렵겠지만, 유족과 친지들에 의하면 애덤스는 생전에 종종 여섯 번째 『안내서』

이자 세 번째의 마지막 『안내서』를 쓸 생각이 있음을 넌지시 내비치
곤 했다고 한다. 세상에, 우주적인 베스트셀러의 작가가 마지막이란
단어의 뜻도 제대로 몰랐다니! 아무려나. 그다지 큰 결점이라고 할
순 없지만 소개팅에서 그런 식으로 말한다면 퇴짜를 맞을 것이 분
명한 고인의 사소한 무지를 기리며 유족들이 시리즈를 이어갈 작가
를 물색하던 중 이오인 콜퍼가 손을 든 것이다.

"저요! 저요! 저 여기 있어요!"

> 글쓴이 주석: 위키 백과가 인용하고 있는 영국의 미디어에 따
> 르면 애덤스는 생전에 시리즈를 이어가야 할 필요성을 느꼈
> 으며 "내가 조만간 여섯 번째 『안내서』를 쓰고야 말 것 같은
> 불길한 예감이 든다"라는 식의 말을 하곤 했다고 한다.

이렇게 말할 수도 있다. 우주를 유영하던 『안내서』의 신호를 포착한
이오인 콜퍼가 엄지손가락을 들고, 정확히 말하자면 전자 서브-에서
신호 장치라고 해야겠지만, 유족들의 도움으로 『안내서』에 히치하
이크 했다고. 요리사로 일하는 덴트라시스인들의 도움으로 보곤인
들의 우주선에 히치하이크 했던 아서 덴트와 포드 프리펙트처럼 말
이다. 물론 그가 한 일은 단순한 히치하이크가 아니다. 그는 자신을
『안내서』 호의 새로운 선장으로 임명한 것이다! 누구 맘대로?

만약 당신이 언젠가 『안내서』를 읽은 적이 있다면, 손가락이 다섯
개밖에 없음을 원망하며 마지막 권을 덮은 기억이 생생하다면, 아

마 이렇게 생각할 거다. 아니, 문학사에 존재하는 그 모든 졸렬한 실패들은 집어 치우고라도, '그' 스티븐 스필버그조차 스탠리 큐브릭의 『A.I.』를 이어 만드는 일에는 실패했다고. 그런데 이 친구는 도대체 자기가 누구라고 생각하는 거야, 하나님?

『안내서』 주석: 어사 마이너라는 행성에 있는 대단한 출판사들이 내놓은 모든 책들 중에서도 아마 최고로 훌륭한 책일 『안내서』에 대해 아쇼우비아에는 이런 격언이 전해진다. "『안내서』를 한 권도 읽지 않은 사람은 있다. 하지만 『안내서』를 읽다 만 사람은 없다." 심지어 아쇼우비아를 비롯해 적지 않은 행성에서는 제각각인 손가락의 수를 다섯 개로 만드는 손가락 성형수술이 유행하며 심각한 사회 문제가 되기도 했다. 모든 우주에서 한 권짜리 합본이 나오게 된 건 바로 그런 이유에서다. 아쇼우비아에서 '하나님'은 '하나가 된 님'이라는 뜻으로 바로 한 권짜리 합본을 가리키는 말이다.

그런데 이 사람, 경력이 제법 심상치 않다. 국내에도 적지 않은 책이 번역된 기성 작가인 동시에, 『아르테미스 파울』이라는 독자적인 시리즈로 많은 팬을 확보하고 있는 전지구적 베스트셀러 작가였던 것. 아니, 그럼 도대체 뭐가 부족해서? 아무리 그래도 더글러스 애덤스가 없는 『안내서』라니, 우울증이 없는 마빈처럼 도무지 상상이 되질 않잖아! 물론 『안내서』 시리즈의 광팬인 동시에 새로운 이동 조사원을 자처하는 콜퍼가 그 사실을 모를 리 없다. 그는 여섯 번째 책의 서문을 통해 그와 같은 광팬들에게 말한다.

> (당신은) 순전히 두뇌에 안개가 낀 것 같은 지루함 때문에 『은하수를 여행하는 히치하이커를 위한 안내서』의 검색창에 '은하수를 여행하는 히치하이커를 위한 안내서'를 입력해보기로 한다. 그러면 이 경솔한 타자질은 어떤 결과를 낳게 될까? (…) 다섯 개의 결과는 하나같이 장문의 항목으로, 몇 시간에 걸친 비디오와 오디오 파일들, 그리고 꽤나 유명한 배우들이 등장하는 재연 드라마 몇 가지를 포함하고 있다. 하지만 이 책은 그 항목들에 대한 이야기가 아니다. 당신의 신장을 다시 저당 잡히라든가 포름랭글러의 길이를 늘이라든가 하는 광고들을 다 무시하고 계속 스크롤을 내리다보면, 아주 작은 글자로 적힌 다음과 같은 문장에 다다르게 될 것이다. 이 책을 좋아하는 사람들이 더 읽어볼 만한 책은… 아이콘을 이 링크에 대고 슬쩍 문질러보면, 연결된 오디오도 없고 하다못해 동호회 친구들한테 샌드위치를 쏘고 자기 방에서 찍은 학생 비디오조차 붙어 있지 않은, 그저 텍스트뿐인 부록이 나올 것이다. 이 책은 바로 그 부록에 관한 이야기다.

호오, 조촐한 부록이라. 제법 겸손하시군 그래. 다음 장을 넘겨보자. 이번에는 애덤스의 문장을 인용하며 입장을 재차 분명히 한다.

폭풍우는 이제 확실히 한풀 꺾였고, 마구잡이로 쳐대던 천둥은 아득한 산 너머에서 그르렁거리는 소리로 바뀌었다. 마치 논쟁에서 패배했다는 사실을 시인하고 나서 20분쯤 지난 후에 "그런데 한 가지 더…" 하고 뒷북을 치는 사람처럼 말이다.

–「안녕히, 그리고 물고기는 고마웠어요」 중에서

그러고 보니 제목 자체가 『그런데 한 가지 더』란다. 그런데 한 가지 더라…. 음, 사실 궁금하긴 하다. 자포드 비블브락스 만큼이나 정신이 나간 이 작가가 과연 무슨 이야기를 할지 도무지 읽지 않고는 배길 수가 없는 것이다. 전 지구가 하나가 된 이 스마트한 세상에서도 여전히 책을 붙잡고 있는 사람들이란 그런 법이다. 외롭고 쓸쓸하다. 외롭고 쓸쓸해서 읽고 싶고, 읽을수록 외롭고 쓸쓸하다…. 외로워서 읽는가 읽어서 외로운가 하는 그런 질문은 나에게 하지도 말라. 뭐, 어쨌거나 결국 한 권의 책일 뿐이다. 대부분의 경우 읽지 않는 것보다 읽는 것이 낫다. 말하자면 그것이 이오인 콜퍼의 『은하수를 여행하는 히치하이커를 위한 안내서 6』을 집으며 내가 한 생각이었다.

물론 단순한 독서가 아닌 서평을 쓸 책을 고르는 것은 또 다른 문제다. 여기에는 치밀하고도 꼼꼼한 계산이 숨어있음을 고백해야겠다. 피타고라스가 살아서 돌아온다고 해도 인정할 수밖에 없을 그런 계산… 이라고 하면 물론 거짓말이고. 실은 초등학생이라면 누구나 할 수 있는 간단한 산수를 했을 뿐이다. 애덤스의 '원전'이 합본을 기준으로 1235쪽인 것에 반해, 이오인 콜퍼 쪽은 고작해야 493

쪽에 불과(!)한 것이다. 어쨌거나 서평을 쓰려면 책을 읽어야 한다. 과거에 읽었던 책도 마찬가지다. 잠깐만, 마감이 임박한 원고가 몇 개 더 있었던 것 같은데, 만나야 할 사람들도 있고, 참, 빨래랑 설거지도 밀려 있잖아… 내가 애덤스와 그의 『안내서』를 좋아하긴 하지만… 비용 대비 금액을 생각, 아니 그게 아니라… 사실 고작해야 서평일 뿐이고… 그렇게 두꺼운 책을 고른다는 건, 나도 뭐 땅 파서 장사하는 거 아니고….

> 글쓴이 주석: 친애하는 나의 여자친구는 발할라의 불을 뿜는 비행 설치류라도 한 방에 보내버릴 만한 무시무시한 두께의 『안내서』 합본을 두고 '밤마다 몰래 꺼내 주문을 외워야 할 것 같은 책'이라고 평한 바 있다. 「판타지아」에서 미키 마우스가 보는 그런 마법서 말이다!

말하자면 어른의 사정. 그러니 제정신이 박힌 필자라면 콜퍼 쪽을 택하지 않을 수 없는 것이다. 보시다시피, 혹은 의외로, 내 머리에도 소위 말하는 제정신™(자잘한 버그들과 불안정함으로 인해 최악의 버전이라고 평가받는 1.81beta 버전)이란 것이 박혀 있고, 그대로 했다. 내가 아무리 애덤스와 그 출판사를 친애한다 한들 어쩔 수 없는 일은 어쩔 수 없는 일이니까.

> 『안내서』 주석: '친애하다'라는 단어는 우주 곳곳에서 통용되

는 보편적인 단어이지만 물론 예외는 존재한다. 모든 단어를 줄여 말하기 좋아하는 이존길외('이곳에 존재하는 모든 길들의 외침' 또는 '이곳에 존재하라, 길고 외롭게'의 약자라고 알려져 왔지만, 최근에는 맥시메갈론 대학의 대체역사학 교수에 의해 제기된 '이름이 존나 길면 외우기 짱나염'의 약자라는 설이 많은 지지를 받고 있다) 행성의 사람들에게 그것은 "친한 척하지 마라, 애송이들아"의 줄임말이다. 모든 언어를 자동으로 통역해주는 바벨 피시조차 '이존길외'라는 줄임말에는 두 지느러미를 다 들어버린 사정으로, 그것은 결국 제153657차 우주대전의 원인("친애하는 이존길외 여러분, 저희는 평화의 사절로…" "뭐? 선전포고냐?!")이 됨과 동시에 제557차 우주평화조약의 극적인 계기("친애하는 우주의 동지들에게"로 시작하는 이존길외라는 성명서. 여기서 동지는 바벨 피시가 놓친 또 하나의 줄임말로 "동네에서 지랄하는 녀석들"의 약자)가 되었다. 이를 두고 잘난 척하기 좋아하는 사람들은 '역사의 아이러니'라고 말하기도 하지만 그것은 그저 모든 우주에서 날마다 일어나는 일일 뿐이다.

글쓴이 주석: 적어도 이 글에서 쓰이고 있는 '친애하다'라는 단어의 뜻은 당신이 알고 있는 그것이 맞다. 어떤 출판사의 책을 70권 가량 책장에 꽂아두고 있다면, 게다가 그 중 많은 책이 공짜로 받은 책이라면, 더군다나 이런 글을 쓰고도 고료를 받을 거라는 사실을 감안한다면(어쩌면 주지 않을지도 모르겠

다는 생각이 점점 강하게 들긴 하지만…) 그 출판사를 친애하지 않 기란 어려운 법이다. 여자친구에 대해서라면… 잠깐, 내가 왜 이런 말을 하고 있는 거지?

하지만 그런 얄팍한 계산이 철저하게 잘못되었음을 깨닫는 데에는 그리 오랜 시간이 필요하지 않았다. 간단히 말해, 나의 제정신™은 제정신이 아니었던 것이다. 놀랄 일은 아니다. 예루살렘의 아이히만 을 떠올려보라. 그의 머리에는 당시 놀랍도록 안정적이라는 평가를 받았던 가장 최신 버전의 제정신™이 박혀 있지 않았던가! (아이히만 이라는 이름이 너무 쌩뚱 맞게 느껴진다면, 당신이 다니는 회사의 팀장이나 과 장 등 당신의 상사들 중 아무 얼굴이나 떠올려 보라. 결국 같은 이야기다.) 그것 이 단순한 오작동이냐 근본적인 결함이냐를 두고 여러 논쟁이 있었 지만, 아무려나, 그것을 해결할 수 있는 방법은 여전히 발견되지 않 았다.

『안내서』주석: 사실 그것은 굉장히 오래된 문제이며, 역사상 모든 쁘레따 뽀르떼 학자들이 한 번 이상은 소리 높여 주장 했고, 이내 멱살을 잡고 싸우게 만든 문제이다. 지구 시간으 로 약 2,000여 년 전, "한 남자가 기분 전환도 할 겸 이제는 사람들끼리 좀 잘해주면 얼마나 좋겠냐고 말했다는 이유로 나무에 못 박힌" 이후로 문제는 여전히 답보 상태이지만, 좀 더 극단적인 이들은 인류가 이미 걷잡을 수 없이 망가져버렸다고 주장하기도 한다. 후자의 사람들 중 일부는 시끄러운 확성기를 들고 일종의 사자성어들이 쓰인 팻말을 든 채 공공장소를 돌며, 종말이 코앞에 다가왔음을 소리 높여 외침으로써 몸소 그 사실을 증명하려 노력하고 있다. 운 나쁘게 대한민국을 지나게 된 히치하이커는 각별히 조심할 필요가 있는데, 그들의 외침이 귓속의 바벨 피시를 자극해 히치하이커로 하여금 누구도 이해할 수 없는 방언을 내뱉게 만들 수도 있기 때문이다. 한 가지 재미있는 사실은 결과적으로는 그들의 주장이 틀리지 않았다는 것이다. 여러 평행우주 속에서 지구는 보고인과 그레불론인 등 다양한 종족들에 의해 종말을 맞았고, 맞고 있으며, 맞을 것이다. 이는 이미 책에 쓰인 대로, 한마디로 돌이킬 수 없는 사실이다.

이런 이야기다. 과거의 독서를 바탕으로 곧장 콜퍼의 책으로 들어가려 했지만, 무언가 찜찜한 기분에, 직업윤리에 어긋나는 건 아닌가 하는 죄책감에, 무엇보다 애덤스의 책을 다시 보고 싶은 마음에 결국 다시 한 번 1235쪽짜리 합본을 잡았다는, 눈물이 쏙 빠지도록 웃으며 읽고 그러다 지치면 그것을 베고 잤다는, 시시각각 마감이 다가오는 다른 원고들을 모두 나 몰라라했다는, 결과적으로 이 글 또한 마감을 넘겨버렸다는, 방치해둔 빨래와 접시들에서 냄새가 나기 시작했다는, 그리고… 아니, 눈물이 날 것 같으니 여기까지만 하도록 하자. 아무튼 애덤스에서 콜퍼에 이르는 책을 다시 한 번 읽었고, 그렇게 해서 다행이라고 생각한다. 다른 모든 이야기는 잊어 달라. 그렇지만 여전히 곤란한 문제들이 남아 있다. 도대체 『안내서』에 대해 무슨 말을 할 수 있단 말인가?

여기서 잠시 『안내서』의 스토리를 되짚어보자. 영국의 한 마을에 아서 덴트라는 인물이 살고 있었고, 어느 평범한 목요일 아침에 눈을 뜨고 자리에서 일어난 그를 한 대의 불도저와 몇 명의 인부들이 기다리고 있었으며, 그들은 구청의 결정에 따라 우회로를 내기 위해 아서의 집을 밀어버리려고 하고 있었고, 황당한 아서는 목욕 가운을 입은 채 불도저 앞에 누워 시위 아닌 시위를 하게 되었고, 그때 나타난 아서의 친구 포드 프리펙트가 공사 감독관을 교묘한 말장난으로 속여 아서 대신 불도저 앞에 눕게 만든 후 아서를 술집으로 데려갔고, 다짜고짜 쓴 맥주 육 파인트를 마시게 하더니 세상이 곧 끝장날 거란 사실을 덤덤하게 알렸고, 그것으로도 모자라 자신이 실은 베텔게우스 행성에서 온 외계인이라고 고백하는데 아서는 단지 목요일이 싫을 뿐이고, 때마침 지구를 향해 노란색 우주선이 몰려오고 있었고, 그들은 말하자면 우주의 무자비한 공무원으로 초공간 우회로를 만들기 위해 지구를 박살내려는 임무를 갖고 있었고, 결국 그들은 무자비한 공무원답게 훌륭히 그 일을 해냈고, 주인공인 아서와 포드는 책이 시작되자마자 죽을 위기에 처했지만 포드의 전자 서브-에서 신호 장치로 보고인의 우주선에 극적으로 히치하이크를 할 수 있었고, 하지만 이내 보고인들에게 잡혀버렸고, 보고인 선장의 끔찍한 시낭송을 들어야 하는 오디세우스 류의 형벌에 처해

진 후 우주로 추방당했고, 때마침 그곳을 지나던 자포드 비블브락
스의 '순수한 마음' 호에 또다시 히치하이크 하는 데 성공했고, 알고
보니 자포드와 포드는 사촌지간이었고, 그는 우주 대통령인 주제에
'순수한 마음' 호를 훔쳐 도주하는 중이었으며, 그곳에는 트릴리언이
라는 이름의 지구인 여성 또한 타고 있었는데 그녀는 언젠가 파티
에서 아서가 꼬시려고 시도한 여성이었고, 하지만 그녀는 다른 남자
와 함께 뒷마당으로 나갔는데 그게 바로 자포드였단 말이고, 결국
그들은 '진짜 인간 성격'을 지닌 탓에 심각한 우울증에 걸려버린 최
첨단 안드로이드 마빈과 함께 우주를 누비며 '삶, 우주 그리고 모든
것에 관한 궁극적인 질문'을 찾기 위한 여행을 시작하는데, 원래부터
그걸 찾으려고 한 여행은 아니었고 어쨌든 그렇게 되었는데, 알고 보
니 그 질문을 얻기 위해 계산을 돌리는 행성 규모의 바이오-컴퓨터
가 바로 지구였고, 인간은 일종의 반도체와 같은 컴퓨터의 일부분
이었고, 그것을 조종하는 것은 쥐들이라는 사실이 밝혀지고, 그들
은 사실 지구에서 가장 지능이 높은 존재로 2등은 돌고래였고, 그런
데… 잠깐만, 숨 좀 돌리고… 거기 누구 물 좀 가진 사람 없어요?

4.

자, 여기까지가 대략 『안내서』의 1권에 해당되는 200쪽까지의 이야
기다. 그리고 1권이 가장, 어쩌면 유일하게 스토리 요약이 가능한 부
분인 것이다. 이유는? 결국 『은하수를 여행하는 히치하이커를 위한
안내서』라는 소설 자체가, 코믹-SF-소설이라는 외향에도 불구하고,

실은 '삶, 우주 그리고 모든 것에 관한 궁극적인 질문'을 찾는 여정을 닮았기 때문이다. 그리고 물론 그것은 누구도 찾을 수 없는 것이다. 또한 결국은 끝장날 수밖에 없는 지구의 운명을 바꿀 방법 또한 찾지 못하기는 마찬가지. 지구는 멸망하고, 멸망하고, 멸망하고, 멸망하고 마침내 다시 멸망한다. 그런 이야기다.

> 『안내서』 주석 : 삶, 우주 그리고 모든 것에 관한 궁극적인 대답은 이미 존재한다. 그것은 두 자리 숫자, 즉 '42'다. 다만 우리들은 그것에 대한 올바른 질문을 찾지 못하고 있을 뿐이다.

그렇다고 해서 걱정할 필요는 없다. 『안내서』는 어쨌거나 그 외향에 걸맞도록 끝내주게 웃기는 책이니까. 가히 우주적이라고 할 만한 농담으로 가득한 『안내서』는 신과 인간, 현대문명과 날씨, 숨 가쁜 유행과 잃어버린 꿈과 날씨, 불만과 더 큰 불만만을 선사하는 우리들의 직업과 오직 공허 그 자체로만 채워진 공허, 그밖에도 스포츠와 음식과 심리학과 점성술과 정신분석학과 술과 자동차와 파티와 택시와 10대의 일탈과 자유 기고가의 빌어먹을 삶에 이르기까지 거의 모든 분야에 관한 프루디한 농담들을 던진다. 애덤스가 건드리고 있는 목록에서 드러나듯, 이것들은 물론 단순한 농담 따먹기로 그치지 않는다. 역자들은 후기를 통해 『안내서』의 주된 정서 세 가지를 이렇게 정리한다.

(1) 우리가 대단하다고 생각하거나 대단할 거라 기대하는 모든 것들의 엄청난 하찮음

(2) 천지 만물을 추동하는 근본 원리로서의 부조리

(3) 거대한 분노도 없고 쓰라린 원한도 없이 결국은 '그런들 어떠하리'하는 체념 혹은 '거 참 재미있군'하는 냉소적 달관

그리하여 끝내주는 농담이 이어지는 가운데 지구는 끝장나고, 끝장나고, 끝장나고, 끝장나며, 끝장난다. 이건 농담이 아니다. (세상을 자꾸만 끝장내는 이유에 대해 애덤스는 "그냥, 당시 세상에 좀 불만이 있어서"라고 답했다고 한다. 어쩌나 애덤스다운지!) 그럼에도 불구하고 당신은 『안내서』를 보는 내내 웃음을 참을 수 없을 것이다. 이건 장담할 수 있다.

하지만 당신은 또 다른, 복잡한 감정들을 느낄 수도 있다. 이를테면 ○○나 ●● 혹은 ◇◇ 같은, 또는 다른 여러 감정들을. 그게 뭐냐고? 글쎄, 솔직히 당신의 감정을 내가 무슨 수로 알겠는가? 한번 입장을 바꿔놓고 생각해 보라. 지금 이런 글을 쓰고 있는 내 기분을 당신은 알 수 있는가?

5.

자, 이제 콜퍼의 『그런데 한 가지 더』를 이야기할 차례다. 어느새 글은 이토록 걷잡을 수 없이 길어졌고, 나는 별 수 없는 아저씨이며, 아저씨의 사정은 여전히 변하지 않았으므로 짧게 쓰겠다.

콜퍼 또한 재미있는 농담을 구사한다. 하지만 그 농담은 종종 실

패하며 가끔은 빨간 펜을 들고 싶게 하기도 한다. 이 글을 읽고 있는 꼼꼼하면서도 인내심 많은 독자 또한 그러할 것이듯이. (다시 말하자면, 나는 당신이 그런 독자가 아니기를 진심으로 바라고 있다.) 인물들은 애덤스가 구축한 캐릭터에서 벗어나 시종일관 시시껄렁한 이야기들을 지껄이기를 멈추지 않는다. 조증에라도 걸린 것처럼. 뭐, 그런 고생을 하며 우주를 돌아다녔으니 충분히 이해할 수 있는 일이긴 하지만.

그렇다고 콜퍼의 책이 수준 이하라는 말은 아니다. 일단 농담의 질을 놓고 애덤스와 일대 일로 비교하는 것은 공정하지 못한 일이 될 것이다. 비록 마지막이라는 단어의 뜻은 제대로 몰랐지만, 그럼에도 그는 여전히 우주적인 작가가 아닌가? 또한 콜퍼의 농담도 빛을 발하는 순간이 있다. 바로 신과 종교에 대한 걸 말할때다. 실제로 『그런데 한 가지 더』의 많은 부분은 종교에 대한 농담에 할애되어 있다. 중반 이후 본격적으로 펼쳐지는 토르와 자포드, 그리고 새로운 지구를 둘러싼 이야기는 웃음과 냉소, 풍자를 잃지 않는다.

캐릭터의 성격 변화에 대해서라면, 글쎄, 위키 백과가 인용하고 있는 애덤스의 말이 대답이 되지 않을까. 그는 이렇게 말했다고 한다. "사람들이 종종 내게 말하곤 해. 『대체로 무해함』(그의 다섯 번째 책)은 너무 암울했다고. 틀린 말은 아니야. 그래, 그건 암울한 책이지. 나도 좀 더 밝게 시리즈를 끝내고 싶은 생각이 들어. 그리고 다섯이라는 숫자는 사실 좀 별로지. 여섯이 좀 더 좋은 숫자란 말이야."

그리고 무엇보다 애덤스의 『안내서』를 읽은 당신이라면(설마 곧바로 콜퍼의 책을 읽으려는 자포드만큼이나 무모한 독자는 없을 거라고 믿는다) 콜퍼의 후속편을 읽지 않을 수 없을 것이다. 내가 그랬던 것처럼. 그리고 거기서 당신은 아마 당신처럼, 아니 당신보다 더, 애덤스가 만들어낸 우주를 사랑하는 한 작가를 만날 수 있고, 비록 조금 부족하지만, 조금 덜 웃기지만, 그럼에도 살아서 움직이는 아서와 포드와 자포드와 트릴리언의 이야기를 들을 수 있다. 보고인들을 비롯한 기타 다른 조연들도 물론 거기에 있다. (애석하게도 마빈은 없다. 아마 어딘가 구석진 별에 처박힌 채 자신의 처지를 저주하며 계속해서 혼잣말을 중얼거려 반경 2km 이내의 모든 생명체들을 질리게 만들고 있겠지.)

말하자면 이것은 더글러스 애덤스와 그의 히치하이커들을 기억하는 모든 사람들을 위한, 일종의 추모 파티인 셈이다. 그리고 당신이 그곳에서 한 잔 마시며 추억을 즐긴다고 해도 세상이 끝장나는 일은 없는 것이다.

정확히 말하자면 당신이 무슨 일을 하건 끝장날 거라고 해야겠지만. 일어날 일은 일어나기 마련이다.


## 6.

그런데 한 가지 더.

아직 내겐 해명해야 할 사소한 문제가 남아 있다. 나는 위에서 손가락과 『안내서』의 숫자를 비교하며 다섯이라는 숫자의 완벽함에 대해 이야기한 바 있다. 반면 바로 윗 단락에서는 "다섯이라는 숫자는 사실 좀 별로지. 여섯이 좀 더 좋은 숫자란 말이야"라던 애덤스의 말을 인용했다. 이건 도대체 어떻게 된 일인가? 손가락과 『안내서』의 행복한 일치는 어디로 사라진 건가? 이제 6권을 읽기 위해서는 다른 쪽 손가락을, 아니면 발가락이라도 써야 한다는 건가?

해답은 간단하다. 당신은 다른 쪽 손을 혹은 발을 그 외의 다른 무엇을 사용할 필요가 없다. 그저 꼭 쥐었던 다섯 손가락 중에서 단 하나의 손가락을 다시 펴기만 하면 된다. 바로 당신의 엄지손가락을. 물론 그것은 히치하이킹을 뜻하는 만국, 아니 우주 공통의 신체 언어인 것이다. 혹시 아는가. 이 초초초초초-촌구석에도 언젠가는 찾아올 최후의 심판일에 유용하게 사용할 수 있을지.

당신의 행운을 빈다.

그리고

겁먹지 말기를. (Don't Panic!)

# 고도확인.

위로 따윈 접어주시라

"나는 서른 살이 될 때까지 잡문으로 생계를 유지했고

결국 그것 때문에 인생의 낙오자가 되었지만

거기에는 어떤 낭만적인 생각이 있었던 것 같다."

폴 오스터 『빵굽는 타자기』

# 위로 따윈 접어주시라

야자열매술꾼
아모스 투투올라, 장경렬 옮김, 열림원, 2002

몇 해 전부터 출판계에 불고 있는 '위로 열풍'에는 적잖이 불만이지만, 책의 기능 중 하나가 위로라는 사실을 부인할 수는 없을 것 같다. 우리 모두에게는 위로가 필요하고, 나 역시 종종 책에서 위안을 받곤 하니까. 물론 "내가 당신을 위로하리라"며 책장을 파닥이는 책은 사양이다. 그런 책들은 대개 설탕을 입힌 것처럼 달콤한 일반론을 늘어놓을 뿐이다. 그런 책을 읽느니 차라리 교회를 찾거나 점을 보거나 오랜 친구와 따뜻한 차 한 잔을 마시는 일이 훨씬 더 큰 위로가 될 거라는 데에 내 오른손과 전 재산을 걸 수도 있다. 이 또한 투박한 일반론이지만, 적어도 나는 낯모르는 이들을 위로하는 일에는 관심이 없다.

최근에 나에게 위로가 되어 준 책은 『야자열매술꾼』이라는 나이지리아 소설이었다. 언제나처럼 위로가 필요했던 나는 이러저러한 사람들과 이러저러한 술자리들을 가졌고, 그 중 어느 자리에선가 눈 밝은 친구 하나가 추천한 책이었다. 그때쯤에는 술이 더는 위로가 되지 않고 오히려 더욱 많은 위로를 필요하게 만들 뿐이었으므로 꽤나 적절한 타이밍이었다. 낮이면 흐리멍덩한 눈으로 쓰린 배를 부여잡으며, 이래서야 그저 게으른 술꾼이 아닌가, 자신을 책망하던 나에게 눈이 번쩍 뜨일만한 위안을 선사했던 것이다.

제목부터 환상적인 『야자열매술꾼』은 이런 문장으로 시작한다.

> 나는 열 살짜리 어린애였을 때부터 야자열매술꾼이었으며, 내 살아생전 야자열매술을 마시는 일 이외엔 아무것도 하지 않았소이다.

이 얼마나 거침없고 호방한 문장인가! 이어지는 내용은 더욱 심금을 울린다.

> 나란 인간이 술을 마시는 일 이외엔 아무것도 할 수 없다는 사실을 알아차리시고서 아버님께선 나를 위해 전문적인 야자열매술시중꾼을 고용하셨다오. 그가 해야 할 일이라고는 매일같이 야자열매술을 받아다가 나에게 가져다주는 것뿐이었소.

이 얼마나 아름다운 부자관계란 말인가!

하지만 비극은 언제나 도둑처럼 찾아오는 법. 그토록 너그러운 아버지가 돌아가시고 얼마 지나지 않아 매일 아침 신선한 술을 공급하던 시중꾼마저 야자나무에서 떨어져 세상을 떠난다. 주인공은 한동안 자신이 직접 술을 받아보지만 도무지 그 맛을 따라갈 수 없다. 매일 같이 술판을 벌이던 친구들의 발길도 끊어진 지 오래다. 또 다른 술시중꾼을 찾아보기도 하지만, 어느 하나 입맛에 맞지 않는다. 15년 동안 그가 받아주는 술의 맛에 길들여진 탓. 마침내 주인공은 결심한다. 죽은 술시중꾼을 찾아 길을 떠나기로. 바로 그렇게, 10년여에 걸친 야자열매술꾼의 환상적인 모험이 시작되는 것이다.

글쎄. 내가 이 책을 읽고 정확하게 어느 부분에서 위로를 얻었는지 이 자리에서 굳이 밝힐 생각은 없다. 모든 술꾼이 이 책에서 위안을 얻을 수 있을 거라고 말하고 싶은 것도 아니다. 같은 책을 읽어도 우리는 각자 다른 것을 보니까. 바로 그것이 책의 매력이 아니던가? 그러니 제발 값싼 '위로 코드' 따위는 접어주시라. 청춘들을 향한 것이라면 더더욱. 한때 '출판계'에 몸담았고, 지금도 한쪽 발 정도는 담그고 있는 입장에서, 고작 이것이 불황을 타개하려는 2012년 대한민국 출판계의 마케팅 전략이라고 생각하면 쪽팔려서 눈물이 날 지경이다. 에라, 오늘도 술이나 마셔야겠다.

# 루저문학이 도대체 뭐야?

## 철수 사용 설명서
### 전석순, 민음사, 2011

2011 오늘의 작가상을 수상한 『철수 사용 설명서』의 뒤표지에 당당하게 적힌 "루저 문학의 최고 극단"이라는 심사평을 보고 조금 웃었다. 루저 문학이라는 정체불명의 장르가 무엇인지 통 감이 잡히지 않을 뿐더러, 최고 극단이라는 상찬이 너무 과해 도리어 우스꽝스럽게 느껴진 탓이다.

물론 그 말이 뜻하는 바를 모르는 건 아니다. 하지만 너무 애매하다. 최고 극단은 집어치우더라도 루저 문학을 1) "루저가 쓴 문학"이라고 정의할 때, 몇몇 베스트셀러 작가의 작품을 제외하면 루저 문학이 아닌 현대 한국문학이 어디 있을 것이며, 2) "루저를 다루는 문학"이라고 할 때, 불사신 같은 주인공이 등장하는 오락 소설이나 재벌가의 선남선녀들이 티격태격하는 로맨스 소설을 빼면 루저 문학이 아닌 문학이 또 어디 있단 말인가? 뭐, 전석순의 『철수 사용 설명서』가 적어도 2)의 요건을 충족하고 있는 건 사실이지만.

173cm의 키에 65kg 몸무게, 지방국립대를 졸업한 철수는 스물아

홉의 백수다. 취업시장과 연애시장 모두에서 간택 받지 못한 그는 부모가 보기에 제품보증기간이 한참 지나버린 불량품이자, 사회가 보기에는 아무 짝에도 쓸모없는 재고품이다. 그도 그럴 것이 그는 회사가, 부모가, 애인이 원하는 기능을 어느 하나 갖추지 못한 것이다. 물론 철수의 입장도 이해는 간다. 아무리 노력한들 냉장고가 와이셔츠를 다릴 수는 없는 노릇이니까.

철수는 손수 자신의 사용 설명서를 쓰기로 결심한다. 취업 모드, 학습 모드, 연애 모드, 가족 모드 등 상황에 따른 사용법을 적는 것으로 모자라 준비와 사용, 관리와 주의사항에 이르기까지 사용 설명서의 형식을 고스란히 따른다. 심지어 자신의 상품평과 질의응답을 싣기도 한다.

문제는 철수가 '자신의 기능을 확인할 기능'조차 갖지 못했다는 사실이다. 취향과 욕망, 비밀이 없는 철수는 타인의 시선에 그저 반응할 뿐인, 철저하게 수동적인 인물이다. 시종일관 '그들이 나에게 무엇을 원하는지는 모르겠지만, 내겐 그걸 알아내는 기능이 없고, 설령 안다 해도 할 수 있는 기능이 없으니 나는 참 가련하다'는 태도로 일관하는 철수 사용 설명서는 결국 그가 할 수 없는 것들의 지루한 나열일 뿐이다. 그런 그의 태도는 끝까지 변하지 않는다.

물론 작가라고 고심이 없지는 않았을 터이다. 작가는 "사용 설명서 형식을 취하느라 일부러 기승전결의 서사 구조를 약화"시켰다고 밝히면서, 대신 드라마와 인터넷에서 흔히 볼 수 있는 통속적이고 자극적인 에피소드를 수혈한다. 형식을 위해 모든 것을 희생시킨 셈이다. 하지만 무엇보다 통속적인 것은 철수 그 자신. 그는 인간이 상품이 되어버린 사회를 살아가는 루저들의 안타까운 초상이 아니라, 기성세대가 비난하는 '패기 없는 20대'의 프레임 안에 통속적인 관념과 자기연민을 채워 만들어진 엉터리 기계인형일 뿐이다.

그런 의미에서 "루저를 다룬 새로운 작품이 더는 나올 수 있을까 싶은 의문이 들 정도"라는 심사평은 한 번쯤 숙고할 가치가 있다. 기존의 문학과 다른 루저 문학의 정의가 3) "바로 이 작품에 있음"이라고 한다면, 더 이상 루저 문학이 나올 필요는 어디에도 없을 테니까. 내가 루저라서 이러는 건 절대 아니니 오해 마시길. 아니, 진짜, 소설은 쓰지도 못하고 매일 남의 글에 대한 글만 쓰는 스스로가 한심해서 그만 나도 모르게 울컥한 게 아니라니까요…

# 이게 무슨 꼴이람

우디 앨런: 뉴요커의 페이소스

로버트 E. 카프시스·캐시 코블렌츠, 오세인 옮김, 마음산책, 2008

우디 앨런의 신작은 자못 비장한 나레이션으로 시작한다. "인생은 시끌벅적한 헛소리와 분노로 가득 차 있고 결국 아무런 의미도 없다." 그 유명한 셰익스피어의 비극, 그중에서도 「맥베스」의 대사를 인용한 것. 영화에는 나오지 않은 맥베스의 나머지 대사는 이렇다. "내일, 내일, 내일이 종종걸음으로 하루, 하루, 하루 속으로 스며들어 시간이라는 마지막 문자의 음절 속으로 꺼져가는구나. (…) 인생은 다만 걸어가는 그림자일 뿐. 제시간이 오면 무대 위에서 활개치며 안달하나, 얼마 안 가 영영 잊혀져버리는 가련한 배우, 백치들이 지껄이는 무의미한 광란의 얘기다."

「환상의 그대」는 바로 그런 이야기다. 활개치며 안달하지만 이내 꺼져갈 가련한 백치들이 지껄이는 무의미한 헛소리와 분노에 대한, 전형적인 우디 앨런식 이야기. 차이가 있다면 전작들과는 달리 여기에는 어떤 구원도 없다는 사실이다. 그가 줄곧 건네던(본격 셰익스피어식 비극이었던 「카산드라 드림」을 제외하면) 위안, '주인공은 비록 소심하고 예민하고 다소 이기적이지만 실연/실패/삶에 대한 실망 등을 딛고(혹은 껴안고) 그럭저럭 삶을 꾸려나갔답니다, 하하, 사는 게 다 그러니까요' 정도의 위안조차 이곳엔 없다. 「환상의 그대」속 모든 인물들은 실연하고 실패하고 실망한다. 그들은 그것을 딛고 다시금 살아갈 수 있을까? 모를 일이다. 오직 한 사람, 헬레나를 제외한다면. 하지만 헬레나에게 주어진 것은 일종의 위약 처방이고, 이미 황혼에 접어든 그녀에겐 살아갈 날이 얼마 남지 않았다.

그래서일까. 영화를 보는 내내 우디 앨런의 영화를 보는 것이 아닌 우디 앨런의 산문을 읽는 듯한 느낌이 들었다. 일단 정체를 알 수 없는(그럼에도 영화를 열고 닫는) 전지적 나레이터의 존재가 마치 소설에서의 '전지적 작가 시점'을 연상케 했고, 언젠가 인터뷰에서 그가 했던 말이 떠오르기도 했던 것이다. 영화와 글쓰기의 차이를 묻는 질문에 그는 이렇게 답했다.

"문학적인 글을 쓸 때는 하면서 반드시 스스로 즐거워야 해요. 왜냐하면 반응을 알 수가 없거든요. (…) 하지만 연극이나 영화는 실제로 관객들의 웃음소리를 들을 수 있습니다. 좀더 보다 생생한 반응이죠. 그리고 작품을 본 사람들을 끊임없이 마주치죠. 글 쓰는 것보다 영화를 만드는 게 훨씬 별로예요."

무엇보다 나는 카메라 뒤에서 낄낄 웃고 있는 그의 모습을 그릴 수 있었다. 마치 글을 쓰듯, 관객들은 생각하지 않고 오직 자신의 즐거움을 위해 영화를 만드는 노감독의 모습을. 근사하지 않은가? 비록 그 영화가 보는 이들의 입을 씁쓸하게 하는, 다소 짓궂은 농담 그 자체라고 하더라도.

하여 집에 돌아온 나는 책꽂이에 잠자고 있던 앨런의 책들을 뽑았다. 『우리가 살고 있는 이 쓰레기 같은 세상』과 『차라투스트라는 이렇게 먹었다』, 그리고 인터뷰를 모은 『우디가 말하는 앨런』과 『우디 앨런: 뉴요커의 페이소스』를. 아무리 그의 농담이 쓰다 한들 우리가 언제나 과다 복용하고 있는 현실보다는 나을 것이고, 인생이 백치들이 지껄이는 시끌벅적한 헛소리와 분노에 불과할 뿐이라도 살아있는 한 우리는 끊임없이 듣고 또 지껄일 수밖에 없으니까.

한 인터뷰에서 앨런은 이렇게 말했다.

> "우리는 모두 허우적거리며 실수를 연발하고, 사람들에게 상처를 주고, 누군가를 왜 사랑하게 되고, 누군가를 사랑하지 않게 되는지 결코 이해 못하죠. 또한 신이 있는지, 없는지도 결코 알 수 없고요. 그저 다들 비슷하게 우스꽝스레 살아가는 수밖에 없죠."
>
> ―『우디 앨런: 뉴요커의 페이소스』중에서

# 낭만도 서른도 모두 병이다

### 빵 굽는 타자기
폴 오스터, 김석희 옮김, 열린책들, 2002

연말이면 나 또한 두 종류의 병에 시달린다. 하나는 술병이고 다른 하나는 정리병이다. 누군가는 병病이 아니라 벽癖이라고 말할지 모르나 그건 틀린 말이다. 연말과 함께 시작되어 새해가 오는 동시에 끝나니 일종의 계절성 질병이라 하는 것이 옳다. 한 해를 정리整理한다는 술자리들이 이어지고, 그런 자리에선 으레 서로 정리情理를 토로하기 마련인데, 대개 '네가 나한테 이러면 안 돼지'로 요약되는 말을 주고받다 보면 누군가 나서서 대신 정리正理를 가려주고, 결국 마지막 건배로 정리情理의 정리正理를 정리整理하면서 떠나야만 하는 한 해를 떠나보내는 것이다. 이를 가리켜 불가에서는 회자정리定離라 한다.

그렇지만 정리를 꼭 술자리에서만 하라는 법은 없다. 하여, 홀로 있는 시간이면 나는 술병이 도져 괴로워하는 와중에도, 지난 한 해 동안 함께 했던 책과 영화와 음악과 아이돌 그룹의 퍼포먼스 따위를 정리해보기도 하는 것이다. 이를테면 올해 최고의 한국영화는

「하하하」, 외화는 「인셉션」이지만 재개봉까지 치자면 역시 「대부 2」, 라는 식으로. 언제나 카라는 진리, 도 빼놓을 순 없겠다.

정리해본 2010년의 독서는 다음과 같았다. 나는 90권의 소설과 28권의 인문서, 9권의 에세이까지 모두 127권의 책을 읽었다. 소설은 다시 31권의 국내소설과 59권의 해외소설로 나뉘는데, 정확하게는 13권의 국내장편과 18권의 국내단편집, 44권의 해외장편과 15권의 해외단편집이다. (단편에 치중하는 국내문단과 장편으로 승부하는 해외문학계의 차이가 반영된 결과라고 우겨본다.)

가장 즐겁게 읽었던 소설은 제43회 한국일보문학상을 수상한 황정은의 『백의 그림자』와 시인 겸 평론가 겸 소설가인 이장욱의 『고백의 제왕』이었다. 재개발이라는 명분을 앞세워 삶의 터전을 빼앗아 가는 국가라는 시스템 앞에 선 은교 씨와 무재 씨. 조금 수줍고 선량한, 그래서 쓸쓸한 사람들의 사랑을 그린 『백의 그림자』는 평론가 신형철의 말처럼 고마운 소설이었다. 환상과 현실의 경계를 넘나들며 때로는 능청맞고 때로는 소름끼치고 때로는 슬픈 이야기들을 풀어 놓는 『고백의 제왕』은 무척이나 맛깔난 단편집인데, 그중에서도 '변희봉'은 양 손의 엄지를 모두 들게 만든다.

무엇보다 나를 기쁘게 한 책은 마침내 출간된 정성일의 평론집 『언젠가 세상은 영화가 될 것이다』와 『필사의 탐독』이었다. 냉면의 계란을 아껴놓는 심정으로 천천히, 침을 삼켜가며 읽었다. 영화라는 세상, 아니 세상이라는 영화에 대한 그의 확고한 입장과 태도는 나를 부끄럽게 했다. '올해의 책'으로 백 번 선정해도 부족할 지경이다.

올해를 정리하는 문장은, 비록 올해 나온 책은 아니지만, 폴 오스터의 차지다. 무슨 이유에선가 나는 책장 구석에 있던 『빵 굽는 타자기』를 다시 펼쳤고, 이전에는 그냥 지나쳤을 것이 분명한 어떤 문장을 발견했다. 오스터는 이렇게 썼다.

나는 서른 살이 될 때까지 잡문으로 생계를 유지했고, 결국 그것 때문에 인생의 낙오자가 되었지만, 거기에는 어떤 낭만적인 생각이 있었던 것 같다.

일단 정리는 끝냈으니 이제 다시 술을 마실 시간. 낭만도 서른도 모두 병이다.

# 쉼표 하나만큼의 성장

## 담배 한 개비의 시간
### 문진영, 창비, 2010

『담배 한 개비의 시간』을 읽는 동안 몇 개비의 담배를 피워야 했다. 담배를 물고 사는 등장인물들 때문은 아니다. 어느덧 "이제부터는 몸을 좀 생각해볼까, 하는" 30대의 '저타르파' 아저씨가 되어버렸지만, 소설이 그리고 있는 그들의 현실이 마음 아팠던 탓이다. 그렇지만 크게 공감하지는 못했고, 나는 다만 궁금할 뿐이었다. 내가 내뿜은 연기는, 그리고 우리의 청춘은 모두 어디로 사라진 걸까?

주인공 '나'는 강남의 한 편의점에서 파트타임으로 일하는 스물한 살의 휴학생이다. 그녀의 전 타임에 근무하는 J와 옆 카페에서 아르바이트를 하는 물고기, 취업준비생인 선배 M이 소설의 중심인물. 처음에는 가벼운 청춘소설일 거라 생각했다. 갈 곳 없는 청춘의 방황과 풋풋한 사랑, 유치해서 찬란한 희망을 다룬. "우리 이제 끝난 거야?"라는 질문에 누군가 "바보, 아직 시작도 안 했잖아"라고 답해주는, 뭐 그런 이야기.

하지만 문진영의 소설은 정확히 그 반대의 지점에 서 있었다. 자기의 자리를 알고 있는 이의 고독과 너무 많이 알아버려 쉬이 시작할 수 없는 사랑, 주어진 조건을 그저 인정할 수밖에 없는 무기력함. 그것이 작가가 바라보는 청춘이다. 여기엔 흔한 분노도, 복잡한 가정사도 없다. 세상은 나와 상관없이 존재하고, 나 또한 세상과 상관없이 존재하는 이방인일 뿐이니까. "나를 제외하고서도 세상은 그 자체로 이미 완전"하다고 믿는 청춘에게 희망 또한 있을 리 없다.

'나'는 고백한다. "나는 줄곧 아무것도 하지 않아 왔다. 하고 싶은 것도, 되고 싶은 것도 없었다. 내가, 무언가를 위해 살고 있다거나 살아야 한다거나 하는 생각은 들지 않았다. 하지만 나는 단 한번도 죽고 싶지는 않았다. 나는 그런 생각을 하는 것이 부끄럽다." 그렇다면 그녀는 그 텅 빈 시간들을 어떻게 견디는 걸까? 간단하다. "내일 하루도, 이렇게 보내면 되는 것이다."

다른 이들의 사정도 크게 다르지 않다. 대학도 군대도 가지 않고 7년째 아르바이트 중인 J는, 그냥 살아 있기만 하라는 부모의 말처럼 별다른 욕망 없이, 힘들이지 않고 세상을 살아가는 남자다. 그래도 그에게는 꿈이 있다. 언젠가 절에 들어가겠다는 꿈. 스님이 되고 싶은 것도 아니고 구체적인 계획도 없지만, 그는 절에 들어갈 그날을 기다리며 묵묵히 일을 한다. 물고기에게 반하기 전까지는.

반면 "사는 게 어렵지 않을까봐, (…) 식물처럼 아무데도 가지 못할까봐" 두려워하는 물고기의 꿈은 언젠가 세계일주를 떠나는 것이다. "왜 우리는 최저임금의 경계에서만 일하고 있을까?"라는 '나'의 푸념에 "왜냐하면, 그게 제일 마음 편하니까"라고 대답하는 물고기에게는 "지금 이 순간은 그저 그 언젠가로 통하는 연결지점 같은 것에 불과"하다. 그녀에겐 모든 곳이 여행지와 같고, 여행지의 인연은 여행지에 남겨 놓아야 한다는 자신의 원칙에 따라 J의 마음을 거부한다.

'나'는 M을 사랑한다. "무언가가 되는 것에 겁이 났던 게 아니라, 무언가가 되고 싶지 않아했던 자신과 헤어지는 것에 겁"내는 남자, 모든 일에 미지근한 반응을 보이며 습관이라는 말을 습관처럼 달고 살지만, 때론 왜 우산을 가지고 다니지 않느냐는 '나'의 질문에 "네 우산 같이 쓰려고"라고 말하기도 하고 "너는 뭔가 할 줄 알았는데"라는 옛 친구의 말에 속절없이 무너지는 남자, M의 존재가 그녀의 마음을 흔든다.

M도 '나'를 사랑한다. 그래서 M은 그녀가 무섭다고 한다. 그녀도 M이 무섭다. 그들은 서로에게 "내일이면 모양을 바꿀 저 '오늘의 달'과, 이 밤을 지나면 그쳐 있을 이 엷은 비, 공기 중으로 흩어지는 담배냄새와 나를 스쳐지나가는 골목길의 모든 고양이"처럼, 결국엔 떠나고 말 타인에 지나지 않는다는 것을 너무나도 잘 알고 있으니까.

꿈도 없는 '나'와 M, 꿈은 있는 J와 물고기. 여기서 질문. 과연 이것을 청춘이라 부를 수 있을까? 나는 잘 모르겠다. 분명한 것은 이것이 '그들의 삶'이라는 사실, 그것을 살아가는 것은 그들이라는 사실이다. 물론 세상은 그들을 비난할 자격이 없다. 그리고 그들은 세상을 비난할 마음이 없다.

소설은 서로 다른 궤도를 도는 인공위성처럼, 가까워지는 순간 다시 멀어짐을 반복하는 그들의 일상을 담담하게 그려나간다. 어느덧 습관이 되어버린 삶. 청춘의 특권인 사랑조차 마음껏 누릴 수 없는 그들에게 담배 한 개비의 시간은, 마치 물에 빠진 사람이 내뿜는 공기방울처럼 그들이 살아있음을 유일하게 자각할 수 있는 시간이다. 그들에게 삶이란 공기 중으로 흩어지는 담배연기와 다를 바 없는 것이다.

물론 극적인 사건은 존재한다. 소설의 막바지, 편의점을 그만두고 마침내 꿈을 향해 떠난 J가 탄 승용차가 빗길에 전복되는 사고를 당한다. J는 죽고, 옆자리에 타고 있던 여자는 혼수상태에 빠진다. 그 여자는 다름 아닌 물고기. 공고히 쌓아온 '나'의 일상은 한 순간에 무너진다. 우산도 없이 쏟아지는 비를 맞는 것처럼, 속수무책이다. '나'는 생각한다. "나는 더 이상 나의 성장에 저항할 힘이 없다. 나는 자라는 데 지쳤다."

중환자실에 입원한 물고기와 침묵의 대화를 나누고 돌아온 집. '나'는 물고기가 즐겨 피우는 말보로 라이트를 입에 물고 낡은 의자에 앉아 언제나와 같은 세상을 바라보며 말한다. "나는, 울 필요가 없는 것이다"라고. 그리고 소설은 끝이 난다.

하지만 나는('나'는 어떨지 몰라도) 이런 결말이 불편하다. 문제는 그들의 삶이 아니라 죽음이고, 죽음 이후에도 계속되는 삶이다. 그것을 그리는 작가의 방식이다. 소설을 통틀어 자기에게 주어진 조건을 벗어나 새로운 삶을 꿈꾼 것은 오직 두 사람, J와 물고기뿐이라는 사실을 기억하자. 그리고 그들을 기다리고 있던 것이 자동차 사고라는 사실 또한. 자동차 사고로 죽는 것보다 부조리한 죽음은 상상할 수 없다고 말한 것은 카뮈였다. 개인의 성격이나 욕망과는 아무런 상관도 없는, 순전히 우연적인 죽음이기 때문이다. 하지만 삶과 달리 소설에는 우연이 없다.

결국 그들에게 닥친 비극은 그들이 꿈을 꾸었기 때문이고, 이곳이 아닌 다른 곳에서의 삶을 욕망했기 때문이다. 그들은 벌을 받은 것이다. 그들의 죽음(과 혼수상태) 앞에서 '나'가 얻은 교훈을 보라. 프롤로그에 나왔던 "나는 울 필요가 없는 것이었다"의 반복이다. 과거형인데다가 수동적이었던 태도에 의지가 담긴 쉼표 하나를 더한 것이다. 쉼표 하나만큼의 성장. 하지만 나는 그녀의 쉼표에 공감할 수 없다. 그것은 결국 그녀가 처음부터 갖고 있던 방관자적인 태도의 강화일 뿐이다. 여전히 세상은 그녀와 상관없이 존재하고, 그 자체로 완벽하다. 완벽한 세상에서 일어난 완벽한 죽음, 완벽한 혼수상태. 그녀에게는 과연 눈물을 흘릴 이유가 없다. 작가는 그것을 확인시켜주기 위해 J를 죽이고 물고기를 다치게 한 셈이다. 대단한 성장을 바라는 게 아니다. 왜 그녀는 희망도 절망도 없는 어항속 열대어처럼 삶을, 죽음을, 상처를, 다시 삶을, 직시하지 않는가? 그것이 분노도 꿈도 없는 세대, 성장이란 말이 더 이상 우습지도 않은 농담에 지나지 않는 현실에 대한 냉정한 작가적 인식인지는 모르겠지만, 나는 도무지 고개를 끄덕일 수가 없는 것이다.

그러니 나는 궁금할 수밖에. 내가 내뿜은 연기는, 그리고 우리의 청춘은, 모두 어디로 사라진 걸까?

# 우리는 더더구나 행복하지 않으면 안 된다

날개
이상, 문학과지성사, 2005

우리는 달빛이 어른대는 고수부지를 걷고 있었다. 남자 세 명에 여자 하나. 평균연령은 서른 하고도 하나 반이었다. 하루키의 산수를 훌쩍 넘은 숫자. 그러니까 우리는 시인도 혁명가도 로큰롤 가수도, 하다못해 파릇파릇한 청춘들도 아니면서 어느새 자정이 넘은 시간을 강과 함께 걸었던 것이다. 술은 적당했다. 누군가에게는 과했고 누군가에게는 부족했겠지만, 우리는 평균적인 네 명의 성인남녀를 취하게 하고도 남을 만큼의 술을 마신 상태였다. 굳이 따지자면 나는 부족한 쪽이었다.

난지도에 있는 캠핑장에서 돌아오는 길이었다. 봄이 왔다는 소식에 계획해 본 나들이였다. 과연 봄날이었다. 아이들은 개처럼 뛰어다녔고, 동두천 풍의 젊은 친구들은 민소매 티를 입은 채 럭비공을 주고받았으며, 연인들은 각자 추억에 빠졌고, 우리는 술을 마셨다. 고기를 굽고 술을 마셨다. 노래를 부르고 술을 마셨다. 그냥, 술을 마셨다. "슬슬 일어납시다." 누군가 말했고, "그래 이제 짐 챙기고 집에

가자." 다른 누군가가 받았다. 그리고 우리는 계속해서 술을 마셨다.

우리 모두는 아직도 이 사회에 만연한 국문과 출신에 대한 편견에 저항하며 (맞춤법과 띄어쓰기에 능하다, 한자를 잘 안다, 술을 많이 마신다 등등) 힘겨운 사회생활을 하고 있었다. 그러니 어찌 술을 마시지 않을 수 있으랴. 덕분에 버스를 놓치고 콜택시 회사에게도 거절당한 채 하염없이 강을 따라 걸어야 했지만, 술과 함께 우린 유쾌했다. 무릇 국문학도라면 사랑하지 않고는 배길 수 없는 시인 이상도 이렇게 말한 바 있지 않던가. "바른대로 말이지 나는 약수보다도 약주를 좋아하는 편입니다." 그리고 때마침 그날은 이상의 기일이었다.

생각해보면 내가 국문과에 진학한 이유도 문학 교과서에서 만난 이상의 문장 때문이었다. 한국소설 따위 시시하다고만 생각하던 방약무인의 까까머리 고등학생에게 「날개」의 문장은 커다란 충격이었다. "머릿속에서는 희망과 야심의 말소된 페이지가 딕셔너리 넘어가듯 번뜩였다"니! 게다가 그걸 쓴 이가 반세기도 전의 인물이라니! '희망과 야심의 말소'라는 게 무슨 뜻인지 그때는 짐작도 못했지만, 매혹이란 항상 그런 식으로 작동하는 법이니까.

아무려나 밤은 깊었다. 길은 좀처럼 끝날 것 같지 않았고, 우리 중 누구도 제대로 된 길을 알지는 못했다. 가로등은 길을 밝히기에는 꽤나 부족했고 어둠은 온전히 우리의 것이었다. 적어도 그때 나는 그렇게 생각했다. 이 무슨 때 아닌 감상이었을까. 시인도 혁명가도 로큰롤 가수도, '박제가 되어버린 천재'라던가 하다못해 파릇파릇한 청춘도 아니지만, 적어도 그 순간만큼은 그렇게 생각했다. 우리는 살아있다고. 이렇게 살아있다고. 서른한 살의 나는 실로 오랜만에 삶의 진미를 맛본 것만 같았다.

그러니 그날, 우리는 이상에 대해 이야기하지 않았고 또 눈곱만큼도 생각하지는 않았다는 사실을 밝혀야겠다. 한때의 우상에겐 무척이나 죄송스러운 말씀이지만 우리는 살아있고 그는 죽었으니까. 죽은 자에게는 죽은 자의 몫이, 살아있는 자에게는 살아있는 자의 몫이 있을 테니. "우리는 더더구나 행복하지 않으면 안 된다. 식어가는 지구 위에 밤낮 없이 따스하니 서로 껴안지 않으면 안 될 것이다"라고 쓴 것은 다름 아닌 이상이었다.

# 어른이 자라는 법

마르크스 평전

프랜시스 윈, 정영목 옮김, 푸른숲, 2001

소설가 박태원의 단편 「수염」은 이런 문장으로 시작한다. "나의 코 밑에 '감숭'하던 놈이 '깜숭'하게 되기까지에는 실로 칠 개월간의 노력과 인내가 필요하였던 것이다. 물론 나의 노력이며, 나의 고심이며, 나의 인내다." 고작 수염 하나 기르는데 무슨 엄살이 이렇게 심한지. 그런데 참 이상하다. 친지와 가족들의 비웃음을 극복하고, 쉬이 자라지 않는 수염에 대한 자기원망을 이겨낸 남자의 이야기는 예상외로 감동적이다. '감숭'하던 것이 '깜숭'하게 되기까지도 드라마가 있는 것이다.

프랑스 작가 엠마뉘엘 카레르의 『콧수염』에는 정반대의 이야기가 펼쳐진다. 십년 넘게 콧수염을 기르던 남자는 어느 날 기발한 생각을 떠올린다. 깔끔하게 면도를 해서 부인을 깜짝 놀래는 것. 하지만 부인은 알은체도 하지 않는다. 콧수염이 없어진 걸 모르겠냐는 남편의 물음에도 "당신에겐 애초에 콧수염 따위는 없었지 않느냐"고 되물을 뿐.

부인만이 아니다. 친구, 동료, 단골 가게 영감에 이르기까지. 남자의 콧수염을 기억하는 사람은 아무도 없다. 점점 막다른 골목으로 몰리는 남자. 가능성은 두 가지다. 그가 미쳤거나, 세상이 미쳤거나. 어느 경우라도 달갑지 않은 결론. 단순한 면도의 결과치곤 너무 가혹하다. 교훈은 분명하다. "주의: 무분별한 면도는 건강에 해롭습니다."

현실의 수염은 어떨까. 대부분의 남자들에게 수염이란 아침마다 잘라줘야 하는 귀찮은 존재에 불과하지만 여전히 드라마는 존재한다. SK 와이번스 김성근 감독의 수염을 보라. 연승을 하는 동안 면도를 하지 않겠다고 공언한 그의 수염은, 많은 프로야구 팬들의 눈물을 먹고 자라는 셈이다. (참고로 이 글을 작성하고 있는 2010년 5월의 어느 일요일 밤, SK는 LG를 꺾고 15연승을 기록했고, '야신' 김성근 감독은 이제 '간달프'가 될 기세다…)

때때로 수염은 어느 한 사람의 정체성을 규정하기도 한다. '털보', '코털', '털북숭이' 같은 별명들을 보라. 수염이 가득한 노숙자를 본 아이가 엄마에게 하는 말은 영화나 소설에서 일종의 클리셰로 쓰일 정도도. "엄마, 저 아저씨가 예수님이야?"

프랜시스 윈은 『마르크스 평전』에서 이렇게 썼다. "마르크스와 엥겔스는 더부룩한 모습에서 나오는 힘을 이해했다." 그는 프로이센 스파이의 보고("마르크스는 전혀 면도를 하지 않는다.")와 엥겔스의 편지를 인용한다. 엥겔스는 이렇게 썼다. "지난 일요일은 콧수염의 저녁이었지. 나는 콧수염을 기를 수 있는 모든 젊은 남자들에게 회람을 돌려, 이제 마침내 모든 속물에게 겁을 줄 때가 왔는데, 그렇게 하는

데 콧수염을 기르는 것보다 더 좋은 방법은 없다고 말해주었어." 심지어 그들은 '콧수염 축제의 날'을 정해 파티를 열기도 했단다. (만화 『멋지다 마사루』의 '수염부'가 생각나는 건 나뿐일까?)

새삼 수염 이야기를 꺼낸 것은 요사이 나도 수염을 기르고 있기 때문이다. 처음엔 그저 귀찮았을 뿐이었는데, 어느새 '깜숭'해진 녀석을 보자 마음이 약해졌다. '신체발부수지부모'라 했던가. 주변의 비난이 끊이지 않지만 무릇 수염이란 그 정도의 장애물은 극복해야 하는 법. 5월은 어린이달이고 어린이는 자란다지만, 5월은 또한 마르크스의 생일이 있는 달이기도 하다. 어린이들만 자라라는 법은 없는 것이다.

# 보드카 마티니, 젓지 말고 흔들어서

하드보일드 센티멘털리티

레너스 카수토, 김재성 옮김, 뮤진트리, 2012

『하드보일드 센티멘털리티』를 읽으며 내가 이 장르의 팬이 아니라는 사실을 깨달았다. 나는 단지 레이먼드 챈들러의 팬일 뿐이다. 그건 내가 필립 말로의 팬이라는 뜻이고, 아직 덜 자란 구제불능의 애송이라는 뜻이기도 하다. 물론 이 글에서 중요한 건 전자다. 언젠가 챈들러는 이렇게 썼다.

여기 이 비열한 거리를 걸어가야만 하는 한 남자가 있다. 그 자신은 비열하지도 때묻지도 않고 두려워하지도 않으면서. 리얼리즘 속의 탐정은 그런 사람이어야 한다. 그는 히어로다. 그는 모든 것이다. 그는 완전한 남자여야 하고, 평균적인 사람이면서도 동시에 평범하지는 말아야 한다. 진부한 표현으로 그는 진정한 남자다. 그것은 몸에 배어 자연스럽고, 본능적이고, 필연적이지만 남들 앞에서 스스로 떠벌리지는 않는다.

− 「심플 아트 오브 머더」 35쪽, 인용자 일부 수정

'비열한 거리'는 곧 하드보일드의 거리다. 하루키의 표현을 빌자면 "레인코트보다 깡패들 쪽이 훨씬 많고, 우산보다는 주사기 쪽이 더 많은" 거리이고 "만灣 입구 부근에서 근근이 생계를 잇고 있는 새우잡이 어부가 가슴에 45구경 세 발을 맞고 죽은 시체를 건져 올렸다고 해도 그다지 드문 사건이 아닌" 도시다.

그것은 먹이를 찾아 어슬렁거리는 사내들의 그림자와 코너를 돌때마다 마주치는 시체들로 가득한 어두운 뒷골목인 동시에 챈들러가 바라보는 세계 그 자체이기도 하다. 그러니 어떤 비열함도 없이 맨 몸으로 이 거리를 걷는 남자는 마음을 단단하게 먹어야 한다. 다소 냉혹하고 또 비정해질 필요도 있다. 하지만 우리는 안다. 그가 아무리 차가운 도시 남자처럼 보인다고 해도, 자신의 의뢰인에게는 끝내 따뜻할 거라는 사실을.

나는 그것이야말로 하드보일드라는 장르의 핵심이라고 생각했다. 그러나 틀렸다. 그것은 변수이지 상수가 아니었다. 하드보일드의 원조라는 대실 해밋의 『붉은 수확』과 챈들러 이후에 쓰인 작품들을 읽으며 내가 느낀 불만은 결국 잘못된 기대에서 비롯된 것일 뿐이었다. 내가 보기에 그들은 언제나 박하거나 너무 과했다. 냉동고 밑바닥에서 몇 번의 계절을 보낸 하드처럼 이빨을 시리게 하거나, 여름날 손에서 녹아내린 소프트 아이스크림처럼 찝찝한 뒷맛을 남겼다.

물론 이건 기본적으로 취향의 문제다. 하지만 단순히 스타일이나 플롯, 캐릭터(에 대한 취향)에 한정된 문제는 아니다. 그것은 좀 더 총체적인, 작품을 지배하는 어떤 정서에 대한 문제다. 나는 그 사실을 레너드 카수토의 책을 읽으며 알았다. 그것은 바로 '센티멘털리티'의 문제였다.

'하드보일드'와 '센티멘털리티'라는 이질적인 단어들을 한데 묶어 책의 제목으로 붙인 카수토의 주장은 다소 도발적이다. 흔히 '거친 생각과 불안한 눈빛'의 사내들의 전유물이라고 여겨지는 하드보일드라는 장르가 실은 말도 못하게 감상적인 코드와 동거하고 있다는 것. 실로 '전쟁같은 사랑' 아닌가? 영화 속 어두침침한 뒷골목에 으레 빗방울이 '추적추적' 흩뿌려지는 것처럼, 하드보일드의 세계는 감상이라는 이름의 빗방울에 의해 이미 촉촉하게 젖어 있다는 것이다. 이것은 젖은 낙엽처럼 지친 날이면 종종 오래된 바의 한쪽 구석에 앉아 김릿을 마시는 자신의 모습을 상상하곤 하는 나 같은 애송이들을 발끈하게 할 만한 주장이다. 물론 나를 가장 발끈하게 하는 것은 거만하게 앉아 "보드카 마티니, 젓지 말고 흔들어서"라고 말하는 사람들이다. 챈들러는 등장인물의 입을 빌려 이렇게 말한 바 있다. "(김릿에 비하면) 마티니 같은 것은 비교도 안 됩니다." (보고 있나, 다니엘 크레이그?)

하지만 냉정하게 생각해보자. 우리 모두는 이미 그 사실을 알고 있다. 이 책의 저자만큼은 아닐지라도, 하드보일드의 주인공들 또한 때때로 감상에 빠진다는 사실을 느끼고 있는 것이다(내가 챈들러를 내 의뢰인에게는 따뜻한 도시 남자로 생각했듯이). 독일의 경제학자 에르네스트 만델은 맑스주의적인 관점에서 범죄소설을 분석한 1984년의 저서 『즐거운 살인』를 통해 우리의 터프가이들을 이렇게 평한 바 있다.

샘 스페이드, 필립 말로우, 네스토르 뷔르마, 류 아처는 현존 사회 질서에 어떠한 환상도 갖고 있지 않은, 냉소적이고 비정한 인물들이다. 하지만 본심을 들여다보자면 이들은 여전히 감상주의자이며, 곤경에 빠진 여인이나 강자에 시달리는 약자에게 마음을 빼앗기는 인물들이다.

– 『즐거운 살인』 70쪽

물론 이런 사실을 가장 잘 알고 있었던 사람은 레이먼드 챈들러였다. 그는 『기나긴 이별』에서 한 여인의 입을 통해 "약간 감상주의자시네요, 그렇지 않나요. 말로 씨?"라고 말하게 하는 한편(이에 말로는 "내가 여기 와서 김릿을 마시기 때문에요? 당신은 어떻죠?"라고 답한다), 출판사에 원고를 보내며 동봉한 편지에서는 세간의 그러한 평가에 대해 조금 짜증내는 모습을 보이기도 했다.

나는 이것을 내가 원하던 대로 썼습니다. 왜냐하면 이제 그럴 수 있게 됐으니까요. 난 미스터리가 공정하고 명료한지 아닌지는 신경 쓰지 않았습니다. 내가 관심을 가진 것은 사람들과, 우리가 살고 있는 이 기묘하고 타락한 세계, 그리고 정직해지려고 애를 쓰던 어떤 사람이라도 결국에는 어떻게 감상적으로 또는 단순한 바보로 보이게 되는가였습니다.

– 『기나긴 이별』 627쪽 재인용

카수토는 여기에서 한 걸음 더 나아간다. 그는 하드보일드 소설이 단순히 감상적일 뿐 아니라, 가족과 가정사에 초점을 맞추는 여성들의 장르인 감상주의 소설에 그 뿌리를 두고 있다고 주장한다. 앞서 만델은 하드보일드를 낭만주의와 냉소주의의 결합이라고 분석했다. 이건 이해할 수 있다. 그런데 감상주의라니? 하드보일드는 물론 감상주의 소설의 전통 또한 찾아보기 힘든(혹은 감상주의라는 조미료가 대부분의 소설에 뿌려져 있어 그것을 독자적인 장르로 인식하지 않았던) 한국의 독자로서는 어안이 벙벙한 이야기다.

> 홀대받는 장르들의 무덤에서 감상주의를 구조해낸 최초의 문학비평가들 중 한 명인 제인 톰킨스는 감상주의를 가리켜 가족, 그리고 사람들을 서로 연결해주는 그 밖의 제도들을 강조하는 세계관이자 권력과 "인간적 감정"(또는 감성) 간의 관계에 대한 의식이라고 묘사한다. 감상주의 소설은 중산층과 백인의 관점을, 주로 농촌을 무대로 한 소규모의 사적인 공동체를 희구하며, 사람들이 주변 사람들에게 공감할 때 발생하는 신뢰와 자양분 넘치는 사회적 연대를 칭송한다. 전통적으로 이와 같은 공감적 연대는 가정에서 시작하며, 특히 어머니와 아이의 유대는 이타적인 사랑과 희생의 숭고한 원형으로 기능한다.
>
> ─『하드보일드 센티멘털리티』 17쪽

하지만 (우리가 떠올리는) 대부분의 하드보일드 소설은 가정이 무너지고, 이기적인 개인들 간의 공감이 더 이상 불가능한 상황 속에서 고군분투하는 주인공의 험난한 일과를 그리는 장르가 아니던가? 물론 그렇다. 그것은 가정과 직장, 가족과 시장 사이의 균열을 위태롭게 뛰어넘으며 계속해서 걸어가려 하는 개인들의 이야기다. 그들은 결코 그 균열을 봉합할 수 없지만, 할 수 있는 한 최선을 다해 하루를 살아가는 사람들이다. 그렇게 그들은 보잘 것 없는 일당과 스스로의 목숨과 자신의 '모럴'을 지켜낸다. 별로 남는 장사는 아니다.

감상주의 소설에서도 상황은 비슷하다. 감상주의 소설은 그것이 표상하고 있는 가치, 즉 이상화된 가족과 공감에 대한 심각한 도전과 함께 시작한다. 저자의 표현대로라면 "감상주의는 시장 중심의 자본주의를 무대로 하여 집단을 중시하는 공감과 하드보일드적 개인주의 사이의 투쟁을 극화"하는 것이다. 물론 감상주의 소설은 온갖 고난을 이겨낸 주인공을 위해 그들이 그토록 지키려 했던 가치들을 온전한 형태로 돌려준다. 그들은 인내하고, 그래서 성취한다.

카수토는 이 두 소설을 하나의 세계관을 공유하는 일종의 짝패로 본다. 모두 "자본주의로 형성된 시장-가정의 분열(바꿔 말하면, 공공-개인의 분열)틀에 의존하고 있다"는 것이다. 다만 어느 쪽을 강조하느냐가 다를 뿐이다. 그것은 전형적인 미국 중산층의 세계관 양극단일 뿐이다. 그렇다면 무엇이 감상주의적인 극단에서 하드보일드적인 극단으로의 이행을 감행하게 한 걸까?

저자는 "하드보일드와 감상주의 문학은 모두 공적 세계와 사적 세계 사이의 관계, 그리고 그것이 어떻게 왜곡되는지에 강박적으로 집착하기 때문에 시대의 흐름에 따라 이 두 세계가 변화하는 양상에 특히 민감하다"고 말하고 있지만 사실 그것은 전도된 설명이다. 책 어딘가에서 저자도 밝히고 있듯, 장르소설은 사회의 증상이다. 그것이 바로 만델이『즐거운 살인』의 서문을 통해 "나는 범죄소설의 역사를 문학사보다는 사회사로 간주"한다고 밝힌 이유다.

그렇다면 이제 문제는 사회다. 감상주의 소설이 최고의 전성기를 맞았던 19세기 중반과 하드보일드 소설이 완전히 정립된 20세기 중반 사이 미국에서는 무슨 일이 있었던 걸까? 그것은 도시화, 세속화, 그리고 현대 복지국가의 확립이다. 물론 포디즘에 의한 대량생산과 그로 인한 급속한 자본주의화도 빼놓을 수 없다. 그런 변화가 미국인들의 삶의 조건을 돌이킬 수 없을 만큼 바꿔놓았고, 그런 현실을 반영하는 하드보일드 소설이 쓰이기 시작한 것이다.

흥미로운 것은 감상주의의 가치가 실낙원에 대한 희구와도 같이, 어떠한 향수로 남아 여전히 미국인들의 정신세계를 지배하고 있다는 것이다. 실은 어느 누구도 겪어본 적 없는 이상적인 가족에 대한 관념이 그들의 가치관에 일정 지분을 차지하고 있다는 말이다. 저자는 시간이 흐를수록 그런 경향이 점점 더 심해지고 있다고 지적한다. 현실이 더욱더 차갑고 냉혹해질수록 따뜻한 가정의 꿈을 꾸게 된다고나 할까. 물론 그것이 꿈이라는 건 모두 알고 있다.

하드보일드의 여명기에 등장한 대실 해밋의 샘 스페이드는 "사랑하는가 또는 사랑하지 않는가는 문제가 되지 않기 때문"이라 하며 연인을 주저 없이 고발했다. 물론 카수토는 "그녀를 사랑한다고 인정할 뿐 아니라 그의 찌푸린 얼굴과 긴장된 목소리는 그가 사실은 그녀를 아주 많이 사랑하고 있음을 명백히 보여준다"고 지적하면서, 한 문학이론가의 말을 인용하는 것으로 자신의 주장을 뒷받침한다. "감상주의와 감상주의에 대한 비난 사이에는 별 차이가 없다." 시간이 흐를수록 점점 더 가정적으로 변해가는 하드보일드의 (이제 여자 또한 맡게 된) 주인공들이, 가족이라는 개념의 수호자를 자청하는 것도 같은 이유다. 저자는 이러한 과정을 다양한 작가들의 작품들을 통해 하나의 완결된 서사로 재구성한다.

하지만 "범죄소설은 인간관계에 대한 갈망을 그것의 충격적인 거절로 보여준다". 대리 만족이라는 환상을 주지는 않는 것이다. 그리고 그것이야말로 공감이 작동하는 방식이다. 이제 하드보일드 소설의 인물들은 더 이상 냉정하지 않다. 우리와 마찬가지로 잃어버린 가정을 찾는 쓸쓸한 남자/여자일 뿐이다. 그렇기에 우리는 그들의 좌절에 함께 좌절하고, 그들과 우리가 쟁취하지 못한 이상적인 가정에 대한 욕구를 더욱 키워나간다. 하지만 그 감상주의적인 공감의 끝에서 마침내 닿게 되는 것은 그들이 꿈꾸던 실낙원이 아니라, 이해할 수 없는 하나의 대상, 바로 연쇄살인범이다. (지면 관계상 그것은 "민족의 융합을 방해하는 유대인이라는 불손 세력"과 같은 하나의 이데올로기일 뿐이라는 사실만을 지적하기로 하자.) 이 책은 바로 여기까지의 이야기다.

이제 내가 할 수 있는 이야기는 거의 다 한 것 같다. 450쪽에 이르는 이 책의 나머지가 궁금하다면, 이 책을 직접 읽으면 된다. 사실이 책을 끝까지 읽는다고는 해도 명확하게 잡히지 않는 부분이 많을 것이다. 나는 이 글의 첫 부분에서 뒷골목(하드보일드)과 빗방울(센티멘털리티)이라는 표현을 썼다. 그건 결국 정확히 어느 시점에 무엇을 계기로 어떤 일이 일어났는지는 저자도 알지 못하는 것 같다는 의구심을 포함한다.

물론 저자를 탓할 생각은 없다. 가랑비에 옷 젖는다는 속담이 괜히 있는 게 아니다. (미국에도 있는지는 모르겠지만) 하지만 대부분의 지면을 개개의 작품들로부터 자신의 주장에 부합하는 재료들을 중구난방으로 모으는 것에 할애하는 대신, 좀 더 커다란 맥을 짚어주었으면 좋았겠다는 아쉬움은 남는다.

마찬가지 이유로 이 책은 '하드보일드 소설사'라고 하기에는 너무 하나의 아이디어에만 매몰된 느낌을 주고, '하드보일드 소설을 통해 본 사회사'라고 하기에는 여러모로 미흡하다. 저자는 자신의 논리를 뒷받침하기 위해 사회의 굵직한 사건 몇 개를 가져오지만 그때뿐이다. 사회사는 문학사를 위해 소비되며, 그 문학사는 제목의 두 단어로 표현할 수 있는 저자의 아이디어 외에는 별다른 것을 말해주지 않는다. 이건 조금 박한 평가일 수도 있겠다.

그중에서도 가장 아쉬운 부분은 저자가 서문에서 잠깐 언급하고 있는 애덤 스미스에 관한 부분이다. 저자는 감상주의 소설의 정신적 원형을 "사람들은 자기 안에 내재된 도덕적 역량을 채우고 타인들과 조화롭게 살고자 공감적 선행을 수행해야 한다고 주장한" 애덤 스미스의 『도덕감정론』(1759)에서 찾고, 범죄소설의 원형을 "현대

자본주의의 작동 논리를 제시하는"『국부론』(1776)에서 찾고는, 이 흥미로운 연결을 더 이상 발전시키지 않고 슬쩍 넘어갈 뿐이다. 그 두 가지 자아의 분열이라는 프레임을 통해 오늘날의 미국 사회를 바라본다면, 제법 흥미로운 그림이 그려질 거라는 생각이다.

물론 저자에게는 지금의 나만큼이나 할 이야기가 많았을 것이고, 그래서 더 멀리 나아가지 못했을 거라는 생각이다(역시 지금 이 글이 그런 것처럼). 무엇보다 수많은 일차자료를 꼼꼼하게 제시하는 그의 성실함은 높은 평가를 받을 가치가 있다. 이 글의 처음에 밝혔듯 나는 하드보일드라는 장르의 팬이 아니다. 만약 그 분야의 팬이라면 저자의 이러한 성실함에, 무엇보다 그가 나열하는 수많은 소설들의 장면 장면에 아낌없는 찬사를 보냈을 것이다.

마지막으로 이 책과 함께 읽으면 좋을 책 몇 권을 소개한다. 먼저 이 글에서도 몇 차례 인용한 바 있는 에르네스트 만델의 『즐거운 살인』이다. 맑스주의적인 입장을 철저히 견지하는 탓에 장르소설 팬이라면 조금 부당하고 억울한 느낌이 들 수도 있지만, 또한 출간 후 이미 오랜 시간이 흘러 조금 빛바랜 감이 없잖아 있지만 그럼에도 무척 재미있는 책이다. 그리고 카수토가 "범죄소설의 노장 편집자이자 출판업자로 이 분야의 권위자"라고 표현한 오토 펜즐러가 직접 기획한 『라인업』이다. 전 세계에서 가장 잘 나가는 스물두 명의 범죄소설가들이 그들의 인물과 작품을 어떻게 만들었는지를 솔직한 어조로 말하는 책이다. 특히 몇몇 작가들의 글은 무척이나 재미있다.

그리고 챈들러, 챈들러, 챈들러, 챈들러다. 시중에 나와 있는 그의
모든 책을 읽어라. 역시 덜 자란 구제불능의 애송이라고 욕해도 좋다.
내가 하고 싶은 말은 그것뿐이다. 만약 이 글을 통해 챈들러를 다 읽
은 사람이 있다면, 연락하시라. 김릿 한 잔 사겠다. 딱 한 잔이다.

# 어디서나 당당하게 걷기

## 주크박스의 철학-히트곡

페테르 센디, 고혜선·윤철기 공역, 문학동네, 2012

1990년대 치열했던 영국 대중음악의 전장에서 '마지막까지 살아남은 남자' 로비 윌리엄스는 이렇게 노래했다. "지금 듣고 있는 사랑 노래를 꺼 / 네 귀를 울리고 있는 감상을 / 넌 막을 수 없을 테니까" 그 또한 사랑 노래를 부르고 있다는 사실은 차치하더라도, 로비가 간과하고 있는 사실이 있다. 우리 모두는 감상에 젖을 시간이 필요하고, 설령 그 노래를 끈다 하더라도 우리 머릿속에 남아 시시때때로 우리를 사로잡는 멜로디까지 어쩔 수는 없다는 사실.

파리 10대학의 철학교수이자 음악이론가인 페테르 센디는 그런 멜로디를 가리켜 '귀벌레'라 명명한다. 실은 가디언의 기사에서 빌려온 표현이긴 하지만, 어쨌거나 참으로 적절한 표현이 아닐 수 없다. 날 좋은 어느 오후의 산책길에서, 친구와 함께 들른 술집에서, 한산한 커피숍에서, 우연히 돌린 TV채널에서 스치듯 듣는 것만으로도 귀벌레는 당신의 귀를 파고드는 것이다. 아무리 귀를 후벼 봐도 도무지 떨쳐낼 수 없다. 살충제가 듣지 않는 것은 물론이고 '세스코'를 부른다 해도 소용없다. 그게 바로 귀벌레다.

『주크박스의 철학 – 히트곡』은 그런 귀벌레, 다시 말해 히트곡에 대한 일종의 철학적 고찰이다. 저자는 묻는다. "어떻게 그저 그런 곡조 하나, 어디에나 있을 듯하면서도 어디서 왔는지 모를 단순하고 짧은 곡조 하나가 둘도 없는 음악이 되어 우리 인생의 동반자가 될 수 있을까?" 꽤나 심오한 질문. 이에 저자는 우회로를 택한다. 보리스 비앙과 마르크스, 벤야민, 키르케고르에 이어, 알랭 레네와 프리츠 랑, 히치콕을 지나 프로이트와 칸트에 이르는 제법 복잡한 우회로를. 그러니 이 책을 읽기 위해서는 정신을 똑바로 차려야 한다.

그렇다고 너무 겁먹을 필요는 없다. 저자가 즐겨 인용하는 벤야민의 '산책자'가 19세기 파리의 아케이드를 걸으며 화려하게 진열된 상품들과 자신을 동일시하며 도취에 빠지듯, 그리고 오늘날 우리들이 이어폰을 통해 노래하는 대중가요 후렴구가 불러일으키는 어떤 감상에, "낡은 외투로 몸을 감싸듯 노래가 환기시키는 상황에 에워싸이는 것"처럼, 이 책의 독자 또한 센디가 세심하게 닦아 놓은 철학과 미학의 산책로를, 노래 그 자체를 닮은 그 길을 그저 느릿하게 걸어가는 것으로 족할 테니.

물론 귀벌레 몇 마리쯤 대동하는 것도 좋겠다. 우리들의 산책에는 BGM이 필요하다. 나라면 카라의 노래를 고르겠다. "어디서나 당당하게 걷기"라는 가사가 담긴 그 노래를.

# 『키노』를 추억하며

시네필 다이어리
정여울, 자음과모음, 2010

"취미가 뭐예요?"라는 질문은 언제나 나를 곤혹스럽게 한다. 이력서의 취미란 앞에서 한참을 고민해본 사람은 안다. 독서…라니, 영화 감상…이라니. 이번 정기국회에선 통과되지 않은 모양이지만, 21세기에 독서와 영화감상을 취미로 내세우는 일은 일종의 범죄라고 한다. 임진왜란 때 쓰던 조총을 들고 시가전에 뛰어드는 셈이다.

대학 마지막 학기에 개설되었던 '취업 특강' 강사는 독서와 영화 감상은 취미가 아니라고 했다. 현대인이라면 누구나 하고 있는, 당연한 활동이라는 것이다. 하지만 도무지 다른 취미를 찾을 수 없었던 문제 학생은 결국 이력서에 독서와 영화감상 두 단어를 써넣고야 말았으니, 인터넷 서점에서 밥을 벌어먹다 영화잡지에 짧은 글을 쓰게 된 오늘까지도 강사님과 졸업동기 제위들께 죄송한 마음을 금할 길이 없고….

이왕 민망한 고백을 하게 되었으니 말이지만, 나에게는 남모르는 비밀스런 취미가 하나 더 있다. 바로 영화에 관한 책을 읽는 것. 이런 것도 시너지라 할 수 있을까? 나도 몰래 "제 취미는 독서와 영화 감상, 나아가 영화에 관한 책을 읽는 것입니다"라고 내뱉지는 않을까 식은땀을 흘리며 밤잠 설치던 나날들. 나라고 좋아서 이렇게 된 것은 아니다. 꿈 많던 학창시절 읽었던 한 권의 잡지 탓이다. 그 이름 『키노』. 그러니까 이게 다 키노 때문이다.

기껏해야 동네 비디오가게에서 죽치고 있거나, 일요일 정오의 TV 프로그램을 챙겨 보던 시절이었다. 누군가 "「중경삼림」에 '스텝프린 팅'이…"라고 말문을 열기라도 한다면 그를 신으로 모실 준비가 되어 있는 소년에게 찾아온 키노는 성전聖典과도 같았다. "90년대 영국영화의 안티-할리우드 전략으로서의 진보주의"라니, "이 장면은 「비트」안에 위태롭게 숨어 있는 화면과 내러티브의 부조화를 반영한다"니! 도무지 알아들을 수 없다는 사실은 문제될 게 없었다. 이렇게 멋진데, 도대체 무슨 뜻이 더 필요하단 말인가?

'키노'와 함께 나이를 먹으며 자연스레 몇 권의 책들을 읽었다. 『필로시네마 혹은 탈주의 철학에 대한 7편의 영화』는 철학을 논하게(?) 했고, 『할리우드의 꿈』은 영화평론가를 꿈꾸게 했으며, 『나는 어떻게 할리우드에서 백 편의 영화를 만들고 한푼도 잃지 않았는가』는 영화감독을 준비하게 했다. 로저 에버트와 로버트 맥키와 루이스 자네티의 책들을 자랑스레 옆구리에 끼고 다니기도 했다. 독서와 영화 감상이 내세울만한 취미는 아니라는 사실을 깨닫기 전까지는.

어느덧 시간은 흘러 키노는 99호를 끝으로 폐간되었고, 소년은 서른 살 아저씨가 되었다. 평론가도 영화감독도 아닌 책을 팔아 먹이를 버는 사람이 되었다. 취미 같지 않은 취미 탓이다. 그리고 그 생활을 정리하기로 마음먹은 어느 날, 한 권의 책이 배달되었다. 정여울의 『시네필 다이어리』. 그러니까 그건, 잘못 배달된 편지 같은 거였다. 너무 늦었고, 더 이상 마음 설레지 않는 그런 편지. 하지만 그 편지는 마음 한 구석에 남아, 결국 이렇게 답장을 쓴다.

  아무 일 없어진 오후, 나는 『시네필 다이어리』를 마저 읽어야겠다. 옆구리에 책을 끼고 거리를 걸으며. 책갈피 대신 영화표를 꽂고. 훌륭한 취미가 아니면 또 어떠랴. 이렇게 많은 책과 영화가 있는데.

# 집으로 돌아갈 시간

## 당신은 우리와 어울리지 않아

퍼트리샤 하이스미스, 민승남 옮김, 민음사, 2009

4월의 어느 해맑은 오후, 석굴암으로 향하는 산길에서 나는 『해리포터』 영문판을 읽고 있는 여자아이와 엇갈린다. 열 살 남짓 되었을까, 안경을 쓴 키 작은 어린아이. 솔직히 예쁜 얼굴은 아니다. 그럼에도 불구하고 50미터 떨어진 곳에서부터 나는 그녀를 주목한다. 걸어가면서 책을 읽는 스킬을 뽐내고 있기 때문이다.

앞서 가던 부모는 소녀를 돌아보며 걸음을 재촉하지만, 아이는 건성으로 대답할 뿐 제 페이스를 놓지 않는다. 어쩌면 그다지 희귀한 모습은 아닐지 모른다. 당신은 그 정도쯤은 아무 것도 아니라고 말할 수도 있다. 개미를 먹는 여고생을 봤어, 라거나 애니메이션 캐릭터와 결혼하는 청년도 있는데 뭐, 라는 식으로. 나는 다만 그런 곳에서 책을 읽고 있는 아이의 마음이 궁금할 뿐이다.

아이는 석굴암을, 나는 출구를 향하고 있었다. 아주 잠깐이라도 나는 소녀를 잡고 이야기를 하고 싶어진다. 아이의 꿈을 듣고 싶고, 나의 경우도 이야기해주고 싶다. 하지만 나는 그대로 그녀를 지나친다. 내 가방은 책으로 가득 차 있고, 몇 시간 전부터 어깨가 아파오기 시작했기 때문에.

나는 여행을 하고 있었다. 대구에서 포항으로, 다시 대구에서 경주로. 며칠째 속옷도 갈아입지 않았다. 속옷을 넣을 자리가 없었던 탓이다. 책을 읽으려고 떠난 여행은 아니었다. 제 꿈을 지고 다니는 거북처럼, 책이 가득한 가방을 메고 있었을 뿐. 버스에서, 기차에서, 여관방에서, 식당에서, 죽은 왕들의 무덤위에서- 나는 계속해서 책을 읽었다.

책장이 넘어가듯 시간이 흐르고, 며칠 후 나는 보수동 헌책방 골목 앞에 선다. 일주일째 같은 속옷을 입던 날이었다. 성지순례를 떠난 고행자의 몰골로 들어선 골목. 공터를 쏘다니는 개처럼 코를 킁킁대며 책장 사이를 돌아다녀 보지만, 어찌된 일인지 아무리 찾아도 100퍼센트의 책은 나타나지 않는다. 75퍼센트의 소설이나 85퍼센트의 철학책을 보기도 한다. 하지만 그뿐이다. 내가 찾는 게 무엇이든, 그것은 거기에 없었다.

하지만 나는 알아야 했다. 내가 찾는 게 무엇인지를 말해줄 책을 찾아야만 했다. 내가 회사를 그만둔 까닭도, 낯선 도시를 개처럼 돌아다니던 이유도 바로 그 때문이었으니까. 바보 같은 생각이지만, 다른 생각을 할 여유가 내게는 없었다. 도망치듯 헌책방 골목을 나서자 찬바람이 불었다. 국제시장을 지나 남포동까지 가는 동안 바람은 점점 더 강해졌다. 이솝 우화에 나오는 멍청한 당나귀의 짐처럼, 가방이 어깨를 짓눌렀다. 콧물이 흘렀다. 바람을 피해 들어간 남포동 지하상가에서 광복동 지하상가를 거쳐 중앙동 지하상가에 이르기까지, 지하철 몇 정거장을 목적도 없이 걸었다. 그때, 내 눈에 작은 헌책방이 들어왔다. 여느 지하철역에나 있을 법한 한 평 남짓한 가게. 그곳에서 내가 발견한 것은 퍼트리샤 하이스미스의 선집이었다. 우스꽝스러운 표지로 개정되기 전의 구판.『당신은 우리와 어울리지 않아』라는 그 제목은 적어도 95퍼센트 이상이었다.

그제야 비로소 석굴암에서 만난 아이에게 했어야 했던 말들이 떠올랐다. 아니, 책속에서 세계를 찾으려는 모든 바보들에게 해야 하는 말이. 그것은 '책 따위'로 시작해서 '개나 줘버리라지'로 끝나는 말. 사실 그건, 먼저 스스로에게 해야 할 말이었다.

어느덧 집으로 돌아갈 시간이었다.

※ 서두는 무라카미 하루키의 「4월의 어느 해맑은 아침, 100퍼센트의 여자아이를 만나는 일에 관하여」의 패러디

# 야간비행.

## 이것이면 충분하다

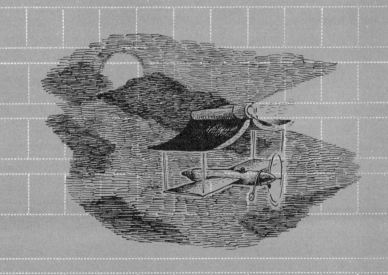

"그렇다. 나는 아직 파리에 대해선 한 번도 써 본 일이 없다.
늘 마음에 간직하고 있는 파리에 대해서는 전혀 쓰지 않았다.
그러면 아직 써 본 일이 없는 다른 일에 대해서는 무엇을 썼던가."

어니스트 헤밍웨이 『킬리만자로의 표범』

# 김훈은 김훈이다

## 흑산
김훈, 학고재, 2011

버려진 섬마다 꽃이 피었다, 라고 언젠가 김훈은 썼다. 그 문장을 읽은 건 스무 살을 갓 넘긴 어느 가을이었다. 버려진 섬마다 꽃이 피었다, 고 그는 썼지만 책장에선 스산한 겨울바람이 불었다. 바다에서 불어오는 바람이었다. 책을 읽으며 몇 번이나 책장을 덮어야 했다. 썩어가는 귤처럼 죽음 앞에서 단내를 짙게 풍기는 그의 글이 진정으로 닿고자 했던 곳을 나는 결코 알지 못했다. 놀랄 일은 아니다. 내가 모르는 것이 꼭 그 하나만은 아니었으니까.

그렇게 시간이 흘렀다. 지하실에서 저 홀로 빠지는 이빨을 뱉으며 『칼의 노래』를 썼던 작가는 어느덧 백발이 성성한 노작가의 반열에 올랐고, 나는 여전히 세상 많은 것을 모르는 채로 만성피로에 시달리는 아저씨가 되었다. 그 시간 동안 나는 책을 읽었고, 책을 팔았으며, 책에 대해 썼다. 그러고 보니 작가의 『공무도하』로 칼럼 연재를 시작했던 게 벌써 2년 전의 일이다. 등장인물의 입을 빌려 "인간은 비루하고, 인간은 치사하고, 인간은 던적스럽다. 이것이 인간의 당면문제다. 시급한 현안문제다"고 일갈하던 그 책 말이다. 아득한 그 말의 뜻을 더듬으며 나는, 아둔한 서른을 맞았다. 그리고 서른한 번째의 가을, 나는 또다시 김훈을 읽는다.

그의『흑산』은 늙은 작가가 서해안의 작은 섬에 틀어박혀 6개월 동안 쓴 원고지 1,135매의 소설이다.『내 젊은 날의 숲』이후 1년 만의 장편소설이고,『남한산성』이후 4년 만의 역사소설이다. 천주교도들을 대대적으로 숙청한 1801년 신유박해를 배경으로, 흑산도로 유배를 떠난 정약전과 박해를 피해 암약하는 그의 조카사위 황사영이 이야기의 중심축이다. 하지만 소설을 이끄는 것은 다양한 계층의 사람들이다. 그의 전작들과는 달리 전면에 등장하는 주인공이 없는 셈이다.

하지만 가을이 언제나 가을인 것처럼, 김훈은 여전히 김훈이다. 손으로 꾹꾹 눌러쓴 글자들의 행간을 채우는 것은 도저한 허무다. 그의 문장 속에서 모든 '주의'는 기만적이고, 언어는 공허하며, 삶은 무참하다. 험난한 삶의 조건 속에서 민초들 사이로 들불처럼 번진 천주교 교리는 따듯하나 그로 인해 사람들은 목숨을 잃는다. 그리고 그런 백성들에게 보내는 대비의 다급한 언어는 허망하게 공중을 떠돌다 오히려 그들의 목숨을 앗아간다. 누군가는 순교하고 누군가는 배교하지만 실상 그들은 별 차이가 없다. 그 모두는 그저 인간의 일일 뿐이다.

그럼에도 우리는 살아간다. 그것이 아무리 비루하고 치사하고 던적스러운 사업에 불과하더라도, 그야말로 도리 없는 일이다. 그리하여 김훈은 그 도리 없음을, 도리 없이 바라본다. 안타깝지만 눈 돌릴 수 없고, 외면할 수 없기에 쓰기를 멈추지 않는다. 비록 자신의 언어를 믿지 못할지라도. 두려워하고 또 괴로워하면서도. 그는, 그리고 우리 모두는, 여기에서 살고, 살아있는 동안에는 어쨌거나 살아가야 하는 것이다.

그러니 그가 작가의 말에서 밝혔듯 "늘, 너무나 많은 말을 이미 해버린 것이 아닌지를 돌이켜보면 수치감 때문에 등에서 땀이" 흐르는 것은 그가 감당해야 할 몫이리라. 바람이 차다.

# 이것이면 충분하다

어떤 작위의 세계

정영문. 문학과 지성사. 2011

벌써부터 나른한 기분이다. 그러니까 『어떤 작위의 세계』라는 제목의 어떤, 소설이라고 부르기는 조금 힘들지도 모르지만 달리 부를 말이 없어 그렇게 부를 수밖에 없는, 그렇기에 다른 어떤 소설보다 더욱 소설다운 책에 대해 생각하는 것만으로도 곤한 졸음이 밀려온다. 뜻 모를 이국의 개념어들로 가득한 철학책이 선사하는 피로와는 다르다. 어느 따듯한 봄날, 들판에 돗자리를 깔고 누워 반쯤 감은 눈으로 하늘을 떠도는 뜬구름을 바라보는 것처럼, 퍽 기분 좋은 나른함이다. 자신의 소설을 뜬구름에 비유한 이는 바로 작가 자신이다.

이 소설은 서울에 있는 대산문화재단의 지원을 받아 2010년 봄부터 여름까지 샌프란시스코에 머물며 쓴 것으로, 내게는 샌프란시스코 표류기에 더 가깝게 여겨지는 샌프란시스코 체류기이다. 이 글에는 샌프란시스코에 관한 이야기도 있지만 이 도시에 관한 이야기는 아니다. 나는 이 도시에 머물면서 되도록 많은 것을 보고 듣고 느끼고 경험하려 하지 않았는데 특별히 보고 듣고 느끼고 경험하고 싶은 것이 없었기 때문이다. 이 글은 그냥 보이는 대로 보고 들리는 대로 듣고 느껴지는 대로 느끼고 어쩔 수 없이 경험되는 대로 경험한 것들에 대한 이야기이다. 아니, 그보다는 보이는 대로 보지 않고 들리는 대로 듣지 않고 느껴지는 대로 느끼지 않고 경험한 대로 받아들이지 않은 것들에 대한 이야기이다. 내가 마음대로 뒤틀어 심하게 뒤틀리기도 한 이야기들이 있는 이 글에는 지극히 사소하고 무용하며 허황된 고찰로서의 글쓰기에 대한 시도, 혹은 재미에 대한 나의 생각, 혹은 사나운 초록색 잠을 자는 무색의 관념들, 혹은 뜬구름 같은 따위의 부제를 붙일 수도 있을 것이다.

— 『어떤 작위의 세계』 서문


그렇지만 곤란하다. 이 지면은 돗자리가 아니고, 종이라고는 하지만 깔고 누울 수는 없고, 나는 지금 소풍을 나온 게 아니다. 좋은 걸 단지 좋다고만 말하고 끝낼 수 있는 독자의 사치를 부릴 처지가 아닌 것이다. 줄거리를 적당히 요약하고, 몇몇 구절들을 먹기 좋게 썰어 발췌한 후 몇 스푼의 분석과 감상(기호에 따라서 서평자 본인의 개인사를 함께 넣으셔도 좋겠다)을 버무린다는 일반적인 '레시피'도 통하지 않는다. 뜬구름을 요약(혹은 요리)할 수는 없는 일이 아닌가.

우리는 기껏해야 구름을 닮은 솜사탕을 조금 떼어내, 마치 그것이 무척이나 의미 있는 일이라도 되는 것처럼 한참을 만지작거린 후, 더 이상 솜사탕이라고 부를 수 없을 그것의 잔해를 조금의 아쉬움도 없이, 그렇다고 어떤 후련함을 느끼지도 않으면서, 어딘가로 튕겨버리는 정도의 일밖에는 할 수 없는 것이다. 구차한 변명. "따라서 소설의 줄거리를 요약하는 것은 불가능할뿐더러 무의미한 일이기도 하다. 이 글에서는 이러한 자유연상의 핵심적 사유를 이루는 것, 몇 가지를 파편적으로 지적하는 것으로 그치기로 한다"(『문학동네 2011 겨울호』 645쪽)는 평론가 이도연의 문장은 같은 변명의 조금 덜 구차한 버전이다.

그렇다면 우리는 이 소설에 대해 어떻게 말할 수 있을까? 여기 몇 가지 단서가 있다. 1) 뜬구름 2) 표류기 혹은 체류기 3) 지극히 사소하고 무용하며 허황된 고찰로서의 글쓰기에 대한 시도 4) 재미에 대한 그의 생각. 더없이 적확함에도 불구하고 1)의 비유는 아직 이 책을 읽지 않은 이들에겐 말 그대로 뜬구름 같은 이야기로, 어떤 오해를 불러일으킬 수도 있으리라. 2) 또한 작품의 탄생 배경에 대한 부족함 없는 설명이지만 그것이 작품을 더 잘 이해하게 도와주진 않는다. 3)은 정영문이라는 작가의 DNA를 이루고 있는 어떤 근본적인 충동으로 그의 모든 작품에 대해, 구체적으로는 전작 『바셀린 붓다』에 대해서도 같은 말을 할 수 있다. 그러니 문제는 4)다. 재미에 대한 자신의 생각을 그는 이렇게 쓴다.

잠시, 내가 재미있게 생각하는 것들에 대해 말하기 전에 먼저 재미없게 생각하는 것들을 들면, 모든 종류의 소음, 거의 모든 음악, 폭력적인 것, 우울, 전통적인 소설, 시대를 반영하는 소설, 상처와 위안과 치유에 대해 얘기하는 소설, 등장인물의 생각보다 행위가 많은 비중을 차지하는 소설, 거창한 소설, 감동을 주는 소설(그런 소설들에 낯간지러운 찬사를 늘어놓는 평론가들이 얼마나 재미없는지를 이야기하는 것은 약간은 재미있을 수도 있겠지만 사실은 재미없으니 그들이 그렇게 할 수 있는 비결은 평론가로서 소양이 없거나 한 인간으로서 위엄과 자존이 없거나 두 가지 다일 거라는 얘기만 하도록 하자), 성장소설, 심각하기만한 소설, 자의식의 과잉이 묻어나지 않는 소설, 잠언 풍의 시, 상식적인 것, 뻔한 수작(을 부리는 사람), 구김살이 없는 사람, 묘한 구석이 없는 사람, 권위를 온몸으로 풍기는 사람, 부지런하고 의욕이 넘치는 사람들, 사회에 기여하고자 하는 사람들, 구름에는 관심이 없는 사람들, 단순한 사람들, 말이 많은 사람들, 욕심이 너무 많은 사람들, 유머는 알지 못하고 우스개밖에 모르는 사람들, 뭐라 말할 수 없게 말할 수 없이 재미없는 사람들(이들은 정말 재미없다) (…)

— 94쪽

목록은 끝없이 이어진다. 그러니 우리는 『어떤 작위의 세계』를 두고 "전통적이지 않은 소설, 시대를 반영하지 않는 소설, 상처와 위안과 치유에 대해 얘기하지 않는 소설, 등장인물의 행위보다 생각이 많은 비중을 차지하는 소설, 소소한 소설, 감동을 주지 않는 소설(그런 소설들에 별다른 관심을 보이지 않는 평론가들이 얼마나 재미없는지를 이야기하는 것은 약간은 재미있을 수도 있겠지만 사실은 재미없으니 그들이 그렇게 할 수 있는 비결은 평론가로서 소양이 없거나 한 인간으로서 위엄과 자존이 없거나 두 가지 다일 거라는 얘기만 하도록 하자), 반反성장소설, 심각하기만 하지는 않은 소설, 자의식의 과잉이 묻어나는 소설"이라고 말할 수 있으리라. 당신은 물을지도 모른다. 도대체 그 소설이 뭔데? 좋은 질문. 그것은 바로 이런 것들로 채워진 소설이다.

그림자, 구름, 바람, 안개, 어떤 이유로 공중으로 뛰어오르는 세상의 모든 물고기들, 땅속에 굴을 파고 사는 모든 동물들, 짝짓기 철이 되어 예민해진 동물들, 날씨, 나무들, 주정뱅이(이들은 재미있기도 하고 재미없기도 하다), 어린 개구쟁이들과 어른이 되어서도 개구쟁이 같은 데가 있는 사람들, 욕심이 없는 사람들(이들 가운데는 재미없는 사람들도 많이 있다), 동냥에는 별 관심이 없는 거지들, 꿈이 너무 크지 않은 아이들, 나체주의자, 여자에게 퇴짜 맞거나 퇴짜 놓은 기억들, 복수에 대한 어떤 생각들, 말로 하는 놀이, 말하는 것이 거의 없는 시와 소설, 너무 고통스럽지 않은 병, 가난(부유함이 재미있을 수도 있는 많은 것들을 할 수 있게 하지만 그 자체는 재미없는 데 반해 가난은 가난해서 떨수밖에 없는 궁상으로 인해 재미있을 수도 있다), 잔뜩 게으름 피우기, 자유자재로 말들을 갖고 놀 수 있는 경지에 오르는 것, 근거가 전혀 없거나 상당히 근거 없는 생각들, 아무것도 아닌 뭔가에 대해 혼자만의 이론을 펼치는 것, 혼자서 세상의 이런 저런 것들을 조용히 비웃으며 험담하기, 그리고 뭔가에 대해 더 이상 생각할 수 없을 때까지 생각하기와 같은 것들.

– 95쪽

분명 이것은 당신이 생각하는 '소설'과는 상당히 다를 것이다. 그럼에도 이것은 소설이고, 다른 어떤 소설보다 더욱 소설답다. 이 글의 첫머리에서 나는 분명 그렇게 말했다. 책의 뒤표지에 적힌 "세계의 무의미에 예술의 무의미로 대적하는 것은 이 세계가 무의미하며 그 무의미에서 벗어날 수 있는 출구가 전혀 없다는 권태롭고 절망적인 인식에 도달한 작가가 택할 수 있는 마지막 비타협적 저항의 방법일 것이다."정영문은 진정한 무와 무의미의 원천으로서 유아적 세계관과 상상력에 기대어 세상이 강요하는 가짜 의미들과의 대결을 시도한다"는 평론가 김태환의 문장은 비슷한 말의 평론가 버전이다. 문제적 자아와 거대하고도 무자비한 세계의 대결. 그것이야말로 근대문학의 골수가 아니던가. 물론 이건 오해의 여지가 있는 표현이고, 나는 거기에 선뜻 동의할 수 없다. 하지만 그건 또 다른 문제로, 아마 책 한 권을 써도 모자란 이야기겠지만, 나는 그런 책을 쓸 생각이 없다. 그건 내 능력을 벗어나는 일인 동시에 무척이나 재미없는 일이 될 것이 분명하고, 그런 일을 자진해서 하는 능력과 인내가 있는 사람들을 나는 존경하지만 재미있다고 생각하지는 않는다.

나는 그냥 이렇게 말할 생각이다. 나는 여전히 이 책에 대해 쓰고 있고, 그렇게 여전히 쓰는 데에는 이유 같은 것이 있어야만 할 것 같았고, 그래서 이유를 찾으려 했지만 이유 같은 것은 없다. 거의 늘 내가 별 이유 없이 뭔가를 쓰거나 쓰지 않거나 하며, 무엇을 어떻게 쓰면 좋을지 알 수 없는 상태에 있고, 그런 상태는 내게 아늑함을 주기도 한다는 생각을 했지만 이번에는 약간 난감하다. 문득 어떤 누군가가 숲 속에서 난감해 하는 장면이 떠올랐는데, 그는 정영문이 쓴 어떤 소설 속에 등장하는 인물이었다. 그 장면을 마음속으로 떠올리며, 지금 나와 비슷한 상태에 처한 소설 속 인물의 심리에 좀 더 다가가보려 했지만 그 인물이 느꼈을 난감함만 다시 느꼈다. 정영문은 이렇게 썼다.

나는 계속해서 가만히 서 있었고, 그렇게 가만히 서 있는 데에는 이유 같은 것이 있어야만 하는 것 같았고, 그래서 이유를 찾으려 했지만 이유 같은 것은 없었다. 거의 늘 내가 별 이유 없이 뭔가를 하거나 하지 않거나 하며, 무엇을 어떻게 하면 좋을지 알 수 없는 상태에 있고, 그런 상태는 내게 아늑함을 주기도 한다는 생각을 했지만 이번에는 약간 난감했다. 문득 어떤 누군가가 숲 속에서 난감해하는 장면이 떠올랐는데, 그는 내가 쓴 어떤 소설 속에 등장하는 인물이었다. 그 장면을 마음속으로 떠올리며, 지금 나와 비슷한 상태에 처한 소설 속 인물의 심리에 좀 더 다가가보려 했지만 그 인물이 느꼈을 난감함만 다시 느꼈다.

– 187쪽

나는 계속해서 내가 읽은 것들에 대해 두서없는 생각을 했는데, "그러고 나자 점차 아무 생각도 나지 않았다. 잠시 멍한 상태에 있었고, 그런 상태에 있을 때면 당연히 그래야 하는 것처럼, 마치 모든 생각을 씻어버린 것처럼 아무 생각도 나지 않았고, 아무런 할 말도 없는 것 같았다. 그래서 할 말을 잃은 것처럼 있었고, 그런 상태에 빠지기를 내가 얼마나 좋아하는지 잠시 생각한 후 다시 아무 생각 없이 있었다. 그런 상태로 한동안 있는데, 조금씩 어떤 불편한 생각이 들었다. 그 모든 것이 대단히 작위적으로 여겨졌다. 그 순간에도 이 경험을 어떤 식으로든 글로 옮기려 할 것이라는 것을 알고 있었고, 그래서 그 순간의 경험을 글로 옮기기에 유리하게 조작하고 있다는 생각이 들었다." 바로 지금 이 순간 내가 나의 독서 경험을, 그로 인해 발견한 그의 문장을, 다시금 이 글 속으로 끌어들이고 있는 것처럼. 굳이, 그렇게 하는 것처럼. 정영문은 계속 쓴다.

언젠가부터 그런 식으로, 어떤 순간을 순수하게 경험하기보다는 그 순간을 글로 표현하기 위해서는 어떻게 처리해야 하는지를 의식하며, 의식과 감정까지 조작하며 보내는 경우가 많았다. 그것은 어떤 잘못처럼 여겨졌고, 내 자신이 위선적으로 느껴졌다. 내가 뻔한 수작을 벌이고 있는 것 같기도 했다.
하지만 그것들이 나쁘게만 느껴지지는 않았다. 오히려 마음
이 편안해졌다. 그 편안함은 내가 어떤 작위의 세계 속 한가
운데 있기에 주어지는 것 같았다. 나는 오래도록 너무도 작위
적인 삶을 살아왔고, 이제는 작위적인 것이 내게는 자연스러
웠다. 내가 작위적인 삶을 산 것은 삶의 그 무엇도 사실적으
로 다가오지 않았고, 그에 따라 삶에 진지할 수 없었고, 삶의
어떤 사실들이 아니라 그 사실들에 대한 생각들에만 관여할
수 있었기 때문인데 이것이 나의 삶의 가장 큰 실질적인 어려
움이기도 했다.

완벽한 작위의 세계가 그 숲 너머에서 나를 기다리고 있는
것 같았고, 작위를 통해서만 가 닿을 수 있는, 막연하고 난처
하고 혼란스러우며, 부자연스럽고 어둡고 가망이 없지만 그것
으로부터 벗어나는 것은 생각조차 할 수 없는 세계가, 깊어지
는 뭔가가 있는 것 같았고, 작위로써 완성해갈 수밖에 없는
삶이 내 앞에 가로놓여 있는 것 같았다. 의미와 무의미가, 존
재와 비존재가, 우연과 필연의 차이가 사라져 경계가 모호한
그 작위의 세계에서는 모든 것이 맥락이 없었고, 뭔가가 일어
나도 그만이고 일어나지 않아도 그만이었다. 그 세계는 이상
한 무위의 허구의 세계이기도 했다. 하지만 다시 생각해보자
완벽한 작위의 세계가 그 숲 너머에서 나를 기다리고 있는
것 같지는 않았는데, 그것은 이미 내가 그 세계 속에서 지내

온 지 너무도 오래되었기 때문인 것 같았다.

−190쪽

결국 이것은 우리가 만들었고, 스스로 갇혔으나 이미 익숙해졌기에 편안하고 자연스러우며 그 바깥을 상상할 수 없는 어떤 삶에 대한, 세계에 대한, 그 모든 작위에 대한 이야기다. 그렇다고 이것을 흔한 자연예찬/문명비판 따위로 받아들여서는 곤란하다. 그것은 작위적인 세계를 작위적으로 인식함으로 비로소 닿을 수 있는 이중의 작위이고, 그에게는 더 이상 작위가 아닌 듯 자연스럽게 느껴지는 역설적 작위이며, 아직은 완벽하지 못한 어떤 작위다. 결국 그것은 그가 쓰고 또 추구하는 소설의 세계, 부당하고 또 무거운 의미들이 사라진 가벼운 언어들의 세계다(그리고 이것은 할 말이 떨어진 궁한 서평가가 억지로 조립한 문장의 한 예가 될 수 있을 것이다). 그렇다. 그것은 다름 아닌 뜬구름이고, 이제 우리는 1)뜬구름으로 돌아올 수 있다. 정영문은 이렇게 썼다.

나는 이 마지막 장은 오직 구름에 대해서만 이야기를 할 생각이었지만 어떻게 하다가 결국에는 딴 이야기를 하게 되었다. 하지만 이 장도, 이 소설 전체도 사실은 구름에 관한 이야기이기도 한데, 그것은 이 소설이 뜬구름 잡는 것에 관한 뜬구름 잡는 이야기이기 때문이다. 이 소설에는 뜬구름이라는 제목을 붙일 수도 있을 것 같은데, 그것은 내 생각에 자연계의 모든 것 중에서도 그 안에 핵심이 없다는 것을 가장 잘 보여주는 것이 뜬구름이기 때문이며, 동시에 생각과 말의 어지러운 장난에 지나지 않는 이 소설이 뜬구름처럼 아무런 핵심이 없는 것이기 때문이다.

−270쪽

이것은 이 소설의 마지막 문장이고, 작가를 따라 뜬구름 같은 서평을 쓰고 있는 나는 더 이상 할 말이 없지만, 가장 중요한 질문이 아직 남아 있다. 여기까지 읽은 당신이 반드시 던져야 할 그런 질문이다. "좋아, 필사적으로 말하는 당신의 성의를 봐서라도 이 소설이 뜬구름 같은 소설이라는 건 인정해주겠어. 그런데 이봐, 그래서 이 책의 어떤 점을 추천하겠다는 거야, 대체?"

사실 당신보다는 내가 더 지쳤다. 때론 엉터리 같은 글을 쓰는 일이 더 힘든 법이다. 그러니 이쯤에서 나는 '적절한 권위에의 호소'라는 비장의 무기를, 여전히 효과적이고 어쩌면 작금의 현실에서야말로 진정으로 효과적인 '기계 장치의 신'을 꺼내들 작정이다. 당신도 좋아하고 나도 좋아하고 (직접 물어본 바에 의하면) 정영문도 좋아하는 박민규의 말이다. 2010년 출간된 『바셀린 붓다』의 추천사를 박민규는 이렇게 썼다.

우연이든 필연이든, 지금 당신의 손에 들려진 이 책이 단순한 한 권의 소설이 아님을 알아주길 바란다. 이것은 정영문의 소설이고, 지금 당신은 정영문과 함께하고 있다. 대체 한국문학은 어디서 뭘 하고 있었던 게야! 훗날 분통을 터트리는 누군가가 있다면 우리는 말없이 정영문의 소설을 그에게 내밀 수 있을 것이다. 말하자면 정영문은-지금 이 순간-결정적인 -많은 판결을 뒤엎을 만한-한국문학의 '알리바이'다.

이것이 우연이든 필연이든, 나는 당신이 '정영문'의 목격자가 되어주기를 진심으로 바라고 또 바란다. 그때 나는 정영문을 읽었어, 라고 언젠가 당신은 말할 수 있을 것이다. 그것은 아마도 프랑스며 일본이며, 단체여행 사진을 잔뜩 늘어놓은 자리에서 난 모로코를 다녀왔어, 라고 말하는 것과 크게 다르지 않을 것이다. 모로코라고? 바셀린처럼 끈적한 누군가의 질문을, 혹은 부러움을 당신은 분명 받게 될 것이다. 잘 짜인 인생의 알리바이란 모쪼록 그런 것이라고 나는 생각한다.


잠깐, 그래 나도 안다. 이것은 어디까지나 '전작'에 붙여진 추천사임을. 비록 권위로 치자면 박민규의 발톱의 때 속에 살고 있는 미생물 무리에서 가장 작아 왕따를 당하곤 하는 한 불행한 친구의 몸통에 돋은 작은 돌기에도 미치지 못하겠지만, 나는 이렇게 말할 수 있다. 『어떤 작위의 세계』가 『바셀린 붓다』보다 더 '재미'있다고. 박민규의 생각은 어떨지 모르겠지만 적어도 저 추천사를 다시 한 번 쓰는 일을 반대하진 않을 거라고. 다 떠나서, 이런 소설을 읽지 않고 세상을 살아가는 것은 당신의 불행이라고. 물론 이 책의 매력을 제대로 말하지 못하는 것은 순전히 나의 무능이다. 그리고 정영문은 당신의 불행과 나의 무능에는 아랑곳 않고 자신만의 속도로, 그러니까 조금 느린 걸음으로, 어떤 작위의 세계를 계속해서 걸어갈 것이다.

사실, 그것으로 충분하다는 생각이다.

# 두근두근, 김애란

## 두근두근 내 인생
김애란, 창비, 2011

"김애란을 사랑하지 않는 것은 도대체 가능한가?"라고 물은 것은 신형철이다. 물론 이것은 수사의문문이다. 질문도 아니라는 말이다. 나는 조금 질투가 난다. 나보다 먼저 사랑을 고백한 평론가에 대한 질투, 뒷줄에 서서 까치발을 든 채 "나도 사, 사… 좋아합니다"(그것은 와타야 리사에 대한 애정과는 조금 다른 종류다)라고 소심하게 중얼거릴 수밖에 없는 자의 질투다.

『스누피 시리즈』 어딘가에는 이런 대사가 나온다. "누군가를 싫어하는 이유를 묻는 건 괜찮지만, 좋아하는 이유를 물으면 안 돼. 거기엔 이유가 없으니까." 설마 아무 이유 없을까. 다만 찬란하게 빛나던 저마다의 이유가, 하나의 언어로 고정되지 않는 그 풍요로운 감정이, 공기 중으로 내뱉어진 순간 어김없이 식상하고 빈약한 단어의 조합으로 변해버리는 모습을 지켜봐야 할 뿐. 그러니 좋아하는 작가에 대한 글은 언제나 초라할 수밖에 없다. 별 수 없는 일이다.

김애란을 읽는 각자의 시간, 그만큼의 이유들. 내가 가진 이유는 그 중에서도 가장 식상한 종류다. 새롭기 때문이라는, 전혀 새롭지 않은 이유. "어머니와 나는 구원도 이해도 아니나 입석표처럼 당당한 관계였다"(「달려라, 아비」)와 같은 문장으로 가족로망스를 경쾌하게 변주하는 그녀의 솜씨에는, '전과 달리 생생하고 산뜻하게 느껴지는 맛이 있다'는 사전적 의미 그대로의 새로움이 있었던 것이다.

이렇게 말하는 건 어떨까. 작금의 한국소설이 새로움을 찾아 그로테스크한 상상력으로, 저 멀리 대기권 밖으로, 유령과 좀비들의 세계로 발길을 돌릴 때. 혹은 지리멸렬한 생활과 자폐적인 사고의 회로 속으로 침잠할 때, 그녀는 현실에 두 발을 딛고 서서 우리의 일상이, 먹고 자고 일하고 사랑하는 그 하루하루가, 그 자체로 온전히 새롭다는 사실을 보여줬다고. 그녀의 새로움은, 실은 그렇게 새로울 필요는 없다는 것을 우리에게 일깨워줬다는 사실에 있다고.

조로증에 걸린 소년이 등장하는 그녀의 첫 장편소설 『두근두근 내 인생』도 마찬가지다. 여든의 몸으로 열일곱의 나이를 살아가는 소년의 이야기. 그리고 그 소년이 쓰는, 오래전 열일곱의 나이에 부모가 된 어머니와 아버지의 이야기. 당신은 이렇게 물을지도 모른다. 너무 노골적인 신파 아니냐고. 글쎄, 분명 이 소설은 슬프다. 하지만 이 책을 끝까지 읽은 당신은 결국 인정하게 될 것이다. "네가 나의 슬픔이라 기뻐"라는 소설 속 문장이, 이 소설에도 꼭 들어맞는다는 것을.

결국 그녀가 그리는 것은 시간이다. 이미 지나갔지만 저마다의 기억 속에서 여전히 흐르고 있는 어제의 시간과 허공으로 사라지는 연기처럼 가뭇없이 흩어지는 오늘의 시간과, 무한한 것 같지만 언젠간 끝나고 말 내일의 시간. 그리고 오직 그 위에서만 가능한 우리의 삶을 조금 다른 각도에서 바라보게 한다.

　어쩌면 나는 이 초라한 글을 단 한 문장으로 끝낼 수도 있었을 것이다. 올해는 이제 겨우 절반을 지나고 있을 뿐이지만 단언컨대 이토록 사랑스러운 소설을 다시 만나기는 힘들 것 같다, 라고. 나는 지금 '한국소설'이라고 쓰지 않았다. 물론 와타야 리사의 새로운 사진이 실린 소설이 나온다면 이야기는 달라지겠지만. 나는 지금 와타야 리사의 새로운 사진이라고 썼다. 사진집이라면 두 말 할 것도 없다. 글이 하나도 없어도 좋단 말이다.

# 이것은 김사과다

## 테러의 시

김사과, 민음사, 2012

김사과의 새로운 소설 『테러의 시』를 설명하기 위해서는 세 단어면 충분하다. 그리고 나는 이미 그 단어들을 말했다. 테러, 시, 그리고 김사과. 나는 더 이상 할 말이 없다. 이것은 테러다. 이것은 시다. 이 것은 김사과다. 끝. 그러니 이어지는 이야기는 모두 사족이다. 이것 은 작가론이 아니다. 이것은 서평 또한 아니다. 물론 김사과의 소설 들에는 설명, 아니 차라리 해명을 요구하는 부분들이 존재하는 것 처럼 보인다. 이를테면 이런 질문이다.

대체 무엇이 이들을 이토록 화나게 만들었는가. 이것은 김사 과가 출현했을 때 가장 먼저 제기되었던 질문이고, 이런저런 대답들이 제시된 후에도 또다시 묻지 않을 수 없는 질문이다.
– 장은정, '너무 슬픈 분노' 『제2회 젊은 작가상 수상작품집』 185쪽

분노, 공포, 광기, 폭력, 과잉, 관념… 평자들이 김사과의 작품을 해

설하기 위해 즐겨 동원하는 몇몇 단어들 또한 마찬가지다. 그녀의 주인공들은 분노하고 그만큼 공포에 질려 있고 그들이 사로잡힌 광기는 종종 과잉된 폭력의 형식, 혹은 정제되지 않은 관념의 장광설로 분출된다. 그들은 묻는다. 그렇다면 무엇이 이들을 그렇게 만들었는가? 이런저런 대답들. 텅 빈 말과 공허한 제스처들. 언제나 모자라는 조각들. 질문은 반복된다. 아니, 그러니까, 이들은, 도대체, 왜?

나는 이런 반복적인 질문과 대답이 '그들만의 리그'가 되어버린 일종의 문학계 비평게임이라고 생각한다. 그것 자체로는 별로 탓할 일이 아닐지도 모른다. 문제는 그것이 종종 지루하고 게으르며 무엇보다 빈곤하다는 사실이다. 돌아오는 결제일마다 허덕이며 몇 장의 카드로 돌려막듯, 이런저런 이론들을 동원하지만 결국은 실체 없는 이야기를 반복할 뿐이라는 인상을 지울 수가 없다. 이번엔 내가 물을 차례다. 아니, 그러니까, '그들은', 도대체, 왜?

이 질문에 대해서라면 이미 훌륭한 대답이 존재한다. '젊은 작가 특집'이라는 이름으로 김사과를 다룬 계간 『문학동네 61호』에 실린 남궁선의 글이다(그녀는 문학계가 아닌 영화계에 종사하며, 김사과와는 한국예술종합학교 동문이라고 한다).

이런 장면을 상상해볼 수 있겠다. 전쟁터에서 폭탄을 맞아 내장이 쏟아져 나온 시체가 방 한가운데에 놓여 있는데, 그 방의 방문자들이 다들 책꽂이에 꽂힌 책 이야기라든가 커튼의 색깔이랄지 구석에 서 있는 화병의 무늬랄지 날씨 얘기 따위만 끝없이 하고 있는 상황. 그런데 그 방에서 "그런데요, 여기 시체가 있는데요"라고 한 아이가 말한다. 그러면 사람들이 "응, 그래. 우리도 알고 있단다"라고 한 다음에 다시 날씨 얘기를 한다. 아이의 눈에는 그게 아무래도 이상하다. "여기 시체가 있다니까요!"라고 한 번 더 외친다. 그러면 사람들이 조금 성가셔한다. "그래! 여기 시체가 있어! 우리도 다 안단다. 그걸 누가 모르니!" 아이는 화가 났다. "저는 이게 무서워요!" 사람들은 말한다. "우리도 별로 좋지는 않단다." 그리고 그들은 또 날씨 얘기를 하려고 한다. 아이는 귀찮게 한다. "이거 전쟁 중이라서 있는 거죠?" 이제는 귀찮다. "그래! 전쟁 중이니까 시체가 있단다." 아이는 눈물을 글썽인다. "사람들이 전쟁을 안 하면 방에 시체가 없어도 되잖아요." 그런 아이가 귀여워서 사람들의 표정이 온화해진다. "어유, 그래, 착하고 훌륭한 아이로구나. 하지만 우리가 그런 큰 것에 대해 이야기해봤자 무슨 소용이겠니. 우린 벌써 이 시체를 수백 년 동안 보아왔단다. 그냥 다른 얘기를 하자." 그러고서 그들은 다시 화병의 무늬에 대해 논하기 시작한다. 아이는 화병을 집어던져 깨뜨린다. 화기애애한 분위기가 얼어붙는다.

이 아이가 바로 김사과다. 그녀는 이렇게 말한다.

뭔가 느껴지는데 그건 아주 기분 나쁜 거야. 일종의 뒤틀린 소시민정서 같은 거. 그러니까, 다들 이 상황을 견뎌내고 있는 거잖아. 버텨내고 있는 거잖아. 그런데 그게 아주 이상해, 명동 한복판에서 일본어로 절규하듯이 호객하는 화장품가게 점원에게서도 느껴지는, 뭔가, 그래, 아직은 외치고 있지 않은가 하는 식의 안도감. 필사적인데 분명히 아주 처절한데 이상하게도 아무것도 느껴지지 않아. 텅 비어버린, 아무것도 남지 않은, 필사적임. 이게 도대체 뭐지? 이건 좀 이상하지 않아?

— '작가노트', 「제2회 젊은 작가상 수상작품집」 182쪽

그래서 김사과는 화병을 집어던진다. 화병이 깨지는 소리가 응접실을 가득 채운다. 정적. 하지만 이내 대화가 이어진다. 다시금 화기애애한 분위기로 돌아가, 아니, 오히려 조금 더 들뜬 얼굴을 한 채, 화병을 던지는 행위가 가져온 어떤 충격과 그것의 행위예술적 가능성과 깨진 화병의 조각이 만들어 낸 예상 밖의 아름다움에 대해 논하기 시작한다. 그들은 이렇게 말한다.

"어유, 우리가 너를 잘못 생각했구나. 미안하다. 넌 정말 당돌하고 예술적인 아이야. 당장 우리와 계약하지 않을래? 그런데 화병을 던진 이유가 뭐라고? 잠깐만, 여기 화병 하나 더 갖다 줘!"

그들은 안다. 우리도 안다. 무엇이 김사과와 그녀의 인물들을 그렇게 만들었는지, 그 이유를 아는 것이다. 방 안에 시체가 있고 세상은 전쟁 중이다. 세상은 전쟁 중이고 방 안에는 시체가 있다. 하지만 우리는 그것을 바라보지 않기 위해 필사적이고도 처절하게 대화를

이어가고 있다. 그것은 우리 모두가 이미 알고 있다는 사실 때문에 철저하게 외면당한다. 평론가 조효원은 이렇게 말한다.

> 정말로 절망적인 시대인데도 불구하고 아무도 절망하지 않는 것에 대해서 항의하는 것. 너무나 절망적인, 지옥 같은 시대인데도 불구하고, 누군가 힘들다고 말하면 옆사람은 '너만 힘드냐, 다 힘들다'고 힐난하는 시대에 대해 김사과는 왜 힘든 것을 떨쳐버리려고 하지 않느냐, 왜 절망스럽다고 얘기하지 않느냐, 그렇게 항의하는 작가라고 생각합니다.
> – '리뷰 좌담', 『문학동네 58호』 중에서

재미있는 건 김사과의 소설에 대해 반복적인 질문이 던져지는 것도 결국 같은 이유 때문이라는 사실이다. 김사과의 소설에서 화자의 입을 통해 종종 지나치게 직설적으로 쏟아지는(너무 직설적이기에 오히려 관념적이라고 평가받는) 우리가 살고 있는 사회에 대한 비판과 비난에도 불구하고, 그들은 영문을 모르겠다는 표정을 한 채 이렇게 묻는다.

"그런데 도대체 이 친구는 왜 이렇게 분노하는 거야? 이런저런 말을 하고는 있는데, 솔직히 까놓고 말해 절망적이고 지옥 같은 시대라는 건 이미 다 아는 거잖아. 그런데 설마 그것 때문에? 에이, 아니겠지. 내 보기엔 아마 아감벤(지젝, 바우만 기타 등등)적인 어떤 이유 때문인 것 같은데…"

여기 좀 더 재미있는 사실이 있다. 문학에서 어떤 윤리를 찾는 일이 유행처럼 번지고 있는 요즘이지만, 김사과의 소설에 대해 윤리라는 표현을 쓰는 일은 극히 드물다는 것. 표면적으로는 그녀의 작품 속에 넘쳐나는 분노와 광기, 폭력의 스펙터클 때문이겠지만 그들이 외면하고 있는 것을 직시한다면, 그러니까 그것이 "여기 시체가 있어요!"라는 외침이라는 사실을 인정한다면, 이보다 더 윤리적인 게 또 어디 있단 말인가? (어쩌면 이것은 '내부고발'에 가혹한 사회적인 정서 때문일지도 모른다.)

그렇다면 그들이 말하는 윤리란 무엇일까? 언젠가 김사과 역시 같은 질문을 던진 바 있다.

그런데 여기서 주장되는 문학적인 윤리란 무엇인가? 제발트의 글을 통해 유추하자면 그것은 잊힌 것들을 애도하는 것이다. 파국의 풍경에서 통증을 느끼고, 결국 여행의 끝에 진짜로 몸에 마비를 일으키는, 신음하는 마음이다. 그러니까 이 윤리는, 엄청난 예민함에서 비롯된, 마비시키는 윤리다. 중단시키는 윤리다. 그렇기 때문에 제발트의 글은 소설과 에세이, 허구와 비허구 사이에서 어정쩡하게 끼어 있는 글 더미로 남을 수밖에 없다. 그의 윤리가 무언가가 되기를, 어딘가로 가기를 완강하게 거부하기 때문이다.

뭔가를 이루려는 인간의 광기가 우리 모두를 이런 폐허의 세계로 이끌었기 때문에, 그것을 잊지 않으려는, 그것을 막으려는 의지는 극단적인 회의주의의 형태를 띠게 된다. 이것이

전후의 지적/예술적 운동의 중심에 놓여 있는 회의주의다. 모
든 것에 대한 절대적인 회의가 해체와 거부를 거쳐 마비로,
그러니까 완벽한 교착 상태로, 귀결되는 것은 논리적이다. 그
러니까 아무데도 갈 수 없다.

—「소설에서 윤리를 찾는 나르시스트에게 고함」, 『프레시안 Books 65호』

그것은 폐허를 바라보는 시선이다. 바라보며 애도하고 그리하여 잊
지 않는 마음이다. 가슴이 절로 따뜻해지는 말이다. 하지만 중요한
것은 그들의 시선이 어떤 '이후'를 바라보고 있다는 사실이다. 말하
자면 그들은 세계무역센터가 무너지고 난 자리를, 그러니까 '그라운
드 제로'를 바라보고 있는 것이다. 그것은 이미 일어난 일이다. 돌이
킬 수 없다. 그러니 우리는 그 '빈자리'를 바라보아야 한다. 기억해야
한다. 애도해야 한다. 그들에게 그것은 우리가 살고 있는 세계, 그 자
체다. 세계는 모든 수난이 끝난 뒤에 마침내 도래한 쓸쓸한 폐허다.

　이는 최근 한국 문학에서 주목 받고 있는 '묵시록적 상상력'과 연
계해 생각해볼 수 있을 것이다. 이를테면 제2회 젊은작가상 대상을
수상한 「물속 골리앗」의 김애란과 김사과를 비교한다면 제법 재미
있는 글이 탄생할 수도 있을 것이다. (김사과는 같은 해 「움직이면 움직일
수록 이상한 일이 벌어지는 오늘은 참으로 신기한 날이다」라는 단편으로 우수
상을 받았다.) 하지만 이 자리에서는 그 상관성을 언급하는 것으로 그
치기로 한다. 재미있는 일은 언제나 다음으로 미뤄지는 법이니. 김사
과는 이어 묻는다.

그런데 이 비탄에 빠져, 아무데도 갈 수가 없고 아무것도 할 수가 없게 된 마음을 윤리라고 부르는 것이 타당한가? 그건 이 회의주의를 가져온 원인 세계를 망각한 채로, 회의주의 외에는 아무것도 믿지 않게 된 일종의 종교에 가까운 것이 아닌가? 혹은 '최소한의 윤리'를 주장하는 스스로를 거울에 비추며 사랑에 빠지는 나르시시즘이 아닌가?

만약 이것을 윤리라고 부를 수 있다면, 그리고 이 윤리의 결과물을 문학이라고 한다면 이 윤리가 할 수 있는 것은 오직 문학뿐이다. 아무것도 만들지 못하고 아무데도 이르지 못하지만 오직 문학이 되게 하는 윤리. 그것은 문학을 제외한 모든 것을 불신하는, 세계에 대한 총체적인 불신을 문학에 대한 열광으로 전도시키는, 지극히 낭만적인, 마음의 구조다.

−「소설에서 윤리를 찾는 나르시스트에게 고함」『프레시안 Books 65호』

김사과가 바라보는 세계는 폐허가 아니다. 그것은 돌이킬 수 없을 정도로 망가졌고, 지금도 망가지고 있는 무엇이지만 여전히 우리가 살아가야 하는 무엇이다. 많은 작가들이 기억하는 '좋은 시절'이 있던 것도 아니다. 그럼에도 살고 있다. 테러는 일어났고, 일어나고 있고, 일어날 것이다. 그러니 우리가 애도해야 할 것은 바로 우리 자신이다. 하지만 그것은 불가능하다. 우린 아직 죽지 않았기 때문이다. 아직도 살아갈 날들이, 망가질 날들이 남아 있기 때문이다. 우리의 수난은 끝나지 않았다는 것이 김사과의 입장이다. 등장인물로 하여금 "하지만 두고 보자. 결국 다 똑같아질 거야. 결국엔 모두 다 똑같이 좆같아진다."(「나와 b」)라 말하게 하는 그녀의 입장이란 말이다.

결국 남는 것은 결코 화해할 수 없는 두 개의 시선/입장이다. 질문은 계속해서 반복된다. 다시 화병이 놓였던 방으로 돌아가자. 그들은 날씨를, 각자의 취향을, 문학을, 예술을 나아가 윤리를 논할 수도 있다. 그들은 아름다운 소설에 감동하고 제3세계의 어린이들을 위해 매달 적은 돈이나마 후원할지도 모른다. 이름도 외우기 힘든 이국에서 가난과 질병으로 죽어가는 이들을 생각하면 마음이 미어질지도 모른다. 방안의 시체 때문에 호들갑을 떠는 아이를 보며 그 마음 씀씀이에 살짝 눈시울이 젖어들지도 모른다. 하지만 그들은 정작 아이가 가리키는 곳은 보지 않는다. 그리고 그 '원인 세계'(전쟁 중인 세상) 또한 바라보지 않는다. 간단히 말해, 방안의 시체는 그들의 애도의 대상이 아니다. 그들은 애도하지 않는다. 아니, 못한다고 해야 할까. 그건 그들이 너무 많이 알고 있기 때문이다. 너무 '현대적'이기 때문이다. 너무 '예술적'이기 때문이다. 리비도의 자기애적 퇴행 혹은 나르시시즘. 적절한 애도의 과정을 거치지 못한 자아를 기다리는 것이 우울증이라고 말한 것은 프로이트다. 그리고 그것이야말로 현대의 지식인/예술인들에게 무척이나 친숙한 무엇이 아니던가?

그러니 그들은 치유와 위로로서의 문학에 기댈 수밖에 없다. 그리고 그것은 윤리와 가까운 친척처럼 보인다. 물론 그들은 치유와 위로가 가능하다는 사실을 정말로 믿지는 않는다. 않을 것이다. 하지만 그들도 필요한 것이다. 이건 말하자면 우디 앨런식 농담이 현실로 드러난 예라고 할 수 있다. (한 소년이 정신과 의사에게 말한다. "형이 미쳤나 봐요. 자신을 닭이라고 생각해요." "한번 데려와 보지 그러니?" 의사가 권하자 소년은 난색을 표한다. "안 돼요." "왜?" "그러면 계란을 못 낳잖아요." 우디 앨런은 이렇게 말하는 것을 잊지 않는다. 그리고 우리 모두는 계란이 필요하다고.)

물론 그들은 '어른'이고, 이런 문제를 어떻게 처리해야 하는지 너무나 잘 알고 있다. 그래서 "대체 무엇이 이들을 이토록 화나게 만들었는가?"라는 질문을 둘러싼 비평게임을 통해, 결코 화해할 수 없는 두 세계관의 대립을 문학적인 것 가장 깊은 곳으로 끌고 들어가버린다. 그곳에서 그녀의 소설들은 안전하게 소비된다. 그 모든 외침과 분노와 항의는 젊은 작가의 개성적인 목소리로 환원되고, 그것은 우리 문학이 아직 건강하게 살아있음을 증거하는 다양성의 훌륭한 사례가 된다. 그 속에서 그녀는 '당돌한 아이'가, '무서운 신예'가, '문단의 테러리스트'가, '쾌활한 괴물'이 되는 것이다. 그녀로서는 억울하고 또 분한 일일 것이다.

그러니 『테러의 시』는 일종의 선전포고로 읽어야 하지 않을까. 악의적인 과장과 신랄한 조롱으로 가득한, 그러나 하나하나 반박하려 들면 딱히 틀린 구석은 없는 그런 포고문으로. 그것은 일종의 '부코스키적(인 태도가 불가능해진 세상에서 펼쳐지는 부코스키적) 연애소설'이라고도 할 수 있을 『풀이 눕는다』의 다소 모호한 결말에서 한 걸음 옮겨간 김사과의 입장이며, 또한 수없이 반복된 비평적 질문에 대한 작가의 답변이기도 하다.

김사과의 입장은 명확하다. 그녀에게 테러는 항구적이고, 세계는 지속되는 테러의 장이다. 다시 말해, 세계는 테러 그 자체인 것이다. 테러의 대상은 (대부분의) 사람들이다. '인간다운' 삶은커녕 윤리적인 이들의 애도를 받는 행운조차 누리지 못한, 오늘도 '좆같이' 살아가고 있는 '우리들'이다. "일종의 뒤틀린 소시민 정서"로 이 상황을 견뎌내고 또 버텨내는 우리들에게 그녀는 묻는다. 당신들이 밤이면 더러운 의자에 앉아 바라보는, 위안과 치유와 멘토들의 금쪽같은 말씀으로 넘실대는 저 스크린 뒤에 어떤 현실이 있는지 알고 있느냐고. 모르겠다고? 그녀는 그 스크린을 찢는다. 최소한, 찢고 싶다. 어떤 이들에게는 그것이 테러로 느껴질지라도. 말하자면 이중의 테러.

'좆같은' 세상에서 '좆같은' 삶을 살 수밖에 없는 '좆같은' 경우에 처한 '좆같은' 인물에 집중했던 기존의 소설들과는 달리, 『테러의 시』는 좆같은 '세상'에 집중한다. 모든 것을 집어 삼키는 모래폭풍이 끊임없이 불어오는 고립된 도시에서 아버지에게 강간당하며 돼지와 다를 바 없는 삶을 살던 연변 출생의 여주인공이 서울의 고급 섹스클럽에 팔려 유린당하다 유력 고위 공무원의 눈에 띄어 가정부로 들어갔다가 학력을 속이고 일하던 원어민 가정교사와 도망쳐 버려진 철거촌에서 마약과 술에 찌들어 살다가 용역들에게 쫓겨나 길거리를 전전하다 강남의 대형 교회 목사에게 발탁되어 신앙을 거짓으로 간증하며 무료급식을 얻어먹으며 연명하다 마침내 파국으로 치닫는 이야기는 한국, 그 중에서도 서울의 모든 '좆같은 플레이스'를 고스란히 보여주는, 말하자면 '서울을 여행하는 (운 나쁜) 히치하이커를 위한 안내서'에 다름 아니다. 이를 더욱 강조하기 위해 여주인공은 철저하게 백지와도 같은 존재로 등장한다. 그녀를 더럽히는 서울의 필적을 통해 김사과는 이렇게 말하는 셈이다.

"봤지, 이게 당신들과 내가 사는 세상이야. 그러니 다시 한 번 물어 봐. 니들이 하던 질문 다시 해보라고."

어쩌면 그건 이런 말인지도 모르겠다. 문학의 윤리를 운운하는 너희야말로 쓰레기라는, 그런 말. 다시 말하지만 이것은 서평이 아니다.

한 편의 소설로서의 『테러의 시』에는 몇 가지 흥미로운 부분들이 존재한다. 첫째로 형식. 각 장 별로 달라지는 소설의 형식은 미국의 포스트모더니즘 소설들을 닮았다. 그녀가 어떤 인터뷰에서도 밝혔듯 누군가는 그 속에서 윌리엄 버로스를 볼 것이고 어떤 이들은 리차드 브라우티건을, 존 바스를, 토마스 핀천을 볼 것이다. 나는 도널드 바셀미를 본다. 특히 그의 『백설공주』를. 그녀가 정말 그 작가들에게 영향을 받았는지는 모른다. 어쨌거나 이미 오래전 지나버린 유행으로 치부되는 포스트모던적 형식 실험을 21세기 한국에서 다시 읽는 건 제법 재미있는 경험이다. 시를 꿈꾸는 그녀의 문체를 읽는 것 또한.

주인공의 등장을 알리는 첫 번째 장의 배경을 모래가 끊임없이 쌓이는 무국적의 신화적인 도시로 설정한 부분에 대해서는 또 다른 지면이 필요할 것 같다. (물론 그녀가 연변 출신이라는 설정이 있으므로 그곳을 연변이라고 추정할 수는 있지만 그곳은 현실의 연변을 닮지는 않았다.) 그곳에서 처음 모습을 드러내는 이름 없는 여주인공에게서는, 어떤 미묘한 아우라가, 이를테면 어떤 신화의 시작을 보고 있는 듯한 희미한 예감이 느껴지는 것이다. 그렇기에 이어지는 이야기들 또한, 조금 비약을 하자면 잘못된 시간, 잘못된 공간에 도착한 메시아의 수난으로 읽히기도 하는 것이다. 세상의 모든 죄악을 순결한 몸으로 끌어안는 그런 수난으로. 이것은 그녀의 단편 '정오의 산책'이 피로한 삶을 살던 주인공이 어느 날 '난데 없이' 메시아가 되어버리는 장면으로 끝나는 것과는 대조적이다. ('정오의 산책'에서 드러나는 그녀의 메시아주의와 테러리즘에 대해서는 『문학동네 61호』에 실린 권희철의 '인간쓰레기들을 위한 메시아주의' 참조) 물론 여기에는 어떤 구원도 없다.

그렇다면 우리들의 삶은 어떨까?
잠깐, 이걸 나한테 물어본 거야?

가장 최근 발표된 에세이의 마지막을 김사과는 이렇게 썼다.

> 세계가 일련의 의미 없는 파국으로 이루어진 악몽으로 변해가는 것을 중단시키기 위해 이제부터라도 우리는 동물화하는 서로를 구원해야 한다.
> – '공백으로서의 청소년' 「문학동네 70호」

아무런 답도 갖지 못한 나는, 테러 혹은 선전포고를 넘어 마침내 그녀가 가닿을 어떤 지점을 기쁜 마음으로 기다릴 뿐이다.

# 번역엔 정답이 없다

## 픽션들

호르헤 루이스 보르헤스, 황병하 옮김, 민음사, 2001
호르헤 루이스 보르헤스, 송병선 옮김, 민음사, 2011

보르헤스의 『픽션들』이 세계문학전집의 한 권으로 출간된다는 소식을 듣고 조금 놀랐다. 기존에 출간된 책을 전집에 넣어 다시 출간하거나, 번역을 다듬어 개역판을 내거나, 다른 출판사에서 새로운 번역으로 출간하는 건 흔한 일이지만, 한 출판사에서 기존의 번역본은 그대로 둔 채 다른 번역으로 병행 출판하는 일은 여간해선 보기 힘든 일이기 때문이다. 당장 떠오르는 건 문학사상사에서 간행한 하루키의 『상실의 시대』와 『노르웨이의 숲』 정도. 그런데 보르헤스라니, 황병하 판의 빼곡한 각주와 까만 표지의 질감을 빼놓고 어떻게 보르헤스를 생각할 수 있단 말인가? 새로운 번역을 세상에 내놓는 역자의 변은 이렇다.

> 『픽션들』이 보여 주는 허구적 이야기의 참맛, 즉 독자들의 호기심 유발, 교묘하게 구성된 서스펜스, 뜻하지 않은 결말 등 스토리텔링에 초점을 맞춘 새로운 번역이 요구되는 시점이라

는 판단하에 독자들의 기대 지평선의 변화에 부응하여 보르
헤스 사망 25주년을 맞이한 새로운 번역본을 선보이게 되었
다. 덧붙여 각주는 작품 읽기에 방해가 되지 않는 선으로 조
정했음을 밝혀 둔다.

– 송병선 역, 232쪽

황병하가 옮긴 보르헤스를 읽은 사람이라면 어느 정도는 공감할 만
한 이야기다. 본문이 다섯 줄, 각주가 스물여덟 줄인 쪽(이를테면 64
쪽)과 본문이 두 줄, 각주가 서른세 줄인 쪽(심지어 65쪽)를 보면서 장
르적 쾌감을 좇기란 쉬운 일이 아닌 것이다.

　과연 새로운 『픽션들』에는 각주가 많지 않고, 문장의 결도 다르
다. 조금 날렵해졌다고 해야 할까. 확실히 단어 선택이나 문장 구조
에 있어서 최근에 번역된 책이라는 느낌이 든다. 하지만 보르헤스는
여전히 보르헤스고, 그의 문장이 일본 미스터리 소설들의 문장처럼
바뀌는 일(그야말로 보르헤스적인 사건)은 일어나지 않았다. 다만 작품
의 뉘앙스가 달라졌을 뿐이다. 두 번역을 나란히 놓고 보면 차이는
분명하다. '끝없이 두 갈래로 갈라지는 길들이 있는 정원'(새로운 번역
본에서의 제목은 '두 갈래로 갈라지는 오솔길들의 정원')의 한 부분을 역자
들은 각각 이렇게 번역했다.

　　나는 그 어떤 징조나 조짐도 없이 그날이 나의 무자비한 죽
　　음의 날이 된다는 게 믿어지지가 않았다. 나의 아버지가 죽었

는데도 불구하고, 내가 한때 하이 펭의 대칭형으로 된 한 정
원에서 놀던 어린아이였음에도 불구하고, 이제 나는 죽게 된
단 말인가? 그리고 나서 나는 모든 것들이 정확하게 한 사람
에게, 정확하게 지금 일어나고 있다는 것에 대해 생각했다. 셀
수도 없을만큼 많은 세기들의 시간, 그런데 단지 현재에 일들
이 일어나고 있다. 육지와 바다 위에 헤아릴 수 없을 정도로
많은 사람들, 그런데 정말로 일어나고 있는 모든 일들이 지금
내게 일어나고 있는 것이다. (…) 틀림없이 안절부절 못하고 들
떠 있을 그 군인이 내가 『기밀』을 소지하고 있다는 것에 대해
의심치 않고 있으리라 생각했다. 앙크르 강변에 주둔한 새로
운 영국 포병대의 정확한 위치.

– 황병하 역. 147~148쪽

나는 아무런 조짐이나 전조도 없이 그날이 내게 무자비한
죽음의 날이 될 것이라는 사실을 믿을 수가 없었다. 돌아가
신 내 아버지의 보살핌에도 불구하고, 한때 하이펭의 대칭
형 정원에서 놀던 아이였음에도 불구하고, 지금 내가 죽어
야 한단 말인가? 그런 다음 내 머릿속에는 모든 일이 바로
한 사람에게, 바로 이 순간에 일어나고 있다는 생각이 스쳤
다. 태곳적부터 언제나 일어나는 일들, 그런 일들은 오로지
현재에 일어난다. 하늘과 땅과 바다의 수많은 사람들, 그리
고 정말로 일어나는 모든 일들이 지금 내게 일어나는 것이

다. (…) 나는 그 용사가 큰 소리로 떠들어대면서 틀림없이 행복해하고 있을 것이며, 내가 '기밀'을 갖고 있다는 사실을 의심하지 않을 것이라고 생각했다. 그 '기밀'은 바로 앙크르 강변에 주둔한 새로운 영국 포병대의 정확한 위치였다.

— 송병선 역, 111~112쪽

전체적인 문단의 속도감에서도 차이가 나지만, 세세한 부분들, 이를테면 두 번째 문장 같은 경우 두 번역이 주는 느낌은 확연히 다르다. 황병하의 "나의 아버지가 죽었는데도"는 조금 뜬금없어서 독자에게 어떤 추측을 요구하지만(아버지가 화자를 위해 대신 죽기라도 한 걸까?), "돌아가신 내 아버지의 보살핌에도 불구하고"라는 문장은 별 무리 없이 죽음을 앞둔 이의 탄식으로 읽히는 것이다. 특히 서로 다른 접속 부사의 사용이 눈에 띈다. "셀 수도 없을만큼 많은 세기들의 시간, 그런데 단지 현재에 일들이 일어나고 있다"와 "태곳적부터 언제나 일어나는 일들, 그런 일들은 오로지 현재에 일어난다", 혹은 "육지와 바다 위에 헤아릴 수 없을 정도로 많은 사람들, 그런데 정말로 일어나고 있는 모든 일들이 지금 내게 일어나고 있는 것이다"와 "하늘과 땅과 바다의 수많은 사람들, 그리고 정말로 일어나는 모든 일들이 지금 내게 일어나는 것이다"를 비교하면 차이는 분명하다. '그런데'가 사라지면서, 혹은 '그런데'가 '그리고'로 바뀌면서 전혀 다른 느낌의 문장이 된 것이다. '틀림없이 안절부절 못하고 들떠 있을' 군인과 '큰 소리로 떠들어 대면서 틀림없이 행복해 하고 있을' 용사 또한 같은 사람이라고 생각하긴 힘들다.

반면 뜻이 완전히 달라진 문장들도 존재한다. "일단 내가 죽어버리면 나를 난간 너머로 밀칠 경건한 손들 같은 것은 필요가 없게 될 것이다"(황병하 역, 131쪽)와 "내가 죽으면, 자비로운 사람들이 나를 난간 위로 던져버릴 것이다"(송병선 역, 98쪽)는 정반대의 문장이다. 둘 중 하나는 오역이라는 말인데, 확인할 길은 없지만 아마도 이전에 번역된 것이 오역일 가능성이 크겠다. (실제로 송병선은 2007년 3월 교수신문의 '최고 번역본을 찾아서'라는 꼭지를 통해 황병하 본의 오역들을 지적한 바 있다.)

그렇다고 송병선의 번역이 더 좋은 번역이라고 잘라 말하기는 힘들다. 보르헤스를 처음 읽는 사람이라면 새로운 번역본을 읽는 게 여러모로 나을 것이다. 하지만 황병하의 문장이 오히려 읽기 편한 경우가 종종 있고, 각주를 읽는 재미 또한 무시할 수 없으며, 무엇보다 낡은 문장과 단어가 만들어 내는 고색창연함에는 나름의 매력이 있다. 그리고 그게 바로 내가 아는 보르헤스다. 어린 시절, 낡은 세계문학 전집에서 우연히 읽게 된 고루한 번역의 셰익스피어가 그 이후의 어떤 셰익스피어보다도 셰익스피어답게 느껴지는 것처럼. 오역도 마찬가지다. 작품을 심각하게 훼손하는 수준이 아닌 한, 그것은 오히려 작품의 의미를 더욱 더 풍부하게 만드는 일이 아닐까, 하는 생각도 든다. 특히나 그것이 보르헤스의 작품이라면- 바벨의 도서관에 비치할 또 하나의 보르헤스를 만드는 일, 끝없이 두 갈래로 갈라지는 정원에서 다른 길을 걸어간 보르헤스를 만나는 일과 크게 다

　르지 않을 것이다. 이를테면 다음과 같은 문장들처럼.

> 허버트 쾌인은 로스커먼에서 죽었다. 나는 『타임스』지 문학
> 부록이 그에게 반 칼럼 크기의 추모 기사밖에 할애하지 않았
> 다는 것에 그다지 놀라지 않았다. 그 기사는 부사를 이용해
> 모든 수식 형용사들의 뜻을 고쳐놓고 있었다(또는 엄중히 훈계
> 를 가하고 있었다).
>
> − 황병하 역, 116쪽

> 허버트 쿼인은 로스커먼에서 죽었다. 나는 『타임스』 문학 부
> 록에서 반 단짜리 추모 동정 기사밖에 할애하지 않았으며, 거
> 기에 부사를 사용해 수정되거나 아니면 질책받지 않아도 될
> 찬미의 표현이 하나도 없다는 사실에 그리 놀라지 않았다.
>
> − 송병선 역, 88쪽

일단 두 번역은 뜻이 다르다(정확히 말하면 다른 것 같다). 그리고 아마도
신판의 번역이 옳을 것이다(비록 무슨 뜻인지 알 수 없다고 하더라도). 하지
만 내 마음을 잡아끄는 것은 황병하의 문장이다. 부사를 이용해 모
든 수식 형용사들의 뜻을 고쳐놓고 있었다니, 재미있지 않은가? 퍽
이나(부사) 재미있는(형용사) 번역이라고 해야 할 것 같기도 하고. 그에
더해 굳이 괄호를 친 후 '엄중히 훈계를 가하고 있었다'라고 쓰고 있는
보르헤스를 상상하면 나도 모르게 (웃음) 이라고 쓰고 싶어진다.

그러니까 결국, 두 번역은 모두 장단점이 있고, 어떤 것을 좋아할 지는 개인의 취향에 달려 있겠지만 함께 보면 더욱 재미있다는, 무 척이나 뻔한 이야기다. 맞는 말은 언제나 뻔한 법. 출판사의 제안으 로 『호밀밭의 파수꾼』을 새롭게 번역해서, 기존의 번역본과 함께 병 행 출판한 하루키도 언젠가 이렇게 말한 바 있다.

나는 기본적으로 고전이 될 만큼 뛰어난 명작은 몇 가지 다 른 번역이 있어도 좋다고 생각한다. 번역은 창작이 아니라 기 술적인 대응의 한 형태에 불과하므로 다양한 다른 형태의 접 근이 병렬적으로 존재하는 게 당연하다. 사람들은 흔히 '명번 역'이라는 표현을 쓰는데, 그것은 달리 말하면 '매우 뛰어난 하나의 대응'이라는 의미이다. 유일무이한 완벽한 번역이란 원 칙적으로 있을 수도 없으며, 그런 것이 있다손 치더라도 장기 적인 안목으로 봤을 때는 작품에 오히려 좋지 않은 결과를 초래하지 않을까 싶다. 적어도 고전이라 불릴 만한 작품에는 몇 가지 얼터너티브(대안)가 필요하다. 양질의 몇 가지 선택지 가 존재해 다양한 측면에서 집적하여 오리지널 텍스트의 본 디 모습이 자연스레 떠오르게 하는 것이 번역의 가장 바람직 한 자세가 아닐까.

— 무라카미 하루키, 『잡문집』 263쪽

옳고 또 뻔한, 혹은 뻔하지만 옳은 그의 말은 어쩐지 내게 벤야민의 번역론을 연상시킨다.

즉 어떤 사기그릇의 파편들이 다시 합쳐져 완성된 그릇이 되기 위해서는 가장 미세한 파편 부분들이 하나하나 이어져야 하면서 그 파편들이 서로 닮을 필요는 없는 것처럼, 이와 마찬가지로 번역도 원작의 의미에 스스로를 비슷하게 만드는 대신 애정을 가지고 또 그 세부에 이르기까지 원작이 의도하는 방식에 자신의 언어로 스스로를 동화시켜 원작과 번역 양자가 마치 사기그릇의 파편이 사기그릇의 일부를 이루듯이 보다 큰 언어의 파편으로 인식되도록 하지 않으면 안 된다.

– 발터 벤야민, '번역자의 과제'
『언어 일반과 인간의 언어에 대하여/번역자의 과제 외』 137쪽

이 문장이 마음에 들지 않는다면 이렇게 말할 수도 있다.

하나의 그릇으로 한데 접합되어질 조각들은 서로 닮을 필요는 없지만 가장 세밀한 부분까지도 서로 맞아야 한다. 마찬가지로 번역은 원작의 의미를 닮기보다는 상세한 부분까지도 애정을 기울여 원작이 지니고 있는 의미의 양식을 통합하여야 한다. 그렇게 함으로써 원작과 번역은 여러 조각들이 한 그릇의 부분인 것과 같이 보다 더 커다란 언어의 조각들로서 인식될 수 있는 것이다.

– 발터 벤야민, '번역자의 작업' 『문예 비평과 이론』 95쪽

물론 이것을 오늘의 결론으로 삼기에는 약간(사실은 엄청난) 무리가 있다. '사기그릇의 파편' 혹은 '그릇의 조각들'이라는 비유를 원작과 번역의 관계가 아니라 번역과 번역의 관계로 고쳐야 하고, 그 뒤에 숨겨져 있는 '순수 언어'라는 개념과 (내가 이해하지 못하는 게 분명한) 벤야민의 언어철학을 철저하게 무시해야 하는 것이다. 뭐, 그렇게 어려운 일은 아니다. 그것은 분명 오독이지만, 이 글의 어딘가에서 나는 오역에 대한 나의 입장을 밝혔고, 오독에 대한 입장 또한 마찬가지다.

너무 가난한 나머지 한 봉지에 2쿼트 분량의 주스를 만들게 되어 있는 쿨 에이드(설탕과 함께 물에 타서 각종 과일 맛을 내는 주스 분말)를 설탕도 없이 4쿼트 분량으로 만들어 먹는 쿨 에이드 중독 소년의 이야기를 리처드 브라우티건은 이런 문장으로 끝맺었다.

> 그 애는 자신만의 쿨 에이드 리얼리티를 만들어내었으며, 그 걸로 스스로 만족할 줄 알았다.
>
> ─『미국의 송어낚시』 30쪽

쿨 에이드를 만드는 회사도, 쿨 에이드를 파는 가게 아저씨도, 아마도 소년의 가난한 엄마 아빠도, 소년의 그런 행동이 썩 내키진 않았겠지만, 아무려나, 소년은 그렇게 했다.

나는 당신도 그렇게 했으면 좋겠다.

# 장르소설 입…문

## 수상한 라트비아인

조르주 심농, 성귀수 옮김, 열린책들, 2011

장르소설에 대한 글을 써야겠다고 생각했다. 싱싱한 제철음식을 즐기는 미식가처럼, 철에 맞는 독서를 즐기는 진정한 독서가라는 인상을 심어주고 싶었던 모양이다. 잠깐, 내가 지금 '진정한 독서가'라고 했나? 날이 너무 더워 잠깐 정신이 나간 모양이다. 아무튼 덥고도 습한 여름이고, 여름은 장르소설의 계절이니까. 나쁘지 않은 계획이다. 별로 할 말이 없다는 사실만 제외한다면. 그러니까 국문과라는 '순수문학'의 온실에서 점잖은 화초로 길러진 나로서는 이런 자본주의의… 문학의 상품화… 무릇 진정한 문학이란… 아, 그만두자.

처음에는 레이먼드 챈들러로 시작하려 했다. 모든 덜 자란 남자들의 우상, 필립 말로와 함께. 서랍을 뒤져 "여기 이 비열한 거리를 지나가야만 하는 한 남자가 있다. 그 자신은 비열하지도 않으며 세속에 물들지 않았으며 두려워하지도 않는 사람." 같은 근사한 인용구도 찾았다. 과연 우리 모두는 여전히 덜 자랐고, 오늘도 거리는 비열하며, 말로는 계속해서 그 길을 걸어가고 있는 것이다. 그래, 이렇게 써놓고 보니 얼마나 식상한지 알겠다.

그렇다면 폴 트렘블레이의 『리틀 슬립』이나 오기와라 히로시의 『하드보일드 에그』는 어떤가? 조금쯤 한심하고 허술한 주인공을 등장시키며 필립 말로와 하드보일드라는 장르를 비튼 소설들이다. 찌질한 주인공이 영 마음에 차지 않는다면 일본의 챈들러로 불리는 하라 료의 『그리고 밤은 되살아난다』와 『내가 죽인 소녀』도 있다. 챈들러의 아류라고 치부하기엔 그가 만들어낸 탐정 사와자키의 매력이 지나쳐 아직 두 권밖에 나오지 않았다는 사실이 애석할 정도인데, 뭐, 제철음식이라기엔 사실 조금 묵은 책들이긴 하다.

그래서 들춰본 것이 조르주 심농의 '매그레 반장' 시리즈. 장장 75권을 목표로 지금까지 7권이 출간된 이 시리즈의 특징은 무엇보다 호화로운 추천인 명단이다. "만약 아프리카 우림에서 비 때문에 꼼짝 못하게 되었다면, 심농을 읽는 것보다 더 좋은 대처법은 없다. 그와 함께라면 난 비가 얼마나 오래 오든 상관 안 할 것이다"라는 훅을 날린 헤밍웨이를 필두로 벤야민과 카뮈, T. S. 엘리어트와 존 반빌에 이르기까지, 당장 읽지 않고는 배길 수 없게 만든다. 일단 첫 책 『수상한 라트비아인』을 읽은 소감은 아직 잘 모르겠다는 것. 차라리 대표작만을 추린 선집이었으면 어떨까 하는 생각도 들지만, 두고 볼 일이다.

트렌드에 뒤처지지 않기 위해 『라인업』도 읽었다. 리 차일드의 잭 리처와 존 코널리의 찰리 파커, 마이클 코넬리의 해리 보슈와 제프리 디버의 링컨 라임 등 요즘 잘 나간다는 추리소설 작가 22명이 직접 자신의 주인공에 대해 말하고 있는 책이다. 그들의 애독자들에겐 꽤 즐거운 선물이자 초심자에겐 일종의 가이드북이라고 할 만하다. 수확이라면 켄 브루언의 '잭 테일러' 시리즈를 알게 되었다는 것. 안타까운 점은 아직 번역되지 않았다는 사실. 항상 이런 식이다.

결국 내가 이 지면을 위해 엄선한 것은 블라디미르 나보코프의 『절망』과 G. K. 체스터턴의 『목요일이었던 남자』 그리고 조지프 콘래드의 『비밀요원』이다. 어쩐지 장르소설과는 어울리지 않는 이름들. 하지만 이 작품들이야말로 장르소설의 원조격으로…뛰어난 예술성과 함께…무릇 진정한 문학이란…아아….

# 올해의 베드씬

## 1Q84

무라카미 하루키, 양윤옥 옮김, 문학동네, 2009

연말의 묘미는 역시 시상식이다. 영화·음악·드라마·버라이어티에 이르기까지, TV 앞에 앉아 있는 것만으로 한 해가 절로 정리되는 기분이 든다. 때론 공정성에 의심의 눈초리를 보내게 되지만, 솔직히 말해보자. 아이돌 그룹이 축하공연을 하는데 공정성 따위에 신경 쓰고 있을 사람이 어디에 있단 말인가? 공정성이라니, '초신성'도 아니고.

시상식이야 차고 또 넘치지만, 애석하게도 책을 대상으로 한 행사는 찾기 힘들다. 리영희 선생이 평생공로상을 받고 카라가 축하공연을 하는 훈훈한 광경은 요원한 것이다. 출판계가 영세한 탓만은 아니다. 출판연감에 따르면 2008년 출간 도서는 43,099종이라고 한다. 만화와 참고서·어린이 책을 제외한다고 해도 25,000종이 넘는다. 드라마나 음반은 말할 것도 없고, 500여 편 내외가 개봉하는 영화와도 사정이 다를 수밖에 없다. 어쩐지 가난한 흥부와 그 자식들이 절로 떠오르지 않는가? (우리 사회의 1인당 평균 독서량이 1년에 10.8권이라고 하니, 2008년 출간된 책을 다 읽을 2300년 쯤 후에는 화려한 시상식을 기대해볼 수 있을까?)

이런 사정 탓에 가장 이목이 집중되는 것은 인터넷 서점에서 진행하는 '올해의 책' 투표다. 화려하진 않지만 전적으로 독자들의 손에 달려 있기 때문에 구경하는 재미는 나름 쏠쏠한 편. 2009년 '올해의 책'의 주인공은 무라카미 하루키의 『1Q84』다. 일본에서 예약판매 기간 동안 60만 부를 팔았다는 뉴스부터 선인세 논란, 속편 소식에 이르기까지. 하루키를 둘러싼 말들이 끊이지 않았던 해였지만, 감개가 무량한 건 어쩔 수 없다. 세상에, 하루키라니. 90년대에 태어난 친구들이 아이돌로 데뷔하는 2009년인데?

'춘천 가는 기차' 안에서 『상실의 시대』를 읽고 있는 여인에게 "노르웨이의 숲엔 가보셨나요?"라는 멘트를 날리던 핸드폰 CF가 화제를 모았던 게 벌써 10년 전 일이다. 그 사이 "모든 사물을 너무 심각하게 생각하지 말 것. 모든 사물과 나 자신 사이에 적당한 거리를 둘 것"이라며 청춘의 정언명령을 날리던 쿨한 형은 어느덧 예순을 넘긴 할아버지가 되었고, 한때의 청춘남녀들 또한 심드렁한 생활인이 되어버렸다. 10년이란, 그런 시간이다. 그럴듯한 음식과 음악, 모험과 환상이 있는 『1Q84』는 분명 잘 쓰인 하루키 소설이지만, 2009년의 독자들이 열광한다면 그 이상의 이유가 있어야 하는 것이다.

지금까지 어떤 평자도 이야기하지 않았던 모양이지만, 이 자리에서 진실을 밝히겠다. 『1Q84』 흥행의 비밀은 바로 '난독증이 있는 문학 미소녀' 후카에리다. 귀엽고 예쁘지만 어딘지 통념과는 다른 매력을 지닌 기존 하루키의 소녀들과 달리, 후카에리의 외모는 그야말로 전형적이다. 몇몇 장면들은 걸그룹 팬픽이라고 해도 손색이 없을 정도. 그런 의미에서 2권 중반에 등장하는 베드씬은 남성 판타지의 총결산이라 할만하다. 영감님도 참 주책이시지만, '올해의 베드씬 상'이라도 주고 싶은 마음이 드는 것 또한 어쩔 수 없는 것이다.

내년에는 범람하는 연말 시상식 자리에 책 관련 행사도 추가 되었으면 좋겠다. 화려하고 의미 있는 행사가. 꼭 『1Q84』와 후카에리 때문은 아니다.

# 작가라는 놈이 멋이나 부리고

## 사랑은 가고 과거는 남는 것
박인환, 예옥, 2006

한 잔의 술을 마시고

우리는 버지니아 울프의 생애와

목마를 타고 떠난 숙녀의 옷자락을 이야기한다

– 박인환, 「목마와 숙녀」 중에서


한 잔의 술을 마시는 새벽이면 나는 종종 박인환을 이야기한다. 그의 생애가 아니다. 목마도 옷자락도 아니다. 홀로 나지막이 그의 이름을 부를 뿐이다. 무슨 '센티멘탈 저니' 같은 감상에 젖어서가 아니다. 몇 번이고 반복해 부르며 소원이라도 이루어지길 바라는 마음 또한. 다만 그의 이름이 입안에서 만들어내는 리듬을 즐길 뿐이다. 「롤리타」의 화자가 '롤리타'의 이름을 음미하듯이.


롤-리-타. 세 번 입천장에서 이빨을 톡톡 치며 세 단계의 여행을 하는 혀끝. 롤. 리. 타.

– 블라디미르 나보코프, 「롤리타」 15쪽

그의 이름을 부를 때는 반드시 끝에 '-이'를 붙여야 한다. 박인환이, 라고. 굳이 말하자면 [바:기놔니] 정도 될까? 아무튼 그런 새벽이다. 잠깐 웃고, 잔을 비운다. 그리고 생각한다. 한국문학사에서 박인환 만큼 '-이'가 어울리는 인물이 또 있을까? 그럴리가. 아마 세계문학 사를 뒤져본대도 마찬가지일 것이다.

내가 그 사실을 알게 된 것은 EBS 드라마 「명동백작」에서다. 어느 골목의 포장마차, 아니, 포장은 없으니 노상주점이라 해두자. 술값 을 위해 어머니의 장롱에서 금비녀를 훔쳐 나온 '명동백작' 이봉구 가 김수영과 함께 잔을 기울이는 장면이다. 남로당 활동을 하며 다 른 사람처럼 변해버린 오장환에 대한 배신감을 토로하는 이봉구에 게 술 취한 수영이 쓴웃음을 지으며 말한다.

"이 선배, 내가 이 세상에서 가장 경멸하는 놈이 누군지 아십 니까? 박인환이에요. 작가라는 놈이 멋이나 부리고, 고급 양 복이나 입고 여자나 유혹하고. 그런데 오장환은 박인환이 보 다 천 배, 만 배는 더 나쁜 놈입니다."

"자넨?"

"난? 여성을 노리개로 생각한 적 없습니다."

"인환이도 그렇지. 아, 박인환이만한 페미니스트가 어디 있겠 어?"

"후, 머리는 텅텅 빈 게 멋은 젠장."

"그러면서도 죽고 못 사는 게 자네와 박인환이 관계 아냐?"

"…… (말없이 한 잔 들이킨다)"

"아니야?"

"인환이 이 자식, 지금도 여자나 후리고 신나게 살고 있겠지……. 근데 이 선배, 왜 박인환이가 이렇게 보고 싶은 겁니까? (젖은 눈으로 먼 곳을 바라본다)"

"아, 박인환이만한 페미니스트가 어디 있겠어?"라는 이봉구의 말은 물론 "근데 이 선배, 왜 박인환이가 이렇게 보고 싶은 겁니까?"라는 김수영의 말까지. 대수롭지 않은, 차라리 통속적인 문장이다. 하지만 '박인환이'가 들어가는 순간 사정은 달라진다. 재료도 변변찮은데 간까지 밍밍한 국에 약간의 미원을 넣는 일과 비슷하다고 할까. 말맛이 살아나는 것이다. 박인환이 정말 페미니스트였는지는 알 바 아니다. 화학조미료가 얼마나 몸에 나쁜지도 알고 싶지 않다. 인문정신이 대체 무엇인지, 김수영에게 그런 것이 있었는지 또한 관심 없다. 궁금한 건 따로 있다. 말하자면 오장환을 욕하는 자리에서 굳이 인환의 이름을 들먹여야 했던 수영의 마음, 같은 것.

내게 김수영은 성姓을 빼고 부르기 좋은 시인이다. 수영을 평생의 라이벌로 생각했던 김춘수의 이름을 불러보면 알 수 있다. 춘수, 라니. 너무 '춘수럽지' 않은가? "내가 그의 이름을 불러 주었을 때 / 그는 나에게로 와서 꽃이 되었다"라고 노래한 김춘수지만, 적어도 '성 없이 부르기 좋은 이름' 부문에 있어서만큼은 완패라 해야겠다.

세계로 눈을 돌려도 사정은 다르지 않다. 우리는 그들을 존이나 윌리엄이라고, 샤를이나 아르튀르라고 부르지 않는다. 왜? 우리에겐 (정)지용도 있는데? 당신은 생각할지 모른다. 하지만 언제나 지켜야 할 선은 있는 법이다. 우리가 그를 지용이라고 부르기 시작한다면 다음 세대가 그를 '지드래곤'이라고 부르는 꼴을 보게 될지도 모른다는 말이다. 물론 소녀시대에는 수영이라는 이름을 가진 멤버가 있다. 나는 이렇게 말하고 싶다. 적어도 그들은 시인을 존중할 줄 안다고. 언젠가 그들은 이렇게 노래했다. "난 그대 소원을 이뤄주고 싶은 행운의 여시인- / 소원을 말해 봐 / (I'm genie for your dream)" 그것으로 충분하다는 생각이다.

어쩌면 이렇게 말할 수도 있지 않을까. 그들의 이름에 어울리는 각각의 잉여와 결락은 그들의 성격을 단적으로 보여주고 있다고. "작가라는 놈이 멋이나 부리고"라는 수영의 말에서 드러나듯, 낭만적인 성향의 박인환이는 화려한 치장과 과장을 좋아했고(팽창), 내향적인 수영은 거추장스러운 장식과 허식을 경멸했던 것이다(수축). 물론 엉터리 성명학이고 조야한 단순화다. 그러니 말장난은 이쯤에서 접어두는 것이 좋겠다.

아무튼. 적지 않은 미덕에도 불구하고 드라마 「명동백작」은 우리의 문화사 전체를 낭만적 기조로 개관하려는 과욕 탓인지 캐릭터들의 내면파악에 간혹 가다 분명한 한계를 드러냈는데, 내 눈에 그것은 김수영과 박인환의 관계설정에 있어서

제일 유치하게 도드라져 보였다. 「명동백작」은 마치 김수영이 박인환을 애증 내지는 연민한 것처럼 그리고 있었던 것이다. 다정이 병이라는 것은 이런 경우를 두고 이름이다. 과연 이봉구스러운 시각이 아닐 수 없다.

— 이응준, 「김수영의 박인환 증오」

소설가 이응준의 말이다. 드라마 「명동백작」은 그가 지적하듯 이봉구의 감상적인 시선으로 바라본 풍경일 뿐이다. 수영의 마음을 헤아리고 싶다면 수영을 읽어야 한다(그것은 루소가 자기 자신을 변호하기 위해 쓴 『루소, 장 자크를 심판하다 – 대화』에서 줄기차게 주장하는 바이기도 하다). 마침 우리에게는 두 개의 텍스트가 있다. 그 중 '박인환'이라는 제목의 짧은 글을 수영은 이렇게 시작한다.

나는 인환을 가장 경멸한 사람의 한 사람이었다. 그처럼 재주가 없고 그처럼 시인으로서의 소양이 없고 그처럼 경박하고 그처럼 값싼 유행의 숭배자가 없었기 때문이다.

— 김수영, 「박인환」, 『김수영 전집 2: 산문』 98쪽

이보다 직접적인 서두가 또 있을 수 있을까? 이어지는 내용 또한 크게 다르지 않다. 박인환이 죽은 후 부러 장례식에도 가지 않았다는 수영은, "인환이가 죽은 뒤에 그를 무슨 천재의 요절처럼 생각하고 떠들어대던 사람 중"에 인환과 같이 경박한 사람뿐 아니라 "유정

같은, 시의 소양이 있는 사람" 또한 포함되어 있다는 사실에 "세상의 이런 인환관과 나의 생각과의 너무나도 동떨어진 격차를 조정해 보려고" "시란 도대체 무엇인가 하고 새삼스럽게 생각"하며, 인환의 "『선시집』의 후기를 다시 한번 읽어보고, 「밤의 미매장」이란 시를 읽어보고, 그래도 미흡해서 「센티멘털 저니」라는 시를 또 한 번" 읽는다. 그리고 쓴다.

> 인환! 너는 왜 이런, 신문기사만큼도 못한 것을 시라고 쓰고 갔다지? 이 유치한, 말발도 서지 않는 후기. 어떤 사람들은 너의 '목마와 숙녀'를 너의 가장 근사한 작품이라고 생각하는 모양인데, 내 눈에는 '목마'도 '숙녀'도 낡은 말이다. 네가 이것을 쓰기 20년 전에 벌써 무수히 써먹은 낡은 말들이다. '원정園丁'이 다 뭐냐? '배코니아'가 다 뭣이며 '아포롱'이 다 뭐냐?

'신문기사만큼도 못한' 인환의 시에 대해서라면 「마리서사」에 조금 더 상세한 설명이 있다. "(마리서사에 드나들며 외국의) 이상한 시에 접하게 되었고, 그보다도 더 이상한, 그가 보여주는 그의 자작시를 의무적으로 읽지 않으면 아니 되게 되었다. 그는 일본말이 무척 서툴렀고 조선말도 제대로 아는 편이 못 되었지만, 그 대신 그의 시에는 내가 모르는 멋진 식물, 동물, 기계, 정치, 경제, 수학, 철학, 천문학, 종교의 요란스러운 현대용어들이 마구 나열되어 있었다." 조선말이 서툰 인환의 시를 수영은 일종의 스노브로 파악한 모양이다. 수영은 이렇게 덧붙인다.

인환의 최면술의 스승은 따로 있었다. 박일영이라는 화명을
가진 초현실주의 화가였다. 그때 우리들은 그를 '복쌍'이라는
일제 시대의 호칭을 그대로 부르고 있었다. 복쌍은 사인보드
나 포스터를 그려주는 것이 본업이었는데 어떻게 해서 인환
이하고 알게 되었는지는 몰라도, 쓰메에리를 입은 인환을 브
로드웨이의 신사로 만들어준 것도, 콕토와 자코브와 도고 세
이지의 '가스파돌의 입술'과 브르통의 '초현실주의 선언'과 트
리스탄차라를 교수하면서 그를 전위시인으로 꾸며낸 것도,
「마리서사」의 '마리'를 시집 『군함 마리』에서 따준 것도 이 복
상이었다. 파운드도 엘리엇을 이렇게 친절하게 가르쳐주지는
않았을 것이다. 나는 복쌍을 알고 나서부터는 인환에 대한
그나마 얼마 남지 않은 흥미가 전부 깨어지고 말았다. 복쌍은
그를 나쁘게 말하자면 곡마단의 원숭이를 부리듯이 재주도
가르쳐주면서 완상도 하고 또 월사금도 받고 있었다(월사금이
라야 점심이나 저녁을 얻어먹을 정도였지만). 그는 셰익스피어가
이아고나 맥베스를 다루듯이 여유 있는 솜씨로 인환을 다루
고 있었지만, 셰익스피어가 그의 비극적 인물의 파탄에 책임
을 질 수 없었던 것처럼 그를 끝끝내 통제할 수는 없었던 모
양이다. 그는 그럴 때면 나한테만은 농담처럼 불평을 하기도
했다. "인환이놈은 너무 기계적이야" 하고.

— 김수영, 「마리서사」, 『김수영 전집 2: 산문』 106쪽

하지만 나쁘게 말하고 있는 수영의 자세와는 달리, 그들의 관계가 처음부터 이런 모습은 아니었다. "김수영과 박인환은 다시 예전처럼 대폿잔을 기울이다 논쟁을 벌이고, 결국은 멱살을 잡고 내가 옳으니 네가 옳으니 그것도 시라고 썼느냐고 욕설을 퍼붓다가 더는 잃어버릴 것 없는 세상을 서러워하며 서로 부둥켜안고 눈물을 흘릴 것이 분명합니다"라는 「명동백작」의 내레이션을 참고할 것도 없다.

수영은 마리서사에 드나들며 인환과 친분을 쌓았고, 함께 '후반기' 동인 활동을 하기도 했다. 밤늦도록 길거리를 돌아다니며 술을 마셨고, "이러한 교우관계가 그들의 모친간 관계로 발전하여 박인환과 김수영, 그리고 그들의 모친들 사이에까지 문화적 연대의식을 바탕으로 한 긴밀한 연분이 형성"(한기, 「박인환과 김수영, 혹은 문학사적 짝패의 초기 동행여정」 『살아있는 김수영』 271쪽)되기도 했단다. 같은 시대를 살았던 사람들에게 그 둘이 함께 있는 모습은 조금도 낯선 것이 아니었다. 김규동은 이렇게 회상한다.

아까는 작곡하는 평안도내기 김동진이 지나갔고 이봉구, 조경희, 전숙희 등 문인이 지나간 거리를 지금 수영과 인환이 걷고 있다. 그들은 걸으며 시를 이야기하고 있는지도 모른다. 인환이 연해 한손을 올렸다 내렸다하는 것이 무슨 흥미로운 이야깃거리라도 있는 모양이다. (…) 나란히 걸어가는 두 사람의 키는 훤칠하게 크다. 하지만 비쩍 마른 둘의 모습은 선병질 체질이다. 공복에 강술만 먹고 다니니 몸에 살이 붙을 리 있겠

는가. 영양실조다. 그들은 지금 명동 안쪽에 있는 '동방살롱'으
로 가는 중이다.

- 김규동, 「소설 김수영」 『살아있는 김수영』 255쪽

물론 우정도 언젠가는 빛이 바래는 법이다. 더욱이 "여름은 통속이고
거지야. 겨울이 와야 두툼한 홈스펀 양복도 입고 바바리도 걸치고
머플러도 날리고 모자도 쓸 게 아니야?"라고 말하던 당대 최고의 '댄
디보이' 인환과 "틀림없는 농부 같은 옷차림을 하고 한쪽 손에는 묵
직한 방한모를 개켜" 쥐고 있던 수영은 애당초 결이 다른 인간이었다.
그렇기에 그들의 파국은 처음부터 예정되어 있었는지도 모른다.

하지만 여전히 의문은 남는다. 전집에 따르면 수영이 「마리서사」와
「박인환」을 쓴 것은 모두 1966년의 일이다. 인환이 세상을 떠난 게
1956년이니, 꼭 십년 만이다. 내가 궁금한 것은 바로 그 부분이다.
어떤 충동이 수영에게 문우의 사후 10주년을 맞아 이런 글을 쓰게
했을까? 나중에 쓴 「박인환」에서는 「마리서사」를 언급하며 "인환에
대해서 쓴 나의 유일한 글에 그런 욕을 쓴 것이 여간 마음에 걸리지
않았다"라고 고백하면서도, 그럼에도 다시 한 번 그의 문학을 조롱
한 이유는 도대체 무엇일까? 쉬이 짐작할 수 없는 마음이다. 이응준
은 이렇게 말한다.

『김수영 전집 2: 산문』를 백 번 이상 읽은 나는 이제 이렇게

본다. 어느 시점에서부터 김수영은 박인환을 문학의 공적(公敵)으로 결론 내렸던 것이다. 그에게 있어서 박인환은 가짜 시인이었고, 태작기계였으며, 제 멋에 취해 예술을 오도하는 문화양아치였다. 고로, 김수영은 자신의 산문들 중에서 가장 공적公的인 태도를 견지하고서 문학의 섬세한 질서를 위해 「박인환」과 「마리서사」를 썼던 것이다. 김수영의 박인환에 대한 감정은 연민이라든가 애증 따위가 아니라 완벽한 역겨움이자 순수한 증오였으며 그것은 사사로운 분노가 아니라 공분公忿이었다는 것이 나의 견해다. 김수영은 「박인환」과 「마리서사」를 쓴지 2년 뒤에 죽었다. 그는 추호도 후회가 없었을 것이다.

이응준은 전적으로 수영의 시점에서 문제를 바라본다. 반면 수영과 인환을 "서로 욕망하면서 경쟁하고, 경쟁하면서 욕망하는 쌍둥이와 같은 관계"인 '짝패'로 파악하는 평론가 한기의 시각은 반대다. 그는 인환 쪽에 서서 수영을 바라본다.

조금 과장하여 말한다면, 박인환 생시에는 거의 숨도 쉬지 못하였던 김수영이 박인환의 타계와 함께 일어서서, 마침내 시사에 미친 박인환의 영향을 걷어내기 위해 절치부심했다는 것은 역사의 숙명이자, 의식변증법, 문화변증법의 당연한 귀결이라고 할 수 있는 것이다. '짝패'는 서로 닮는다 했던가. 욕망하면서 증오하고, 증오하면서 선망하는 이러한 짝패 관계의 의식적 선망원리로 볼 때, 박인환을 시사의 희생양으로 내세운 김수영의 태도란 어떤 점에서 박인환에게서 전수된 것이라 할 수 있고, 그런 점에서 박인환은 김수영의 스승이자, 동지이며 동시에 적수였다.

– 한기, 「박인환과 김수영, 혹은 문학사적 짝패의 초기 동행여정」, 「살아있는 김수영」 305쪽

그렇다면 중간은 없을까? 물론 있다. 둘을 '짝패'로 바라보는 건 같지만 좀 더 온전하고 둘 모두에게 공정한 시선은 황현산의 것이다.

그러나 이 추억담을 쓸 때 김수영에게는 박인환을 폄훼하려는 의도 외에 시인으로서의 자기발전의 한 계기를 기념하려는 뜻이 있었을지도 모른다. 그의 산문과 시를 함께 살피다보면, 그가 박인환과의 관계에서 '젊은 날의 덫' 같은 것을 느끼고 있었다는 점을 어렵지 않게 짐작할 수 있다. 박인환의 약점은 바로 그 자신의 약점이기도 했던 것이다. 그는 이 관계에 냉정한 선을 그어둠으로써 "프로이트를 읽어보지도 않고 모더니스트들을 추종하기에 바빴던" 자신의 치기에서 빠져나올수 있었다. 그는 '동무'에 못지않게 자기 자신에게도 가혹했다.

– 황현산, 「시의 몸, 몸의 몫」, 「살아있는 김수영」 114쪽

한편 그의 분석은 내게 여러모로 헤밍웨이와 피츠제럴드를 떠올리

게 한다. 글을 써야 한다는 강박에 자신의 인생을 내맡겼지만 글을 쓰지 못할지도 모른다는 두려움을 끝내 극복할 수는 없었던 헤밍웨이와 빛나는 재능을 가졌지만 스스로 초래한 파국을 피하지 못한 채 펜을 놓아버린 피츠제럴드의 관계를. 헤밍웨이에게 피츠제럴드는 가장 커다란 "두려움과 절망이 겉으로 드러난" 또 다른 자신이었고, 헤밍웨이는 두려움을 극복하기 위해, 끊임없이 쓰기 위해, 차라리 살아남기 위해 피츠제럴드를 공격하는 일을 멈출 수 없었다. 피츠제럴드가 세상을 떠난 후로도 그의 두려움은 사라지지 않았다. 결국 그는 자신을 향해 엽총의 방아쇠를 당겨야만 했다.

하지만 나는 선뜻 고개를 끄덕일 수 없다. 다분히 '이봉구스러운 시각'일 나의 편견 때문이라고 하더라도 어쩔 수 없다. 무엇보다 나는 수영의 글에서 서로 다른 감정과 감정이 충돌하며 만들어내는 애틋함을, 어떤 '비애'를 본다. 기어이 보고야 마는 것이다. 백 번의 십분지 일도 읽지 못했지만 그렇다. 절절한 그리움 따위가 아니라 일정 이상 거리를 둔 그리움이다. 애써 떼려한 적 없고, 끌어안은 적도 없지만 그 자리에 있어 녹지 않는 만년설 같은 그리움. 그렇다면 수영은 왜 그렇게 모진 말을 해야만 했을까?

그건 아마도 사사로운 정에 현혹될 수 없었던 수영 자신의 '시의 소양' 때문이 아니었을까. 수영의 말대로 자신의 눈에는 '이상한 시'였던 인환의 시가 많은 사랑을 받고 그의 죽음이 '천재의 요절'로 오독되던 시절이 벌써 10년이 흐른 것이다. 어떤 유행이 인환의 시를 하늘 높이 치켜세웠지만, 그것이 더 이상은 지속될 수 없음을 수영은 알아차린 것이다. 그리하여 사랑하는 이의 시신을 거두어 자신의 두 손으로 그의 눈을 감기듯, 스스로 그것을 선언해버린 것이다. 세간이 친우의 이름을 더럽히기 전에, 그의 이름이 어떤 추문으로 전락하기 전에. 그것은 이응준의 지적대로 지극히 공적인 '사망선고'라 해야겠지만, 내겐 삶의 한때를 함께 헤쳐왔던 인간 '박인환이'를 위한 불가피한 결심으로 느껴지는 것이다.

"그리고 그 후, 네가 죽기 얼마 전까지도 나는 너의 이런 종류의 수많은 식언의 피해에서 벗어나려고 너를 증오했다"고 수영은 고백한다. 이 문장은 '전까지도 ~했다'는 구조의 명백한 과거형이다. 또한 "식언의 피해에서 벗어나려고 너를 증오했다"는 것은 이미 애증의 언술이다. 우리는 사랑하지 않는 사람의 식언에 피해 입지 않으며, 단지 식언 때문에 사랑하지도 않는 사람을 증오하지는 않는다.

그럼에도 불구하고 이응준의 마지막 말에는 나 역시 공감할 수 밖에 없다. 수영이 인환에게 "그처럼 너는, 지금 내가 이런 글을 너에 대해서 쓴다고 해서 네가 무덤속으로 안고 간 너의 『선시집』을 교정해 내보내지는 않을 것이다. 교정해 가지고 나올 수 있다 해도 교정하지 않을 것이다. 그런 생각도 해본 일이 없다고 도리어 나를 핀잔을 줄 것이다. "야야 수영아, 훌륭한 시 많이 써서 부지런히 성공해라!" 하고 빙긋 웃으면서, 그 기다란 상아 파이프를 커크 더글러스처럼 피워 물 것이다"라고 했던 것처럼. 언젠가 수영은 이렇게 썼다.

풍경이 풍경을 반성하지 않는 것처럼

곰팡이 곰팡을 반성하지 않는 것처럼

여름이 여름을 반성하지 않는 것처럼

속도가 속도를 반성하지 않는 것처럼

졸렬과 수치가 그들 자신을 반성하지 않는 것처럼

바람은 딴 데에서 오고

구원은 예기치 않은 순간에 오고

절망은 끝까지 그 자신을 반성하지 않는다

– 김수영, 「절망」

# 반문화와 파수꾼

## 나는 여기가 좋다

한창훈, 문학동네, 2009

"정말로 내가 감동하는 책은 다 읽고 나면 그 작가가 친한 친구여서 전화를 걸고 싶을 때 언제나 걸 수 있으면 오죽이나 좋을까 하는, 그런 기분을 느끼게 하는 책이다." 홀든 콜필드의 말이다. 홀든은 『호밀밭의 파수꾼』의 주인공이고, "무릇 좋은 소설이란 여성들의 심금을 울려야 한다"는 명제에 걸맞게 『호밀밭의 파수꾼』은 미국 여대생들에 의해 '금세기 100대 소설'로 뽑히기도 했다.

작가인 J. D. 샐린저에 대해서는 적지 않은 소문이 있는데, 주로 '미국 여대생'들과 관련된 이야기들이다. 소설의 지나친 성공에 환멸을 느끼고 은둔생활을 하던 샐린저는 18세의 소녀 조이스 메이너드와 사랑에 빠진다. 그의 나이 53세, 편지를 주고받으며 시작된 관계였다. 그녀는 아버지뻘인 작가와의 사랑을 위해 예일대의 장학금까지 포기하지만, 자신의 여자에게도 따뜻하지 못했던 '차가운 도시 작가'의 변심으로 1년간의 동거는 파국을 맞는다. 아직 어린 나이의 그녀에게는 감당하기 어려운 사건이었을 것이다.

조이스는 그와의 사랑과 이별, 이어진 자신의 삶을 『호밀밭 파수꾼을 떠나며』라는 책에서 소상하게 그리고 있는데, 그 후로도 샐린저는 편지를 보내온 소녀들을 꾀어 '이러저러한' 관계를 가졌다고 부연하는 일을 잊지 않는다. 교훈은 이렇다. '작가에게 전화를 하는 것은 모르겠지만, 편지를 보낼 때는 인생을 걸어야 한다.' 좀 더 정확하게 말하자면 작품을 읽고 작가라는 실제 인물에 대한 환상을 품어서는 곤란하다, 정도가 될까? 당연한 말씀이다. 진정 뛰어난 작품은 언제나 작가보다 위대하니까.

하지만 어디 그게 말처럼 쉬운 일인가. 책을 읽을 때 우리는 언제고 사랑에 빠질 준비가 돼 있는 소년소녀가 된다. 단 한 번의 근사한 미소에 인생을 거는 그들처럼, 작가가 빚어내는 인물에, 이야기에, 무엇보다 단어들의 짜릿한 연쇄에 혼을 빼앗기고 마는 것이다. 나는 커트 보네거트와 함께 담배를 피우고 싶다. 김수영과 쓴 술을 나누고 사르트르와 키를 재보고 싶다. 블라디미르 나보코프와는 함께 포르노를 보고 싶은데, 다카하시 겐이치로와 함께라면 더욱 좋겠다. 김훈 선생 앞에서는 무릎을 꿇고 있어야 할 것 같지만 꼭 그러고 싶다는 건 아니다. 이처럼 작품에서 받은 이미지는 작가와 함께 얽혀 우리 머릿속에서 쉽사리 떨쳐지지 않는다. 이 또한 당연한 말씀.

그래서 나는 요즘 한창훈 작가와 함께 싱싱한 회와 소주 한 잔이 먹고 싶다. 비린내 물씬 풍기는 바다와, 바다를 터전으로 살아가는 사람들의 이야기가 담긴 작품집 『나는 여기가 좋다』를 읽은 것이다. 물론 나는 그를 알지 못하고, 그렇기에 그저 애먼 친구를 꾀어 양식

광어나 얻어먹을 뿐이지만. 그런데 웬걸, 출판사에서 그의 신작 에세이 출간과 함께 '작가와 함께 바다낚시' 이벤트를 연다는 것이 아닌가. 나는 어쩐지 뒤통수를 맞은 기분이었다.

점점 더 과열되는 출판 마케팅을 보며 대개는 한숨을 쉬게 되지만, 이번 이벤트에는 혹하고 말았다는 사실을 인정해야겠다. 할인과 쿠폰, 증정품을 두루 거친 출판 마케팅은 점점 작가와의 친밀한 만남을 강조하는 쪽으로 흘러가겠지. 하지만 과연 그게 좋기만 한 일일까? 한창훈은 단편 「밤눈」을 통해 이렇게 말했다.

"우리 사랑이 성공한 이유는
한마디로 룰을 지켰기 때문이요."

# 킬리만자로의 눈

헤밍웨이 vs. 피츠제럴드
스콧 도널드슨, 강미경 옮김, 갑인공방, 2006

그의 재능은 나비의 날개에 (꽃)가루로 뿌려진 무늬만큼이나 자연스러운 것이었다. 처음에 그는 나비만큼 그걸 의식하지 못했고 모든 것이 휩쓸려가고 약탈당했을 때도 알아채지 못했다. 그 후, 그는 피해 입은 자기 날개와 무늬의 상태를 깨닫고는 진지하게 생각해보기 시작했고, 그리고 그는 더 이상 날 수가 없었는데, 왜냐하면 그는 비상에 대한 의욕을 잃어버렸기 때문이었고, 그리고 단지 큰 힘을 들이지 않고 몰두할 수 있었던 그 시절만을 돌이킬 수 있었을 뿐이다.

– 『헤밍웨이, 파리에서 보낸 7년』 203쪽

풀리처상과 노벨문학상을 연이어 거머쥐며 명실상부한 미국 현대문학의 거장으로 자리매김한 말년의 '파파 헤밍웨이'는, 가진 것 없지만 열정만은 가득했던 자신의 '꼬꼬마' 시절을 겸허한 마음으로 돌아보기로 한다. 여기서 '겸허하다'란 허리를 꼿꼿하게 세우고 아랫배에 힘을 준 채 독설을 내뱉을 준비가 되어있다는 뜻이다. 무릇 대가란 그런 법이다. 그리고 헤밍웨이는 위대한 작가다운 훌륭한 솜씨로 그 일을 해낸다. 거트루드 스타인에게 문학수업을 받으며 본격적인 작가의 길을 걷기 시작했던 1920년경 파리 시절을, 수많은 문우들과 함께 보냈던 즐거운 시간을 곱씹어 한 권의 책으로 남긴 것이다. 정확하게 말하자면 '즐겁게 (곱)씹었다'고 해야겠지만.

1957년과 60년 사이에 쓰고 사후인 64년 출간된 *A Moveable Feast*(번역본으로 불어를 중역한『헤밍웨이, 파리에서 보낸 7년』과 2010년 출간된 증보판을 번역한『파리는 날마다 축제』가 있다)는 실제로 "자화자찬의 잔치이자 희생자들의 축제"라고 불리는 책이다. "페이지마다 헤밍웨이의 독설에 나가떨어진 희생자들이 줄을 잇는" 책은 그가 곱씹은 것이 비단 추억만은 아니라는 걸 스스로 증명한다. 한때 그와 우정을 나누고 그에게 호의를 베풀었던 친구들은, 결코 스텝을 멈추지 않는 노련한 복서와도 같은 헤밍웨이의 펜 앞에서 쓰러지고, 쓰러지고, 또 쓰러진다. 이쯤 되면 'A Chewable Feast'(씹는 축제)라고 하는 편이 나을 지경이다.

그 중에서도 가장 많은 쪽수를 차지하는 것은 역시 스콧 피츠제럴드와의 추억이다. 화려한 '재즈 시대'의 대변인이자 재능 있는 젊은 작가로, 무엇보다 요란한 스캔들 메이커로 이름을 날리던 피츠제럴드는 헤밍웨이에게 절친한 친구이자 은인이나 다름없는 존재다. 무명 작가였던 헤밍웨이를 물심양면으로 지원하며 장편 데뷔작인『태양은 다시 떠오른다』의 출간을 도운 사람이 그였고, 작품에 대한 조언과 '첨삭'을 아끼지 않음으로써 헤밍웨이가 문단에 자리 잡게 한 것도 그였다. 나아가 헤밍웨이의 작업을, 헤밍웨이가 쌓게 될 작가로서의 경력을 자기 자신의 것보다 더 중요하게 생각했던 이 역시도.

피츠제럴드의 우정에 보답이라도 하듯, 헤밍웨이는 '스콧 피츠제럴드'라는 제목의 챕터에서 커다란 애정을 담아 스콧의 첫 인상을 묘사한다.

> 스콧은 잘 생기고 귀염성 있는 얼굴로 소년을 닮은 남자였다. 그는 무척이나 심하게 곱슬거리는 금발이었고 넓은 이마와 열정적이고 친근감 있는 눈빛에, 긴 입술은 우아한 아일랜드인의 입이었으며, 그것은 아름다운 입을 가진 소녀의 얼굴에서나 볼 수 있는 것이었다. 그의 턱은 잘 빚어져 있었고, 그리고 멋진 귀와 아름답고 거의 우아하기까지 하면서도 흉터가 하나도 없는 코를 지니고 있었다. 이것만으로는 멋진 얼굴을 표현하기에 충분치 않아서, 거기다 피부색과 금발, 그리고 입까지 언급해야만 했다. 입은 스콧을 몰랐을 때도 그토록 자극적이었는데, 스콧을 알게 될수록 더욱 더 자극적이었다.
>
> – 『헤밍웨이, 파리에서 보낸 7년』 203쪽

헤밍웨이의 재능은 사실 '장미물'에 있었던 걸까? 피츠제럴드가 들었다면 멋쩍게 웃으며 얼굴을 붉힐 법한 묘사다. 하지만 그는 이미 세상에 없었고, 헤밍웨이 또한 그런 뜻은 아니었으리라. '귀염성 있는 얼굴', '심하게 곱슬거리는 금발', '아름다운 소녀의 얼굴에서나 볼 수 있는 입'은 피츠제럴드가 성숙하지 못한 남자임을 암시하고, '아름답고 거의 우아하기까지 하면서도 흉터가 하나도 없는 코'는 싸움 따윈 모르는 겁쟁이란 뜻이며, '자극적인 입'은 둘도 없는 수다쟁이라는 말이다. 또한 '우아한 아일랜드의 입'이라는 표현은 스콧의 외가 혈통을 암시하는 동시에 사람들이 아일랜드에 대해 갖고 있는 전형적인 편견을, 다시 말해 정열적이고 재기발랄한 동시에 자기 파괴적인 이미지를, 무엇보다 그의 음주벽을 환기시킨다. 섬세하고도 단정한 문장에 가려 쉬이 보이지 않지만, 헤밍웨이는 사실 이렇게 말하고 있는 셈이다.

"스콧 피츠제럴드는 뭐랄까… 계집애지. 계집애고, 계집애이며, 계집애 같고, 또… 그걸 뭐라고 하더라? 아, 그래, 계집애야. 술에 진탕 취해 노상 수다를 늘어놓는 그런 계집애."

이런 헤밍웨이의 태도는 이어지는 문단에서 훨씬 더 노골적으로 드러난다. 끊임없이 수다를 늘어놓는 피츠제럴드의 이야기에는 귀를 거의 기울이지 않고("왜냐하면 그것은 연설이기 때문이었다"), 그의 비만도와 그가 입은 브룩스 브라더스의 고급 양복을 관찰하다가 마침내 헤밍웨이는 관찰을 그만두기로 마음먹는다. "이 술집의 의자에 앉았을 때 다리가 몹시 짧다는 사실을 알게 되었다는 걸 빼고, 나는 그때부터 더 이상 중요한 사실을 알아볼 게 없었던 것이다." 헤밍웨이는 키 작은 자식을 안타깝게 바라보는 부모의 심정으로 이렇게 덧붙이기를 잊지 않는다. "그가 정상적인 다리였다면 어쩌면 5센티

미터는 더 키가 컸을 것이다."

피츠제럴드에게 할애된 세 장을 채우고 있는 남은 문장들 또한 크게 다르지 않다. 헤밍웨이는 넓은 아량과 속 깊은 우정으로 이미 오래전에 세상을 떠난 친구를 추억하지만, 일화 하나하나에서 모두 피츠제럴드의 나약함과 괴팍함을 폭로하고 있다. '가엾은 피츠제럴드'는 소심하고 나약한 동시에 건강염려증이 있고, 술꾼인 주제에 술은 약하지만 어쨌거나 계속 마시고, 마신 후에는 관심을 끌기 위해 헛소리를 늘어놓거나 쓰러지기 일쑤이며, 자신의 재능을 상업적인 단편들에 소진하고 있는데, 그럼에도 그는 착한 녀석이 틀림없고, 딱하게도 부인을 잘못 만나 자신의 타고난 단점을 후천적으로 극복할 기회조차 놓쳐버렸을 뿐이라는 식이다.

그 중 백미는 지금도 종종 회자되는 스콧의 '물건'을 둘러싼 첨예한 논쟁이다. 어느 날 파리의 레스토랑에서 함께 점심식사를 하던 헤밍웨이는 친구에게 무언가 고민이 있음을 직감한다. 먹는 둥 마는 둥 안절부절못하는 피츠제럴드와 인내심을 갖고 친구가 먼저 말문을 열기를 기다리는 사려 깊은 헤밍웨이. 비즈니스 관계자와의 점심처럼 무미건조한 시간이 흐르고, 헤밍웨이가 후식으로 나온 체리파이와 마지막 포도주까지 해치운 후, 드디어 피츠제럴드는 속내를 털어놓는다.

"젤다(피츠제럴드의 부인)가 신체 구조상 나는 결코 그 어떤 여자도 행복하게 해줄 수가 없다고 말했고, 그리고 이것이 그녀를 근본적으로 불안하게 만들었네. 그녀는 크기에 관한 문제라고 말했네. 난 그녀가 그 얘기를 한 다음부터는 예전처럼 느낄 수가 없고, 정말로 그것이 어떤가 알고 싶어졌다네."

— 『헤밍웨이, 파리에서 보낸 7년』 254쪽

아, 이 가련한 친구! 입으로만 늘어놓는 값싼 위로에는 관심 없는 '진짜 남자' 헤밍웨이는, 피츠제럴드를 화장실로 데려가 직접 두 눈으로 그의 '물건'을 확인한다. 그리고 친구를 안심시킨다.

"자넨 완전히 정상이야." 내가 말한다. "자넨 문제없어. 자책할 이유는 하나도 없지. 자네가, 자네를 위에서 아래로 내려다보니 축소되어 보이는 것뿐이라네. 루브르에 가서 조각상들을 보게나. 그리고 집에 돌아가서 거울 속 자네 모습을 보게나."

— 『헤밍웨이, 파리에서 보낸 7년』 255쪽

하지만 필요 이상으로 자세하게 나열되는 그들의 대화는 여기서 끝나지 않는다. 소심한 피츠제럴드가 "어쩌면 그 조각상들은 일반 크기가 아닐지도 몰라"라며 여전히 불안함을 감추지 못했던 것이다. 백문이 불여일견. 결국 그는 '다리가 몹시 짧은(하지만 적어도 '물건'은 완전히 정상인)' 친구를 몸소 루브르 박물관으로 안내한다. 그리고 조각상들의 하얗고 단단한 '물건'들 앞에서 사이즈를 가늠하며 바쁘게 눈을 돌리는 친구에게 피가 되고 살이 되는 충고를 아끼지 않는다.

"근본적으로 그것이 활동을 하지 않을 때의 크기가 문제되는 건 아니야." 내가 말했다. "그건 또한 세워졌을 때의 크기에 달려 있기도 하지. 각도에 관한 문제이기도 하고." 나는 그에게 베개를 어떻게 사용하는가와, 알아두면 좋은 다른 어떤 여러 가지 방법들을 설명했다.

– 『헤밍웨이, 파리에서 보낸 7년』 255쪽

*참고로 『킬리만자로의 눈』에 따르면 헤밍웨이의 이상형은 "부드럽고 장미꽃잎 같고 꿀 같은 뱃가죽에 젖통이 크고, 엉덩이에 베개를 고일 필요가 없"는 여성이었던 것 같다.

그래도 이 정도는 귀여운 편이다. 다른 사람들에게 보낸 사적인 편지를 보면 비로소 헤밍웨이의 호방한 언어구사력을 확인할 수 있다. 비난을 넘어 조롱이라는 단어가 오히려 모자라게 느껴지는 그런 표현들을. 이를테면 1949년, 출판인 찰스 스크리브너에게 보낸 편지. 사업상의 문제를 상의하던 헤밍웨이는 뜬금없이 피츠제럴드를 욕하기 시작한다. 일은 제쳐두고 예의 '물건' 사건까지 장황하게 늘어놓은 헤밍웨이는, 편지의 말미에서 그런 자신의 태도를 사과하며 뒤늦게 피츠제럴드에 대한 칭찬을 늘어놓는다. 이런 칭찬이다.

"하지만 무식하고 교육도 제대로 받지 못한데다 부자들을 동경했음에도 그는 훌륭한 작가였습니다. 그는 스패니얼로 태어났어야 했습니다."

– 『헤밍웨이 vs. 피츠제럴드』 378쪽

아마도 헤밍웨이는 대단한 애견인이었던 모양이다. 결국 그는 개에 대한 끔찍한 애정을 차마 뿌리치지 못해 "곰곰이 생각하면 그는 코 커스패니얼이나 그가 생전에 키웠던 스프린저스패니얼보다도 못했다"는 결론을 내리고 만다. 하지만 10년 후 다른 자리에서는 "살아 있을 때 개자식은 죽어도 개자식"이라는 자신의 소신을 밝히기도 했으니, '개보다 못하다'는 마지막 말은 순간적인 감정에 휘둘린 헤밍웨이 씨의 실수라고 보는 것이 공정할 것이다.

반면 피츠제럴드는 정반대의 태도를 취한다. 자신의 집을 방문한 젊은 작가에게 헤밍웨이의 칭찬을 늘어놓으며 『무기여 잘 있거라』의 일부분을 큰 소리로 낭독한 그는, 손님의 반응이 시원치 않자 이렇게 되묻는다. "그와 같은 표현이 마음에 들지 않는다면 대체 어떤 표현이 마음에 드는가? 내가 당신 머리 꼭대기에 올라선다면 감명을 받겠는가?" 그리고 그는 정말 손님의 머리 위에 올라선다. 정확히 말하자면 올라서려고 용을 쓰다가 균형을 잃고 바닥에 널브러졌다고 해야겠지만. 정말 눈물 나는 우정이 아닐 수 없다.

하지만 오해는 금물이다. 그들의 관계가 단지 피츠제럴드의 일방적인 짝사랑만은 아니었으니까. 헤밍웨이는 피츠제럴드에게 호감을 느꼈고, 그와 즐겁게 어울렸으며 또한 그에게 의지했다. 기꺼이 조언을 구했고, 생활이 어려울 때면 돈을 빌리기도 했다. 1920년대에 피츠제럴드에게 보낸 헤밍웨이의 편지들은 언뜻 무심해 보이지만, 그럼에도 문우에 대한 걱정과 애정을 숨기지는 못한다.

문제는 시차였다. 그들이 우정 어린 편지를 주고받는 동안 세상은 바뀌었다. 대공황과 함께 요란한 파티와도 같았던 '재즈 시대'가 막을 내리고, 바야흐로 '로스트 제네레이션'의 시대가 열리고 있었던 것이다. 이제 피츠제럴드라는 이름은 '말라버린 강바닥에서 죽어가는 물고기'와도 같았고, 그의 작품은 어느 밤의 달뜬 꿈처럼 실없는 농담에 지나지 않았다. 피츠제럴드는 슬럼프에 빠졌고, 좀처럼 벗어날 줄을 몰랐다. 그리고 태양은 또다시 떠올랐다. 바로 헤밍웨이라는 이름의 태양이.

> 새로운 시대의 문학 영웅은 헤밍웨이였다. 그의 단호하면서도 건조한 문체와 강력한 목소리야말로 새로운 시대가 요구하는 것이었다. 피츠제럴드는 마흔도 되기 전에 이미 과거의 사람이 되어버렸다.
>
> — 무라카미 하루키, 「집문집」 313쪽

이쯤에서 당신은 익숙한 서사를 떠올릴지 모른다. "화장실 갈 때 마음 다르고 나올 때 마음 다르다"는 격언을 관계 속에서 풀어낸, 야심으로 가득한 남자가 있고 그를 지극정성으로 뒷바라지하는 여자가 있으며 마침내 남자는 성공하고 여자는 버림받는다는 이야기. 드라마 「젊은이의 양지」와 「청춘의 덫」에서 정점을 찍었지만, 여전히 지겹게 반복되는 바로 그 서사 말이다. 헤밍웨이와 피츠제럴드가 연인 사이는 아니었지만(수많은 의혹이 있었지만 그저 가십일 뿐이었다), 두 드라마 모두의 주연을 맡았던 배우 이종원의 자리에 헤밍웨이를 대입하기는 어렵지 않다. 재능과 실력은 있지만 인간성은 바닥인 나쁜 남자(그것도 모자라 소설가)라는 익숙한 캐릭터. 우리는 이야기를 사랑하고, 이야기는 익숙할수록 좋은 법이다. 실제로 헤밍웨이는 옛 연인의 흔적을 지우려는 남자처럼 피츠제럴드에게 받은 모든 영향을 집요하게 부정했고, 때론 사실을 호도하며 헛소문을 퍼트리는 일도 주저하지 않았다.

그렇지만 파국의 책임이 헤밍웨이에게만 있는 것은 아니었다. "헤밍웨이의 팬이자 찬미자였고, 헤밍웨이가 성공을 거둘 때면 광신자처럼 기뻐 날뛰었던" 것으로 모자라 "친구의 성공을 위해 애쓰다가 정작 자신의 작품에 쏟아부었어야 할 정신적 에너지를 탕진"했던 피츠제럴드에게도 잘못은 있었다. 헤밍웨이의 광신자였다는 사실, 바로 그게 문제였다. 30년간 두 작가의 소설을 연구하고 또 강의한 스콧 도널드슨은 이렇게 말한다.

헤밍웨이와 마찬가지로 피츠제럴드의 성격 역시 어떻다고 꼬집어 말하기에는 너무 복잡하다. 하지만 그의 행동은 에이보더 K. 오피트가 '연극 같은 성격'이라고 분류한 성격과 많은 점에서 일치한다. 대개 여성들에게서 많이 발견되는 이런 성격의 소유자들은 자신들의 삶을 구성하는 공연에서 주인공이 되어야만 직성이 풀린다. 그들은 일부러 붙임성 있게 굴면서 다른 사람들의 동의를 구하며, 그런 시도가 실패할 경우 스스로를 과장되게 낮추어 자신의 목적을 달성하고자 한다.

(…) 피츠제럴드의 예에서 알 수 있다시피 그런 사람들은 주목을 받지 못하느니 차라리 불명예를 택한다. 포도주 잔을 깨뜨리고, 손님들을 모욕하고, 싸움을 거는 등 용서받지 못할 행동을 저지르고 나면 그는 비굴할 정도로 용서를 청했다. 그가 헤밍웨이에게 보낸 첫 번째 편지는 자신의 술주정을 사과하는 내용 일색이었다. 둘이 우정을 지속하는 동안 내내 그는 모든 잘못은 자기에게 있다고 생각하는 듯했다.

— 『헤밍웨이 vs. 피츠제럴드』 469쪽

둘은 너무나도 달랐다. "내부 지향적이었던 헤밍웨이는 자기가 이상으로 삼은 이미지(초인)에 부응하려고 노력함으로써 자신의 능력을 끌어내 최대한으로 활용"했던 반면 "외부 지향적이고 자긍심이 부족했던 피츠제럴드는 평생 다른 사람들의 동의를 구하며 그들의 눈치를 살피는 자신을 비겁하다고 생각"했다. 어린 시절부터 열등감에 시달려왔던 피츠제럴드는 자신의 무가치함을 과장되게 연기했고, 그리하여 더욱 깊은 자기비하의 늪에 빠져들 수밖에 없었다. 소설도 쓸 수 없었다. 아무 일도 할 수 없었다. 고작해야 술에 취한 채 자신이 빠진 늪을 잠시나마 잊어버리는 일밖에는.

피츠제럴드는 자신이 결코 도달할 수 없는, "용감하고, 절제할 줄 알고, 자신감 넘치는" 이상적인 남성상의 체현이라 할 헤밍웨이 앞에서 징징대는 일을 멈출 수 없었고, 헤밍웨이는 그런 피츠제럴드에게 애정을 느끼면서도 그의 나약함을 도무지 참아줄 수 없었던 것이다. 결국 성격 차이라고 표현할 수밖에 없는 그런 이야기. 그렇다. 이 역시 하나의 이야기일 뿐이다. 그리고 그것은 우리에게 익숙한 또 다른 서사들을 환기시킨다. 이를테면 연예인들의 '열애'와 화려한 결혼, 그리고 이혼에 이르는 서사를. 어쩌면 청소년들의 우정과 반목 그리고 설익은 사랑을 그린 성장 드라마의 서사를. 곱상한데다 하얗고 안경까지 쓴 아이는 자신과 다른 친구에게 마음을 빼앗기고, 까만 피부와 두터운 입술과 커다란 주먹을 가진 친구는 그에게 호감을 느끼지만 어느 순간부터 집착으로 변한 친구를 바라보며 어떤… 아니, 여기까지 하자. 차라리 다시 한 번, 스콧 도널드슨의 문장을 빌려오는 것이 낫겠다. 위대한 작가들에게 어울리는 멋진 문장을. 그는 이렇게 썼다.

> 한 작가는 우정을 얻기 위해 끊임없이 스스로를 낮추었고, 강철처럼 단단한 심장을 지녔던 또 한 명의 작가는 이를 용인하려 하지 않았다.
>
> ─『헤밍웨이 vs. 피츠제럴드』 469쪽

사실 그들의 관계에 대해 우리가 분명하게 할 수 있는 말은 그리 많지 않다. 그들은 살았고, 서로 사랑했으며, 그로 인해 미워했다. 서로에게 영향을 주고 또 받으며 위대한 작품을 썼다. 여기까지.

대신 우리에게 남은 것은 그들의 작품이다. 피츠제럴드 덕에 우리는 '위대한 개츠비'로 분한 로버트 레드포드를 보았고, 같은 배역을 맡은 레오나르도 디카프리오를 볼 예정이며, '벤자민 버튼'을 연기한 브래드 피트 또한 볼 수 있었다. 피츠제럴드와는 달리 헤밍웨이는 우리에게 산티아고 노인으로 분한 안소니 퀸의 실감나는 얼굴을 볼 기회를 주었을 뿐이지만, 1961년 권총 자살로 생을 마감함으로써 50년 후, 언제나 그랬던 것처럼 불황에 시달리고 있는 한국 출판사들에게 때마침 저작권이 만료된 그의 작품을 마음껏 출판할 수 있도록 아량을 베푼 것이다. 그리하여 우리는 이미 존재하는 수십여 종의 『노인과 바다』에 더해 십여 권에 달하는 새로운 『노인과 바다』를 갖게 되었다. 과연 모두에게 좋은 일이 아닐 수 없다.

하지만 아직 풀리지 않는 문제가 있다. 그들의 우정이 파국으로 치달을 수밖에 없었던 건 자못 분명해 보인다. 성격은 운명이고 운명은 그들의 우정을 시기했다. 헤밍웨이가 작가로서 승승장구하던 30년대에 그들의 관계는 이미 우정이라는 단어로는 감당하지 못할 의미들로 덧칠되어 있었다. 처음에는 편지를 보내 글쓰기를 독촉하고 또 격려하던 헤밍웨이는 피츠제럴드를 경멸하기 시작했고, 피츠제럴드 또한 그런 헤밍웨이에게 서운함을 느꼈다. 그들은 각자(주로 헤밍웨이) 다른 이들에게(그러나 대개는 같은 이들에게) 편지를 보내 서로를 헐뜯었고, 때로는 비평과 소설을 통해(전적으로 헤밍웨이) 침을 뱉기도 했다. 내가 궁금한 것은 그 다음이다. 그러니까 1940년 피츠제럴드가 짧은 생을 마감한 후에도, 홀로 남아 계속해서 친구를 헐뜯었던 헤밍웨이의 마음. 나는 그게 궁금하다.

헤밍웨이는 "고인에 대해서는 가급적 좋게 이야기하는 전통을 철

저히 무시했다."(심지어 사르트르조차 카뮈에게 바치는 추도사를 통해 마지

못해서나마 그 전통을 이어나갔다.) 그것도 20년이 넘는 세월 동안. 그는

개가 비스킷을 거부하지 않는 것처럼 피츠제럴드를 모욕할 기회를

놓치지 않았던 것이다. 그것은 그가 그토록 깎아내리려 했던 친구

뿐 아니라 자신의 얼굴에도 먹칠을 하는 일이었다. 당연하다. 사랑

만 돌아오는 게 아니라 비난과 욕설도 그것을 뱉은 이에게 돌아오

게 마련. 굳이 부메랑을 던지며 혀짤배기소리로 외치지 않아도 알

수 있는 일이고, 헤밍웨이 또한 그런 사실을 모르지 않았을 것이다.

하지만 그는 멈추지 않았다. 도대체 왜?

시중에 유통되는 표준 답안은 이렇다. 피츠제럴드 사후 10년이 흐

른 1950년대 초반, 그에 대한 재평가가 시작된다. 한동안 절판되었

던 피츠제럴드의 책들이 새로운 장정으로 재출간되었고, 둘 모두의

친구였던 에드먼드 윌슨(『핀란드 역으로』의 바로 그)의 편집으로 피츠제

럴드의 유고까지 출간되면서 '피츠제럴드 붐'이라고 할 만한 바람이

불기 시작했다. 헤밍웨이는 불편한 심경을 감추지 않는다. 피츠제럴

드가 남긴 메모를 바탕으로 『밤은 부드러워』를 개정한 소설가 맬컴

카울리에게 그는 이렇게 비아냥거렸다. "자네와 윌슨이 말끔하게 단

장해준 덕분에 스콧은 20세기의 헨리 제임스가 됐지 뭔가."

한편 비슷한 시기에 출간된 헤밍웨이의 새 소설은 형편없는 평가

를 받는다. 새삼스러운 일은 아니었다. 언젠가 피츠제럴드가 그랬던

것처럼, 그 또한 이미 시대에 뒤떨어진 인물로 여겨지기 시작했던 것

이다. 인간의 모든 행위를 경쟁으로 여기며 기어이 이기려 들었던 헤

밍웨이의 입장으로서는 견디기 힘든 상황이었을 것이다. 1951년 찰스 스크리브너에게 보낸 편지에서 헤밍웨이는 이렇게 쓴다.

"스콧은 주정뱅이에 거짓말쟁이에다… 겁에 질린 천사의 재능을 이용해 남의 돈을 우려냈습니다."

− 『헤밍웨이 vs. 피츠제럴드』 378쪽

그렇다면 그것은 단순히 경쟁심, 혹은 질투심의 발로였을 뿐일까. 분명 카울리나 스크리브너에게 한 말은 그런 주장을 뒷받침한다. 하지만 부족한 조각들이 너무 많다. 그뿐이었다면 52년 『노인과 바다』를 통해 퓰리처상을 수상하며 문학적 명성을 회복하고, 54년에는 노벨문학상까지 수상한 헤밍웨이는 피츠제럴드에 대한 집착을 버렸어야, 적어도 공공연하게 드러내지는 말았어야 한다. 이미 피츠제럴드가 이룩한 모든 (대외적인) 성과를 넘어섰을 뿐 아니라, 그가 무덤에서 살아 돌아온다고 하더라도 결코 넘보지는 못할 위업을 달성한 그가 아닌가. 그럼에도 헤밍웨이는 멈추지 않는다. 지치지 않는 열정으로 피츠제럴드를 조롱하고 또 깎아내리며, 악의적인 헛소문을 퍼뜨린다. 피츠제럴드의 전기를 쓰겠다며 헤밍웨이를 찾아 온 이들에게는 그들이 좋아할만한, 그러나 진위여부는 확인할 길 없는 온갖 가십들을 늘어놓기도 했다.

그럼에도, 피츠제럴드의 전기 일부가 『라이프』에 공개되자 헤밍웨이는 잡지사를 비난했다. 대부분의 정보를 제공한 사람은 바로 그 자신이었음에도 불구하고, 이제 와 피츠제럴드의 음주벽을 다시금 들춰내는 건 그를 두 번 죽이는 처사라는 것이었다. 전기를 쓴 마이즈너에게는 그런 글을 쓰느니 "차라리 하수구를 청소하거나 매음굴에서 경비를 서거나 뚜쟁이 노릇을 하는 게 낫겠다"는 악담을 퍼부으며 "허름한 차고 앞에서 목을 매달거나 참수를 해야 마땅하다"고 주장하는 한편, 카울리에게는 "죽어서도 이상한 사람들에게 갈가리 찢기고 이용당하다니 스콧이 너무 불쌍하이"라는 말을 하기도 한다. 이중에서 가장 이상한 사람은 바로 자신이라는 사실은 알지도 못한다는 듯이.

헤밍웨이는 심지어 *A Moveable Feast*에서 '스콧에게 바치는 서문'을 이렇게 쓰기도 했다. "다른 사람들은 그에 대한 글을 쓰면서도 그를 몰랐지만, 나는 그의 너그러운 마음씨와 친절한 행동을 비롯해 내가 알고 있는 그에 대해 제대로 전달하려고 노력했다." 하지만 본문에는 그런 내용이 없다. (피츠제럴드의 전기를 쓴 마이즈너에게 보낸 일곱 통의 편지 어디에도 그런 말이 없기는 마찬가지다.) 어쨌거나 지금 우리 앞에 놓인 책에는 문제의 서문 또한 없다. 미망인 메리와 스크리브너 출판사의 편집장이 그 부분을 삭제하기로 결정했기 때문이다. 아마 그들의 눈에 그것은 너무 과한 조롱으로 느껴졌으리라. 하지만 그들 또한 헤밍웨이가 피츠제럴드에 대한 조롱을 멈추지 않았던 이유는, 그러면서도 그런 서문을 썼던 이유는 알지 못했다.

이제 또 다른 이야기가 등장할 차례. 누군가의 마음을 헤아리거나 빈 구멍을 메우는 데에는 이야기만한 것도 없는 법이니. 나는 헤밍웨이가 1938년에 발표한 단편 『킬리만자로의 눈』을 떠올린다. 눈 덮인 킬리만자로가 보이는 아프리카의 고원. 사고를 당해 오도 가도 못한 채 죽음을 기다리는 한 소설가의 이야기를 헤밍웨이는 이런 문장으로 시작한다.

> 킬리만자로는 높이 19,710피트, 눈으로 뒤덮인 산으로 아프리 카 대륙 최고봉이라 한다. 서쪽 봉우리는 마사이 어로 '누가 예 누가이' 즉 신의 집이라고 불리고 있는데, 이 서쪽 봉우리 가까이엔 말라 얼어 빠진 한 마리 표범의 시체가 놓여 있다. 도대체 그 높은 곳에서 표범은 무엇을 찾고 있었는지 아무도 설명해 주는 사람은 없었다.
>
> ─ 『헤밍웨이 단편선』 91쪽

헤밍웨이 역시 표범이 무엇을 찾고 있었는지 설명하지 않는다. 다만 우리는 이어지는 소설을 통해 그 표범이 다름 아닌 주인공 해리임 을, 그리고 해리는 헤밍웨이 그 자신임을 짐작할 수 있을 뿐이다. 그 렇다면 나는 이렇게 물어야겠다. 도대체 그 높은 곳에서 해리는, 헤 밍웨이는, 그러니까 그들은 무엇을 찾고 있었던 걸까? 죽음을 눈앞 에 둔 해리는 과거를 바라본다. 그가 걸었던 거리들을, 그의 곁을 스 쳐간 사람들을, 그의 인생에 결코 도움이 되지 않았던 그 모든 여자 들을. 하지만 그는 그리워하지 않는다. 죽음을 두려워하지도 않는다. 그의 마음을 가득 채우고 있는 것은 그가 쓰려고 했던, 그러나 이제는 쓸 수 없게 되어버린 그 모든 글들에 대한 회한일 따름이다.

충분히 이해하고 훌륭한 글을 쓸 때까지는 쓰지 않기로 했던 것들도 이제는 쓸 일이 없을 것이다. 그렇게 되면 써 보려다가 실패를 하는 경우도 없게 될 것이다. 어차피 쓸 수 없을지도 모른다. 그러기에 차일피일 미루기만 하고 착수를 못한 것이다. 하여튼 지금에 와서는 도무지 알 수 없다.

— 『헤밍웨이 단편선』 96쪽

이런 식의 진술은 소설 곳곳에서 반복된다. 이런 식이다.

이것은 그가 후일 글을 쓰려고 간직해 두었던 것 중 하나다.

— 99쪽

아무것도 쓰지 않고 안일만을 추구하며 자기 스스로 멸시했던 그런 인간이 되어 버린 매일의 생활이 그의 재능을 우둔하게 만들었고, 일에 대한 의욕마저 약하게 했기 때문에 결국 아무것도 쓰지 못하게 되고 말았다.

— 107쪽

그러나 언젠가는 쓸 때가 오리라, 하고 늘 생각해왔다. 쓸 것은 참 많았다. 나는 이 세상의 변화를 보아왔다. 그것은 표면의 사건뿐만이 아니다. 사건도 많이 보아왔으며 사람도 관찰하여 왔으나 그것보다는 미묘한 사회의 변화를 보아왔던 것이다. 시대의 변화에 따라 사람이 어떻게 변하는가를 회상할

수 있었다. 그 속에서 살아왔고 그것을 관찰해 왔으므로 그
것을 쓰는 것은 나의 의무다. 그러나 이제는 쓰지 못하리라. -

– 120쪽

그렇다. 나는 아직 파리에 대해선 한 번도 써 본 일이 없다.
늘 마음에 간직하고 있는 파리에 대해서는 전혀 쓰지 않았다.
그러면 아직 써 본 일이 없는 다른 일에 대해서는 무엇을 썼
던가.

– 129쪽

글쓰기에 대한 집착. 차라리 강박. 이것은 비단 『킬리만자로의 눈』
뿐만 아니라 그가 쓰는 거의 모든 소설과 에세이, 그리고 편지에서
빠지지 않는 주제다. 아무리 술을 많이 마신 다음날이라도 아침 여
덟 시면 책상 앞에 앉았던 그는 끊임없이 썼고, 쓰기를 계속함으로
써 돌아갈 길을 마련하지 않은 채 계속해서 구덩이를 파는 사람처
럼 자신을 쓰기 속으로 더욱 깊이 몰아갔으며, 그럼에도 언젠가 쓸
수 없는 날이 찾아올 거라는 두려움을 끝내 떨쳐내지 못했다. 정신
과 의사인 어빈 얄롬과 문학비평가인 그의 아내 마릴린 얄롬은 그
런 헤밍웨이의 성격을 이렇게 분석한다.

> 헤밍웨이는 초인의 이미지를 자신의 이상으로 채택했다. 다시
> 말해 인간의 능력으로는 도달할 수 없는 상태를 목표로 정했
> 던 것이다. 하지만 도달할 수 없는 목표였기에 그는 자기회의

와 자기경멸에 끊임없이 발목을 붙잡혔고, 다른 사람들의 비난에 대해서도 예민하게 반응할 수밖에 없었다.

- 『헤밍웨이 vs. 피츠제럴드』 457쪽

헤밍웨이 또한 자신이 그 목표에 결코 도달할 수는 없을 거라는 사실을 알고 있었다. 누구보다도 뼈저리게. 그렇기에 그는 서쪽 봉우리 근처에서 얼어 죽은 표범을, 고립무원에서 다리를 다친 채 죽어가는 소설가의 이야기를 쓸 수밖에 없었던 것이다.

그런 헤밍웨이에게 피츠제럴드는, 이런저런 이유들로 글을 쓰지 못한 채 파멸해가는 "두려움과 절망이 겉으로 드러난" 또 다른 자신이었다. 그는 날지 못하는 나비 따위는 되고 싶지 않았다. 그러니 그가 어떻게 피츠제럴드를 공격하지 않을 수 있었겠는가? 두려움과 싸우기 위해, 계속해서 글을 쓰기 위해 피츠제럴드를 공격하고, 공격하고, 공격했던 헤밍웨이는 그가 죽은 후에도 공격을 멈출 수 없었다. 피츠제럴드가 죽은 후에도 그의 두려움은 사라지지 않기 때문에. 아니, 두려움이라는 무형의 존재로 화한 피츠제럴드는 그의 마음속에서 여전히 살아가고 있었기 때문에. 그것은 또한 그가 피츠제럴드를 온전히 증오하지 못한 이유이기도 하다. 그러니 헤밍웨이와 피츠제럴드에 대한 하루키의 단평에는 어쩐지 공정하지 못한 구석이 있다. 하루키는 이렇게 썼다.

그러나 피츠제럴드가 훌륭한 작가라는 사실은 제아무리 현실에 가혹하게 시달려도 글에 대한 신뢰를 거의 잃지 않았다는 데서 확인할 수 있다. 가장 마지막 순간까지도 자신은 글을 씀으로써 구제되리라 굳게 믿었다. 아내의 발광도, 세간의 냉랭한 묵살도, 서서히 육체를 좀먹어가는 알코올도, 옴짝달싹할 수 없을 만큼 불어난 빚도 그 뜨거운 믿음을 앗아갈 수는 없었다. 그것은 글을 통한 구원을 믿지 못해 끝내 스스로 목숨을 끊은 옛 기숙사 친구 헤밍웨이의 운명과는 완전히 대조적이었다. 피츠제럴드는 죽음 직전까지 매달리듯 계속해서 소설을 썼다. '이 소설만 완성하면…' 하고 스스로를 타일렀다. '모든 것이 회복된다.'

– 무라카미 하루키, 『잡문집』 314쪽

헤밍웨이는 애초에 글을 통한 구원 같은 건 믿지 않았다. 그러니 그의 죽음을 불신자의 비겁한 선택으로 몰아가는 것은 일종의 근본주의적인 폭력이 될 것이다. 그렇다면 뭐라고 말해야 할까? 글쎄. 누구도 알 수 없고, 짐작조차 힘든 마음이다. 나는 다만 그가 남긴 글들을, 가만히 들여다볼 뿐이다.

글을 쓰는 일은 잘해야 외로운 삶을 사는 것입니다. 작가를 위한 단체는 외로움을 덜어주지만 글이 좋아지는가 하는 점에는 회의가 듭니다. 외로움에서 벗어나면 작가의 공적인 위상은 올라가지만 작품의 질이 떨어질 때가 종종 있지요. 혼자

일하는 작업이기 때문에 정말 훌륭한 작가라면 매일 영원의 세계를 직면해야 합니다. 아니면 영원의 세계가 없다는 것을 직면해야겠죠.

– 노벨 문학상 수락 연설 중에서, 『헤밍웨이의 글쓰기』 79쪽

나는 그냥 이렇게 말해야겠다. 그는 정직한 작가라면 영원의 세계를, 혹은 영원의 세계가 없다는 것을 직면해야 한다는 사실을 알았다고.

그리고 그는 그렇게 했다.

# 죽음은 언제나 도둑처럼 찾아온다

## 근대문학의 종언

가라타니 고진, 조영일, 도서출판 b, 2006

오늘은 '근대문학의 종언'에 대해 이야기하겠습니다. 이는 근
대문학 이후 예를 들어 포스트모던 문학이 있다는 말도 아
니고, 또 문학이 완전히 사라진다는 말도 아닙니다. 내가 말
하고 싶은 것은 문학이 근대에 특별한 의미를 부여받았고, 그
때문에 특별한 중요성, 특별한 가치가 있었지만, 그런 것이 이
젠 사라졌다는 것입니다. 이것은 내가 소리 높여 말하고 다닐
사항은 아닙니다. 단적인 사실입니다.

– 가라타니 고진, 「근대문학의 종언」 43쪽

소리 높여 말하지 않더라도 죽음은 도둑처럼 찾아온다. 시끄러운
것은 언제나 죽음, 그 이후다. 허망한 말들이 거리에 쏟아지면 소문
은 그 자체로 유령이 된다. 누군가는 믿을 수 없다고 했다. 누군가는
상관없다고 했다. 가라타니 고진은 부검의의 언어로 문학의 죽음을
선언할 뿐이다. 성명: 근대문학, 사인: 역사적인 이유, 부검의 소견:

되돌릴 수 없음. 벌써 6년 전의 일이다.

　더 이상 누구도 근대문학의 종언을 입에 올리지 않지만, 나는 여전히 고진과 그의 말을 생각한다. 친한 친구의 부음처럼, 도무지 지울 수 없는 것이다. 누군가는 문학에 대한 초심을 잃지 않기 위해 때때로 테리 이글턴의 『문학 이론 입문』을 읽는다는데, 나는 고진의 선고만을 되뇌고 또 되뇔 뿐이다. 병적이라 한대도 할 말이 없다.

　사실 고진이 말하고 있는 것이 '문학의 종말'은 아니다. 본인이 스스로 밝히듯, 문학은 여전히 존재하겠지만 단지 우리가 알고 있는 문학이 아니라는 것, 역사적 특수성이 거세된 문학은 단지 오락으로서만 존재할 수 있다는 말일 뿐이다. 인쇄기의 발명과 독서대중의 등장으로 널리 읽히게 된 근대문학의 태생 자체가 그랬던 것처럼.

　고진은 '상상의 공동체'로서의 민족, 근대국가의 성립과 함께 소설(로 대표되는 근대문학)에 과도한 의미가 부여되었다고 말한다. 다양한 사회계층을 '공감'을 통해 하나로 만들어 '네이션'을 형성할 임무가 소설에게 주어졌다는 것이다. 고진의 논의 속에서 소설의 의미는, 소설의 내부가 아닌 외부에서 주어진 것일 뿐이다. 90년대 초반까지 이어졌던 순수문학과 참여문학 논쟁에서 드러나듯, 그것은 소설에게도 과도한 부담이었다. 하지만 시대는 변하고, 소설은 원치 않던 임무에서 벗어나게 된다. 본래의 자리로, 오락거리의 보좌로 복귀하게 된 것이다.

　레나타 살레클은 라캉을 원용해 이렇게 말한다. "사랑하는 사람은 타자 속에서 그/그녀가 가지고 있지 않은 어떤 것－대상 a, 혹은 라캉이 또한 아갈마agalma라 부르는 것―을 지각한다. 따라서 사랑하는 사람은 사랑받는 사람이 이 대상을, 즉 사랑받는 사람 속에 있는 그/그녀 자신보다 더한 어떤 것을 소유하고 있다고 가정함으로써 사랑에 빠진다." 결국 고진의 말은, 어떤 사회적 환상이 소설을 사랑하게 만들었고 소설이 본래 가지고 있던 것보다 더 큰 역할을 하게 만들었지만, 이제 그 사랑이 끝났다는 것이다. 작은 표정 하나만으로 우리를 감동시키던 연인은 이제 없다.

하지만 과연 그것으로 끝일까. 앞서 박인환도 "사랑은 가고 과거는 남는 것"이라고 노래하지 않았던가. 나는 그것이 궁금해 오늘도 근대문학의 종언을 생각한다. 우리에게 남은 것은 무엇이며, 종언의 이후는 또 어떨지를. 쉼 없이 생각한다. 어떤 죽음의 의미는 오직 기억을 통해서만 드러난다고 했다. 메멘토 모리. 잊지 않기 위해 나는 기억하고 또 기억하는 것이다. 3년 6개월간 몸담았던 MD라는 직업을 떠나며 고작 고민한다는 것이 '문학의 종언'이라니, 조금 우스꽝스럽긴 하지만.

소설의 죽음을 둘러싼 서투른 고민은 앞으로도 한동안 나를 따라다닐 것 같다. 언제나 책을 읽는 사람이었고, 한 때는 책을 파는 사람이었던 나는, 이제 책을 쓰는 사람이 되었으니까. 그리고 앞으로 내가 써야할 것이 소설의 죽음에 대한 기록인지, 미약하게 숨쉬고 있는 소설의 박동인지, 소설의 죽음 이후 새로운 세상인지, 아니면 단지 오락거리일 뿐일지 알고 싶은 것이다. 물론 답이 보일 리 없다. 하지만 우리는 어김없이 살아가야 한다. 누군가에게 삶이란 '쏨'

과 동의어이고, 오에 겐자부로는 언젠가 이렇게 말했다.

"비록 지금은 어두워 보일지라도, 끊임없이 끊임없이 나가다 보면 언젠가는 그 끝에 빛이 보일수도 있지 않을까", 비록 그 끝에 어둠만이 우리를 기다리고 있다 하더라도, 소설 따위는 이런 세상에서 아무 쓸모없는 것일지라도, "우리는 나즈막이 나즈막이 움직이기 시작해야 한다."

# 악천후.
## 출근에 적합한 몸매가 아닙니다

"안녕 아가들아. 지구에 온 걸 환영한다.

여긴 여름엔 덥고 겨울엔 춥단다.

그리고 둥글고 축축하고 붐비는 곳이지.

여기선 고작해야 백 년 정도밖에 못 산단다.

아가들아, 내가 아는 단 하나의 규칙을 말해줄까?

제기랄, 착하게 살아야 한다."

커트 보네거트 『신의 축복이 있기를, 로즈워터 씨』

# 무언가 잘못된 건 분명한데

당신을 위한 국가는 없다
박노자, 한겨레출판, 2012

약속한 원고 마감을 뒤로하고 술을 마신 지난 금요일, 나는 오랜만에 대학 선후배를 만났다. 그 시절 이미 고사枯死의 길을 걷던 한 대중조직 산하의, 산하에 산하의, 그리고 다시 그 산하의 학생회에서 몇 대 회장이니 집행부니 하며 어울렸던 우리는 저마다의 사정에 따라 이르거나 늦은 군입대를 했고, 복학해 졸업을 했으며, 그저 짐작할 수밖에 없을 각자의 시간을 지나, 이젠 더 복잡해진 저마다의 사정이 있는 생활인이 되어 있었다. 잘나가는 경제지의 기자가, 전망 없는 학과의 석사 수료생이, 제법 단단한 밥그릇의 공사 직원이, 몇 번의 이직 끝에 중소 건설회사의 인사담당이, 마침내 공무원이 되었단 말이다. 보시다시피 나 또한 이런 글을 붙잡은 채 마감을 밥 먹듯, 아니 술 마시듯 어기며 미미한 생활을 이어가고 있는 중이다.

가벼운 농담과 함께 술잔을 나누던 우리는 이내 취했고, 2차를 갔으며, 다시 3차를 갔다. 마지막으로 향한 곳은 '8090'이라는 간판을 걸고 있는 작은 바. 나는 조금 놀랐다. 한때 유행했던 '7080'에 이어 '우리' 또한 어느덧 네 자리 숫자로 호명되는 추억 장사의 고객님이 되었으리라곤 상상도 해본 적 없기 때문이다. 하긴, 썩 어울리는 장소이긴 했다. 그날 우리의 안주는 우리가 함께 보냈던 지난 시간에 대한 기억과 기억, 그리고 기억뿐이었으니. 너무 빨리 쉬어버린 김치처럼 너무 쉬이 추억이 되어버린 어떤 시간들. 몇 가지 사이드 메뉴가 있긴 했다. 부동산과 주식과 갑갑한 직장생활과 도무지 원활하게 굴러가지 않는 가계에 대한 이야기들. 말하자면 현실 같은 것. 그건 제법 씁쓸한 맛이었다.

씁쓸함의 이유를 찾는 건 어렵지 않다. 현실이란 대개 씁쓸하기 마련이고, 그것을 살아내며 어느새 변해버린 서로를 바라보는 일 또한 그다지 즐거운 일은 아니기 때문이다. 이것은 물론 90년대 유행했던 후일담 문학의 기본 정조이기도 하다. 한때 당신과 나는 불꽃처럼 타오르는 이상을 꿈꾸었지만 불은 꺼졌고 이상은 깨졌으며 우리 모두 꿈에서 깨어난 지금 남은 것은 진탕 술을 마신 다음날 아침처럼 깨질 것 같은 머리와 텁텁한 뒷맛뿐이라는 이야기. 그리고 그것이 우리에게 남은 나날들이라는 비관 또한. 하지만 나는 그런 이야기를 할 생각이 없다. 실은 할 수도 없다. 누구도 불꽃처럼 타오르진 않았고, 꿈을 꾸지도 않았다. 커다란 이상이 사라진 시대에 우리는, 언제나 코앞에 닥쳐오는 현실, 현실, 현실을 살아낼 뿐이었다. 그리고 이 글은 그 (지극히 개인적인) 현실들에 대한 일종의 픽션인 동시에 박노자의 『당신을 위한 국가는 없다』에 대한 서평이 될 예정이다. 뭐, 계획은 그렇다는 얘기다.

스물두 살의 K는 대학교 2학년 겨울 방학을 보내고 있다. 그 나이 또래의 남자들이 흔히 그렇듯 그 역시 군입대를 놓고 고민에 빠져 있다. 동기들은 대부분 군대에 갔거나 곧 갈 예정이다. 하지만 그에게는 할 일이 있다. 적어도, 누군가 그에게 해주길 바라는 일이.

K의 한 학번 선배이자 학생회장인 Y가 술국에 소주 한 잔을 앞에 두고 K에게 말한다. 다음 학생회를 이끌어갈 사람이 필요하다더니, 콕 집어 네가 필요하다고. 그다지 새로울 것 없는 이야기들이 이어지고 K는 그의 말을 잠자코 듣는다. 듣기만 한다. 학창시절 그 흔한 반장 한 번 해본 적 없다. 그럼에도, 아니 오히려 그렇기에, 어느 순간 어떤 공명심으로 들뜬 치기가, 정체 모를 의무감이 그를 자극한다. 살면서 누군가 나를 그렇게 원했던 적이 있던가? Y의 호명에 응답할 의무가 나에게 있는 것은 아닐까? 설마, 그는 생각한다. 형, 생각해 볼게요. 술국에 고기가 채 바닥나기도 전에 그는 자리를 뜬다.

사실 그에게는 처음부터 그 제안을 받아들일 마음이 없었다. (그루초 막스의 농담. "나는 나 같은 인간을 멤버로 받아주는 클럽에는 가입하고 싶지 않다.") 애당초 멋모르던 신입생 시절 붙잡고 술을 따라주던 선배들과의 친분으로 이어진 활동이다. 술 먹고 서로 싸우는 일을 활동이라고 부를 수 있다면 말이지만. 그렇다고 술만 마신 것은 아니었다. 이런저런 과나 단대 차원의 사업, 혹은 등록금이나 주한미군과 관련한 이런저런 시위에 곧잘 참석하기도 했다. 자신이 맡게 된 하부 조직에 '(미제의 심장에 박아버린다) 쇠말뚝' 같은 몰취향한 이름을 지어놓고 낄낄대기도 했겠지, 아마.

그렇지만 무언가 부족하다는 느낌을 지울 수는 없었다. 분명 선배들이 내세우는 당위는 그 자체로는 옳은 것처럼 보였다. 우리 사회에는 많은 모순들이 있었으니까. 하지만 그들의 논리와 태도에도 모순은 있었다. 곤란한 질문에는 대개 대답을 얼버무렸으며 때론 윽박질렀고 종내 모두 술에 취해 소리 높여 민가를 합창하는 일로 자리를 마무리하곤 했던 것이다. 그들은 별 생각이 없었거나, 그렇지 않다면 무언가를 숨기고 있었다. 공허한 당위와 텅 빈 대의. 아무려나. K는 상명하달의 관료주의와 권위주의, 거기에 일종의 가족주의가 혼합된 특유의 조직 문화에 진절머리가 나 있던 터였다. 그리고 무엇보다, 지난 여름농활에 불거졌던 한 여자동기를 둘러싼 Y와의 삼각관계. 대저 피 끓는 청춘에게 그보다 더 중요한 일이 있을 리가 없는 것이다.

하지만 K는 군대에 갈 마음도 없었다. '때마침' 오태양 씨가 양심적 병역거부를 선언해 사회적으로 큰 파장을 불러일으키고 있었고, 비슷한 시기에 출간된 박노자의 첫 책 『당신들의 대한민국』은 "아직도 감옥에 있는 모든 양심적 병역 거부자들에게 이 책을 바친다."라는 제사로 시작하고 있었다. 뉴스와 책을 실시간으로 접했던 K에게도 생각이 없을 리 없다. 특히 박노자의 책은 그가 그때까지 막연하게 품고 있던 어떤 의혹, 또는 불만들에 대해 비교적 명확하게 사고할 수 있게 했던 것이다. 그래서 K는 총학생회 산하 여성위원회에서 여성인권을 위해 활동하기로 마음먹는다. 이것을 독서의 결과라고 할 수 있을까? 글쎄. 한 가지 분명한 건 당시 만나던 여자친구가 그곳의 위원장으로 활동하고 있었다는 것.

이제 현실이 등장할 차례다. 병역이라는 '현실'을 거부할 용기도 신념도 없던 K. 결국 1년 남짓 몸담았던 여성위원회를 떠나 입대를 해야 했고, 육군훈련소에서 6주간의 군사훈련을 마친 후 전경으로 차출된다. 자세한 사정이야 알 도리 없지만, 2년 남짓한 군생활 동안 K가 학생회나 여성위원회를, 하물며 박노자를 생각하지는 않았을 것임을 짐작하기는 어렵지 않다. 물론 여자친구를, 혹은 Y를 선택했던 여자 동기를 생각했는지의 여부는 또 다른 문제일 것이다.

현실 둘. 2009년 6월, 『왼쪽으로, 더 왼쪽으로』

스물아홉의 K는 3년차 직장인이다. 책으로 모든 것을 배우려 드는 못된 습관을 여전히 버리지 못한 그는 한 인터넷 서점 인문사회 담당 MD로 일하고 있다. 이제 그의 관심사는 책이 아니라 매출이고, 박노자 또한 팔아야 할 하나의 상품에 지나지 않는다. 몇 년간 모범 회사원 노릇을 하는 동안 그에게 일종의 '한국식 프로테스탄티즘 윤리와 자본주의 정신'이 내면화된 것이다. 이를테면 이런 것들.

> 1) 사람은 선행에 의해서가 아니라 오직 자본에 의해서만 의로워진다.

2) 인간은 자본보다 우위에 있지 않고 자본에 기초한다.

3) 자본가와 노동자의 구별을 배제, 자본 앞에서의 평등 – 엄밀하게는 자본을 통한 것만이 권위를 갖는다.

K 앞에 펼쳐진 현실은 스물두 살의 그것과도, 군대의 그것과도 달랐다. 하루에도 수십 권씩 쏟아지는 신간 도서들, 수없이 오가는 업무 메일들, 보고서들, 기획서들…. 이토록 넘쳐나는 활자 속에서 정작 그가 보는 것은, 아니 보아야 할 것은 숫자였다. 그 외의 모든 것들은 가뜩이나 피곤한 직장인을 더욱 더 피곤하게 만들 뿐이었다. 말하자면 많은 직장인들이 겪는 문제를 K 또한 겪고 있었던 셈이다. 굳이 늘어놓을 것도 없는, 당신도 나도 모두 이미 아는 이야기.

제대 후 일종의 부채감으로 유지하던 당적도 시끄럽던 분당 사태 이후 끊어버렸다. 실망도, 분노도, 소위 말하는 환멸도 아니었다. 실은 별 관심이 없었다. 다만 귀찮았던 것이리라. 그 대신에 자동이체만 시켜두면, 별 문제 없이 마음 한구석에 존재하는 어떤 죄책감까지 동시에 덜어주는 해외자선단체에 기부하기 시작했다. K는 일 년에 한 번씩 배달되는 후원아동의 사진을 보며 스스로를 위로하는 법도 배웠다. 물론 가장 효과적인 방법은 무언가를 사거나 맛있는 것을 먹거나 술을 마시는 일이라는 사실쯤은 깨달은 지 오래였다.

K는 여전히 이런저런 책들을 읽지만, (자신의 담당 분야임에도 불구하고) 사회비평서는 읽지 않는다. "그래, 맞아, 그런 문제들이 있지"하며 고개를 끄덕이며 읽다가도 어느 순간 "그래서 나보고 어쩌라고?"라

고 내뱉는 자신을 발견하게 되는 것이다. 비정규직 문제나 소수자 문제를 다룬 책이라고 다를 건 없었다. 고작해야 한숨을 내쉬며 "그래, 그래, 사는 건 참 힘들지. 나 역시 살고 있고, 고로 나도 힘들다." 같은 소시오패스 같은 삼단논법을 뇌까릴 뿐. 그건 K 본인도 원치 않는 일이었으니, 애시당초 보지 않는 편이 편했다.

그때 박노자의 『왼쪽으로, 더 왼쪽으로』가 출간됐다. 그건 K에게 매출을 뜻했고, 더 많은 매출을 위해 박노자와 이메일 인터뷰를 하게 되었다. 물론 충분히 피곤한 K로서는 뭘 또 이렇게까지, 라는 생각을 하지 않은 것은 아니었지만, 어쨌거나 매출은 중요한 법. K는 오랜만에 박노자의 책을 읽고, 일종의 직업윤리를 발휘하여 그의 블로그 글들과 지난 몇 권의 책 또한 훑어보며 또다시 고개를 끄덕였다. 박노자는 여전히 박노자였다. 옳은 말씀이고, 옳은 말씀이다. 좋아, 좋다고. (끄덕끄덕) 근데 나보고 어쩌라고? (차라리 눈물)

결국 적당한 질문을 찾지 못한 K는 자기 연민으로 가득한 질문들을 보낸다. 이를테면 이런 것들.

"조금 바꿔 말하자면, 소비를 통해 정체성을 구현하는 현대인들에게는, 예술 영화를 보고 고급스러운 전시회를 찾아다니듯 흔히 어렵다고 여겨지는 인문/사회과학 서적을 구입하는 상징적인 행위를 통해 자신을 규정하려는 목적이 더 크지는 않을까 하는 생각입니다. 너무 비관적인 생각일까요? 스스로에게 위 질문을 던졌을 때 단숨에 '아니'라는 대답을 할 수 없었습니다. 아마도, 분야 및 직업의 특성상 너무 오래 그런 책들을 들여다보기만 했을 뿐이지, 아무런 일도 하지 않아서 일지도 모르겠어요. 다른 일을 하기에는 사실 시간도 없고 피곤하다는 그저 변명일 뿐인 변명을 하면서. 그렇다면 이 사회에 의문을 갖고 있는 한 사회인으로서, 하지만 생활을 위해 지금 갖고 있는 직업에 많은 에너지와 시간을 쏟아야 되는 생활인으로서 좀 더 나은 사회를 꾸려가기 위해 실천할 수 있는 일이 무엇이 있을까요?"

돌아온 답은 친절했지만 K에게는 충분하지 않았다. 그의 책이나 블로그에서 볼 수 있는, 말하자면 너무 뻔한 모범답안이었던 것이다. 이를테면 이런 대답.

"'관심'을 갖고 있는 것은 중요한 것 같습니다. 이 '관심'이란 여러 가지 방면으로 '실천'으로 옮겨질 수 있는 것이지요. 진보적 NGO를 위해 약간의 금전적 기여를 한다든가 쌍용자동차 노동자에 대한 근거 없는 비방을 일삼는 언론이나 그 언론에 광고를 내는 기업에 항의 전화 한 통 건다든가…. 작은 일 같지만 수천 명, 수만 명이 같이 하는 작은 일은 바로 큰 일이 됩니다. 그 '공동의 관심'의 영역이란 사라지면, 우리가 사회가 곧 무너지고 맙니다. 그리고 '관심'을 갖는 것은 바쁜 삶 속에서도 가능하지요."

하지만 K에게는 자신이 기여를 할 진보적 NGO를 찾아볼 여유도, 항의 전화를 할 기력도 남아 있지 않았다. 아마 그가 조금만 덜 피곤했더라면 웹상에 그의 인터뷰를 옮기는 대신, 당장이라도 답장 버튼을 눌러 이렇게 말했을지도 모른다. "아니, 그러니까 도무지 관심을 가질 여유가 없다니까요!"

말하자면 K는 출구 없는 회로에 갇혀버린 것이었다. 이렇게 살 수는 없다. 이건 차라리 무척 느린 자살에 가까우니까. 그렇다고 이 모든 일을 당장 그만둘 수는 없다. 지금 당장 죽을 수는 없는 노릇이니까. 그것이 바로 K가 '만들어낸' 현실이었다.

현실 셋. 2012년 2월, 『당신을 위한 국가는 없다』

서른둘의 K는 2년차 프리랜서다. 좋게 말해 그렇다는 거다. 실상은 이런저런 매체에 서평을 파는 비주류 자유기고가일 뿐이다. 이렇게 살 수 없다고 직장을 그만두었지만, 다행히 아직 죽지는 않았다. 스물아홉의 현실에서 그를 가장 힘들게 했던 피곤함이 상당 부분 사라진 것은 사실이다. 그렇다면 그건 좋은 일일까? 글쎄, 언젠가 벤야민은 이렇게 썼다.

> "피곤함과 함께 다음과 같은 소원도 일어났다. 실컷 늦잠을 잤으면 좋겠다는 소원 말이다. 나는 그러한 소원을 수천 번도

더 빌었다. 그리고 나중에서야 그 소원은 정말로 실현되었다. 그것은 일정한 지위와 안정된 봉급을 받고 싶다는 희망이 번번이 좌절되었을 때에 일어났다. 바로 그때 나의 옛 소원이 실현된 것이라는 사실을 깨닫기까지는 오랜 시간이 필요했다."

— 「1900년경 베를린의 유년시절/베를린 연대기」, 59쪽

K의 앞에 닥친 현실은 이제 이런 모습이다. 써야 할 원고와 읽어야 할 책과 언제나 제자리인 한국어 구사능력과 때마다 돌아오는 각종 공과금과 항상 모자란 술값과 꽁꽁 얼어붙은 통장과 쥐꼬리만한 고료와 또…, 그러니까 당신이 충분히 예측 가능하고, 예측 가능해서 지루한 그런 모습. 사실 스물아홉의 것과 크게 다르지도 않다. 조직에서 받는 피곤함이 사라진 대신, 한없이 영에 수렴하는 통장잔고와 그로 인해 유발되는 여러 가지 문제들이 그 자리를 차지했을 뿐이다. (좀 더 자세한 내용을 알고 싶다면 조지 오웰 에세이집 『나는 왜 쓰는가』 중 '어느 서평자의 고백'을 읽기 바란다. 물론 나는 당신이 하나도 알고 싶어 하지 않을 거라는 쪽에 삼천 원을 걸겠다.)

이런 문제도 있다. 이를테면 박노자의 『당신을 위한 국가는 없다』와 같은 책에 서평을 써야 하는 문제. 원고지 수천 매에 달하는 서평을 써왔지만 그건 대부분 소설이나 에세이, 가벼운 교양서에 국한된 것이었다. K를 공감불능 상태로 몰고 갔던 피곤함은 이제 사라졌지만, 습관이란 쉽게 변하지 않는 법이다. K는 책을 읽었다. 책만 읽었다. 물론 여자친구도 만나고 친구들과 술도 마셨지만, 그 밖의 다

른 것들에 대해서는 별로 신경 쓰지 않았다. 그런데 한국사회 비평서라니? 게다가 서평? 그럼에도 K는 쓰기로 한다. 계속해서 무언가를 쓴다는 것은, 언젠가 매출이 그랬던 것처럼, 그에겐 제법 중요한 일이 되었기 때문이다.

K는 박노자를 읽는다. 스물두 살에 또는 스물아홉 살에 그랬던 것처럼, 그러나 결코 같지 않은 방식으로. 이제 그는 순진한 대학생이 아니고, 책을 파는 사람도 아니며, 얼치기 인터뷰어도 아니기 때문이다. 박노자는 여전히 박노자이고, 그의 입장은 분명하다. K는 고개를 끄덕인다. 끄덕인다. 끄덕인다. 계속 끄덕인다. "그래서 나보고 어쩌라고?" 같은 질문은 하지 않는다. 어쨌거나 서평을 쓰면 되는 것이다. 밑줄을 긋고 메모를 하며 책을 읽는다. 읽는다. 읽는다. 마침내 책장을 덮는다. 그리고 깨닫는다. 그는 이 책에 대해 아무 말도 할 수 없다는 사실을.

말하자면 K에게는 박노자의 입장에 대해 가타부타할 자신의 입장이랄 게 없었던 것이다. 선배들에게 휘둘리던 대학시절부터 지치는 일에도 지쳐버린 직장생활을 거쳐, 남의 책을 읽고 자신의 생각을 덧붙여 간신히 생계를 유지하고 있는 오늘에 이르기까지도. 이렇게 말하는 건 어떨까. "무언가 잘못된 거 같긴 한데, 누군가 내게 그 이유를 좀 명확하게 설명해줬으면 좋겠어"라고 말하던 대학생이 "무언가 잘못된 건 맞는데, 그런 걸 생각하기엔 오늘 밤도 이미 늦었고 나는 피곤해"라고 중얼거리던 직장인이 되었고, 이제 "무언가 잘못된 건 분명한데, 그건 이미 돌이킬 수 없는 문제니 글이나 좀 잘 썼으면 좋겠다"고 생각하는 저술노동자가 되었다고. 그리고 그런 깨달음은 K에게 적지 않은 충격이었다. 부끄러웠다. 그러니 원고는 작파하고 술이나 마실 수밖에. (아니, 잠깐, 정정해야겠다. 술을 마신 건 나였다. K가 아니다.)

자, 그렇다면 이제 K의 선택은…?

이쯤에서 내가 가련한 K를 도와줘야 할 것 같다. 이 글의 서두에서 밝혔듯 나 역시 서평을 위해 박노자의 『당신을 위한 국가는 없다』를 읽었고, 이 글을 썼다. K가 끝내 그 서평을 썼는지 어쨌는지는 나도 알지 못한다. 내가 알고 있는 사실이라곤, 이 글을 쓰는 사람이 나라서 하는 말인데, 이제 슬슬 이 길고도 지루한 글을 끝마칠 시간이 되었다는 것 뿐이다.

"잠깐!"

당신은 물을지도 모른다.

"아직 시작도 안 한 것 같은데? 이게 어떻게 서평이야?"

당신이 책의 기본적인 내용에 대해 묻는 거라면, 이런저런 매체의 신간 소개란을 참고하라고 말해주고 싶다. 당신이 이용하는 인터넷 서점에 들어가 미리보기를 통해 김동춘 교수의 추천사와 머리말을 읽어도 좋겠다. 하지만 이 책의 가치 또는 효용에 대해 묻는 거라면 나는 이렇게 대답하겠다.

나는 이 책을 덮은 후 나와 K를 위해 진보신당 홈페이지에서 당원가입을 했다고. 다만 이 글을 쓰느라 아직 가입서를 팩스로 보내지는 못했다고. 나는 여전히 이 책에 대해 논할만한 어떤 입장을 갖지 못했지만, 그런 입장을 찾아야겠다는 생각을 하게 했다고. 그건 말하자면 새로운 방식으로 세상을 바라보겠다는 다짐과도 같다고. 어떤 책도 내게 그런 마음을 먹도록 만들지는 않았었다고. 그러니 내게는, 그것으로 충분하다고.

아마 K에게도 그것으로 충분할 거라는 생각이다.

# 출근에 적합한 몸매가 아닙니다

덕 시티
레나 안데르손, 홍재웅 옮김, 민음사, 2010

'먹고 죽은 귀신이 때깔도 좋다'는 속담이 있다. 그 말이 사실이라면 '덕 시티'는 때깔 좋은 귀신들로 넘쳐나는 도시다. 그런데 과연, 때깔 만 좋으면 '장땡'일까? 레나 안데르손이 『덕 시티』를 통해 우리에게 던지는 질문이다.

21세기를 살아가는 우리는 역사상 유례없는 풍요를 누리고 있다. 대형마트가 증명한다. 온갖 취향을 수용하는 넓은 진열대가 보장하 는 선택의 자유, 저렴한 가격과 끼워주기 행사가 부추기는 현명한 소 비. 현대사회의 정수가 바로 그곳에 있다.

덕 시티는 이런 소비사회의 정점에 있는 도시다. 음식산업을 독점 하고 있는 존 폰 앤더슨과 그의 회사 JvA는, 파격적인 가격으로 식생 활에 혁명을 가져온다. 단순한 덤이나 할인, 원 플러스 원이 아니다. 도넛 1인분에 20개, 아이스크림 한 통은 3리터. 통이 크다.

천국이라고? 마음껏 고칼로리를 섭취하게 된 덕 시티 주민들은 그렇게 생각하지 않을 것 같다. 물론 먹을 때는 행복하다. 하지만 평소에는 어떨까. 12세 이상의 92%가 당뇨병에 걸린 고도비만의 사회. 그들은 불행을 느끼지 않기 위해 더 많은 음식을 먹고, 그래서 더 불행해진다.

설상가상으로 엄청나게 뚱뚱한 사람만 노리는 연쇄살인사건이 일어난다. 이에 덕 시티의 대통령은 '지방과의 전쟁'을 선포, 매일 아침 사람들의 체지방을 측정하고 음식 섭취량과 운동량을 감시하며 기준을 넘긴 자들은 수용소로 이송하는 법안이 발효된다. 비용을 후원하는 것은 대통령의 친구이자 JvA의 회장인 동시에 자사의 제품을 먹지 않아 탄탄한 몸매를 유지하는 존이다.

이제 반사회적 범죄로 규정된 비만. 체지방이 기준치를 초과하면 직장도 다닐 수 없고, 위대한 문학작품조차 작가의 몸무게 순으로 재평가 된다. 다이어트를 하지 않으면 범죄자가 되는 상황. 하지만 직업을 잃은 이들이 살 수 있는 것은 JvA의 음식뿐이고, 결국 사람들은 점점 미쳐간다.

이것은 분명 오버다. 하지만 우리가 살고 있는 세상을 보라. 필요가 상품을 만드는 것이 아니라, 상품과 마케팅이 필요를 만드는 세상. 더 나은 사람이 되기 위해 소비를 하고, 건강한 몸을 갖기 위해 다시 소비를 해야 하는 세상에서 우리는 얼마나 자유로운가? 레나 안데르손이 그리는 디스토피아적 미래는, 황당한 상상이 아니라 논리적 귀결일지 모른다.

우리는 이미 덕 시티에, 아니, 적어도 '오리알 시티'에 살고 있다.

# 생색내지 않기

환영

김이설, 자음과모음, 2011

미안해. 남편이 말한다. 몇 년째 책상머리만 지키고 있는 그다. 교외의 식당에서 삼계탕과 함께 자신의 몸을 파는 아내가 소리친다. "듣기 싫어! 미안하단 말은 공짜지! 당신이 뭘 안다고! 시끄러워!" 김이설의 장편소설 『환영』은 그런 이야기다. 미안하다는 말을 제외한 대부분의 것들에 값이 매겨진 세상을 살아가는, 살아가야만 하는 사람들의 이야기. 사랑하기 위해 미워하고, 살아남기 위해 매일 조금씩 스스로를 죽여야 하는 날 것 그대로의 삶.

윤영이 남편을 만난 것은 고시원에서였다. 집안을 일으켜 세울 것이라 믿어 의심치 않았던 동생 민영의 사업자금을 대기 위해 집을 팔았던 것이다. 믿음에는 돈이 필요하니까. 집으로도 모자라 신용불량자가 된 그들 가족은 뿔뿔이 흩어진다. 시골 어머니가 부쳐주는 돈으로 공무원 시험을 준비하던 남편과는 고시원 주방에서 종종 마주치던 사이. 함께 밥을 먹으며 자연스럽게 가까워졌고, 방을 합쳤다. 말 그대로 식구가 된 것이다. "땅은 너로 말미암아 저주를 받

고 너는 네 평생에 수고하여야 그 소산을 먹으리라"(창세기 3:17)던 그
분의 말씀을 따라 함께 수고해야 하는 그런 사이가. 점차 윤영의 배
가 불러옴에 따라 그들은 수중의 돈을 긁어모아 고시원을 나선다.
양가 부모에게는 아직 이르지 않았다.

처음에는 그렇게 넓어 보이던 옥탑방에 하나 둘 세간이 늘기 시작
한다. 아이가 태어난 것이다. 목욕이라도 시킬라치면 온 방안이 물
바다가 되어버리는 좁은 방. 하지만 그녀에게는 희망이 있다. 남편이
시험에 붙기만 하면 그들의 삶도 달라질 수 있을 거라는. 물론 희망
에도 돈은 필요하다.

> "시험에 붙을 때까지는 공부를 해야 했고, 공부를 하는 동안
> 은 내가 돈을 벌어야 했다. 일이라면 이골이 난 몸이었다. 무
> 슨 일이라도 할 수 있었다. 나는 남편이 허드렛일을 하는 게
> 아니라 그래도 상 앞에 앉아 책을 펼쳐 드는 사람이어서 좋
> 았다. 우리에게도 희망이 있다. 희망이 있다는 사실이 희망이
> 었다."
>
> — 29쪽

기술도 학벌도 없는 서른셋의 애 딸린 아줌마가 할 수 있는 일은 좀
처럼 많지 않다. 식당 일도 경력이 없다는 이유로 거절당하기 일쑤
였다. 그래서 그녀는 선뜻 일을 시켜준 왕 사장이 고맙다. 일당 4만
원이 채 안 되는 돈이지만 열심히만 하면 더 벌 수 있다고 했다. 젖

먹이 아이를 두고 일을 나가는 게 쉽지 않았지만 "내 배로 낳은 아이였으므로, 나처럼 살게 할 수는 없"는 노릇이었다. 어미 노릇을 하기 위해서는 돈이 필요하다. 백숙집의 주력상품이 닭이 아닌 여자라는 것을 깨달았대도 어쩔 수 없는 일이다. 살아가기 위해, 가족을 위해, 가족과 함께 살아가기 위해. 그녀에게는 선택권이 없다.

홀 서빙으로 그녀가 버는 돈은 한 달에 100만 원이다. 적은 돈은 아니지만 충분하지도 않다. 무엇보다 남편이 아이를 돌봐야 하는 탓에 공부에 전념할 수 없었다. 다시 한 번, 희망에도 돈은 필요하다. "시험에 번번이 떨어져도 반성이나 좌절도 하지 않는 남편을" 보는 윤영은 불안하다. 함께 수고해도 세 식구 입을 채우기에 부족할 판이다. 남편은 시험에 붙을 수 있을까? 도대체 언제? 그런 윤영의 속을 아는지 모르는지 남편은 책을 뒤로한 채 점점 더 육아와 가사에 몰두할 뿐이다. 어느새 미안하다는 말은 남편의 입버릇이 되었다.

왕 사장의 속내가 드러나는 데는 그리 오랜 시간이 필요하지 않았다. 5년 만에 전화를 걸어온 민영. 돈을 보내달라고 한다. 그렇지 않으면 자신이 팔려갈 거라고도. 화를 내며 전화를 끊었지만 윤영의 마음은 편치 않다. 걱정에도 돈이 든다는 사실을 몰랐을까? 그런 그녀를 지켜보고 있던 왕 사장이 말한다. "눈 한번 딱 감아. 해보면 별거 아니야. 처녀도 아니잖아? 돈은 내가 오늘이라도 당장 융통해줄수 있어." 결국 그녀는 별채에 간다. 처음 보는 남자의 품에 안긴 후 민영에게 200만 원을 보낸다. 앞으로 서른아홉 번을 더 해야 갚을수 있는 돈이다.

한번 시작한 일은 멈출 수 없었다. 200만 원을 갚은 후에도 그녀는 여전히 별채에 든다. 남편 몰래 통장을 만든다. 벌이가 늘수록 쓸 곳도 늘어간다. 돈은 족족 엄마와 막내 동생의 생활비로, 용돈으로 들어간다. 빚도 갚아야 한다. 가계에는 답이 없다. 결국 그녀는 아이를 시어머니에게 맡기기로 한다. 아이를 키우기 위해 선택한 일이 이제 아이를 그녀의 삶에서 몰아내려 하는 것이다. 한 손에는 백숙, 다른 손에는 아이를 든 부부는 결혼 후 처음으로 시댁을 찾는다. "공부가 아니라 오입질하라고 내가 거기까지 보내났냐?"고 노여워하던 시어머니는 결국 이렇게 말한다. "생활비 보내라. 애들 입도 입이어서 많이 들더라." 물론 애들 입도 입이다.

그녀는 변한다. "이불 속에서나 간신히 팬티를 내리던 나는, 한참 밥을 먹고 있는 손님 앞에서 척척 옷을 벗고 먼저 이불 위에 누워 있곤 했다. 변죽을 울리면서 자꾸 대화를 하려는 손님은 일부러 잡아끌어 삽입하게 했다. 어떻게든 사정만 하면 되는 일이었다." 가게가 끝난 후엔 몰래 애프터를 간다. 그렇게 번 돈은 왕 사장과 나누지 않아도 되었다. 하지만 그것도 공짜는 아니다. 학교 선생님이라는 남자의 끈질긴 요구에 그녀는 음모를 밀어야 했으니까. 그녀는 남편에게 화를 내기 시작한다. 물건을 던진다. 욕을 하고 때린다. 언젠가의 엄마가 그랬던 것처럼. 그녀는 미워하고 또 원망한다. 그리고 그 모든 일은 공짜였다.

삶은 계속된다. 굶주린 아귀처럼 아가리를 크게 벌린 삶의 목구멍. 출구도 바닥도 없는 어두운 그곳으로 그녀는 계속해서 추락한다. 살기 위해 몸부림을 칠수록 점점 더 빨리, 더 깊이. 그리고 삶은 끊임없이 돈을 요구한다. 살아간다는 것 자체가 돈이라는 듯. 뒤늦게 밝혀진 아이의 병, 남편의 사고, 막내 동생의 사기… 잠시 백숙집을 떠나기도 했지만, 결국 그녀는 돌아갈 수밖에 없다. 그녀를 원하는 남자들의 품으로, "치정이 만든 요사스러운 비린내"의 세계로. 시에서 도로 넘어가는 경계 표지판이 그런 그녀를 배웅한다. 안녕히 잘 가시라고. 이내 또 다른 표지판이 바람에 거칠게 흔들리며 그녀를 환영한다. 기다리고 있었노라고. 그러니 어서 오시라고. 마지막 문장처럼 모든 것이 "다시 시작이었다."

한 인터뷰를 통해 작가는 "있는 그대로 현실을 그리고자 소설을 쓰면서 끊임없이 주인공을 품지 않고 밀어내려는 노력을 계속했다"고 밝히고 있다. 신문에서 소재를 얻는다는 작가는 이토록 잔혹하고 또 가혹한 이야기를 과장하지도 동정하지도 않은 채 그저 건조하고 덤덤한 문체로 써내려 갈 뿐이다. 개미지옥과도 같은 현실, 그리고 그 가장 밑바닥에서 살아가는, 살아가야만 하는 이들의 삶을. 우리 모두 똑똑히 인식하고 있지만 결코 똑바로 바라보려 하지 않았던 현실의 단면을. 내가 무슨 말을 할 수 있을까? 글쎄, 무슨 말을 하건 그건 그저 공짜 생색내기 말에 지나지 않을 테니 이 글은 그냥 이렇게 끝나야만 하겠다.

# 점잖게 미치기

젠틀 매드니스

N. A. 바스베인스, 표정훈·김연수·박중서 공역, 뜨인돌, 2006

"정말 넌 책을 그만 읽어야 돼." 허름한 동네술집에서 친구와 소주잔을 기울이던 어느 저녁이었다. 녀석의 고민에 사려 깊은 충고를 해주던 나는 당황할 수밖에 없었다. 아이 문제에 대해 기너트 박사의 『부모와 아이 사이』를 추천한 게 문제였을까? 회사문제에 신시아 샤피로의 『회사가 당신에게 알려주지 않는 50가지 비밀』을 추천한 것이? 설마 인생 전반에 걸친 고민에 조지프 캠벨의 『신화와 인생』을 추천한 게 잘못은 아니었겠지.

아무래도 내가 녀석의 마음을 제대로 헤아리지 못한 것이리라. 나는 진심으로 부끄러웠다. 잘못을 만회하기 위해 다시 몇 권의 책을 머릿속에서 추렸다. 심혈을 기울인 추천이었다. '투사'와 '불안'에 대한 심리학 서적은 물론 내면의 공격성을 다스리는 책도 빼놓지 않았다. 그래, 이것이 진정한 친구지. 하지만 녀석은 받아 적을 생각을 하기는커녕 더 심한 말로 나를 공격하기 시작했다.

나는 잠자코 있었다. 도무지 영문을 알 수가 없었다. 친구는 그런

내 모습이 더욱 마음에 들지 않는 모양이었다. 사람 말을 좀 제대로 들으라고 했다. 책 읽을 시간에 귓구멍을 파는 게 어떠냐고도. 그것은 공정하지 못한 비난이었다. 나는 귓밥이 많이 생기는 체질이 아닐뿐더러, 『경청』이라는 제목의 책도 읽은 사람이었으니까. "이건희 회장이 아들에게 전해준 사람의 마음을 얻는 지혜"라나 뭐라나(별로 좋은 책은 아니었다).

집에 돌아온 후에도 녀석의 말은 좀처럼 머리를 떠나지 않았다. 무엇이 잘못된 걸까? 가만히 책장을 둘러보았다. 언젠가 달리기를 하려고 마음먹고 읽었던 『잘 달린다』(달린 적은 없다), 기타를 치고 싶어 읽었던 『천재반 Guitar』(우리 반은 아니었다), 자전거 여행을 가볼까 생각하고 읽었던 김훈의 『자전거 여행』(읽고 나니 이미 다녀온 것 같았다), 꿈 많던 시절에 읽었던 『예술가가 되려면』(정말 되려면 이런 책을 읽으면 안 됩니다), 요즘 읽고 있는 『백수생활백서』(노 코멘트)….

순간 녀석의 말을 알 것 같은 기분이 들었다. 나는 정말 책에 미친 바보일 뿐일까? 책이 없으면 아무 것도 못하는 룸펜인가? 하마터면 다자이 오사무의 『인간실격』을 꺼내들 뻔했다. 다행히 그런 사태는 벌어지지 않았다. 때마침 한 권의 책이 눈에 들어왔던 것이다. 이름하야 『젠틀 매드니스』. 책에 미친 사람들을 한가득 모아 놓은 바로 그 책 말이다.

평생에 걸쳐 희귀본을 추적하는 사람, 책 한권에 수백 만 달러를 기꺼이 지불하는 사람, 책을 위해 절도, 살인, 사기에 심지어는 결혼도 마다하지 않는 사람…. 좋게 말해 '점잖게 미친' 것이지, 이 책에 등장하는 애서광들의 행태는 상상을 초월한다. 나 같은 사람은 비교도 되지 않는 것이다. 그래, 그렇지. 나는 역시 정상이었어. 며칠 밤을 새워가며 1111쪽을 꼬박 읽었던 자신이 문득 대견스럽게 느껴졌다. 그렇지 않았다면 정말 스스로를 미쳤다고 생각했을지도 모를 일이었다.

그제야 나는 홀가분한 마음으로 잠자리에 들 수 있었다. 침대에 누워 나의 소중한 친구에게 문자를 보냈다. 로젠버그 박사의 『비폭력 대화』를 한번 읽어보는 게 어떻겠냐고.

그날 이후로 녀석에겐 연락이 없다. 아마 『비폭력 대화』를 읽느라 정신이 없는 모양이다.

# 당신들의 월드컵

피버 피치
닉 혼비, 이나경 옮김, 문학사상사, 2005

남아공 월드컵을 코앞에 둔 어느 날이었다. 독일 월드컵이 엊그제 같은데 어느새 4년이란 시간이 흐른 것이다. 우리 모두는 이렇게 또 한 번 월드컵만큼 나이를 먹었다. 푸릇푸릇하던 청년은, 세수를 해도 좀처럼 얼굴의 베개자국이 지워지지 않는 삼십대 아저씨가 됐다.

솔직히 나는 월드컵이 불편하다. 거스를 수 없는 세월의 흐름을 상기시켜서는 아니다. 속절없는 시간을 두고 월드컵에 책임을 물을 수도 없고. (도의적인 책임 정도는 있을지 모름) 월드컵이 불편한 까닭은 다름 아닌 광고 때문이다.

야구중계 하나를 보려고 해도 수십 개의 월드컵 컨셉 광고를 봐야 한다. 반복이 무서운 건 무의식에 각인되기 때문이다. 경기가 끝나도 CM송은 좀처럼 귓가에서 떠나지 않는 것이다. "슈퍼소닉 이대형 안타"도 "엘지의 조인성 날려줘 하늘 끝까지"도 아니고 "오 대한민국 승리의 함성"을 흥얼거리는 자신을 발견하고 흠칫 놀라는 일이 잦아졌다. 이래서야 야구팬 체면이 서질 않는다.

생각해보면 이상한 일이다. 이동통신사와 보험회사가 축구와 무슨 관계이기에 앞 다투어 대한민국을 응원하는지 통 알 수가 없다. 응원가도 그렇다. "한국 다시 한 번 일어나"라니. 한국이란 나라는 월드컵 기간에만 일어나는 나라란 말인지, 사정상(?) 가끔씩만 일어난다면 왜 월드컵보다 의미 있는 일에 일어나지 않는지, 궁금해지는 것이다. 이것은 과연 '쇼비니즘 마케팅'이다.

상업적으로 이용되는 스포츠 쇼비니즘의 문제는 거기서 아무 것도 배울 수가 없다는 사실이다. 쇼비니즘의 무대인 국제대회는 본질적으로 리그 경기와 다르다. 리그가 일상이라면, 월드컵은 말 그대로 '이벤트'인 것이다. 패배는 무의미하며 승리는 소비될 뿐이다. 연애를 생각하면 간단하다. 평범한 대화, 지리멸렬한 다툼, 사소한 기쁨 없이 주구장창 이벤트만 들이대는 연인과 진지한 만남을 유지하기는 힘들다. 하물며 그 이벤트가 실패라도 한다면…

우리는 오직 진정한 관계를 통해서만 성장할 수 있다. 비록 인간적인 관계의 대용일지언정, 팀과 팬의 관계도 마찬가지다. 이런 팀을 사랑하게 되었다는 사실에 눈물겹게 감사하기도 하면서, 이따위 팀을 좋아하게 된 자신에게 저주를 퍼붓기도 하면서 함께 성장해 나가는 것이다.

닉 혼비의 『피버 피치』는 바로 그런 남자의 자서전이다. 어린 시절 우연히 찾은 축구장에서 리그 최하위 팀을 상대해 "1-0으로, 그것도 상대 골키퍼가 막아낸 페널티킥을 도로 차넣어 근근이 이긴 팀"과 운명적인 사랑에 빠진 남자. 인생의 굴곡을 경기 스코어로 기억하는 남자. 답답한 팀에 분통을 터트리지만 한편으로는 홈구장에 묻히길 바라는 남자. 닉 혼비는 이렇게 말한다.

> 나는 잉글랜드가 이기기를 바라긴 했지만, 잉글랜드는 나의 팀이 아니었다. 홈카운티스 출신의 열두 살짜리 꼬마였던 나에게, 내가 사는 곳에서 30마일 떨어진 곳에 위치한 런던 북부의 팀에 비할 때, 조국이 무슨 의미가 있었겠는가?

이기적이라고? 하지만 사실이다. '광고 속 그들'이 노래하는 대한민국은 소비자의 팀일 뿐이다. 적어도 나의 팀은 아니다.

# 네가 동옥을 팔아먹었구나

비 오는 날

손창섭, 조현일 편, 문학과 지성사, 2005

이렇게 시작하면 어떨까. "이렇게 비 내리는 날이면 원구의 마음은 감당할 수 없도록 무거워지는 것이었다"라고. 추석 연휴의 첫 날. 내가 비가 새는 베란다에 양동이를 갖다 놓으며 생각한 것은 바로 그 문장으로 시작하는 손창섭의 소설이었다. 비 내리는 날에 원구의 마음이 무거워지는 까닭은 빗소리를 들을 때마다 으레 동욱과 그의 여동생 동옥이 떠오르기 때문이다. 그들 남매의 음산한 생활 풍경이 그의 뇌리를 흘러간다. 도깨비들이 방망이를 들고 쏟아져 나올 것 같은 낡은 목조 건물. 유리창 대신 가마니때기를 댄 어두운 방. 허름한 천장으로 쉴 사이 없이 새어 드는 빗방울. 그 아래 눅눅히 시들어가는 그들의 인생, 같은 것들이.

그들은 한국전쟁통에 부산으로 내려왔다. 연고도, 밑천도 없는 이들에게 타지에서의 생활이 녹록할 리 없다. 그나마 리어카를 끌며 잡화장사라도 하는 원구의 살림은 낫다. 그 때문에 해지고 닳아빠진 구제 옷에 채플린이나 신음직한 괴이한 구두를 신고 다니는 친구

와, 한쪽 다리를 쓰지 못해 마음까지 닫혀버린 그의 누이에게 원구
는 묘한 책임감을 느낀다.

동욱은 술에 취할 때면 주정처럼 넌지시 자신의 누이와 혼인할
것을 권하지만 원구는 그 말을 들을 수 없다. 사랑은 연민이 아니기
때문일까. 혼인을 한다 해도 아무 것도 바뀌지 않는다는 것을 알기
때문일까. 우리는 원구의 속내를 듣지 못한다. 다만 그는 가끔 통조
림이나 술을 사들고 찾아갈 뿐이다. 비는 그치지 않는다. 노아의 이
야기처럼, 40일이나 계속된 장마였다.

상황은 점점 더 어려워진다. 동욱의 그림솜씨를 이용해 동욱이 미
군에게 얻어오던 초상화 일거리는 끊기고, 오빠 몰래 동옥이 모은
재산을 빌려간 집주인은 집까지 팔고 야반도주한다. 설상가상 새 주
인은 그들 남매에게 당장 집을 비우라고 한다. 계속해서 내리는 비
로 사실상 장사를 접은 원구도 생활에 목을 졸리기는 마찬가지다.

오랜만에 동욱 남매의 집을 찾은 원구를 기다리고 있는 것은 낯
선 남자다. 남자는 무심히 남매의 소식을 전한다. 동욱은 아마 군대
에 끌려갔을 것이고, 오빠를 기다리던 동옥도 울다 짐을 싸 집을 나
가버렸다고. 원구에게 동옥이 남긴 편지를 맡아 두었으나 간수를 잘
못해서 아이들이 찢어 없앴다고도. 남자는 선심이나 쓰듯 덧붙인다.
걱정 말라고. "병신이긴 하지만, 얼굴이 고만큼 밴밴하고서야, 어디
가 몸을 판들 굶어 죽기야 하겠느냐"고.

남자의 말에 원구는 이놈, 네가 동옥을 팔아먹었구나, 하고 대들
듯한 격분이 마음 한구석에서 치미는 걸 의식하면서도, 동시에 천

근의 무게로 내리누르는듯한 육체의 중량을 감당할 수 없다. 힘없이 돌아선다. 그것은 아마도 죄책감이었으리라. 내뱉지 못한 말은 고스란히 그에게 돌아온다. 이놈, 네가 동옥을 팔아먹었구나, 하는 소리가 까마득히 먼 곳에서 자신에게 쏟아지는 환상에 오한을 느끼는 원구를 그리며 소설은 끝이 난다.

다음 날 뉴스에서는 때 아닌 수해 현장을 보도했다. 절로 마음이 무거워지는 풍경이었다. 그 현장에서 '그 분'이 말씀하셨다. 마음 편하게 먹으라고. 기왕 이렇게 된 거니까, 편안하게. 순간 아득해진 나는 나도 모르게 중얼거린다. 이놈, 네가 동옥을 팔아먹었구나, 라고.

# 선망과 질투의 컬렉션

예술가처럼 자아를 확장하는 법

임근준, 책읽는수요일, 2011

그러니까 지금 피우고 있는 담배처럼, 좋을 게 없다는 걸 뻔히 알면서도 계속해서 읽게 되는 종류의 책들이 있다. 책장 한 구석을 차지하고 있는 그 책들을 가만히 보고 있노라면 쓴웃음이 난다. 그들이 약속한 바에 따르면 나는 지금쯤 예술이 된 일상에서 뼛속까지 내려가 마르지 않는 창의성의 바다를 고래(혹은 스누피)와 함께 멋대로 항해하며 나를 유혹하는 생각들을 마치 거장처럼 써대는 아티스트 웨이를 걷고 있어야 하는 것이다(퀴즈: 위 문장에는 모두 몇 권의 책이 숨어 있을까요? 각각의 제목들을 나열해보세요). 물론 그런 일은 일어나지 않았고, 나는 골머리를 앓으며 이 글을 쓰는 중이다.

르네 지라르의 표현을 빌리자면 '선망, 질투 그리고 무력한 증오'의 컬렉션이라 할 만한 이 목록에 최근 추가된 책은 임근준의 『예술가처럼 자아를 확장하는 법』이다. 물론 죄책감이 없지는 않았다. 그렇지만 호흡이 가빠지고 손이 떨리며 자꾸만 불안해지는 금단증상을 도저히 극복할 수 없었다, 고 말하면 물론 거짓말이고 숙련된 동작으로 책을 장바구니에 담은 후 주문 버튼을 누르는 또 하나의 나를 도무지 막을 수가 없었다. '예술가'로도 모자라 '자아'에 '확장'이라니, 읽지 않을 도리가 없는 것이다. 당장 읽어내야 할 책들이 아무리 산더미처럼 쌓였다고 해도, 언제나 담배 한 대 태울 시간쯤은 있는 법. 일종의 '길티 플레져'인 셈이다.

그렇다고 커다란 기대를 한 건 아니었다. 담배가 그저 담배인 것처럼, 책 또한 책일 뿐이라는 사실 정도는 알 나이가 되었으니까. 하지만 막상 도착한 책은 생각했던 것보다 훨씬 더 흥미진진했다. 심지어 잠깐 훑어볼 생각으로 넘기기 시작한 책장을 멈출 수 없어 약속 시간에 늦기도 했다. 유명짜한 예술가들의 일화도 흥미로웠지만, 서문에서부터 빛을 발하는 신랄하며 경쾌한 문체가 눈길을 잡고 놓아주지 않았던 것이다.

저자는 남다른 자아를 지닌 예술가들의 삶을 통해 다양한 '에고 트립'의 기술을 소개한다. 각 장의 제목이기도 한 열세 가지의 기술은 다음과 같다: 가출, 선지자 노릇, 생과 사를 넘나들기, 벗은 남자의 양물 과시, 벗은 여자의 음문 과시, 몸 부리기, 절정의 순간에 그만두기, 잡기술 상: 체중 조절에서 일기까지, 잡기술 하: 디바 행세에서 낙서까지, 정체성 놀이, (만방에 과시하는) 사랑, 역사 희롱, 자기 풍자. 고개를 끄덕이게 하는 기술에서부터 절로 눈살을 찌푸리게 만드는 기술까지, 실로 넓고도 깊은 에고 트립의 세계라 하겠다. 소개하고 있는 예술가들의 면면도 무척이나 다양해서 화가나 뮤지션과 같은 전통적인 예술가에서 코미디언과 폭식가, 포르노 배우에 이르기까지 시대와 장르를 가리지 않는다.

하지만 그런 다양함은 동시에 이 책의 약점이기도 하다. 한정된 지면에 많은 이야기를 싣다보니 에피소드의 단순나열에 그친 느낌이 없지 않은 것이다. 물론 에고 트립이라는 독특한 주제를, 다양한 일화들을 통해 흡인력 있는 문체로 풀어낸 저자의 노고를 무시할 생각은 없다. 그렇지만 자신감 넘치는 어투로 '평가', '강요', '폭로' 같은 자극적인 단어를 늘어놓으며 독자의 기대감을 한껏 부풀렸던 서문의 야심을 생각할 때, 그 결과물은 아쉬운 게 사실이다. 서문의 호언장담과는 반대로 저자는 각각의 에고 트립에 별다른 평가를 내리지 않고, 독자에게 어떤 선택도 강요하지 않으며, 폭로라기보단 유려한 문체로 해박한 지식을 과시하는 쪽에 가깝다. (이 부분에 대해서는 『프레시안 books 55호』에 실린 반이정의 서평이 자세하게 지적하고 있다.)

무엇보다 가장 큰 단점은, 저자가 들려주는 에고 트립의 기술들이 우리가 발붙이고 있는 현실에서는 도무지 실현 불가능한 것처럼 느껴진다는 사실이다. 적어도 내 기준에는 그렇다. 가출을 하기에는 너무 나이를 먹어버렸고, 선지자 행세를 하기엔 원천 기술(?)이 부족하며, 생과 사를 넘나드는 건 내 뜻대로 할 수 없는 일이니까. 그렇다고 바바리를 입고 양물을 자랑할 수도, 없는 음문을 만들 수도 없는 노릇이다. 언젠가의 백남준처럼 넥타이에 먹물을 묻혀 종이에 선을 긋는 퍼포먼스 정도는 할 수도 있겠지. 그래 봐야 TV 쇼 '스타킹'에나 나가는 게 고작이겠지만(실제로 몇 해 전 '온몸 서예의 달인'이 출연하기도 했다). 심지어 이제 강호동도 없는 쇼에!

물론 그들은 남다른 자아를 가진 예술가들이고, 에고 트립을 통해 한 시대를 풍미한 인물들이다. 누구나 따라할 수 있었다면 애초에 그런 위치에 오르지도 못했을 것이다. 저자가 말하고 싶은 것 또한 그들이 행한 에고 트립을 수동적으로 따라하는 것에 있지는 않을 터. 아마도 그는, 사회가 만들어놓은 규범에 갇혀 답답한 삶을 살고 있는 현대인들에게, 자기 자신의 즐거움을 위해서라도 상상력을 적극적으로 사용하라는 말을 하고 싶었던 게 아닐까?

그렇지만 저자가 나열하는 에고 트립의 기술들과 우리의 현실 사이에는 분명 넘기 힘든 거리감이 존재한다. 그리고 그것은 이내 고색창연한 '낭만적 예술가'론으로 다시금 우리를 인도한다. 동시에 우리는 '선망, 질투 그리고 무력한 증오'라는 감정들로 돌아가는 것이다. 예술가들은 모호하고도 특별한 존재들이고, 우리들 대부분은 그런 에고 트립을 단행할 깜냥이 없으니 정신 차리고 생업에나 종사해야겠다(그렇지만 난 그 생업이 무척이나 싫다)는, 너무 익숙해서 차라리 편안한 불평. 만약 이 책이 출판사 보도자료에서 말하듯 기존의 자기계발서를 풍자하는 '메타-자기계발서'라면 바로 이런 의미에서일 것이다.

어쩌면 내가 너무 빡빡하게 굴고 있는 건지도 모르겠다. 나 아닌 다른 이들은 우리의 일상과 에고 트립의 세계 사이의 '목숨을 건 도약'을 손쉽게 해낼지도 모르고, 이 책을 양분삼아 거대한 자아로 무장한 에고 트립의 달인들이 쏟아질지도 모를 일이다. 평균 신장이 자라는 것처럼 평균 자아 크기도 부쩍 커진 세상이 이미 눈앞에 도래했는지도(이 책의 논의와는 별개로 이것은 진실인 것 같다). 그렇다면 많은 이들이 확장된 자아로 무장한 세계는 어떤 모습일까? 상상력의 모험과 첨단의 예술이 넘실대며 개개인의 삶 자체가 예술로 꽃피는 아름다운 세상?

글쎄, 꼭 그럴 것 같지는 않다. 『예술가처럼 자아를 확장하는 법』의 저자 또한 서문에서 밝히고 있듯, 자아의 팽창과 반비례해 주체 내에서 타인의 자리는 그만큼 줄어들게 마련. 임근준은 이렇게 말한다.

> 『예술가처럼 자아를 확장하는 법』은 (⋯) 기성 예술가들의 지긋지긋한 자기중심적 사고방식이나 황당할 정도로 심대한 자아의 연원을 추적함으로써, 언제 어떻게 어째서 그 지경이 됐는지 알아보는 책이고, 빈약한 자아를 소유한 젊은이들에겐 자아 확장의 다양한 방도를 제시함으로써, 선량한 인간의 삶이냐 극악한 이무기의 삶이냐 하는 흑백의 선택을 강요하는 책이다.
>
> – 9쪽

그리고 여기, 비대한 자아의 '지긋지긋한 자기중심적 사고방식' 혹은 '극악한 이무기의 삶'을 완벽하게 체현하는 인물이 있다. 바로 무라카미 류의 『우울과 부드러움의 이야기』에 등장하는 '에고 트립의 달인' 야자키다.

뮤지컬 프로듀서로 성공적인 커리어를 이어가던 마흔한 살의 야자키는 온갖 종류의 마약과 술, 피·가학적 성행위에 몰두하는 새디스트(몸부리기)다. 자신의 노예라고 생각했던 레이코에게 버림받은 그는, 뮤지컬 오디션에 참가한 여성 댄서를 호텔로 불러 가학적인 행위로 모욕을 주기도 하고(잡기술 하: 디바 행세에서 낙서까지) 이런저런 일탈과 에고 트립을 통해 상실을 극복하려 몸부림치지만 결국 모든 것을 놓아버린 채 뉴욕에서 홈리스 생활을 하게 된다(가출). 그곳에서 칼을 든 미치광이 부부에게 쫓기는 등의 여러 수모를 당한 그는 (생과 사를 넘나들기), 한 홈리스 친구의 자살을 계기로 몇 년간의 홈리스 생활을 청산하고 다시금 쇼 비즈니스의 세계로 복귀한다.

이런 야자키의 복귀 인터뷰를 맡게 된 미치코는 상류층 가정에서 자라 좋은 대학을 졸업한 스물아홉의 인텔리. 처음에는 야자키의 비대한 자아에 불쾌감을 느끼던 그녀였지만(그녀는 그가 자의식이 없다고 생각한다. 그건 곧 "자의식의 과잉이나 분열을 일으키지 아니하고 자아를 통일시키고 확립하는 일" 즉, 자아 확립을 뜻한다. 거대한 자아의 확립!), 인터뷰가 진행되면서 그의 기묘한 분위기에 본능적인 끌림을 느낀다. 야자키가 자신의 여성 편력에서부터(만방에 과시하는 사랑) 레이코와 나누었던 가학적인 섹스(그녀와의 섹스의 핵심은─절정의 순간에 그만두기)에 이르기까지 가식 없는 소탈한 태도로(자기 풍자) 과거를 차례차례 털어놓을수록 그녀의 욕망은 걷잡을 수 없이 커져만 간다. 그리고 마침내 사랑에 몸을 맡긴 그녀에게, 야자키는 그녀가 결코 알지 못했던 미지의 세계를 약속하는 '선지자'가 된다.

이 소설에서 가장 인상적인 부분은(페이지에서 열기가 뿜어져나올 듯 에로틱한 몇몇 장면들을 제외하면) 소설의 마지막 즈음에 있는 야자키와 미치코의 대화다. 소설의 제목이자(원제가 바로 Melancholia다) 야자키를 설명하는 핵심 키워드인 '우울'에 대해 미치코가 묻는 장면이다.

> "우울이 좋다는 말이에요?"
>
> "만약 그 우울에 충실감이 있는 경우에는 좋아할지도 몰라, 옛날부터 큰일을 마쳤을 때는 그런 것이 있었지, 우울하고 뭔가 덜 찬 듯한 상태가, 단지 나는 오해를 하고 있었을 뿐이라는 기분도 들어, 레이코에 대해."
>
> "오해?"
>
> "나는 타인에게는 인격 같은 게 없다고 생각하는 구석이 있거든."
>
> 그렇게 말하고 야자키가 웃었다. 정말 즐거운 듯한 웃음은 물론 아니고, 어쩔 수 없다는 쓸쓸한 웃음도 아니었다. (⋯)
>
> "좀 심한 말이네요."
>
> "업신여긴 게 아냐, 반대라구, 존경하고 있던 거야, 굉장하잖아, 인격이 없다니⋯."
>
> - 224쪽

그러니까 그 남자는 자신의 거대한 자아에 시달리는 탓에 타인에 대해서는 티스푼만큼의 이해도 갖지 못했던 것이다. 그리고 거대한 자아는 마치 거대한 행성이 그렇듯, 거대하다는 이유만으로 다른 사람들을 끌어들인다. 결국 그들을 기다리고 있는 것은 익숙한 지옥과 세부를 바꾼 불행뿐이라는 암시로 소설은 막을 내린다. 결국 비대한 자아들이 넘치는 세상의 모습 또한 이와 비슷하지 않을까.

그러고 보니 아직 읽진 못했지만 이런 주제의 인문서가 얼마 전에 출간된 모양이다. 제목은 『자아 폭발』. 한 인터넷 서점의 책소개를 빌자면 "'지난 6000년 동안 인류는 일종의 집단적 정신병을 앓아왔다'고 주장하는 책. 저자 스티브 테일러는 우선 현재 인류의 역사를 바라보는 관점이 수정되어야 한다고 주장한다. 그는 인류의 역사를 '자아폭발' 이전과 이후의 시기로 구분한다. 그는 자아폭발을 '타락'이라고 지칭하며 '인류의 역사가 지속적으로 진보한 것이 아니라 퇴보의 길을 걸어왔다'고 말한다"고 하는데, 굳이 400쪽이 넘는 책을 읽지 않더라도 르네 지라르가 『낭만적 거짓과 소설적 진실』에 쓴 한 문장이면 이 책을 요약하기에 충분할 것 같다.

> 모든 사람은 자신만이 홀로 지옥에 있다고 생각하는데, 바로 그런 생각이야말로 지옥이다.
> – 108쪽

아무려나. 지옥이 어쨌건 나와 무슨 상관이랴. 아직도 이 난삽한 글을 끝낼 방법을 찾지 못한 나는 다시 담배 한 개비에 불을 붙일 뿐이다. 마치 그게 내가 아는 에고 트립의 전부라는 듯, 좋을 게 없다는 걸 뻔히 알면서도.

# 매혹과 이해 사이

## 사물의 언어

데얀 수직, 정지인 옮김, 홍시, 2012

늘상 고민하는 몇 가지 질문들이 있다. 하나, 세상엔 탐나는 물건들이 왜 이리 많을까? 둘, 왜 그런 물건들도 수중에 들어오면 이내 빛을 잃고 마는 걸까? 셋, 그럼에도 우리는 왜 계속해서 새로운 물건들을 탐하는 걸까?

이유는 분명하다. 그저 방을 한번 둘러보는 것으로도 충분하다. 뽀얀 먼지를 뒤집어 쓰고 자리만 차지하고 있는 물건, 물건, 물건들. 내 방을 한번 볼까. "고급스러운 화이트 바인딩 처리가 된" 통기타와 "버터스카치 색상의 블론드 피니쉬로 마감하여 52 텔레캐스터의 그것을 느끼게 하기 충분한" 전자기타가 한 대씩, "부띠끄"한 미니앰프가 하나, "두께감 있는 브러쉬 처리 알루미늄 프론트패널에 완전히 새로운 랩-라운드 케이스워크 디자인"의 오디오 세트와 "시선을 사로잡는 텍스터 컬러 디자인"의 초경량 노트북 한 대… 목록은 계속해서 이어진다.

이는 한 눈에 나를 사로잡아 설레게 만든 물건들의 목록인 동시에 카드 할부가 채 끝나기도 전에 내 관심에서 멀어진 물건들의 목록이기도 하다. 흔히 인간에게는 학습능력이 있다고들 한다. 하지만 나는 이 물건들을 통해 무엇을 배웠는지 모르겠다. 오늘도 나는 인터넷 쇼핑몰을 순례하며 새로운 기타를, 오디오를, 노트북을, 그 밖의 아름답지만 딱히 필요는 없는 많은 물건들 앞에서 군침을 삼키는 것이다. 그러다 카드 명세서가 날아오는 날이면 쓴침을 삼키기도 하지만.

『사물의 언어』는 이렇듯 우리를 사로잡으며, 때때로 우리를 절망에 이르게 하는 사물들의 본성을 탐구하는 책이다. 여기서 본성이란 다름 아닌 사물의 겉모습이다. 결국 우리를 매혹하는 것은 사물의 용도가 아닌 것이다. 그리고 디자인이야말로 오늘 우리가 살아가고 있는 세상을 이해하는 중요한 열쇠다. 런던 디자인 뮤지엄 관장이자 영국 왕립미술대학 객원 교수인 데얀 수직은 『사물의 언어』에서 그렇게 말한다.

수직은 대담하고 또 혁신적인 디자인들의 역사를 통해 우리와 우리의 사회가 사물들과 맺고 있는 복잡다단한 관계를 고찰한다. 그는 우리가 직면한 무분별한 소비문화를 회의적인 시선으로 바라보지만, 동시에 사물들에 대한 매혹을 숨기지도 않는다. 따라서 쇼핑중독에서 벗어나려는 사람은 이 책을 멀리해야 한다. 그가 아무리 재치와 냉소로 우리의 욕망을 분석한다 해도, 책 곳곳에 실린 아름다운 디자인의 물건들만큼 우리를 '설득'하지는 못하기 때문이다. 사물은 이렇게 힘이 세고, 나는 여전히 고민을 멈출 수가 없다.

아침후 좋근에 적합한 물건들

# 스마트한 바보

## 생각하지 않는 사람들
니콜라스 카, 최지향 옮김, 청림출판, 2011

영국 음악계의 촌철살인 계보를 잇는 자비스 코커는 언젠가 이렇게 노래한 바 있다. "나는 결코 내가 사려 깊은 사람이라고 말한 적 없어, 다만 뼛속깊이 얄팍한 인간일 뿐 / 내 무식은 광대하고, 내 시야는 좁아터졌지" 지레 찔려서일까. 원제 *The Shallows*, 직역하자면 '얄팍한 사람들'쯤 되는 『생각하지 않는 사람들』을 읽는 내내 그 노래가 머리를 떠나지 않았다.

카의 주장은 간단하다. 우리는 유사 이래 가장 스마트한 세상에 살고 있지만, 우리들 개개인이 더 똑똑해진 것은 아니다. 오히려 집중력 저하와 건망증에 시달리며 깊이 생각하는 일에 그 어느 때보다 어려움을 느끼고 있다. 자신의 삽을 굴착기와 맞바꾼 중노동자의 팔 근육이 약해지는 것처럼, 스마트한 기기들을 통해 인터넷을 이용하는 현대인은 사고하는 힘을 잃어버리게 되었다는 것이다.

독서의 경우를 생각해보자. 구텐베르크 이후 폭발적으로 늘어난 책의 생산은 읽고 쓰는 능력을 강화시켰고, "우리의 조상들은 책에 담긴 이야기나 주장을 파악하는 훈련을 통해 보다 사색적이고 상상력이 풍부한 성향을 갖게 되었다." 이런 변화는 추상적으로 생각할 수 있는 사고능력을 계발하고, 책 밖에 있는 물리적 세상에 대한 경험까지 바꿔가며 현대 문명의 근간을 이룬다.

전자 미디어들의 도전에도 불구하고 지식의 유통에서 독점적 지위를 지키던 책과, 책에 의해 형성된 인간의 사고능력은 인터넷의 등장에 심각한 위협을 받는다. 우리는 이렇게 물을 수도 있을 것이다. 그건 단순히 새로운 지적 기술에 의해 책이라는 과거의 기술이 밀려난 게 아닌가? 중요한 건 미디어가 전달하는 콘텐츠와 그것을 사용하는 사람들의 태도가 아닐까? 오히려 인터넷은 인류의 지적 가능성을 무한히 확장시킨 게 아닌가?

카는 단호하게 고개를 젓는다. 인터넷이 우리의 뇌 구조 자체를 바꾸었기 때문이다. 인터넷을 이용하는 우리는 정보를 검색하고 거르고 훑어보며 지식을 '사냥'하고 '채집'한다. 하지만 그렇게 얻은 정보의 조각들은 결코 우리의 지식이 될 수 없다. 서평을 위해 쓰는 뇌의 영역은 독서에서 사용하는 영역과 다른 부분이며, 웹은 우리가 깊이 읽고 생각하지 못하도록 산만하게 만들어 결과적으로 "쓰레기 같은 소리에만 관심을 기울이도록 뇌를 훈련"시키고 있다는 것이다.

한마디로 우리는, 우리 안에 갇힌 채 학습과 강화를 통해 먹이가 나오는 버튼을 계속해서 누르는 실험용 쥐처럼 똑똑해지고 있다는 착각 속에서 마우스를 클릭하고 있는 셈이다. 어쩐지 매트릭스의 세계가 떠오르는, 카산드라의 예언처럼 무시무시한 진단. 하지만 풍부한 인용과 최신 뇌 과학의 성과를 바탕으로 논지를 이어가는 작가의 글쓰기에는, 무책임한 낙관으로 일관하는 다른 책들과 달리 현실을 직시하는 힘이 있다.

덧붙여, 개인적으로는 이 책을 읽는 동안 종종 책장을 덮고 다른 일을 해야 했지만, 인터넷에서 확인해야 할 일들이 있었기 때문이지 저자의 필력이 부족해서는 아니었다는 사실을 밝혀둔다. 위기의 현대와 인류의 미래에 대해, 그리고 무엇보다 '이대로 살아도 좋은가'라는 질문이 절로 나오는 나의 삶에 대해 좀 더 깊이 고찰해 보고 싶지만, 누군가 이집트에서처럼 인터넷을 마비시켜주기 전까지는 아무래도 힘들 것 같다. 당신도 이미 느꼈겠지만, 나는 뼛속까지 얄팍한 인간인 것이다.

# 김수영 사용법

김수영 전집
김수영, 민음사, 2003

마감 전날의 풍경은 항상 똑같다. 김광석의 노랫말처럼, "창틈에 기다리던 새벽이 오면 / 어제보다 커진 내 방 안에 / 하얗게 밝아온 유리창에 / 썼다 지"우는 모습을 상상하면 된다. 이 경우엔 유리창이 아니라 모니터겠지만. 하물며 "너를 사랑해"라는 완벽한 말도 끊임없이 썼다 지우는 판인데, 어디로도 가닿지 않는 문장이나 좀처럼 꿰어지지 않는 사고의 편린이야 두말할 것도 없다. 하지만 마감은 어김없이 찾아오는 법. 조지 오웰은 이렇게 썼다.

"그런데도 그의 원고는 자못 신기하게도 제때 편집자의 책상에 도착할 것이다. 어떻게든 항상 정시까지 도착하는 것이다. (…) 그렇게 해서 그는 갑자기 타자기를 마구 두드리기 시작한다. 온갖 진부하고 상투적인 표현들이 자석을 따라 움직이는 쇳가루처럼 척척 제자리로 뛰어든다. 그리고 서평자는 원고를 들고 나서야 할 때를 3분쯤 남겨두고 정확한 분량으로 마친다."

오웰의 이름을 딴 '오웰리언'Orwellian이라는 단어를 『1984』에서 묘사된 숨 막히는 통제정부에서 유래한 것으로, 혹은 '전체주의적인'을 뜻하는 형용사로 오해하고 있지만, 마감시간을 앞둔 자의 고뇌야말로 '오웰리언'의 본뜻이다. 카프카의 이름을 따 만들어진 '카프카에스크'Kafkaesk도 마찬가지. 부조리하고 암울한 상황을 가리키는 이 단어가 정말로 어울리는 곳은, 침대에서 눈을 떠보니 벌레가 된 그레고르 잠자가 아니라, 마감과 그 자신의 무능함에 시달리는 자의 삶인 것이다. 그는 그저 원고료가 필요할 뿐이다.

마감을 맞는 일은 퀴블러 로스가 말하는 죽음의 5단계를 닮았다. 부정, 분노, 협상, 우울, 수용. 눈을 비비고 다시 달력을 들여다보다가 자신에게 화를 내고, 하루쯤 늦어도 될 거라고 스스로를 속여도 보며, 무기력의 끝없는 심연 속에 가라앉아 한참을 보낸 후에야, 비로소 원고를 써야 한다는 사실을 인정하는 것이다. 대저 인생이란 무엇이고 돈은 또 무엇이며 지리산에서의 삶은 어떨지에 대해 심각하게 생각하게 되는 것도 바로 이때다. 그럴 때는 김수영을 읽어야 한다. 다른 방법이 없다.

"우선 나는 매문賣文을 하고 있다. 매문은 속물이 하는 짓이다. 속물 중에서도 고급 속물이 하는 짓이다"라고 쓴 이가 바로 김수영이다. "잡지사의 원고료의 액수와 날짜, 사야 할 책, 아이들의 학비 낼 날짜와 액수, 전화번호, 약 이름과 약방, 외상 술값… 이런 자질구레한 숫자와 암호 속에 우리들의 생활의 전부가 들어 있다고 해도 과언이 아니다"라고 말한 것 또한. 말하자면 나는 그나마 '고급'이란 말에 좋아하는 속물이고, 속물에게는 숫자가 필요하고, 숫자를 맞추려면 원고를 써야 한다, 는 자기 확인인 셈이다.

결국 마음을 다잡고 자리에 앉아 꾸역꾸역 원고를 마무리 지은 후에도 김수영은 여전히 유용하다. 이를테면 다 쓴 원고가 마음에 들지 않는 경우. 소심한 나를 비웃기라도 하듯 그는 이렇게 말한다.

그것은 그냥 글씨의 나열이오. 미안하오. 그 글씨의 나열에 대해서 오천 원이나 받아서 미안하오.

물론 내가 받는 돈은 오천 원이 훌쩍 넘는다. 김수영도 고작 오천 원을 받았는데 내가 그보다 더 받는다고? 하지만 물가상승률을 감안한다면 사실 내가 받는 돈은 턱없다. 김수영이 아무리 위대한 시인이고 내가 아무리 잡스런 글쟁이라 하더라도, 조금 그렇다고 느껴질 정도로.

# 부조리 위를 흐르는 인생

## 죽은 철학자들의 서
사이먼 크리칠리, 김대연 옮김, 이마고, 2009

'시험 전날 책상정리 하듯'이란 말이 있다. 중요한 일을 앞두고 괜히 다른 일을 하게 되는 사람의 심리를 이보다 적절하게 표현한 말이 있을까. 당장 속담 사전에 등재된다고 해도 놀랍지 않을 정도다. (정자리가 없으면 '두부 먹다 이 빠진다' 같은 것들을 하나 빼면 되겠다.) 일이 눈처럼 쏟아지고 원고마감까지 겹칠 때면 나 역시 '책상정리'를 한다. 요즘 빠진 것은 우연히 알게 된 한 게임.

램프의 요정 지니가 등장하는 일종의 스무고개인 '아키네이터' (http://en.akinator.com)라는 꽤나 신기한 게임이다. 실존인물인가? 안경을 썼나? 가수인가? 남자인가? 같은 질문에 예, 아니요, 모르겠네요. 답을 하다보면 어느새 화면에 그 인물이 짜잔, 나타나는 것이다. 이 사람 알아? 저 사람도? 골몰해서 게임을 하다 보면 어느새 오기가 생긴다. 건방진 컴퓨터를 이기고 싶은 마음. 물론 괜히 컴퓨터가 아니다. 어느 순간, 초등학교 3학년 때 짝사랑했던 여자애까지 아는 게 아닐까, 내 귀에 도청장치가 있는 건 아닐까 떨고 있는 자신을 발견하게 된다.

수많은 사람들의 플레이를 통해 축적된 데이터를 바탕으로 진화하는 '웹2.0' 지니의 비밀은 바로 핵심적인 질문이다. 여러 인물이 같은 길을 공유하더라도, 어느 순간 갈림길은 나타나게 마련. 남자, 프랑스인, 작가, 20세기에 활동, 사망, 노벨상 수상 등 많은 공통점이 있는 사르트르와 카뮈를 구분 짓는 질문은 세 가지다. 얼굴이 '러블리'한가? 부인이 유명한가? 비극적인 죽음을 맞았나? 깊이 숙고할 만한 철학적인 질문. 어쨌거나 교훈은 분명하다. 얼굴은 잘나고, 결혼은 잘해야 한다는 것. 어떤 죽음은 그 사람의 특징이 되기도 한다는 것.

카뮈는 '부조리한 영웅'을 꿈꿨다. 끊임없이 돌을 굴려올리는 시지프스처럼, 세상의 불합리를 모두 인식하면서도 끝내 살아가기를 멈추지 않는 것. 세상의 불합리, 인간의 열망, 그리고 양자의 대면에서 솟아오르는 부조리의 드라마를 아름답게 역설했던 그는 자동차 사고로 죽는 것이야말로 가장 의미 없는 죽음이라고 말하기도 했다. 부조리의 사막 위를 두 발로 걸어가는 영웅에게 그것은 일종의 추문일 뿐. 하지만 이 '러블리'한 부조리의 철학자가 세상을 떠난 것은 다름 아닌 자동차 사고 때문이었다. 부조리의 완성.

상대적으로 덜 비극적인 사르트르의 죽음 역시 아이러니하긴 마찬가지다. 허세남 사르트르는 큰소리치곤 했다. "죽음? 나는 그런 것은 생각하지 않는다!" 평생에 걸친 여성편력과 알코올, 담배와 약물로 성한 데 없던 사르트르가 응급실에 실려온다. 눈은 멀고 이는 빠진 가련한 노인은 유명한 부인, 보부아르의 손을 잡으며 마지막 말을 남긴다. "사랑하오, 비버." 마지막 순간에 어김없이 완성되는 삶의 부조리. 교훈은 반복된다. 역시 결혼은 잘하고 볼 것!

오늘날 카뮈와 사르트르의 실존주의는 예전만큼 좋은 평가를 받고 있지는 못한 모양이다. 사상에도 유행이 존재하는 것이다. 하지만 죽음의 백과사전이라 할『죽은 철학자들의 서』에 실린 철학자들의 죽음은 하나 같이 부조리하다. 생전의 철학적 견해와는 상관없이, 모든 삶과 죽음이 본래 그렇다는 듯이. 2010년은 카뮈 사망 50주년, 사르트르 사망 30주년이 되는 해였다. 그들이 여전히 살아 있었다면, 자신들이 옳았음을 확인하지 않을까?

# 낭만주의의 엔진을 꺼보자

나라 없는 사람

커트 보네거트, 김한영 옮김, 문학동네, 2007

만일 부모에게 치명적인 상처를 주고 싶은데 게이가 될 배짱이 없다면 예술을 하는 게 좋다. 이건 농담이 아니다. 예술은 생계수단이 아니다. 예술은 삶을 보다 견딜 만하게 만드는 아주 인간적인 방법이다. 잘하건 못하건 예술을 한다는 것은 진짜로 영혼을 성장하게 만드는 길이다. 샤워하면서 노래를 하라. 라디오에 맞춰 춤을 추라. 이야기를 들려주라. 친구에게 시를 써보내라. 아주 한심한 시라도 괜찮다. 예술을 할 땐 최선을 다하라. 엄청난 보상이 돌아올 것이다. 존재하지 않았던 새로운 것을 창조하지 않았는가!

– '문예창작을 위한 충고' 『나라 없는 사람』 31쪽

먼저 내가 커트 보네거트를 무척이나 좋아한다는 사실을 밝혀야겠다. 국내에 출간된 그의 소설 대부분을 소장하고 있고, 그 중 몇 권은 절판된 지 오래이며, 설사 내가 사랑하는 아이돌 그룹의 어떤 멤

버가 그 절판본을 눈이 빠지게 찾고 있다고 하더라도 결코 '조공'하지 않을 생각이다. 농담이 아니다. 나의 진심을 증명하기 위해서 그녀가 연락을 해오기만을 목이 빠지게 기다리고 있을 정도다. 그러니 내가 그의 글이라면 무조건 찾아 읽고 고개를 끄덕인다고 해도 놀랄 일은 아니다. 실제로 그것은 세상의 모든 좋은 노래들을 두고 온종일 아이돌 그룹의 노래만 듣는 것보다는 훨씬 더 쉽고 또 즐거운 일이다.

하지만 문제가 없는 건 아니다. 당신이 보네거트의 충고를 따라 인생을 설계한다고 생각해보라. 그러니까 오직 부모에게 치명적인 상처를 주겠다는 일념으로, 그러나 차마 내 애인(현재의, 혹은 '네가 있던 미래에서' 기다리고 있을 어떤 이성)에게도 그렇게 할 배짱은 없는 관계로 예술을 하겠다는 결심을 했다고 치잔 말이다. 좋다. 축하할 일이다. 특히 당신의 영혼에게는. 하지만 당신의 위장胃臟에게는 어떨까? 당신의 친구들은? 애인은? 당신이 커피숍에서도, 극장에서도, 식당에서도, 술집에서도 계산을 하지 않는다면 그들은 과연 무슨 생각을 할까? 당신이 CD와 콘서트 티켓과 '빌어먹을 티셔츠'를 사주기만을 기다리는 아이돌 그룹의 조카들은 또 어떻게 할 것인가?

말하자면 보네거트의 말에는 어떤 결락이 있다. 그의 논리를 보자.

1. 부모에게 치명적인 상처를 입히고 싶다면 예술을 하라.

2. 예술은 생계수단이 아니다.

3. 예술은 삶을 견딜 만하게 만들고, 영혼을 성장하게 만드

3-1. 샤워하면서 노래를 부르고

3-2. 라디오에 맞춰 춤을 추고

3-3. 이야기를 들려주고

3-4. 친구에게 시를 쓰는 것이다.

4. 결과물이 한심해도 괜찮다.

5. 존재하지 않았던 새로운 것을 창조하는 것만으로도 엄청
난 보상이다.

1과 2에서 드러나듯, 예술이 부모에게 상처를 주는 이유는 그것이
생계수단이 아니기 때문이다. 이건 사실이다. 부모님들이 평소에는
그렇게도 신봉하시던 옛 어른들의 말씀도(이를테면 "산 입에 거미줄 치
랴") 통하지 않는다. 친구의 자식들은 '사'자 직업을 갖고 '철밥통' 공
무원이 되고 전도유망한 '청년사업가'가 되었다는데, 그들보다 못할
것 하나 없는 우리 새끼가 눈보라 치는 가시밭길을 자진해서 걷겠다
는 사실을 차마 받아들일 수 없는 탓이다. 먹고 사느라 바빠 자식에
게 소홀했던 옛날을 돌아보며 눈물도 흘리실 거다. 가슴 아픈 일이
다. 하지만 이건 당신이 예상했고 또 바랐던 결과가 아닌가? 문제는
그 다음이다.

자, 당신은 부모에게 치명적인 상처를 주는 데 성공했다. 이제 무
엇을 할 것인가? 3-1로부터 3-4의 과정을, 그러니까 샤워하면서 노
래를 부르고, 라디오에 맞춰 춤을 추고, 이야기를 들려주고, 친구에

게 시를 쓰는 일에 매진할 것인가? 하지만 그것은 예술이라는 거창한 타이틀 없이도, 다시 말해 어떤 선언 없이도 우리들이 일상적으로 하고 있는 일이다. 그렇다면 남는 것은 어떻게 할 것인가의 문제. 답은 뻔하다. 보네거트가 말한 것처럼 "최선을 다하"는 것. 하지만 당신이 최선을 다한다고 해도, 언제나 너무 차갑거나 뜨거운 주제에 수압도 세지 않은 샤워기가 당신의 노래에 감동해 물 대신 젖이나 꿀을, 하다못해 와인을 뿜어내는 기적은 일어나지 않을 것이다. 당신의 이야기에 감동한 친구가 당신을 위해 밤하늘의 별자리처럼 빛나는 문학사의 한 자리를 마련해주는 일도 없다.

물론 샤워를 하며 노래를 부르다 욕실 앞을 지나가던 관계자에게 발탁되어 억만장자가 된 U2의 보컬 보노도 있다. 친구가 보낸 원고를 차곡차곡 모아둔 것으로 모자라 전부 태워버리라는 유언까지 무시하고 출판을 감행한 막스 브로트 덕에 세계문학사의 로얄석을 꿰찬 카프카도. 하지만 그건 어디까지나 예외이고, 모든 예외는, 그 단어 자체가 의미하는 것처럼, 그것을 이루는 것이 불가능하지는 않지만 더럽게 어렵다는 사실만을 말할 뿐이다. 하물며 그 결과물이 한심하기까지 하다면 두말할 것도 없다. 그럼에도 당신은 세상에 존재하지 않았을 수도 있었을 어떤 것을 창조했고, 그 대가로 영혼의 충만한 기쁨을 얻었다. 축하한다. 당신은 세상에 존재할 '필요'가 없었던 어떤 것을 구태여 만들어냈고, 그 대가로 고독과 배고픔을 얻었다. 다시 한 번, 축하한다.

문제는 분명하고 또 단순하다. 그건 바로 돈이고 생계이고 그것을 포함하는 현실 그 자체다. 무엇을 하건 어떻게 하건 그들에게도 하루하루의 삶을 꾸려나가기 위한 돈이 필요하다는 사실이다. 오스카 와일드는 그런 현실을 한 문장으로 요약한다. "은행가들이 모이면 예술을 논하고, 예술가들이 모이면 돈을 논한다." 그리고 그것이 바로 보네거트가 생략한 부분이다. 그는 2에서 '생계수단'이라는 단어를 슬쩍 언급한 뒤, 그것이 마치 부모에게만 중요한 일이라는 양 서둘러 다른 차원의 이야기(3. 예술은 삶을 견딜 만하게 만들고, 영혼을 성장하게 만드는 인간적인 방법이다)로 넘어간다.

그럼에도 그의 문장이 어색하게 느껴지지 않는 이유가 뭘까? 간단하다. 우리가 공유하고 있는 낭만주의의 이데올로기가 그 틈을 채우고 있기 때문이다. 배고픈 예술가라는 환상. 반 고흐의 삶을 그의 작품보다 더욱 아름답게 덧칠한 바로 그 신화. 하지만 반 고흐가 반 고흐가 될 수 있었던 것은 그가 다른 누구도 아닌 반 고흐였기 때문이다. 하나의 예외라는 말이다. 그리고 그것은, 다시 말하지만 더럽게, 정말 더럽게 어려운 일이다. 얼마나 어려운지 반 고흐조차 살아서는 해내지 못했던 일이다. 여기서 문제. 만약 반 고흐가 지금까지 살아있다면 우리는 그를 어디서 찾아야 할까? 미술책? 위인전? 정답은 기네스북(또는 「해외 토픽」 등의 가십란이나 「세상에 이런 일이」 등의 TV 프로그램)이다. 아마 당신도 '여전히 가망 없는 작업에 매달리고 있는 세계 최고령 화가' 부문에 올라 있는 그의 이름을 볼 수 있을 것이다.

이런 낭만주의 이데올로기의 작용은 대체로 무해한 것으로 취급

된다. 사람들은 말한다. 반 고흐는 분명 안타까운 삶을 살았고 인정받지 못한 채 죽음을 맞이했지만, 그것을 되돌릴 수는 없는 일이라고. 그러니 우리가 그의 삶에 낭만이라는 향신료를 몇 방울 첨가함으로써 이제라도 그의 삶을, 죽음을, 예술을 빛나는 어떤 것으로 만들 수 있다면, 그리하여 그것을 소비하는 우리들이 약간의 즐거움을 얻을 수 있다면 도대체 무엇이 문제란 말인가? 틀린 말은 아니다. 고흐의 반응이 조금 궁금하긴 하지만 죽은 자는 말이 없고, (언젠가 아버지가 CF를 통해 말씀하셨듯) 살아있는 한 우리는 '즐겨'야 한다. 언제나 문제는 살아있는 사람들이다.

그리고 우리 주변에는 여전히 살아있는 반 고흐들이 있다. 그만큼의 재능은 없을지 몰라도, 그만큼 절망하지는 않았을지 몰라도, 자신에게 주어진 삶과 예술을 두 어깨에 짊어지고 오늘도 안개 낀 거리를 걸어가는 사람들이다. 삶의 어떤 교차로에서 우리는 종종 그들을 마주치곤 한다. 조금은 어색한 통성명을 마친 후 우리는 말한다. "오, 문학을/영화를/미술을/음악을 하신다고요? 정말 멋진 일을 하시는군요. 저도 책/영화/그림/음악 진짜 좋아하거든요…. 그런데 혹시 남는 책/영화표/그림/CD 좀 없나요?"

교양 있는 문화시민들의 반응이라면 조금 다를지도 모르겠다. 예술과 예술가의 곤경을 충분히 알고 있(다고 가정되)는 이들이니까. 그들은 아마 이렇게 말할 것이다. "아, 멋진데요. 별로 멋진 일이 아니라고요? 배도 고프시다고요? 정말 예술가 맞으시네요! (사려 깊은 웃음) 인생은 짧고 예술은 길다는 말도 있잖아요. 비록 배고픔을 참을 수 없는 체질 때문에 저는 감상자로 남았지만, 이왕 선택한 길, 조금만 더 배고픔을 참으시면 당신도 꼭 훌륭한 예술가가 될 수 있을 거예요. 언제나 응원할게요! 그런데 정말 남는 책/영화표/그림/CD 좀 없어요?"

그들이 정말 그 예술가를 응원하는 것은 아마도 그가 세상을 떠난 후가 될 것이다. 낭만주의적인 예술관에서는 죽은 예술가보다 더 예술적인 건 없기 때문이다.

그렇다고 그들을 비난할 생각은 없다. "책과 잡지를 사거나 영화를 보러 갈 정도로 여유가 있는 사람들은 가난하고 병든 사람들의 이야기를 듣고 싶어하지 않는다"라고 말한 것은 보네거트였다. 나는 그 말을 이렇게 바꿀 것을 제안한다. "책과 잡지를 사거나 영화를 보러 갈 정도로 여유가 있는 사람들은 가난하고 병든 예술가의 이야기를 듣고 싶어하지 않는다"라고. 누군가는 단순히 취향의 문제일 뿐이라고 말할지도 모른다. 모든 사람이 자의식으로 가득 찬 구질구질하고 지질한 이야기를 즐길 필요는 없는 거라고(나는 여기서 어떤 편견을 지적하지는 않겠다). 하지만 그 말에서 무슨 취향을 찾을 수 있는가? 그들은 단지 이렇게 말하고 있을 뿐이다. "당신이 정말 뛰어난 예술가라면, 왜 아직도 가난하고 배고픈가요? 왜 아무도 당신에 대해 말하지 않죠? 그리고 당신이 뛰어난 예술가가 아니라면, 내가 왜 당신의 작품을 소비해야 하나요?"

이건 차라리 농담이다. 예술은 배고프고, 그렇기에 예술이라는 낭만적인 관점은 정작 굶주린 배를 안고 살아가는 대다수의 예술가들에게는 아무런 도움도 주지 않는다. 물론 이미 죽은 작가에 대해서라면 이야기는 달라진다. 그는 뒤늦게 도착한 천재이고, 잃어버렸다는 사실조차 몰랐던 우리의 문화유산이 될 수 있는 잠재력을 가진 예술가로 평가 받는 것이다. 후기자본주의 사회를 살아가고 있는 문화시민들을 위한 팁 하나. 먼저, 어떤 물건을 사야 할지 모르겠다면 무조건 비싼 쪽을 골라라. 그리고 어떤 작가의 작품이 좋은지 모르겠다면 무조건 죽은 작가 쪽을 택해라. 그것이야말로 절대 무시당하지 않을 취향이다.

이는 동시대의 감수성에 엄청난 영향을 미친 무라카미 하루키가 25년 전에 한 이야기의 다른 버전이기도 하다. 『상실의 시대』의 나가사와는 죽어서 30년이 지나지 않은 작가의 책은 읽지 않는다는 자신의 원칙에 대해 주인공에게 이렇게 설명한다. "현대 문학을 신용하지 않는다는 건 아니야. 다만 시간의 세례를 받지 않는 걸 읽느라 귀중한 시간을 낭비하고 싶지 않다는 것뿐이지. 인생은 짧아."(59쪽) 과연 인생은 짧고 예술은 길다. 그러므로 길지 않은 인생을 살아가고 있는 우리는 무엇보다 현명한 소비자가 되어야만 하는 것이다.

내가 지금 나쁘게 말하고 있다는 사실은 인정한다. 하지만 농담을 하고 있는 건 아니다. 내가 무언가 농담을 한다면 이것보다는 훨씬 더 재미있는 이야기가 될 것이다. 일단 부모에게 치명적인 상처를 입히는 데는 성공했지만 그 후로는 갈 곳을 잃은 삼십대의 예술가(지망생)로서, 동시에 부대 조직표에 '대령(진)'('진급예정'의 약자)이라고 굳이 써넣는 어느 소령들처럼, '지망생'이라는 단어를 괄호 안에 넣을 만큼의 자의식을 뒷주머니에 넣은 채 현실의 뒷골목을 휘청거리며 걸어가는 한 인간으로서, 나는 지금 조금도 웃고 있지 않다. 내 이빨이 보고 싶다면 핫도그라도 내밀어야 할 거라는 말이다. 솔직하게 말하자면 '(진)'이라는 표현에 입술을 살짝 씰룩이긴 했다. 세상에, '(진)'이라니!

　낭만주의 예술가론이 여전히 득세하고 있는 이유도 결국 이와 같다. 이의를 제기하는 목소리들이(이 글이 지금 그런 것처럼) 대개는 지루하고 종종 비루하게 느껴지는 반면, 낭만주의는 예술에 예술보다 더 '예술적'인 어떤 후광을 부여한다. 동시에 그것은 예술을 우리의 삶으로부터 떼어내 어떤 천재(혹은 괴짜 혹은 잉여)들의 전유물로 만든다. 그리하여 예술적이지 않은 우리의 삶을 예술로부터 보호함과 동시에, 예술가들과 그들의 작품들을 하나의 상품으로 소비할 수 있게 해주는 것이다. 말하자면 우리의 문화는 예술을 삶에서 분리한 후, 예술가들에게 '아웃소싱' 하는 셈이다. ('진정한 예술'이라는 것에 대한 마르크스와 하루키의 상반되는 진술이 공통으로 전제하고 있듯) 고대 그리스의 시민은 예술을 위해 일상의 자질구레한 일들을 노예들에게 위임했다. 그리고 오늘 우리는 선량한 소비자로 살아가는 우리의 일상을 유지하기 위해 예술을 예술가들에게 위임하고 있다. 물론 오늘날의 예술가들을 그리스 시대의 노예와 비교할 수는 없는 노릇이다. 적어도 예술가들은, 채찍으로 두들겨 맞지는 않으니까. (물론 부모님께 맞을 수는 있겠지만 이 자리에서 다룰 문제는 아닌 것 같다.) 그러니 당신은 죄책감을 느낄 필요가 없다. 이건 농담이 아니다.

미디어와 예술계(관련 업계까지 포함하는 넓은 의미에서)는 이런 경향을 더욱 부추길 뿐 아니라 철저하게 이용한다. 놀랄 일은 아니다. 다국적 기업들이 개발도상국의 어린아이들에게 상품생산을 맡기는 것과 마찬가지다. 제3세계의 소년소녀들이 형편없는 임금을 받으며 한 땀 한 땀 손수 꿰맨 신발이 화려한 포장을 거쳐 비싼 값에 팔리는 것처럼, 예술가들의 고독한 작업은 업계와 비평가, 언론의 화려하고 낭만적인 포장을 거친 후에야 우리 앞에 하나의 상품으로 놓이게 되는 것이다.

물론 둘 사이에는 근본적인 차이가 있다. 다국적 기업들이 소년소녀들의 존재를 가능한 지우려 하지만, 미디어와 예술계는 예술가들의 삶을, 우리의 짐작대로 별로 평탄하지는 않았을 그것을 적극적으로 활용한다는 것. 예술은 배고프고 그렇기에 예술이라는 낭만주의의 기묘한 전도가 마법을 부리는 지점이다. 이제 더 이상 그의 예술은 중요한 게 아니다. 중요한 것은 그/그녀가 얼마나 '예술적'인 고난을 겪어왔는지, 그러한 삶의 서사가 대중을 얼마나 감동시킬 수 있을지, 그리하여 얼마나 많은 매출/시청률을 올릴 수 있을지의 여부다. 기능이나 품질이 아닌 브랜드가 명품의 가치를 결정하는 것과 마찬가지다.

따라서 인도의 소년소녀들은 스타가 될 수 없지만, 예술가는 스타가 될 수 있다. 축하한다. 예술가를 꿈꾸는 당신은 이미 퓨쳐-스타-예술가다('미소 지나' 스타일로 읽어주시길). 진짜 스타가 되기 전까지는 형편없는 임금조차 받지 못한다는 사실은 당신을 진정한 예술가로 만들어주는 당신의 자산, 수십 년이 지난 후에야 받을 수 있는 일종의 연금보험이나 마찬가지다. 그러니 걱정할 것 없다. 그래도 여전히 미래가 불안하기만 하다면 매주 로또를 살 것을 권한다. 적어도 둘 중 하나는 되지 않겠는가?

너무 멀리 온 느낌이다. 커트 보네거트에서 시작한 이야기가 배고픈 예술가라는 환상과 개인의 취향의 문제를 거쳐 조악한 문화 비평 비슷한 꼴이 되어버렸다. 엉뚱한 과장이 있었고, 무리한 비유가 있었으며, '목숨을 건 도약'에 가까운 비약이 있었다. 모든 목숨은 소중하다. 그러니 이쯤에서 다시 커트 보네거트와 그가 생략한 것의 문제로 돌아가자. 부모에게 상처를 입힌 후에야 비로소 시작되는 입고 먹고 마시고 자야하는 예술가의 생계 문제로.

나는 지금 답이 없는, 적어도 지금까지는 발견되지 않은 문제에 대한 이야기를 하고 있다. 간헐적으로 일어나는 불행한 사건들에 의해서만 환기되는 이야기이고, 결국 그조차 감정의 소모로만 끝나고 마는 이야기이며, 어느새 싸늘하게 잊히는 이야기다. 나는 여기서 그 과정을 다시 반복하고 싶지는 않다. 어렵고 힘든 길을 걸어가는 예술가들을 존중해야 한다거나 그들이 스스로 자처한 일이니 다만 결과만이 중요하다는 이야기를, 혹은 그들을 보호할 수 있는 제도적인 장치가 필요하다거나 그보다 더욱 시급한 문제들이 널려 있다는 등의 이야기를 늘어놓을 생각은 없다는 말이다. 물론 내 통장잔고에 대해서라면 할 말이 있다. 하지만 나에게도 자존심이라는 게 있으니, 누구나 가슴에 삼천 원 정도는 있다는 말로 대신하기로 하자.

먼저 내가 사랑하는 작가의 명예를 위해, 그리고 혹시라도 있을지 모를 유족과의 명예훼손 소송을 막기 위해서라도, 내가 지금까지 늘어놓은 이야기들을 보네거트가 몰랐을 리 없다는 사실을 밝혀야겠다. 비록 나라도(물론 그는 '나라 없는 사람'이지만!) 시대도 다르지만, 그도 생계를 위해 소방수와 영어교사, 사브 자동차 외판원 등의 직업을 전전했다. 2차 세계대전에 징집되어 포로수용소에 갇힌 채로 13만 명의 주민들이 학살된 드레스덴 폭격 현장을 두 눈으로 목격한 사람이다. 무엇보다, 인간의 조건과 그 불편한 진실들에 관한 위대한 작품을 남긴 예술가다. 그러니 그의 말은 그가 살아낸 삶의 연장선상에서, 생의 마지막 장을 써나가고 있는 노작가라는 컨텍스트를 통해 읽혀야 한다. 그건 아마 이런 말이 아닐까.

"내가 해봐서 아는데, 비록 부모는 반대했고 먹고 살기도 더럽게 힘들었지만, 그래도 예술을 해서 정말 행복했어. 네가 정말 원한다면, 그리고 각오가 되어 있다면, 그렇게 해. 예술은 특별한 사람만 하는 게 아니야!"("내가 해봐서 아는데"라는 말이 오남용 되고 있는 현실이지만, 천성이 나쁜 말은 아니라는 생각이다.)

이렇게 쓰고 보니 생각보다 훨씬 더 볼품없고 흔한 말처럼, 우리 사회의 넘쳐나는 '멘토'들이 밥만 먹으면(혹은 밥을 먹기 위해서) 떠들어대는 무책임한 충고처럼 보인다는 사실을 인정해야겠다(그렇지만 사과는 하지 않을 생각이다). 하지만 이건 힘들고 배고픈 시절을 겪은 후 마침내 성공한 예술가에 대한 또 하나의 낭만적 서술이 아니다. 그는 이런 삶을 살았노라고, 그러니 그는 진정한 예술가이고, 저런 말을 할 자격이 있으니 닥치고 경청하라는 말도 아니다. 그가 너무나 자연스럽게 생략한 어떤 부분을, 그 틈을 채워보자는 하나의 제안일 뿐이다. 예술을 우리의 삶과 동떨어진 것이라고 믿게 만드는 낭만주의의 이데올로기가 아닌 다른 무엇으로. 이를테면 우리의 삶, 같은 것으로.

이제 필요한 건 관점의 전환이다. 다시 보네거트의 말로 돌아가자.

> 만일 부모에게 치명적인 상처를 주고 싶은데 게이가 될 배짱이 없다면 예술을 하는 게 좋다. 이건 농담이 아니다. 예술은 생계수단이 아니다. 예술은 삶을 보다 견딜 만하게 만드는 아주 인간적인 방법이다. 잘하건 못하건 예술을 한다는 것은 진짜로 영혼을 성장하게 만드는 길이다.

그의 말처럼 예술은 생계수단이 아니다. 하지만 그는 아니라고 말했지 될 수 없다고 말하지 않았다. 그건 예술로 생계를 이어가는 게 더럽게 어렵다는 말이지만, 동시에 예술이 굳이 생계수단이 될 필요는 없다는 말이기도 할 것이다. 나는 지금까지 '더럽게 어렵다'에 주목해서 이 글을 썼다. 그런 어려움을, 차라리 더러움을 우리로 하여금 강 건너 불 보듯이 여기게 만들고 심지어 부추기기까지 하는 낭만주의적 예술관에 대한 비판(과 비난과 비약)을 늘어놓았다.

그럼 이번에는 '아니다'에 주목하면 어떨까? 예술은 생계수단이 아니다. 어떤 예술은 돈이 될 수 있지만, 그것은 극소수의 예외에 불과하다. 그러니 대부분의 예술가들이 가난할 수밖에. 하지만 굳이 예술이 생계수단이 될 필요는 없다. 어떤 예술은 돈이 될 수 있지만, 그것은 극소수의 예외에 불과하기 때문이다. 어라, 지금 내가 같은 말을 반복하고 있는 건가?

여기서 잠깐. 우리의 내면에서 작동하고 있는 낭만주의의 엔진을 한번 꺼보도록 하자. 삶과 예술을 분리해서 생각하도록 강요하는, 그러니까 예술은 우리 같은 평범한 사람들과는 달리 '엄청난 재능을 타고난 고독한 천재가 현실에서 몇 걸음 물러선 채 자신의 내부로 침잠해 영감을 끌어올려 만들어내는 무언가 고귀한 것'이라는, 혹은 우리 같은 성실한 생활인들과는 달리 '사회에 적응하지 못한 무능한 패배자들의 자위행위에 불과한 것'이라는 편견을 줄기차게 뿜어내는 그 빌어먹을 기계장치를 말이다. 이것은 결국 개미와 베짱이의 이분법을 폐지하는 일이기도 하다. 우리는 개미(내일을 위해 오늘도 부지런히 노동을 하는 정직한 생활인 / 내일은 나아질 거라는 헛된 망상에 빠진 채 사회의 톱니바퀴가 되어 인생을 소모하는 미련한 노동기계)가 아니다. 그들 또한 베짱이(세상 무서운 줄도 모르고 사회에 무임승차하여 흥청망청 인생을 탕진하는 정신 나간 철부지 얼간이 / 남다른 예술적 재능과 혜안으로 우리가 살고 있는 사회의 한계를 훌쩍 넘어 자기만의 세계를 살아낼 배짱을 가진 능력자)가 아니다.

커트 보네거트의 말은, 한 마디로 누구나 예술을 할 수 있다는 말이다. 예술은 생계수단이 아니기 때문에, 그 결과물을 구태여 돈으로 바꿀 필요가 없기 때문이다. 회사 업무와는 다르다. 가게 운영과도 다르다. 예술을 할 때 우리는 상사나 거래처, 고객의 눈치를 볼 필요가 없다. 예술로 생활하는 전업 예술가들과도 다르다. 말 많은 업계 사람들과 기자와 평론가의 눈치를, 무엇보다 대중의 눈치를 볼 필요가 없는 것이다. 잠깐만, 이렇게 조건이 좋은데, 당신은 왜 아직 예술을 하지 않는가?

물론 모든 사람들이 예술을 할 필요는 없다. 하지만 당신이 한때 예술가가 되는 것을 꿈꿨다면, 생활을 이유로 그것을 포기했다면, 그럼에도 여전히 미련을 버리지 못한 채 충실한 소비자로 살아가고 있다면, 그것을 위해 돈을 벌고 쓰기를 반복하고 있다면, 차라리 그냥 예술을 하시라. 생계를 위해 예술을 포기할 필요도, 예술을 위해 생계를 포기할 필요도 없다. 당신은 그저 훌륭한 소비자이기를 그만두면 된다. 이것이 내가 커트 보네거트의 행간에서 읽은, 혹은 읽고 싶은 말이다.

아주 단순하게 말해, 당신이 소설로 생계를 유지할 수 없는 암울한 현실에, 혹은 발자크나 도스토예프스키 같은 천재가 아니라는 사실에 절망해 펜을 꺾은 소설가 지망생이라면, 그럼에도 여전히 미련이 남아 다 읽지도 못할 책들에 월급을 대부분을 쏟아 붓고 있다면, 인터넷 서점의 플래티넘 고객이 되는 일을 포기하라. 당신이 생계를 위해 무슨 일을 하건, 대신 하루에 한 시간이라도 책상 앞에 앉아 당신의 소설을 써라. 그 시간 동안은 최선을 다해서. 카프카의 표현대로라면 "죽은 듯이 쓰라." 물론 그 말이 가장 절실한 사람은 다름 아닌 내가 될 것이다.

그런데 이런 식의 예술에는 단점이 있다. 부모에게 치명적인 상처를 주기에는 뭔가 약하다는 것. 하지만 솔직해지자. 부모에게 상처를 주는 방법은 대서양의 날치 알보다 많고, 우리 모두는 그 분야에 타고난 전문가가 아니던가. (한때 나는 그저 눈을 깜박이거나 숨을 길게 내쉬는 것만으로도 부모에게 상처를 주곤 했다.) 그러니 부모의 삶을 비참하게 만드는 건 다른 일에 맡기고, 예술은 단지 당신의 "삶을 보다 견딜 만하게" 만드는 일에 쓰는 게 좋겠다.

어쩌면 지금 내가 하고 있는 말이야말로 무엇보다 공허한 이야기일지도 모른다. 비현실적이고 낭만적이며 또 무책임한 이야기처럼 들릴 수도 있다. 나도 안다. 하지만 분명한 것은, 돈을 벌기 위해 시간을 팔고, 시간을 보내기 위해 돈을 쓰는 일 말고도 우리가 할 수 있는 일이 있다는 거다. 그것이 바로 예술 아닌가? 상품화된 예술을 말하는 게 아니다. 돈을 벌고 또 쓰는 일과 무관한, 시장과 교환이라는 자본주의의 구조와 무관한 예술이다. 말하자면 우리 모두가 노동과 소비의 쳇바퀴에서 잠시 벗어나, 종종 예술하고 앉아있기도 하면서 가끔은 예술하고 자빠지기도 하는 것.

그것만이 예술의 상품화와 예술의 게토화라는 얼핏 상반된 것처

럼 보이는, 그러나 결국 동전의 양면에 불과한 우리의 낭만적인 악
순환을 끊을 수 있는 가장 효과적인 방법일 거라고, 나는 믿는다.
나는 지금 믿는다고 썼다.

원래 이 글은 이렇게 끝날 예정이었다. 곳곳에 찜찜한 부분들이 있
긴 했지만, 할당된 분량을 이미 훌쩍 넘겼을 뿐 아니라 더 많이 쓴
다고 해서 기고처에서 내게 원고료를 더 주는 일은 일어나지 않기
때문이다. 물론 그렇다고 불만을 늘어놓을 생각은 없다. 오히려 계속
해서 내게 청탁을 주는 것에(도대체 왜?) 감사를 하면 몰라도. 실제로
나는 어떤 매체건 일단 원고료를 주기만 한다면 너무 고마운 나머
지 큰 절을 하듯 넙죽 엎드린 채로 타이핑을 하는 버릇이 있다. 그
건 결코 쉬운 일이 아니다. 내가 원고 마감을 제대로 지키지 못하는
데에는 다 이유가 있는 것이다. 그리고 이건 농담이 아니다.
　이미 여기까지 읽는 수고를 감행한 당신에게(그런데 정말 그런 사람이
있을까?) 이 글의 마지막까지 함께 해줄 것을 요청할 뻔뻔함이 내게
는 없다. 사실 그리 대수로운 이야기도 아니다.
　이 글의 마지막을, 그러니까 "나는 지금 믿는다고 썼다"라는 문장
을 쓴 후, 나는 커트 보네거트를 만났다. 맞다. 나는 지금 제정신이
고, 당신이 '설마?'라고 생각하고 있는 바로 그 이야기를 하고 있다.
영어로 쓰자면 "I mean it"쯤 될까? (이해해 달라. 보네거트와 대화를 나눈
후 뒤늦게 학구열에 불타고 있다.) 다시 한 번 말하지만 나는 커트 보네거
트를 만났다. 1922년 11월 11일에 태어나 2007년 4월 11일에 세상을

떠난 바로 그 사람을. 믿든 힘든 만남이었지만, 못 믿을 만남도 아니었다.

만남에 이르기까지 내가 했던 일을 이 자리에서 주절주절 늘어놓을 생각은 없다. 시간낭비가 될 뿐이니까(그리고 지금도 원고는 한없이 늘어나고 있다!). 다만 원고를 마치고 기분전환 삼아 놀러갔던 놀이동산의 빙고 게임에 당첨되어 다름 아닌 '영혼과의 일일 데이트권'을 받았다는 것, 그것은 한 장의 티켓과 삼익 리코더와 노란 종이봉투로 이루어진 패키지 상품이었다는 것, 그리고 저승에서 보네거트 찾기는 비슷한 문장구조의 어떤 속담만큼이나 어려웠다는 사실 정도만 밝혀두기로 한다(정 궁금한 사람은 오르페우스 신화나 단테의 『신곡』을 참고하라). 아, 돌아오는 길엔 뒤를 돌아보지 않으려 무진 애를 써야 했다는 것도. 리코더가 없었더라면, 휴… 생각만으로도 아찔한 기억이다.

비틀즈의 노래 제목만큼이나 길고도 험한 길을 비틀즈의 노래도 없이 가는 일은 쉽지 않았다. 게다가 막상 도착한 천국이라는 곳도 막연히 생각했던 것과는 달랐다. 아니, 솔직히 말해 하늘과 땅 차이였다. 물론 내가 도착한 쪽이 땅이었다는 말이다. 더러운 구름 곳곳에 담배꽁초들이 아무렇게나 버려져 있질 않나, 발가벗은 아이들이 하늘을 날아다니며 물총을 쏘아대질 않나(그나마 오줌을 싸지 않은 것에 대해서는 신께 감사를 드리는 바다.), 온통 하얀 옷을 입고 있는 음울한 표정의 사람들은 난생 처음 듣는 곡조의 휘파람을 불어대며 추잡한 농담을 던지질 않나, 심지어 자신을 천사장이라고 밝힌 어떤 사람은 하얀 코트를 걸친 채 내게 다가오더니…. 아니, 여기까지만 하자.

분명한 건 두 번 다시 방문하고 싶지 않은 곳이라는 사실이다. 무슨 일이 있어도, 설령 내가 죽는다고 해도 다시 가고 싶은 마음은 없다.

곱슬머리를 한 커트 보네거트는 어린아이 같은 미소를 지으며 나를 반겼다. "그래, 소감이 어떤가? 하하. 맞아. 빌어먹을 천국이지. 천국이 이런 곳인 줄 알았다면 아마 예수도 무신론자가 되었을 걸세!" (내가 분명히 말하지만, 이 말에 공감하지 못하는 사람이 있다면, 장담컨대, 한 번도 천국을 보지 못한 사람임이 틀림없다.)

그는 나를 건물 왼편에 있는 돌계단으로 안내했다. "바로 저기를 오르다 넘어져서 뇌진탕에 걸렸다네." 그가 말했다. "그렇게 가는 거지." 나는 깜짝 놀라서 물었다. "여기가 지구에서 살던 바로 그 집인 가요?" "아니. 똑같이 다시 지은 거야. 잊지 않기 위해서." "뭐를요?" "내가 죽었다는 사실 말일세." 나는 그 계단을 오른 것을 후회하지 않느냐고 물었다. 바보 같은 질문이었다. 하지만 그는 이렇게 말할 뿐이었다. "다시 그날이 온다 해도 나는 저 계단을 오를 걸세. 마지막 남은 쿠바산 시가가 저 위에 있거든. 물론 그땐 계단을 오르기 전에 텍사스 레인저스 모자를 쓰겠지만." 왜냐고 묻는 내게 그는 예의 웃음을 지으며 말했다. "조지 부시를 쓸 수는 없는 일 아닌가!" (조지 부시는 과거 텍사스 레인저스의 구단주였다.)

그는 내게 잠시만 기다리라고 말한 뒤, 그 계단을 올랐다. 노인이라고는 믿기지 않을 만큼 날렵한 동작이었다. 잠시 후 담배상자를 들고 내려온 그는 내게 담배를 권했다. 나는 내가 조용한 아침의 나라에서 왔다from The Land of Morning Calm는 사실을 정중하게 상기

시켰다. "어른, 심지어 죽은 사람과는 맞담배를 피울 수 없지 말입니다." 하지만 그는 끈질기게 권했고, 꽤 오랫동안 담배를 피우지 못했던 나는 더 이상 참지 못하고 한 개비를 받아들었다. "어때, 이제야 천국에 온 것 같지 않나? 천국에서 피우는 담배야말로 진정한 천국이지." 그가 물었다. 그리고 그건 정말이지 끝내주는 일이었다.

"그런데 자네…" 담배 연기를 내뿜으며 그가 말했다. 자세히 보니 담배 연기는 허공으로 솟아오르는 게 아니라 바닥으로 가라앉고 있었다. 그게 바로 구름의 정체였던 것이다. "나를 만나러 온 목적이 뭔가? 이렇게 먼 길을 올 정도면, 자네가 얼빠진 놈이 아니라면 말이지만, 그럴듯한 이유가 있을 것 아닌가?" 하지만 나로 말할 것 같으면 얼빠진 놈 선발대회에서 우승은 장담 못해도 언제나 강력한 우승후보로 꼽히는 재원이 아니던가? 그렇다고 정말 만나고 싶었던 아이돌 그룹의 멤버가 모두 살아있었기 때문이라고 할 수는 없는 노릇. 나는 코를 훌쩍이며 당신의 팬이라는, 죽어서라도 만나고 싶었다는 이야기를 두서없이 늘어놓기 시작했다.

"하하하, 저승까지 찾아오는 팬이 있다니, 아시모프한테 자랑이라도 해야겠는 걸." 그가 내 말을 자르며 말했다. "내 눈을 보게, 젊은 친구." 나는 고개를 돌렸다. "이 위에 있다 보면 별 노력 없이도 많은 걸 알게 된다네. 이제 시간도 얼마 남지 않은 것 같은데, 슬슬 본론으로 들어 가야하지 않겠나? 아무리 분량의 제한이 없는 글이라고는 해도, 이런 식이라면 자네 입장은 물론이고 기고처의 입장도 적잖이 곤란할 것 같은데?" 나는 나도 모르게 입을 벌리며 얼마 남지 않은 얼이 빠져나가는 걸 똑똑히 느낄 수 있었다. "어…, 어떻게 그걸?" "천국에도 검색 엔진은 있다네. 지구에서 일어나는 모든 일을 검색할 수 있지." 그는 한쪽 눈을 찡긋 감으며 말했다. "내가 종종 내 이름을 친다는 사실은 비밀이네. 그리고 사실, 지금까지 쓴 것만으로도 자네는 충분히 곤경에 빠졌네. 구렁텅이에 빠졌다고나 할까."

그리고 일장연설이 이어졌다. 그는 먼저 내가 그의 글을 인용한 것에 대해 작가로서 고마움을 표한 후 내 글의 문제점을 하나하나 지적하기 시작했다. 그의 글을 일부러 오독한 점, 그렇게 해서 엉뚱한 목적의 이야기를 하기 시작한 점, 엉뚱한 목적조차 제대로 이루지 못한 점, 그리고 갑자기 분위기를 바꾸어 자신의 이름을 팔아댄 점, 얼렁뚱땅 훈훈한 마무리를 지으려했던 점, 그걸로 모자라 지금도 이런 글을 쓰고 있는 점 등등…. (물론 나는 충분히 곤경에 빠졌으므로, 그것들을 모두 옮기는 어리석은 짓을 할 생각은 없다.) 그리고 덧붙였다. "무엇보다 얼굴도 모르는 사람들에게 빈약한 논리를 들이대며 모욕적인 비약을 감행했다는 것. 나는 그게 제일 나빠." 나는 말했다. "하지만 그건 그저 글을 이어가기 위한 위악적인 제스처였을 뿐이잖아요. 대부분은 과장 섞인 농담이었고요!" 그는 고개를 저었다. "단지 세상을 향해 밑도 끝도 없는 불만을 터뜨리고 싶었던 건 아니고? 자네, 혹시 욕구불만인가?" 내가 또 다시 반박하려하자 그가 손을 내밀어 내 말을 막았다. "자, 이제 정말 시간이 얼마 없네. 질문 두 개만 받도록 하지."

나는 그 순간 무슨 질문을 해야 할지 알고 있었으나, 극적효과를 높이기 위해 생각에 잠긴 척 잠시 눈을 감아야 했다. 심호흡을 하며 다섯을 세고 난 후, 그에게 질문을 던졌다. 언제나 묻고 싶었지만 누구에게도 묻지 못했던 바로 그 질문을.

"저는 어떻게 살아야 하나요? 어떻게 살아야 하는지 아직도 모르겠는데, 정말 모르겠는데, 세상 누구도 말해주질 않아요." 그는 기다리고 있었다는 듯 여유로운 미소를 지으며 말했다. "죽은 사람한테 살아가는 방법을 묻다니, 자네도 참 짓궂군. 내가 아는 단 하나의 규칙을 말해줄까? 제기랄, 착하게 살아야 한다!" 그는 마치 재미있는 농담이라도 했다는 듯 웃음을 터뜨리곤 이내 정색하며 덧붙였다. "자네가 즐겨 찾는 인터넷 서점에 들어가서 검색창에 '멘토'라고 쳐보게. 마음에 드는 결과가 없다면 '위로', '치유', '공감', '청춘' 같은 단어를 쳐도 좋네. 미안하지만 내가 할 수 있는 말은 그것뿐이야." 내게 대답을 하면서도 그는 조금씩 흐려지고 있었다. 마치 지구에서 내뿜은 담배연기처럼.

"그럼 이렇게 물어볼게요. 저는 정말 계속해서 이런 일을 해야 하나요? 솔직히 이 글을 쓰는 것만으로도 저는 민망해 죽고 싶다고요." 그것 또한 심각한 문제였다. "자네 보코논교의 교리를 기억하나?" 그가 되물었다. "당신은 아팠지만 이제 다 나았고 해야 할 일이 있다?"(『타임 퀘이크』 참고) "그래, 바로 그거지. 그 안에 답이 있다네." "뭔데요 그게?" "글쎄, 그건 자네 스스로 생각해봐." 어느새 그의 모습은 형체를 알아보기 힘들 정도로 사라지고 있었다. 그때, 정말로 해야 하는 질문을 하지 않았다는 사실이 떠올랐다.

"잠깐만요, 잠깐만! 이렇게 가버리면 어떡해요? 이 글은 아직 안 끝나는데! 이 글을 어떻게 끝낼지는 가르쳐주고 가셔야죠! 저기요! 선생님! 사장님! 하나님!" 나는 아이처럼 울부짖으며 그를 불렀다. 그러자 마치 물에 뜬 주둥이처럼(표현력이 부족한 탓이지 절대 어떤 앙금이 남아서가 아니라는 사실을 밝힌다) 허공에 떠 있던 그의 입이 가볍게 떨리는 게 보였다. 그리고 작은 탄식처럼 그의 입술을 빠져나온 그의 마지막 말. 나는 그것을 똑똑히 들을 수 있었다.

어느새 검은 옷을 차려입은 보안요원들이(잠깐, 여기 천국이 아니었나?) 내 팔을 붙잡고 지구로 돌아가는 길로 나를 데려갔다. 다음에 이어진 일은 말한 대로다. 뒤를 돌아보지 말아야 한다는 규칙 탓에 앞만 보며 걸어야 했지만, 어디선가 나를 부르는 익숙한 목소리("나는요, 오빠가"와 같은 말을 계속해서 반복하는 바로 그 목소리)에 몇 번이나 뒤를 돌아볼 뻔했다. 하지만 나는 신화적인, 아니, 신화에 등장하는 인물들보다 훨씬 더 큰 인내심을 발휘하며 그 목소리를 듣지 않기 위해 피리를 불면서 집으로 돌아온 것이다. 피리를 너무 많이 불어서 부대낄 때면 잠시 속을 게워내기도 하면서(피리와 함께 받은 노란 봉투의 용도가 바로 이것이었다)…. 마침내 눈앞에 나타난 지구는 파란별이었고, 내가 할 수 있는 일은 아무 것도 없었다. (David Bowie, 'Space Oddity')

이제 그의 마지막 말을 이 자리에 옮길 차례다.

그건 이런 말이었다.

"쨱쨱?"

# 너무도 현실적인 삶

괴짜 사회학

수디르 벤카테시, 김영선 옮김, 김영사, 2009

이 문장을 쓰고 있는 지금은 2009년 8월 6일 새벽. 원고마감은 두 시간을 넘겼고 한 줄도 쓰지 않은 또 다른 마감들이 줄지어 있으며, 온도계는 32도를 가리키고, 선풍기는 더운 숨을 뱉고 있다. 예전 같았으면 주저 없이 "해도 너무 한다"는 말을 내뱉었을 상황. 그렇지만 나는 입을 다문다. 그것이 언어의 오남용임을 깨달았기에. '해도 너무함'의 정수를 몸소 보여주시는 높은 분들 덕분이다. 이제 알았으니까 제발 그만하셨으면, 바랄 뿐. 이대로라면 언젠간 이 지면을 "해도 해도 해도 해도 해도 해도 해도 (무한 반복) 너무 한다"로 채워야 할 것만 같아 두렵다. 어휘가 부족한 탓이다.

가끔 그런 생각을 한다. 글은 무력하다고. 김훈 선생은 한 인터뷰에서 『근사록』을 인용하며 이렇게 말했다. "공자의 논어를 읽어서, 읽기 전과 읽은 후나 그 인간이 똑같다면 구태여 읽을 필요는 없다." 그렇다면 아마, 나는 구태여 할 필요없는 독서를 해온 모양이다. 읽어 온 것과 현실을, 아니 나 자신을 도무지 조화시킬 수 없으니. 그저 목구멍이 포도청이라. 마치 자일리톨을 소화시킬 수 없는 충치균이 계속해서 자일리톨을 먹듯. 그리하여 충치균은 굶어죽고, 아직 살아있는 서점 직원은 여전히 무력한 독서를 한다.

『괴짜사회학』의 저자 수디르 벤카테시 역시 비슷한 고민을 하고 있었다. 그는 시카고 대학에서 사회학 박사 과정을 밟던 중에 설문조사를 위해 무턱대고 찾아간 흑인빈민가에서 갱단 보스 제이티를 만난다. 우연한 만남. 박사 논문 주제를 찾고 있던 수디르와 자신의 말에 귀 기울여줄 외부인을 찾던 제이티는 학생과 갱이라는 신분차를 넘어 의기투합한다. 경찰도, 구급차도 오지 않는 빈곤의 섬. 어떤 이론도, 어떤 논문과 통계도 설명할 수 없는 땅에 제이티의 도움으로 발을 디디게 된 것이다.

빈민가의 경제는 마약과 섹스에 기초해 돌아간다. 갱단은 마약을 파는 동시에 일종의 경찰 노릇, 보호자 행세를 한다. 투표로 선출된 주민대표는 부패한 주택공사와 결탁해 중간에서 이익을 챙기지만, 그들 역시 국회의원 노릇을 한다. 그들을 통하지 않고서는 주택공사의 지원을 받을 수 없기 때문이다. 가난한 여자들은 아이를 키우기 위해 섹스와 식료품, 공산품을 교환한다. 이해할 수 없는 일투성이지만, 정작 주민들은 그 상황을 받아들인다. 그들에게 그런 생활을 강요하는 것은 결국 국가의 무관심이기 때문이다. 도시의 한 구석, 마치 경계선처럼 커다란 공터 가운데 세워진 흉물스러운 고층 공영 주택단지에 빈민들을 몰아넣은 것은 바로 정부였다. 이런 상황에서 갱단과 주민대표마저 사라진다면 그들에게 남겨지는 것은 처절한 혼란뿐임을, 그들은 아는 것이다. 일종의 차악次惡인 셈이다.

이론과 현실의 괴리를 단적으로 드러내는 것은 주민대표 베일리 부인과의 대화다. 수디르는 최근 통계자료를 들먹이며 교육의 중요성을 말한다. 아이들이 고등학교를 마칠 수 있다면 빈곤에서 벗어날 가능성이 25퍼센트라는 것. 그러자 부인이 말한다. "만약 자네 가족이 굶주리고 있고 내가 자네에게 돈을 벌 수 있는 기회를 준다면 어쩌겠나?" 당연히 가족들이 충분히 먹고살 수 있을 때까지 학업을 미루고 돈을 벌어야 한다고 대답하는 그에게 부인은 되묻는다. "하지만 자넨 학교에 다녀야 하잖아, 안 그런가? 그게 자네를 빈곤에서 벗어나도록 도울 테니 말이야." 이토록 책은, 막연한 일반론과 비정한 현실 사이에 낀 수디르의 딜레마를 보여준다. 그것은 물론 그만의 딜레마는 아닐 것이다.

외부의 시선으로 들어간 수디르는 10년의 세월을 함께하며 마침내 내부의 시선을 이해하게 되지만 마지막까지 그 둘을 조화시키지는 못한다. 물론 빈민가에 대한 그의 논문은 호평을 받는다. 그리하여 수디르는 촉망받는 연구자가 되고, 빈민가는 고급주택단지를 조성하려는 주정부에 의해 철거되며 막을 내리는 것이다. 여전히 해결되지 않은 근본적인 문제들과 약간의 희망, 커다란 부채의식만을 남긴 채.

그리하여 책장을 덮은 나는 불평한다. 아, 대체 어쩌란 말이지. 뉴스에선 끊임없이 말도 안 되는 소식들이 들리고, 나는 촉망받는 연구자가 될 일도 없는데, 답도 없이 책이 끝나버리다니. 하지만 실은,

이미 알고 있었다. 만병통치약은 없고, 정답으로 보이는 것에는 언제나 함정이 있다는 것을. 그렇기에 아무런 답도 내놓지 못하는 수디르의 고민은 정직하고, 약점을 숨기지 않는 이 책 역시 그러하다는 것을. 김훈 선생의 말처럼, 책에서 기대해야 할 것은 답이 아니라 스스로를 변화시킬 수 있는 무엇임을. 그래서 나는 마음을 고쳐먹기로 한다. 나는 훌륭한 독서가는 아닐지 모르지만, 훌륭한 독서가들에게 좋은 책을 권할 수는 있을 거라고. 이것이 얼마만큼의 '타협'인지는 결코 알 수 없겠지만. 세상에 얼마만큼 도움이 될지도 솔직히 모르겠지만.

목구멍은 포도청이고, 어느덧 해가 밝아 온다.

가자, 출근 시간이다.

# 임시착륙.

우리가 써내려 갈 그 모든 이야기들

"우리는 더더구나 행복하지 않으면 안 된다.

식어가는 지구 위에 밤낮 없이 따스하니 서로 껴안지 않으면 안 될 것이다."

이상, '첫번째 방랑' 『레몬향기를 맡고 싶소』

# 전설은 아니지만 레전드라고

윤미네 집
전몽각, 포토넷, 2010

사흘 후에 모녀는 우리가 사는 마포아파트(10평)로 돌아왔다. 나는 그날 처음으로 그토록 신비스럽던 나의 혈육을 대했다. 그 애 사진 찍는 일도 그날부터 시작되었다. 오류동에 계시던 할아버지께서 몇 가지 이름을 지어 오셨다. 나는 그 중에서 '윤미'라는 이름을 택했다. 우리는 그때부터 '윤미네'로 불린다.

한 권의 사진집이 있다. 한 아이가 태어나 자라고 결혼해 집을 떠나기까지 26년의 세월을 담은 가족사진집. 아이의 이름은 윤미, 사진집의 제목은 『윤미네 집』. 소박한 제목처럼 잊혀지기 쉬운 책이었다. 전문 작가가 아닌 아마추어 사진가의 작품집을 서점에서 찾아보기란 쉬운 일이 아니었으니까. 상업적인 목적 없이 친지들과 나누기 위해 출간했을 때 책은 초판 1,000부가 전부였다. 그런데 무슨 이유였을까. 여느 집에나 있을법한 가족 앨범이 점차 사람들의 입에 오르

내리기 시작했고, 많은 사람들이 뒤늦게 책을 찾아 헌책방을 누볐다. 점점 '레어템'이 되어가는 책. 마침내 어느 운 좋은 수집가가 마지막 남은 사진집을 자신의 책장에 꽂아 넣은 어느 날, 『윤미네 집』은 소문으로만 존재하는 한국 사진계의 '전설'이 되었다.

20년이 흐른 오늘, 비로소 복간된 『윤미네 집』을 앞에 둔 당신은 어리둥절할지도 모른다. 낡고 때론 스크래치가 난 흑백사진들이 뭐그리 특별하냐고. 아름다운 모델도, 정교한 구도도, 화려한 조명도 없는 아마추어의 가족사진이 어떻게 한국 사진계의 전설이냐 되물을지도. 사실이 그렇다. "사진 찍기를 무척이나 좋아하던 나는 아마추어의 서툰 솜씨와 사진이란 표현매체의 한계를 느끼면서도 그런대로 그들의 분위기라도 '기록'하여 훗날 한 권의 사진집을 만들어 '윤미네 집'의 작은 전기로 남기고 싶었다"던 전몽각 선생 본인의 말처럼 처음부터 거창한 의도 같은 건 없었으니까. 그렇다면 무엇이 그네들의 모습을 보는 우리의 마음을 잡고 놓아주지 않는 걸까.

꼭 집어 옮길 수는 없지만, 그건 아마도 아버지의 마음이 아닐까. 흑백사진처럼 낡고, 때론 스크래치가 일어난 그런 마음 같은 것. 귀가가 늦어 이미 아이들이 잠자리에 들어있을 때라도 그 모습이 너무 예뻐 기어이 카메라를 들이대다가 아내에게 지청구를 듣는, 남자친구와 데이트하는 모습을 찍기 위해 끝끝내 딸을 설득해 몇 미터 뒤를 따르다 미안한 마음에 이내 돌아서는, 신부와 함께 입장하는 예식 중에도 손에 카메라를 쥐지 못한 것을 못내 아쉬워하는, 그런 마음 마음 마음들. 한 컷 한 컷의 사진은, 사진과 사진 사이 채 담기지 않은 시간을 채우고 있는 그 마음은, 짐작하기는 쉬우나 감히 온전히 알지 못할 마음이다.

할아버지께서 지어 온 이름을 놓고 고민 또 고민하다 마침내 하나의 이름을 택하고, 자신의 이름은 잊은 채 그저 '윤미네'라고 불리는 것에 흡족해하던 전몽각 선생은 이제 세상에 없다. 곱디곱던 새색시 윤미도 어느새 마흔을 훌쩍 넘긴 중년이, 누군가의 어머니가 되었으리라. 누군가는 사람살이가 덧없다고도, 결혼은 미친 짓이라고도 말한다. 그 말들도 맞다. 하지만 그 누구도 이 소박한 사진집에 들어 있는 한 아버지의 마음을 부정하지는 못할 것이다.

아무리 그렇다고는 해도 '전설'이란 표현은 도무지 마음에 들지 않는다고? 그렇다면 이렇게 말하는 건 어떨까.

'전설은 아니지만 레전드'라고.

# 아버지와 아들 사이의 거리

## 이게 다 야구 때문이다
### 서효인, 다산책방, 2011

나는 거실에 앉아 있다. 창문 밖으로는 대추나무와 목련과 이름을 알 수 없는 작은 나무들이 있는 마당, 아래로는 리모컨이 딸린 21인 치짜리 커다란 TV가 있다. TV에서는 야구 경기가 한창이다. 그걸 보는 사람은 아버지. 나는 아버지의 뒷모습을 바라본다. 구부정하고 넓은, 그 등판을. 어느 평범한 토요일이고, 여과 없이 쏟아지는 오후 의 햇살에 나는 눈을 가늘게 뜬다. 그러니까 이건 무척이나 멀고 먼, 그래서 빛나는 밤하늘의 별만큼이나 오랜 기억의 풍경이다. 돌아보 기 위해서는 눈을 가늘게 떠야만 하는.

TV 안에서는 공놀이가 한창이다. 색색의 운동복을 맞춰 입은 어 른들이 작은 공을 치고 또 받으며 야구장을 누빈다. 나는 하품을 한 다. 시시하고, 또 지루하다. 평소라면 친구들과 기찻길 옆의 개천에 서 올챙이를 잡거나 노랗고 탐스러운 호박꽃을 조심스레 벌리며 풍 뎅이를 찾을 시간. 하지만 무슨 이유에서인지 나는 엉덩이를 떼지 않는다. 가만히 앉아 아버지의 등판을, TV를, 쏟아지는 햇살을, 그

밖의 놀랍고 또 시시한 것들을, 그저 바라볼 뿐이다. 나는 작고 유연한 몸을 쉴 새 없이 꼬아대면서도 자리를 뜰 생각은 하지 않고, TV 속 작은 어른들이 펼치는 게임에 푹 빠진 아버지는 나를 돌아보지 않는다.

아버지는 말이 없는 사람이었다. 술이라도 거나하게 취하지 않는 한. 가족과 있을 때면 말은 더욱 줄었다. 지금의 내가 그런 것처럼. 그래서일까. 캐스터와 해설자, 관중과 선수들이 만들어내는 그 모든 소리들이 거실을 채우지 않았을 리 없건만, 음소거 버튼을 누르기라도 한 듯, 내 기억 속의 그 시간은 순전한 침묵으로만 남았다. 어느새 깜박 잠이 든 내가 어스름한 어둠 속에서 다시금 눈을 떠 마주한 것 또한 까맣게 잠든 TV와 아버지의 빈 자리, 그리고 여전한 침묵이었다. 침묵은 커다랗고, 또 막막했다.

아마도 나는 아버지의 세계가, 내가 이해하지 못했고 지금도 이해할 수 없는 그 세계가 궁금했던 것이리라. 하루 세 번 내게 담배 심부름을 시키던, 마감을 앞둔 월말이면 편집부에서 걸려오는 독촉 전화를 엄마와 내게 미루고 술 취한 새벽이면 할부로 장만한 전축의 볼륨을 최대로 높인 채 베토벤과 모차르트의 레코드판을 틀던 그 남자의 세계가. 손을 뻗으면 늘 그 자리에 있던 엄마의 젖가슴과 달리, 우리의 가계에서 언제나 몇 걸음쯤 물러서 있던 그는 내게 이국의 문자처럼, 아무리 보아도 그 내용을 짐작조차 할 수 없는 존재였던 것이다.

야구와 나의 만남은 그렇게 시작되었다. 인상적인 첫 만남은 아니다. 함께 캐치볼을 한 것도, 목마를 타고 야구장에 간 것도 아니지만, 어쨌든 아버지를 통해 나는 야구라는 게임을 알게 된 것이다. 그리고 집을 떠난 아버지가 나 아닌 두 아이의 아버지가 된 후로도 나는 야구와의 관계를 끊지 못했고, 아마 앞으로도 그럴 것이다. 그러니 이렇게 말하는 건 어떨까. 야구는 아버지가 내게 남긴 일종의 유산이라고. 과연 그것에 '위대한'이라는 수식어를 붙여야 할지는 잘 모르겠지만.

얼마간의 시간이 흐른 후, 마침내 나는 커다란 다이아몬드에서 펼쳐지는 어른들의 드라마를 이해할 수 있게 되었다. 아버지의 작업실로 쓰이던 작은 방에 들어가 훔쳐보던 만화책과 추리소설과 36개월 할부로 구입한 동아백과사전을 이해하게 된 것처럼. 물론 내가 이해한 것은 아버지가 아니었고, 결국 사랑하게 된 것 또한 마찬가지였다. 그렇다면, 나는 생각한다. 그렇다면 야구란 내게 사라진 아버지의 자리를 채우기 위해 어린 무의식이 필사적으로 찾아낸 대용품에 불과한 것일까? 글쎄, 나는 어설프게 심리학을 논하려는 것은 아니다. 다만 분명한 건 야구와 나의 관계가 그리 원만하지만은 않았다는 거다. 아버지와 나의 관계가 그랬던 것처럼. 그리고 언젠가 U2가 노래했듯이 그런 해묵은 감정들을 끄집어내기에 오늘 밤은 너무 늦었다. 나는 단지 한 권의 책에 대해, 또 가능하다면 야구라는 게임에 대해 몇 마디쯤 늘어놓고 싶었다.

서효인의 『이게 다 야구 때문이다』는 그런 책이다. 일단 야구에 대한 책이라고 해야겠지만, 동시에 그 밖의 다른 많은 것에 대한 책이고, 그렇기에 읽는 이의 기억을 사정없이 흔드는 책이다. 폴 오스터가 말했듯 돈이 언제나 돈 이상의 것이라면, 야구 또한 언제나 야구 이상의 것. 그런 이유로 야구라는 게임에 대해 말하기 위해서는 때론 야구 이외의 것들을, 어쩌면 세상 전부를 끌어안을 수도 있어야 한다는 사실을 저자는 정확하게 이해한다. 그리하여 TV 속의 야구에 열광하며 굳이 돌아보지 않았던 어떤 기억을, 장면을, 나 자신의 야구를, 다시금 생각하게 만든다.

그러니 시인의 언어를 통해 우리가 새삼 감각하게 되는 것 또한 야구라는 게임에 국한되지 않는다. 차라리 이렇게 말하는 건 어떨까. 세상은 수많은 형태의 야구로 가득 차 있고, 그 모든 야구의 총합이 바로 세상이라고. 다섯 살 꼬마의 야구가 있고, 초등학교 6학년의 야구가 있으며, 취업 준비생의 야구와 연인들의 야구, 백수의 야구와 중년 가장의 야구와 또 시인의 야구가 있다. 그렇게, 일상을 살아가는 우리가 굳이 의식하지 않은 채 날마다 벌이고 있는 그 모든 야구를 시인은 사랑하고 있는 것이다. 그것은 나 또한 사랑하는 게임이다. 그러니 그것으로 좋다는 생각이다.

물론 사랑이 전부는 아니다. 사랑으로만 이겨나갈 수는 없는 것. 그게 세상이고, 또 야구다. 가족과 연인과 친구가 때론 우리를 아프게 하듯, 야구도 우리를 아프게 한다. 세상에 태어나 한 일 중에 가장 용감한 일이 무엇이냐는 아들의 질문에 "오늘 아침에 일어난 거"라고 답하던 어느 소설의 아버지처럼, 당신에게도 쓴 침을 삼키며 "오늘도 그 팀의 야구를 본 거"라고 말하게 되는 날이 있다. 분명히 있다. 그리고 내 경우, 그것은 지난 시즌 전체였다. 하지만 나도 알고 당신도 안다. 저자가 말하듯 "야구란 게 그런 거 아닌가. 사람 애간장을 녹이는 주제에, 날마다 쉬지도 않고 해대는 잔인한 게임"이라는 것을. 놀랄 일은 아니다. 우리가 맞이하는 하루하루가, 실은 그러하니까. 그리고 그런 하루하루를 살아가기 위해서는, 무엇보다 사랑이 필요한 것이다.

너무 돌아온 느낌이다. 하지만 어쩔 수 없다. 나는 아직도 소중한 것들에 대해 말하는 법을 배우지 못했다. 다만 아직도 명확한 결론을 기다리고 있을 독자들을 위해, 나는 이렇게 말하려 한다.

당신이 야구란 게임을 숭배하는 야구 근본주의자라면 레너드 코페트의 경전 『야구란 무엇인가』를 읽어라. 메이저리그로 대표되는 야구의 역사가 궁금하다면 조지 벡시의 『야구의 역사』를, 그 게임의 현재를 알고 싶다면 (이미 조금 뒤처지긴 했지만) 마이클 루이스의 『머니볼』을 읽으면 된다. 복잡한 고민 없이 감동적인 드라마에 빠지고 싶다면 마이클 새라의 *For Love of the Game*(아쉽게도 번역본은 나오지 않았다)나 버나드 맬러머드의 『내추럴』이 준비돼 있다. 혹은 문학은 인생이고 인생은 곧 야구라는, 성스러운 '삼위일체'를 믿는 당신이라면 다카하시 겐이치로의 『우아하고 감상적인 일본 야구』야말로 가장 좋은 선택이 될 것이다. 물론 박민규의 『삼미 슈퍼스타즈의 마지막 팬클럽』도 있다.

하지만 당신 자신의 야구를, 그것에 대한 사랑과 분노를, 그 사랑과 분노가 변화시킨 당신의 삶을, 그리하여 당신이 오늘도 플레이하고 있는 야구를, 다시 한 번 생각해보고 싶다면 『이게 다 야구 때문이다』가 도움이 될 것이다. 훌륭한 내용을 담고 있기 때문이 아니다. 대단한 성찰을 전해주기 때문도 아니다. 다만 저자가 야구를 생각하는 방식을, 기억하는 방식을, 준비하는 방식을 따라가다 보면 나도 몰래 이미 잊었다고 생각한, 잊었다는 사실 또한 잊어버렸던 기억들이 자연스럽게 떠오르는 것을 느낄 수 있기 때문이다. 그건 꽤, 신기한 경험이다. 적어도 나는 그랬다.

그래서 나는 다시, 아버지를 생각한다. 아버지의 뒷모습과 그가 몰두하고 있었던 그의 야구를. 쉽지 않은 일이다. 그다지 내키지도 않는다. 마치 커다란 그물에 딸려오는 온갖 잡동사니처럼, 아버지의 야구를 생각하기 위해서는 수많은 기억의 가지를, 혹은 가시를, 함께 생각해야 한다는 것 정도는 알 나이가 되었기 때문이다. 하지만 조금 궁금하긴 하다. 올 시즌 프로야구의 우승을 차지한 것은 바로 그의 팀이고, 그가 그 경기를 보았는지, 보았다면 어떤 기분이었는지, 숨이 터지도록 기뻤는지 차라리 눈물겨웠는지, 나는 알지 못하기 때문에.

그 모든 사랑과 분노, 후회와 절망, 기쁨과 체념, 나도 모르게 터져 나오는 한숨과 살짝 흘러 입술 끝에 머물다 이내 사라지고 마는 웃음을, 우리는 간단하게 줄여 '야구'라고 부른다. 끝내, 부르고야 마는 것이다.

# 인생을 닮은 공놀이

### 야구란 무엇인가
레너드 코페트, 이종남 옮김, 황금가지, 2009

야구에 관해서 말하려면 '무서움'부터 시작해야 한다. 명예의 전당에 오른 전설적인 야구 기자 레너드 코페트의 말이다. 그의 책 『야구란 무엇인가』는 다음과 같은 문장으로 시작한다. "무서움. 타격은 야구의 가장 기본적인 행위이며 타격을 말할 때에 가장 먼저 꺼내 들어야 할 화두가 바로 무서움이다."

불과 18.44m 앞의 마운드에서 시속 140km로 날아오는 투수의 직구는 그 자체로 흉기다. 맞으면 아픈 건 당연하고, 뼈가 부러질 수도 있다. 고통을 피하려는 것은 동물적인 본능. 타석에 들어선 타자는 우선 자신의 두려움과 싸워야 한다. 스윙이라는 행위에는, 단순한 스윙 이상의 의미가 담겨 있는 것이다.

당연한 이야기 아니냐고? 하지만 야구는 바로 그 당연함에서 시작한다. 무서움을 이기려는 타자의 노력과 타자의 무서움을 자극하려는 투수의 전술. 그것이 곧 야구다. 무서움을 이해할 때 비로소 야구를 이해할 수 있다. 한가한 듯 보이는 경기장의 이면에서 「크리미

진정한 야구팬은 무서움을 이해할 뿐 아니라, 몸으로 느끼는 사람들이다. 하위 팀의 팬보다 이 사실을 잘 아는 사람은 없다. 육체적 고통에 대한 무서움이 아니다. 선수들에 대한 감정이입도 아니다. 임박한 패배의 예감, 처참한 시즌에 대한 절망이 그들의 몫이다. 하위 팀을 응원하는 팬은, 우선 자신의 무서움을 극복해야만 하는 것이다. 적어도 LG 팬은 그렇다.

SK와 삼성 팬이 비웃어도, 롯데와 기아 팬들이 모른 척해도, LG와 한화 팬들은 안다. 무서움을 극복한다는 말의 의미를. 단지 한 팀을 사랑한다는 이유만으로, 우리는 영원히 간을 쪼아 먹히는 프로메테우스의 형벌을 견디는 것이다. 기대와 긴장, 환호와 실망, 그리고 분노의 5종 세트를.

그럼에도 우리는 야구를 본다. 사랑도 이런 지독한 사랑이 없다. 잊으려고 아무리 노력해 봐도, 새로운 사람들을 아무리 만나 봐도…. 그렇다면 도대체, 왜 야구를 보는 걸까?

시원한 홈런이 아니다. 호쾌한 삼진이 아니다. 멋진 수비도 아니다. 우리가 야구를 사랑하는 것은, 그런 이유가 아니다. 그것은, 야구가 우리의 인생을 닮았기 때문이다. 돌아가신 어머니를 닮은 여인에게 마음이 끌리듯, 우리의 인생을 닮은 공놀이에 어쩔 수 없이 빠져들고 마는 것이다.

식상한 이야기라고? 그렇다면 『야구란 무엇인가』를 보라. 600쪽에 걸쳐 야구의 모든 것을 설명하고 있는 책이 가리키는 것은 단지 야구만이 아니라는 데 내기를 걸 수도 있다. 레너드 코페트는, 어떤 자기계발서보다 신선한 방식으로 인생을 이야기한다. 완벽한 야구해설서인 동시에 인생지침서인 것이다.

교훈은 간단하다. 인생을 말할 때도 무서움부터 시작해야 한다는 것. 우리는 누구나 자기 안의 무서움과 싸워야 한다는 것. 그때 비로소 우리는 반복되는 일상의 흥미로운 이면을 볼 수 있으리라는 것. 물론 용기가 필요한 일이다. 그때는 야구를 보라. 운 나쁘게도 LG를 사랑하게 되었다면, 당신은 이미 '용자'나 다름없다.

만약 누군가 내게 지금까지 해본 가장 용감한 일이 무엇인지 묻는다면 나는 이렇게 답하리라. "오늘 저녁에 LG 경기를 본 것."

# G20보다 박민규!

## 더블
박민규, 창비, 2010

'빼빼로 데이'이자 '서울 신북초등학교 개교기념일'인 동시에 G20 정
상회의가 열린 11월 11일은 박민규의 신작 소설집 『더블』이 출간되
는 날이기도 했다. 꼭두새벽에 일어난 나는 두툼한 점퍼를 걸치고
가까운 서점으로 달려갔지만, 서점 앞은 이미 전날 밤부터 책이 나
오기를 기다리며 철야를 감행한 사람들로 북적였고, 인근 도로는 그
들이 타고 온 자동차며 경운기, 행성 간 전송장치와 우주선 등으로
발 디딜 틈조차 없었다, 라고 하면 물론 거짓말이고…. (G20 행사장은
조금 비슷한 모양이었을지도 모르겠다).

   이른 시간에 일어나긴 했다. 서점으로 달려가는 대신 책상에 앉
아 일찌감치 예약주문 해둔 인터넷 서점의 재고준비 현황을 들여다
보며 배송 예정일은 내일이지만 재고는 준비된 모양이니 오늘 보내
주면 안 되겠냐고 고객센터를 조를 뿐이었지만. 사표를 던지고 나온
전 직장의 고객센터에 그런 요청을 하는 게 '국격'은 물론 개인의 품
격에도 별 도움 되지 않는 일임을 모르는 바는 아니었으나, 일개 직

원에서 고객이라는 이름의 왕으로 신분상승 한 마당에 그 정도의 권리는 내게 있는 것 같았고, 무엇보다 나는 바로 그날 박민규의 『더블』을 읽고 싶었던 것이다.

이미 발표 지면들을 통해 수록 작품 대부분을 읽은 상황이었음에도 그토록 재촉한 까닭은 보도자료에서 인용한 작가의 말 때문이었다. 박민규는 이번 단편집이 "지난 시절 나를 이끌어준 모든 '더블 앨범'에 대한 헌정이자 크고 묵직한, 그리고 근사했던 LP 시절의 정서에 대한 작은 예찬"이라고 했다. 하여 "상·하권이 아니라 side A, side B로 나뉘며, 앨범 속지를 연상시키는 별도의 일러스트 화집까지 덧붙어 있어 마치 음반과 같은 느낌을 준다"는 책의 만듦새를 확인해보고 싶었던 것이다.

비록 LP 세대는 아니지만 나에게도 더블 앨범의 추억이 있다. 퀸의 윔블리 공연실황이나 건즈 앤 로지즈의 「Use Your Illusion」 같은 앨범들의 볼록한 케이스를 만지작거리며 먹은 것 없이 배부르던 기억이 남아 있는 것이다. 단지 카세트테이프 두 개가 붙어 있을 뿐인데, 가격도 두 배인데, 어쩐지 감동만큼은 네 배쯤 받았던 기억. 바로 그것이 박민규가 말하는 근사했던 시절, 더블 앨범의 로망이겠지.

하여 오랜만에 건즈 앤 로지즈의 '11월의 비'를 들으며, 박민규의 『더블』을 한달음에 읽어내렸다. 비록 책은 더블 앨범이라기보다는 단지 두 권짜리 세트 도서 같은 느낌을 주었을 뿐이고, 옆으로 긴 책의 판형 탓에 손에 잘 잡히지 않아 책장을 넘기기 불편했지만 그럼에도 박민규는 박민규였으니까. 슬래쉬의 기타처럼 찰지게 감기는 문장도 여전했다. (그리고 보니 생긴 것도 닮았다!)

책장을 덮고 나자 (책 내용과는 별 상관없는) 이미 도래한 디지털 음원의 시대와 도래할 전자책 시대에 대한 상념이 파도처럼 몰려왔다. 옳고 그름을 따질 수는 없는 일이겠지만, 그립고 또 아쉬운 일인 것은 분명해서 문득, 박민규의 이런 시도가 소중하게 느껴졌다. 단순한 '팬심'에 불과한 건지도 모르겠지만 심지어, 우리에게 정말 필요한 건 이십개국의 정상이 아닌 스무 명의 박민규가 아닐까, 하는 생각까지 들었다니까.

# 이것은 책 소개가 아니다

공무도하

김훈, 문학동네, 2009

슬프다

내가 사랑했던 자리마다 모두 폐허다

시인 황지우의 「뼈아픈 후회」는 이렇게 시작한다. 인터넷서점 인문 MD에게 폐허는 좀 더 구체적인 담론으로 다가왔다. 문학의 종언, 인문학의 몰락, 영화의 위기, 출판의 불황….

　문학은 잊고, 인문학은 버리고, 영화는 끊고, 출판계를 떠난다고 해도 상황은 달라지지 않는다. 바다 건너 미국에서 촉발된 금융위기는 여전히, 모호하지만 강력하게 우리의 일상을 흔든다. 지구는 점점 더 뜨거워지고, 삶은 황폐해지며, 문화는 빈곤해진다. 설상가상 마야인이 예언한 지구멸망은 2012년. 전 세계가 폐허를 목전에 둔 셈이다.

　'모두 알다시피' 철학계의 마돈나 슬라보예 지젝은 이런 상황을 가리켜 "파국과 함께 살아가기"라 표현한 바 있고, (모두 알다시피: 고대

그리스의 수사법에서 전승된 표현의 하나로, "그러려니 하고 넘어 갑시다"란 뜻)
'두 말 할 필요없이' 저명한 사회학자 지그문트 바우만은 '유동하는
공포'라는 개념을 제시하기도 했다. (두 말 할 필요없이: "꼬치꼬치 캐물어
봤자 더 이상 아는 게 없다"라는 의미의 시크한 제스처 혹은 지친 가장의 언어)
물론 지젝과 바우만의 '탁월한' 분석 외에도 수많은 담론들이 존재
한다. (탁월한: "정확히 설명할 수는 없지만 그럴듯해 보임"을 뜻하는 현대 저널
리즘 용어) 근거 없이 떠도는 소문에서부터 상당한 신빙성을 갖고 이
야기되는 담론에 이르기까지. 우리는 온갖 고담준론으로 가득한 세
계를 걸어가고 있는 것이다.

문제는 어떤 담론도 오늘 우리의 삶을 더 나아지게 하지는 않는
다는 것이다. 단군 이래 최저학력이 나날이 갱신되는 대한민국의 교
육현실에도 불구하고 '우리'는 이미 너무 똑똑하다. 낯선 이론으로
세상을 설명하는 평론가들과, 그들의 말에 코웃음 치는 대중 모두.
그렇기에 우리가 서로에게 할 수 있는 말은 "잘 알지도 못하면서!"뿐.
그것은 물론 깊은 냉소주의의 언표다.

그리고 여기, 김훈이 있다. 등장인물의 입을 빌어 "인간은 비루하
고, 인간은 치사하고, 인간은 던적스럽다. 이것이 인간의 당면문제다.
시급한 현안문제다"라고 말할 수 있는 사람, 그가 바로 김훈이다. 인
간은 아름다운 존재일 수 있다고, 세상은 더 나아질 수 있다고 김훈
은 군이 말하지 않는다. 그렇기에 우리는 김훈을 읽으며 아름답지
않은 자신에, 나은 세상에 손을 보태지 못함에 자책하지 않을 수 있
다. 그는 가르치지 않는다. 냉소하지도 않는다. 다만 자신의 삶을 통

해 몸으로 배운 것을, 비루함과 치사함과 던적스러움에 대해, 들려줄 뿐이다.

펜으로 꾹꾹 눌러 뒷장에까지 자국이 남아 있는『공무도하』사인본을 앞에 두고 나는 문득 그런 생각을 한다. 어쩌면 우리는, 강 이편의 폐허를 단지 외면하기만 한 것은 아닐까, 하고. 그러니 우리는, 공허한 말을 내뱉기를 그치고, 먼저 김훈이 그려낸 풍경을 껴안아야 할지도 모르겠다고. '김훈의 정치성' 혹은 '김훈 소설의 성취' 따위와는 아무 상관없이.

그래서 "나는 인간 삶의 먹이와 슬픔, 더러움, 비열함, 희망을 쓸 것이다"라던 그의 말이, 내겐 자신이 써 올린 먹이와 슬픔과 더러움과 비열함 위에 누군가 희망을 써주기를 바라는 늙은 작가의 간절한 바람처럼 느껴진다. 그것은 또한, 아무 도리 없는 희망일 것이다.

# 당신이 읽는 것이 당신

꼬마 백만장자 팀 탈러
제임스 크뤼스, 정미경 옮김, 논장, 2009

어떤 타짜들에겐 첫 패가, 어떤 당구 동호인들에겐 첫 타가, 어떤 일본인들에겐 찻잔 속의 찻잎이 그렇듯 새해 첫날 읽은 책이 그 해의 운수를 말해준다는 믿음이 나 혼자만의 것은 아닐 듯하다. "당신이 먹는 것이 당신이다"라는 이국의 속담을 바꿔말하면 "당신이 읽는 것이 당신"이고, 새해 첫 책은 이내 펼쳐질 한 해에 대한 암시인 셈이다. 의도적이건 아니건 상관없다. 모두 나름의 진실을 담고 있으니.

어떤 새해에, 나는 우디 앨런의 『우리가 살고 있는 이 쓰레기 같은 세상』을 읽었고 그 해를 군대에서 보내야 했다. 의도한 것은 아니었다. 반면 누군가 새해 첫날부터 『부부를 위한 사랑의 기술』 같은 책을 읽는다면 뻔하다. 어떤 식으로든 그에게 부부 관계가 화두인 한 해가 될 거라 쉽게 예상할 수 있다.

2010년을 맞이하며 내가 읽었던 책은 제임스 크뤼스의 동화 『꼬마 백만장자 팀 탈러』다. 가난한 뒷골목에서도 환한 웃음을 간직하고 살던 팀 탈러 어린이는 경마장에서 우연히 만난 체크무늬 양복을 입은 신사에게 거절할 수 없는 제안을 받는다. 모든 내기에서 이길 수 있는 능력과 팀의 웃음을 바꾸자는 것. 아버지의 묘지에 대리석 묘비를 세워 드리고, 새엄마에게 새 옷을 사드리고 싶던 팀은 제안을 받아들인다. 그것이 어떤 의미인지 생각할 겨를도 없이.

'이기는 습관'을 갖게 된 팀은 경마를 통해 부자가 되고, 새엄마도 더 이상 그를 괴롭히지 않지만 웃음을 잃어버린 팀이 깨닫는 것은 자신이 불행하다는 사실 하나뿐이다. 부자가 되더니 거만해졌다고 수군대며 그를 피하는 이웃들의 시선도 괴롭지만, 팀을 정말 아프게 하는 것은 웃을 수 없다는 사실 그 자체다. 즐거워할 수 없고, 노래조차 할 수 없는 팀. 웃음만이 사람을 자유롭게 할 수 있음을, 웃음 없는 삶은 제대로 된 삶일 수 없음을 뼈저리게 깨닫는 것이다. 그리하여 팀은 웃음을 훔쳐간 마악(거꾸로 읽어보시라) 남작을 찾아 기나긴 여행을 떠난다.

물론 남작에게 웃음을 돌려받는 일이 쉬울 리 없다. 우여곡절 끝에 회사 후계자가 된 팀에게 마악은 부의 온갖 달콤함을 누리게 한다. 오직 돈으로만 살 수 있는 모든 편안함과 아름다움을. 점점 부에 젖어가는 팀은 자기도 모르게 사업 문제로 골머리를 썩이기도 하고, 신사업을 위한 아이템을 제안하기도 한다. 50년 전에 쓰인 동화가 오늘 우리의 모습과 겹쳐지는 지점. 그 사이 웃음의 가치는 많이 떨어져 우리는 고작 쥐꼬리만한 월급을 받을 뿐이긴 하지만. 끝까지 웃음을 포기하지 않는 팀의 이야기는 그래서 우리를 되돌아보게 한다. 우리는 얻은 것과 잃은 것을, 돈으로 살 수 없는 것과 있는 것을 돌아볼 수 있는 것이다.

  "부자 되세요"라는 말이 "복 많이 받으세요"와 같은 의미로 쓰이는 오늘. 그 해를 여는 첫 책으로 『꼬마 백만장자 팀 탈러』를 선택했던 이유는 사실 딱히 없었다. 벼르고 있던 책을 그제야 읽었던 것뿐이니. 그렇다면 팀 탈러의 이야기가 의미하는 건 무엇일까? 적어도, 새해 초장부터 당구와 스타크래프트, 고스톱에서까지 내리 진 나를 위로하려는 건 아님이 분명하다.

# 그녀는 살았고, 썼고, 죽었다

존재의 세 가지 거짓말
아고타 크리스토프, 용경식 옮김, 까치, 1993

도시는 불타고 있었다. 전쟁은 소문으로만 존재했다. 아버지들은 전장으로 끌려갔고, 남겨진 어머니들은 아이들을 시골로 보냈다. 쌍둥이 형제의 어머니도 마찬가지였다. 처음으로 만난 할머니는 엄마를 암캐라고 불렀다. 동네 사람들은 할머니가 남편을 독살한 마녀라고 했다. 한 번도 이름이 불리지 않은 형제는 개자식들이 되었다.

아무도 돌봐주지 않는 그곳에서 소년들은 스스로 살아남는 법을 배운다. 거울처럼 마주선 그들은 서로의 벗은 몸을 채찍질하며 육체를 단련한다. 배고픔을 극복하기 위해 단식을 하고 구걸을 연습한다. "사랑한다"는 엄마의 말을, 이미 추억이 되어버린 그 말을 껌 씹듯 반복하면서 그 말에 담긴 애틋함을 거세하는 정신훈련을 하기도 한다. 그리고 그들은 작문공부를 한다.

모눈종이와 연필, 커다란 노트를 들고 더러운 식탁에 앉은 소년들의 공부는 누군가 주제를 외치는 것으로 시작한다. 모눈종이 두 장을 채우는 데 허락된 시간은 두 시간. 그 시간이 지나면 형제는 서로의 글을 돌려 읽는다. '잘 했음' 혹은 '잘 못했음'. 평가에 따라 글은 난로에서 태워지거나 커다란 노트에 옮겨진다.

그들의 평가에는 오직 하나의 기준만이 존재한다. 그것은 진실이다. 있는 그대로의 것들, 그들이 보고 들은 것들, 그리고 그들이 직접 행한 일들만을 적어야 하는 것이다. 이를테면 "'할머니는 마녀를 닮았다'라고 써서는 안 된다. 그것은 '사람들이 할머니를 마녀라고 부른다'라고 써야 한다. '이 소도시는 아름답다'라는 표현도 금지되어 있다. 왜냐하면 이 소도시는 우리에게는 아름다울지 모르지만, 다른 사람에게는 추하게 보일 수도 있기 때문이다."

살아남기 위해 훔치고 협박하고 살인까지 저지르지만, 그들은 쓰기를 멈추지 않는다. 글쓰기는 그들이 존재하는 유일한 이유이기 때문에. 독립적인 소설들이 느슨하게 연결된 『존재의 세 가지 거짓말』 3부작의 1권 『비밀 노트』는 바로 그런 이야기다. 그들이 보고 듣고 행한 일들을 기록한, 건조하고 담담한 언어의 외피에 싸인 날 것 그대로의 삶.

하지만 오늘 작문의 주제는 소설이 아니다. 나는 소설의 저자인 아고타 크리스토프에 대해, 소문으로만 존재했던 그녀의 죽음에 대해 말해야 한다. (그녀가 세상을 떠난 것은 지난 7월 27일이었지만, 귀 밝은 독자들의 트위터와 블로그를 제외하면, 이 글을 쓰고 있는 오늘까지 내가 아는 국내의 어느 매체도 그녀의 죽음을 정식으로 보도하지 않았다.)

그녀는 1936년 헝가리에서 태어나 어린 시절을 전쟁의 포화 속에서 보낸 후, 스위스로 탈출해 낯선 프랑스어로 작품활동을 했다. 이런 그녀의 이력이, 그녀가 천착했던 극한에 몰린 인간 존재와 그의 글쓰기라는 주제에 커다란 영향을 주었을 거라는 뻔한 짐작이야 하게 만들지만, 그게 그리 중요한 이야기는 아니다.

　그러니 오늘 내가 할 수 있는 말은 이것뿐인지도 모른다. 그녀는 살았고 썼으며 그리고 죽었다. 그것이 내가 알고 있는 그녀라는 존재의 세 가지 진실이다. 아니다. 거짓말이다. 나는 차라리 이렇게 말해야겠다. 당신의 소설은 세상 어느 것보다 아름다웠다고. 오직 그것만이 내가 직접 보고 느낀, 유일한 진실이라고.

# 영화는, 반칙이다

렛 미 인

욘 아이비데 린드크비스트, 최세희 옮김, 문학동네, 2009

「렛 미 인」은 아름다운 영화다. 눈 내리는 북유럽의 밤, 금발의 미소년과 이국적인 소녀가 만난다. 어둡고, 춥고, 비밀스러운 밤의 세계. 오스카는 엘리의 세계를 도무지 이해할 수 없다. 낮의 빛이 밤의 어둠의 깊이를 알 리 없지만, 깊이는 매혹적이다. 하얀 눈 위에 빨간 피 뿌려지고 그녀의 정체가 드러난다. 다름 아닌 뱀파이어. 하지만 괜찮아, 사랑하니까. 소년과 소녀를, 낮과 밤을 하나로 합쳐주는 사랑. 영화가 내내 집중하는 것은 바로 종種을 초월한 사랑이다. 서툰 마음과 온갖 어려움 속에서 그들이 어떻게 서로를 의지하고 새로운 세상으로 나아가는지. 그리하여 기차를 타고 떠나는 엔딩, 온갖 근심에도 불구하고 어린 연인을 간절히 응원할 수밖에 없다.

소설 『렛 미 인』은 조금 다른 말을 한다. 일단 오스카는 미소년이 아니다. 집단 따돌림을 당하며 바지에 찔끔찔끔 실례를 하는 뚱보 돼지. 엘리 또한 마찬가지다. 감지 않은 머리, 쓰레기통에서 주운 옷을 입는 소녀는 종종 할머니 포스를 풍긴다. 하지만 어디, 선남선녀만 사랑하라는 법 있나. 사랑은 언제나 아름답지 않던가. 다만 문제가 있다. 소녀의 마음을 도무지 알 수가 없다. 모든 인물들의 욕망과 관계가 거대한 태피스트리처럼 그려지는 소설이지만, 우리가 알 수 있는 거라곤 스스로 피를 조달할 수 없는 소녀에게 조력자가 필요하다는 사실뿐이다.

호칸은 바로 소녀의 조력자였다. 엘리를 사랑한 소아성애자. 결국 염산으로 녹아내린 얼굴로 언데드(!)가 된 그는, 발기한 채 엘리를 쫓는다. 끔찍하다. 하지만 이해하지 못할 것도 없다. 그는 엘리에게 이용당한 것이 아닌가. 그는 소녀를 사랑했지만, 소녀에게 그는 숙주에 불과했다. 처음도, 마지막도 아닌 가장 보통의 숙주. 이제 우리가 직면하는 것은 불편한 질문이다. 엘리는 정말 오스카를 사랑할까? 오스카는 또 하나의 숙주일 뿐인가? 어디에도 대답은 없지만, 우리는 안다. 진실을 더 닮은 것이 무엇인지. 그리하여 동일한 엔딩, 조금 쓸쓸하고 지친 마음으로 생각하게 되는 것이다. 영화는, 반칙이라고.

- **먼저 접한 매체**
  소설

- **영화 (부등호) 원작**
  소설 〉…안드로메다… 〉영화

- **주인공 싱크로율**
  오스카 30% – 영화엔 미소년, 소설엔 왕따 돼지
  엘리 40% – 소설 속 신비스러움을 이국적인 것으로 대체한 느낌

- **한 줄 평**
  수많은 이야기들이 모여 만들어진 태피스트리 속에서 사랑 이야기만 잘라서 엮은 영화는 반칙이다

# 개미와 베짱이와 아감벤

호모 사케르
조르조 아감벤, 박진우 옮김, 새물결, 2008

찬바람 불면 '개미와 베짱이' 생각난다. 콧물이 나오듯 자연스레, 따뜻한 방안에서 웃고 있는 개미 가족과 창밖에서 떨고 있는 베짱이의 모습이 그려지는 것이다. 누구는 인생에 필요한 모든 것을 유치원에서 배웠다지만, 21세기를 살아가는 직장인에게 이 우화는 어떤 도움도 주지 않는다. 고작해야 싸구려 전기장판 속에서 "5분만 더~"를 외치는 것이 우리네 겨울 풍경일지어니.

몇 해 전, 소설가 김영하도 칼럼을 통해 개미와 베짱이 이야기를 한 적이 있다. 스크린쿼터를 지키려는 영화인들을 베짱이로, "예술이 밥이냐 돈이냐?"를 외치는 생활인들을 개미로 놓고 베짱이의 편에서 예술을 옹호한 것이다. 전적으로 옳은 주장이지만, 그런 비유는 조금 위험해 보인다. 우리는 개미도, 베짱이도 아니기 때문이다. (겨울에도 살아 일하는 우리는 베짱이보단 행복하고 개미보단 불행한 셈이다.)

'개미와 베짱이'의 결말을 생각해보자. 낡은 외투를 입고 먹이를 구걸하는 베짱이와 그를 외면하는 개미. 결국 베짱이는 작은 바이

올린을 안은 채 숨을 거두고, '착한 사마리아인의 법'을 위반한 개미
는 아무런 죄책감도 없이 따뜻한 겨울을 만끽할 뿐이다. 여느 동화
처럼 그 이후로도 오래도록 행복하게…. 게으른 자(루저 혹은 잉여)는
죽는 게 당연하다고, '시크한 듯 무심하게' 말하며.

세계적으로 주목받고 있는 이탈리아의 철학자 조르조 아감벤은
이 베짱이를 가리켜 ("조르지오 아르마니의 2009 스프링 메이크업 룩은 '핑
크 라이트 컬렉션'이다" 같은 느낌으로)『호모 사케르』Homo Sacer라 칭한
다. 이때 베짱이는 법적인『예외상태』에 놓인 존재다. 죽이는 일이 권
장되진 않으나 죽여도 무방한 존재, 「디스트릭트 9」의 외계인 프런처
럼 잉여로 취급되는 '벌거벗은 존재'Nudities 말이다. 여기서 우리는
언어가 우리의 행동을 결정한다는 조지 레이코프의 말을 떠올릴 필
요가 있을지 모른다. 어쩌면 우리는 스스로도 모르는 사이에, 우화
의 비유를 통해 게으른 베짱이는 죽어도 싸다고 생각하고 있는 것
은 아닐까?

물론 부인할 수도 있다. "나라면 베짱이를 죽게 내버려두진 않을
테야!" 하지만 문제는 그리 간단치 않다. 다음 질문. "만약 내가 베짱
이가 된다면? 그때도 나는 살아남을 수 있을까?" 이것이 바로 우리
가 끝없는 불안에 시달리는 이유가 아니던가.

그렇다면 우리가 유치원에서 배운 인생에 필요한 모든 것은 이렇
게 정리할 수 있을지 모른다. 우리 중 누군가는 개미가 되고 나머지
는 베짱이가 된다는 것. 비참하게 죽지 않기 위해서는 쉬지 않고 끊
임없이 일해야 한다는 것. 행여 베짱이가 된다면, 우리를 죽이는 것

은 다름 아닌 개미라는 것. 그래서 우리는 허리띠를 졸라 매고(완벽한 'S자'를 그리는 개미허리처럼!) 자식들을 '국제중', '자사고', '명문대'에 보내려는 것이 아닐까? 그런데 궁금하지 않은가? 도대체, 누가 우리를 개미와 베짱이로 나누는 것일까? 개미나 베짱이가 아닌, '인간'으로 사는 방법은 없을까?

그것이 지금, 학계에선 지미 추보다 더 뜨거운 관심을 받고 있는 아감벤이 그의 『호모 사케르』 연작을 통해 우리에게 던지는 질문이다. 쉽게 답할 수 없는, 그러나 그 앞에 눈감을 수 없는 질문이 여기에 있다.

# 그리고 삶은 계속된다

자기 앞의 생

에밀 아자르, 용경식 옮김, 문학동네, 2003

에밀 아자르의 데뷔작 『그로칼랭』이 드디어 출간되었다. 2007년에 1 판 14쇄를 찍은 『자기 앞의 생』의 날개에 근간 도서로 『그로칼랭』이 예고되어 있으니 대략 3년이 걸린 셈이다. '근간近刊의 뜻을 모르는 건지, 출판사의 시간관념이 일반의 통념과는 다른 것인지는 모르겠지만 늦게나마 번역되었으니 일개 독자로선 그저 감사할 따름이다. 저자 이름이 에밀 아자르가 아닌 로맹 가리로 표기된 사실만은 도저히 납득할 수 없지만.

에밀 아자르는 1974년, 예순 살 로맹 가리의 머릿속에서 태어났다. 『하늘의 뿌리』로 공쿠르 상을 수상하기도 한 로맹 가리는 성공적인 작가의 길을 걸어왔지만, 어느 순간 자신이 한물 간 작가로 대접받고 있다는 사실을 깨닫는다. 새로운 경향에 열광하는 파리의 비평가들은 전통적인 소설 작법을 고수하는 그의 작품을, 작품의 성취와는 별개로, 언급하기조차 식상한 소설로 취급하고 있었던 것이다.

로맹 가리는 한 가지 아이디어를 떠올린다. 멍청한 평론가들을 비웃고, 진부하고 밋밋한 해설 대신 작품에 대한 진정한 평가를 받을 수 있을 아이디어. 그것은 바로 새로운 소설과 함께 새로운 작가를 창조해내는 일이었다. 오랑에서 태어난 프랑스인이자 전쟁 중에 카뮈와 알고 지내기도 했으며(카뮈는 1960년에 세상을 떠났다), 불법 낙태 시술로 프랑스 사법 당국에 쫓겨 남미로 도피한 의사—에밀 아자르는 그렇게 탄생했다.

그것은 분명 하나의 농담이었다. 브라질에 살고 있는 친구에게 부탁해 출판사로 원고를 보내게 하고, 엄격한 심사를 통과해 출판이 결정되는 과정을 지켜보며 가리는 즐거워한다. 그리고 가리의 예상대로 뜨거운 찬사가 쏟아진다. 무명작가의 정체를 밝히려는 시도가 이어지고, 심지어 문학상의 후보에 오르기도 한다. 가리는 후보 지명을 거절했지만 일은 점점 그의 통제를 벗어나고 있었다.

두 번째 작품에 이르러 사태는 더욱 심각해진다. 비평계는 에밀 아자르가 신인일리 없다고 판단했고, 작품에 숨어 있는 거장의 흔적을 추적했다. 로맹 가리는 별다른 의심을 받지 않았지만("로맹 가리에게는 그런 필력이 없다"), 게임을 계속하기 위해서라도 꼭두각시 인형이 필요했다. 결국 조카 폴 파블로비치에게 에밀 아자르 역을 맡기고, 『자기 앞의 생』은 공쿠르 상을 수상한다. 허구의 인물인 아자르에게 '자기 앞의 생'이 주어진 것이다!

그리고 삶은 계속된다. 사람들은 가리가 조카의 성공을 질투할 뿐 아니라 작품까지 표절하려 한다고 손가락질했고, 가리는 수습할 수 없는 장난이 들통 나지는 않을까 하는 불안 속에서 전전긍긍했으며 파블로비치는 자신이 꿈꾸던 바로 그 모습인 에밀과 현실의 폴 사이에서 길을 잃었다. 그리고 에밀 아자르는 두 권의 소설을 더 발표했다. 게임이 끝난 것은 1981년 7월, 로맹 가리가 권총 자살로 생을 마감하고도 반년의 시간이 흐른 후였다.

하지만 모든 진실이 밝혀졌다 해도, 에밀 아자르의 소설이 로맹 가리의 소설이 될 이유는 어디에도 없다. 한 위대한 작가가, 삶과 허구의 경계를 무너뜨리며 창조한 또 하나의 위대한 작가를 죽일 권리는 누구에게도 없으니까. 오늘을 살아가는 우리 모두와 마찬가지로 에밀 아자르는 '자기 앞의 생'을 살아낸 것이다. 그리고 그의 책은 여전히, 우리 독자들과 함께 그 자신의 삶을 살아가고 있는 중이다.

# 우리가 써내려 갈 그 모든 이야기들

그리고 사진처럼 덧없는 우리들의 얼굴, 내 가슴
존 버거, 김우룡 옮김, 열화당, 2004

"처음엔 토끼였다."

존 버거의 『그리고 사진처럼 덧없는 우리들의 얼굴, 내 가슴』의 첫 문장이다. 그리고 그것은 새해 들어 내가 처음으로 완독한 책의 문장이기도 했다. 계획에 없던 문장이었다. 원래는 몇 해 전에 읽다 덮어둔 블랑쇼의 『문학의 공간』을 다시 읽을 생각이었으니까. 그랬다면 첫 문장은 "예술작품이나 문학작품 등 작품의 고독은 우리에게 좀더 본질적인 고독을 보여준다"가 되었겠지만, 희망찬 새해의 첫 독서를 예술과 문학과 고독(그것도 본질적인)으로 시작하고 싶은 마음이 추호도 없던 나는 얼마 읽지 않고 다시 책을 덮었다.

　몇 권의 책을 들추었고 저마다의 첫 문장을 만났다. 이를테면 이런 문장들. "모터사이클의 왼쪽 핸들에서 손을 떼지 않은 채 시계를 보니 아침 8시 30분이다."(『선과 모터사이클 관리술』) "'서사'라는 단어를 머릿속에 떠올릴 때, 아무리 수수한 형태를 띠고 있다고 해도 일단은 그것을 예술적인 것이라고 생각하는 경향이 있다."(『서사학 강의』) "우르르 울리는 해명海鳴을 비몽사몽간에 듣는다."(『봐라 달이 뒤를 쫓는다』) 하지만 그것들은 어쩐지 부적절한 것처럼 느껴졌는데, 하나같이 책이 너무 두꺼웠던 탓이다. 새해 기분은 며칠이면 사라질 터였고, 그 시간을 한 권의 책을 붙잡고 보낼 마음이 내게는 없었다.

생각하면 우스운 일이다. "나이는 숫자에 불과하다"는 관용 어구를 습관적으로 지껄이면서도(그런 말을 내뱉는 순간 이미 나이에 지는 것이라는 사실을 뻔히 알면서도), 정작 숫자에 불과한 달력 넘김에 '첫'이라는 의미를 두고 고심 끝에 첫 문장을 고르는 꼴이라니. 지금은 생사조차 알 길 없는 첫사랑이 듣는다면 코웃음을 칠 일이다. 하지만 인간은 무엇보다 의식儀式의 동물. 마수손님을 통해 그날의 장사를 점치는 상인처럼, 마수걸이 책이 한 해의 독서를 좌우한다는 생각은 나의 오랜 미신이다. 신묘년의 첫 문장에 '토끼'라는 단어가 들어가면 그걸로 족하다는 수준의 한심한 미신이긴 하지만.

하지만 나를 정말 사로잡은 것은 '토끼'라는 단어가 아니었다. '처음엔 ~였다'라는 문장의 구조, 마침표와 함께 그 자체로 완결되었지만 결코 완성되지는 않은 그 구문의 마법이 나를 사로잡았다. 토끼 다음은 무엇인지, 거북이인지 용인지 아니면 우리들의 얼굴인지 가슴인지가 궁금해 참을 수 없었던 것이다. 그리하여 나는 새끼 고양이와 수오리와 반딧불이 유충과 소포를 부치는 초로의 사내의 마음과 다정한 언어와 가뭇없이 사라지는, 그래서 영원한 시간과 돌이킬 수 없이 와해된, 그래서 돌이켜야만 하는 집에 관한 이야기를 한달음에 읽어 내려갔다. 당신의 머리카락과 당신의 얼굴, 당신의 따뜻한 가슴에 관한 이야기를. 그러니 토끼 다음은, 아니 토끼를 포함한 그 모두는 결국 사랑이었으리라.

미신과 유치한 변덕이 부른 뜻밖의 행운에 들뜬 나는 새해 첫 담배갑을 뜯으며 지나가버린 시간과 새로이 펼쳐진 시간을 생각했다. 덧없어 더없이 소중한 시간들과 그 시간을 살아낼 우리들의 얼굴을. 그러자 문득 궁금해졌다. 존 버거로 시작된 2011년의 첫 문장에 이어질 그 모든 문장들이. 한 무리의 토끼가 하얀 눈 위에 새긴 발자국처럼, 우리가 함께 써내려 갈 그 모든 이야기들이.

# 에필로그
## 삼류 서평자의 고백

사실 '서평집'을 마무리하는 이 자리는 "좋은 서평이란 무엇인가"에 대한 대답의 자리다. 그런데 나는 직업적인 서평자의 고뇌며 비루함을 토로하려 한다. 좋은 서평을 찾기 힘든 현실에 대한, 업계 종사자로서의 변명이라고 해야 하나? 그렇다고 그들이 쓰는 모든 서평이 무가치하다는 말은 아니다. 가끔씩은 읽는 순간 인터넷 서점에 접속해 장바구니에 책을 담게 만드는 글이 있고, 드물지만 새로운 시각을 제시하는 반짝반짝 빛나는 글을 만나기도 한다. 하지만 그것은 어디까지나 책 자체의 힘이고 서평자 개인의 능력이며 둘의 우연적인 만남에 불과하다.

자연 혹은 시장선택에 의해 살아남은 그들의 서평에서는 이제 단순한 정보 이상의 것을 기대하기 힘들다. 인터넷의 발달과 함께 단순한 정보로서의 서평은 가치를 잃었다. 참고했음에 분명한 출판사의 보도자료 원문을 인터넷 서점에서 직접 확인할 수 있는 것이다. 또한 다양한 관심사를 자랑하는 '파워북로거'들의 등장도 한 몫 했다. 간단히 말해, 서평가들 말고도 책에 대해 쓰는 사람이, 그것도 무척이나 잘 쓰는 이들이 기하급수적으로 늘어났단 말이다. 그런 상황에서 광고나 다름없는 텅 빈 글을 누가 읽는단 말인가? 출판사와 저자와 저자의 동료, 저자의 적과 서점 관계자들을 제외한다면.

영리한 서평자라면 호평을 하는 동시에 몇 마디 아쉬운 말을 넣어 출판사와 독자 사이의 균형감각을 유지할 수도 있다. 수박에 소금을 뿌리듯, 몇 마디 말로 호평을 더욱 달콤하게 만드는 것이다. 유려한 글 솜씨는 언제나 유리하다. 책의 내용과 관계없는 아름다운 문장들을 나열함으로써, 자신도 믿지 않는 거짓말을 늘어놓지 않으면서도 책을 그럴싸하게 보이도록 포장할 수 있기 때문이다. 가끔은 모두가 원하지 않는(너무 티 나게 상업적이거나 정치적으로 올바르지 않은) 책을 강하게 비판하는 것도 독자의 신뢰를 얻기에 좋을 것이다. 하지만 그뿐이다. 그들이 열광적으로 제시하는 '2012년 당신의 마음을 흔들 책'의 리스트는 오늘도 길어지고 있지만, 그것을 찾아 읽을 생각을 하는 독자는 그리 많지 않은 것 같다. 그렇지 않다면 출판 관계자들이나 (책장을 만드는) 가구업 종사자들은 모두 부자가 되었겠지. 나도 몇 번쯤은 공짜술을 얻어먹을 수 있었을 거다. 애석하다.

'파워북로거'들의 경우도 크게 다르진 않다. 책에 대해 말하는 일 자체가, 어느 순간 북로거들에게 물질적인 이득을 가져다줄 가능성이 크기 때문이다. 블로그 마케팅의 위력을 뒤늦게 깨달은 출판사들에서 먼저 책을 보내기도 하고, 반대로 그들이 출판사에 책을 요구하기도 하며 종종 책 이상의 대가를 받기도 한다는 기사가 어디까지 진실인지는 모르겠지만(나는 사실 그 액수가 무척이나 궁금하며 여차하면 '파워북로거' 양성 학원에 등록할 생각이다), 그렇다면 그들은 직업적인 서평자들과 다를 바 없다. 아니 오히려 낫다. 건조한 저널리즘의 형식을 벗어난 블로그 글쓰기는 그들 이웃에게 훨씬 친근하니. 결국 그들이 부수입을 포기할 생각이 없는 한, 계속해서 출판사와 저자를 찬양하며 직업적인 서평자의 안 그래도 곤란한 생계를 위협하게 되는 셈이다. (경쟁 도서에 혹평을 쓰는 식의 역아르바이트를 하는 게 아니라면. 사실 나의 숨겨진 재능은 그런 쪽에 있는지도 모른다. 혹시 생각 있는 출판사에서는 연락주기 바란다. 내 메일은 blur1⋯.)

그렇다면 우리는 서평이라는 글의 형식에 대해 한 번쯤 다시 생각해야 하는지도 모른다. 초등학교 시절에 의무적으로 써야 했던 독후감과 현란한 이론들이 난무하는 박사님들의 평론 사이에 어정쩡하게 끼인, 고작해야 출판사의 마케팅 도구로 한 번 제대로 읽히지도 못한 채 버려지는 전단지 신세가 된 이 가련한 글의 형식을.

나는 일단 묻고 싶다. 왜 당신은 아직까지 서평을 읽는가(심지어 이런 글까지)? 도대체 서평에 무엇을 기대하는가?

### 정보를 원하는 사람들

새로 나온 책은 무엇인지, 읽을 만한 책은 없는지 찾는 사람들이다. 그렇다면 차라리 인터넷 서점의 신간 소식을 RSS로 받아볼 것을 추천한다. 훨씬 빠르고 다양하며 가끔씩은 매력적인 이벤트 소식을 접할 수도 있다.

### 맘에 드는 신간을 발견했지만, 읽을 만한 가치가 있을지 궁금한 사람들

하지만 당신이 찾을 수 있는 서평은 대부분 찬양일색이거나 적어도 호의적일 것이다. 그리고 이런 경우, 당신의 마음은 이미 구매 쪽으로 기울어 있게 마련이다. 당신은 책을 좋아하는 사람이고, 설령 한두 편의 혹평을 본다 해도 직접 자신의 눈으로 확인하고 싶은 마음이 더 강할 테니까. 나는 당신의 선택을 지지한다. 항상 성공하지는 못할지라도, 어차피 한 권의 책일 뿐이다. 읽지 않는 것보다는 언제나 읽는 것이 더 낫다.

**책을 읽는 대신 서평을 읽는 것으로 문화생활을 하고 있다고 믿는 부류**

저자의 이름과 제목, 대략의 줄거리를 섭취하고 소개팅 자리나 SNS에 몇 줄 인용함으로써 좀 더 나은 사람으로 자신을 포장하려는 사람들. 책을 그렇게나 교양 있는 매체로 평가해주다니, 고마운 일이아닐 수 없다.

하지만 내가 생각하기에 인터넷 시대 서평의 진정한 효용은 두 가지다. 하나는,

**나와 도서 취향이 닮은 이웃 블로거의 지나간 책에 대한 서평.**
**내가 미처 알지 못했고 그들이 아니었다면 영영 알지 못했을 책에 대한 이야기다.**

대부분의 매체들이 속보경쟁을 하며 알맹이 없는 서평기사를 내보내고 아직 몇 권 팔리지 않은 신간도서에 '파워북로거'의 매끈한 서평이 수십 개씩 달릴 때, 그들의 **호들갑 떨지 않는 담담한 서평은 공허한 단어들의 잔치에 지친 우리들에게 다시금 읽고 쓰는 행위의 소중함을 일깨워주기 때문**이다. 다른 하나는,

**그 책을 읽은 사람들 사이의 대화다.**

누군가는 김애란의 첫 장편소설 『두근두근 내 인생』을 사랑하고(이를테면 신형철), 누군가는 싫어한다(대개는 조영일). 당연한 일이다. 그리고 그곳에는 어떤 환상과 오해가 분명히 존재할 것이다. 나는 그들 사이의 대화를 듣고 싶다(단순히 저 두 사람의 얘기를 듣고 싶다는 게 아니다. 무척이나 흥미진진할 것임은 분명하지만). 인터넷 시대의 소통의 대표적인 사례일 '빠가 까를 부르고' 다시 '까가 빠를 부르는' 소모적인 논쟁의 무한반복을 바라는 게 아니다. 나름의 이유와 논리와 충만한 감정을 가지고 그들이 진검승부를 하는 모습을 보고 싶다. **온 몸을 던져서라도 지키고픈 책과 아무리 생각해도 사랑할 수 없는 책에 대한 진심어린 각자의 이야기들**을 듣고 싶은 것이다. 구텐베르크의 역사적인 발명 이후 그 어느 시대보다 책을 사랑하는 사람들의 대화가 자유로워진 오늘이다. 더 이상 각자의 골방에 틀어박혀 비슷비슷한 책들을 비슷비슷한 시각으로만 읽어 내려갈 필요는 없단 말이다. 뭐, 그게 더 좋다면 말릴 생각은 없지만.

결국 내가 좋은 서평자를 판단하는 기준은 정직함이다. 자신의 판단과 감정에 정직할 것. **좋아하는 책에 사랑을 고백하는 일에 주**

**저하지 않고, 참을 수 없는 책에 불평하기를 망설이지 않으며 쓸
데없이 공정한 체하지 않는 것**(누구도 서평자에게 공정하기를 바라지 않
는다. 출판사 관계자를 제외한다면), 특히 내가 주의 깊게 지켜보는 것은
그의 혹평이다. 원래 이 글은 카뮈의 『시지프 신화』를 따라 이렇게
시작하려고 했다.

"서평에 관한한 참으로 진지한 철학적 문제는 오직 하나뿐이다. 그
것은 바로 혹평이다. 책을 읽을 만한 가치가 있느냐 없느냐를 판단
하는 것이야말로 서평의 근본문제에 답하는 것이다. 그밖에, 작가의
남성/여성 편력이 어떤가, 띠지의 디자인이 표지 디자인을 돋보이게
하는가 반대인가 하는 문제는 그 다음의 일이다. 그런 것은 장난이
다. 그보다 먼저 대답하지 않으면 안 된다. 그리고 만약 조지 오웰이
주장했듯이, 어떤 서평자가 존중받는 존재가 되려면 마땅히 자신의
본심을 드러내야 한다는 것이 사실이라면, 우리는 이 대답이 얼마
나 중요한지 이해할 수 있을 것이다."

기본적으로 우리 모두는 책을 존중하고, 출판사가 손해를 입기를

바라지 않으며, 저자의 안녕을 바란다. 그래서 대부분, 굳이 위에서 열거한 경제적인 이유가 아니더라도 나쁜 말 하기를 꺼리게 마련이다. 그리고 책의 뒤에 화려한 추천사를 써준 명사를 의심하기보다는 자신의 생각을 바꾸는 길을 택한다. 혹자는 좋아하는 책에 대해서만 말하기에도 시간이 짧다고 할지도 모른다. 하지만 누구에게나 듣기 좋은 소리만을 하는 일은 조금 비겁하다. 무엇보다 달콤한 케이크처럼 쉽게 질린다. 반대로 누군가 혹평만을 늘어놓는다면 나는 취향에 맞지 않는 책을 골라보는 그의 식견을 의심할 것이다. (단, 테리 이글턴은 예외다. 그의 서평집인 『반대자의 초상』은 혹평의 완벽한 예이다.)

무엇보다 내가 가장 좋아하는 서평은 그가 평하고 있는 책을 꼭 닮은, 닮으려고 노력하는 서평이다. 따분한 플롯의 책에 대해서는 따분한 서평을, 복잡한 미로 같은 구조의 책이라면 마찬가지의 서평을, 문학이라는 개념에 대한 홀로코스트를 자행하고 있는 책이라면 폭력적인 서평을, 한계를 고스란히 드러내는 책이라면 그 한계를 똑같이 공유하는 서평 말이다. 나는 그것이 독서라는 경험을 단순한 '목격담'으로 축소시키지 않기 위해 서평이 할 수 있는 최소한의 윤리라고 생각한다.

나는 아직 좋은 서평이란 무엇인가에 대해서는 정확히 답하지 않았다. 사실 그 대답은 너무 뻔하다. 좋은 '서평' 이전에 좋은 '글'이어야 한다는 것. 카뮈가 스승의 책에 부친, "나는 아무런 회한도 없이, 부러워한다. 오늘 처음으로 이 『섬』을 열어보게 되는 저 낯모르는 젊은 사람을 뜨거운 마음으로 부러워한다." 같은 문장이 그러하듯이. 다른 대답은 찾지 못했다. 이제 당신이 물을 차례다.

"그렇다면 좋은 글이란 무엇인가?"
내가 만약 그 대답을 알았다면 이런 글로 당신을 괴롭히지는 않았을 것이다. 나는 그저 오늘도 그럭저럭 마감을 넘긴 것에 감사할 뿐이다. 미안하다. 그러니 그냥 이렇게 말하는 건 어떨까? 그러니까 언젠가의 무라카미 하루키를 따라서.

"엔진이 고장 난 비행기가 중량을 줄이기 위해서 화물을 내던지고, 좌석을 내던지고, 그리고 마지막에는 가엾은 스튜어드를 내던지듯이" 위태롭게 날아가던 나의 비행기 역시 추락하지 않기 위해 계속해서 무언가를 내던져야 했다고. 한 권 두 권 읽은 책들이 내 속에 남아 나를 무겁게 짓누르지 않도록 밖으로 던져버려야 했다고.

바로 글이라는 형태로. 그리고 그것들이 모여 한 권의 책이 되었다. 언제든지 (실제로) 내던질 수 있도록. 고맙게도.

그러니 이제 당신이 이 책을 내던질 차례다.

# 비행 경유지 주소

# 서서비행 書書飛行

생계독서가 금정연 매문기

초판 1쇄 인쇄 2012년 8월 13일
초판 1쇄 발행 2012년 8월 17일

발행처: 도서출판 마티
출판등록: 2005년 4월 13일
등록번호: 제2005-22호
발행인: 정희경
편집장: 박정현
편집: 이창연, 곽민혜
마케팅: 김영란
디자인: 땡스북스 스튜디오

주소: 서울시 마포구 서교동 481-13번지 2층 (121-839)
전화: (02) 333-3110
팩스: (02) 333-3169
이메일: matibook@naver.com
블로그: http://blog.naver.com/matibook
트위터: http://twitter.com/matibook

ISBN 978-89-92053-61-7 (03810)

값 13,800원